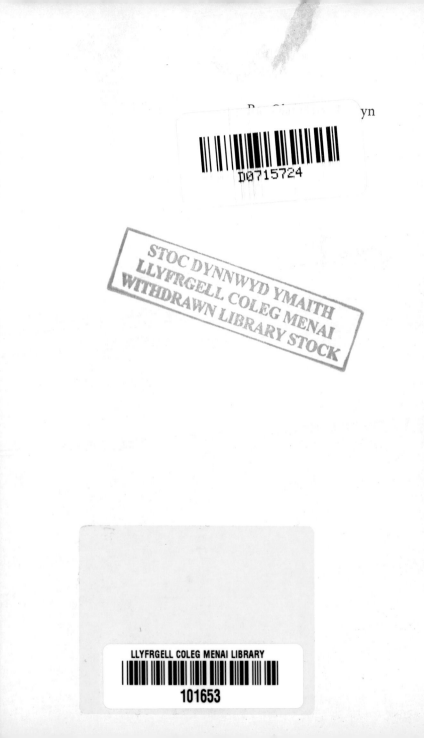

yn

Ras Olaf
Harri Selwyn

Tony Bianchi

Gomer

Cyhoeddwyd yn 2012 gan
Wasg Gomer, Llandysul, Ceredigion SA44 4JL

ISBN 978 1 84851 363 1

Dymuna'r cyhoeddwyr gydnabod cymorth
Cyngor Llyfrau Cymru.

Argraffwyd a rhwymwyd yng Nghymru gan
Wasg Gomer, Llandysul, Ceredigion.

'Alla i ddim dweud am faint fydd pethe'n para fel hyn. Bob tro rwy'n mynd allan i redeg, rwy'n torri fy record fy hun. Rwy'n mynd yn iau ac yn iau.'

Philip Rabinowitz (1904–2008),
y rhedwr cyflymaf yn y byd
dros gan mlwydd oed

1

Harri Selwyn v. Y Llygoden (1)

Weles i lygoden ddoe. Un fach ddu. Lawr yn y gegin o'n i, yn tynnu 'y nhrwser newydd mas o'r cwdyn. Dryches i rownd a dyna le o'dd hi, yn rhedeg yn gro's i'r llawr, o'r whith i'r de, o un wal i'r llall. A finne'n meddwl, Myn yffarn i, o le da'th honna? A ble a'th hi wedyn? Achos o'dd dim sŵn 'da hi. Dim byd. A dim twll i ga'l chwaith. Es i i whilo, jyst rhag ofan. Tynnes i fys hyd waelod y sgertin, achos maen nhw'n gweud bod llygoden yn gallu neud 'i hunan yn fach fach, taw dim ond blew ac esgyrn yw hi. Eith hi drwy fodrwy o ga'l 'i phen miwn gynta. Yn hawdd i chi. Dyna beth maen nhw'n gweud. Modrwy! Meddyliwch am y peth. Es i lawr ar 'y mhenlinie wedyn i ga'l gweld. Ond o'dd y sgertin yn sownd. O'n i'n ffaelu hwpo darn o bapur o dani ddi, a rwy'n siŵr bod llygoden yn dewach na phapur, ta beth wedan nhw. Es i i'r ochor draw a neud yr un peth f'yna. O'dd honna'n sownd hefyd. Ie, llygoden ddu. Un glou hefyd. Yn glou i ryfeddu. Dyna pam taw dim ond pip bach ges i, pip bach trwy gornel 'n llygad. *Wsh!* A o'dd hi wedi mynd.

Ond mynd i le?

Wel, dyna gwestiwn i chi. Sefes i f'yna am sbel wedyn, i weld allen i glywed rhywbeth. Sŵn sgrapo. Sŵn cnoi. Fel mae llygod yn neud. Am bum munud fues i'n sefyll 'na, i hala ddi i feddwl bod pawb wedi mynd, bod hi ar ben 'i hunan 'to, bod hi'n saff i ddod mas. Nes bo' fi'n dechre meddwl, Iesu, mae hithe bownd o fod yn neud yr un peth. Yn cwato'n rhywle, yn cadw'n dawel, yn gweud wrth 'i hunan, Wel, sefa i fan hyn nes bod hwnco'n colli amynedd a mynd mas i neud 'i bethe. Achos un fach gyfrwys yw'r llygoden, serch taw dim ond blew ac esgyrn yw hi. Ac fe golles amynedd. Do. A o'n i'n teimlo bach yn ddwl hefyd, yn sefyll f'yna yn y gegin a dim trwser amdana i, a Bob a Brenda drws nesa'n gallu 'y ngweld i trwy'r ffenest. Felly tries i'r trwser newydd mla'n, achos dyna beth o'n i ar ganol 'i neud.

Da'th Beti'n ôl wedyn, ar ôl bod 'da'i wha'r. Wedes i wrthi, 'Beti, mae 'da ni lygoden yn y tŷ. Un fach ddu. Weles i ddi gynne fach. Yn rhedeg yn gro's i'r llawr.' A'th hi i edrych 'i hunan wedyn. Edrychodd hi ar y sgertin, yr un peth â fi. Edrychodd hi dan y fainc. 'Caees i'r cypyrdde,' wedes i, i ddangos bo' fi'n cymryd y peth o ddifri. Ond edrychodd hi f'yna hefyd. Edrychodd hi yn y cwdyn, hyd yn o'd, y cwdyn mawr David Lewis o'dd wedi dala 'y nhrwser i, achos o'dd hwnna ar y llawr erbyn hyn. 'Sdim baw i ga'l,' wedodd hi. A dyna fe. Dyna'i diwedd hi. Dim baw, dim llygoden. Dyna beth o'dd Beti'n feddwl. O'dd whant 'da fi weud, Wel, newydd ddod miwn i'r tŷ mae hi, fenyw. Dyw hi ddim wedi ca'l cyfle i neud 'i baw hi 'to. Ond o'dd Beti'n edrych ar 'y nhrwser i erbyn hyn ac yn siglo 'i phen. 'Mae e hanner ffordd lan dy din di!' wedodd hi. Gadawes i'r belt mas damed bach wedyn a o'n i'n meddwl bo' fe'n dishgwl yn o lew, ond wedodd Beti bod hi'n gallu gweld 'n socs i o hyd. Falle bod hynny'n wir hefyd, sa i'n gwbod, achos smo dyn yn gallu gweld 'i hunan yn iawn, ddim o edrych lawr, a 'na pam bod hi'n handi ca'l eich gwraig chi wrth law i'ch cadw chi'n reit. Wedes i ddim byd arall am y llygoden wedyn, achos o'n i'n becso am y trwser. A o'dd golwg bach yn shimpil arni hefyd. O'dd. A'th hi i beswch wedi 'ny a o'n i'n difaru bo' fi wedi hala ddi i fynd ar 'i phenlinie ynghanol y dwst i gyd.

'Af i â'r trwser 'nôl fory,' wedes i. 'Gaf i un arall. Un hirach yn y go's.' O'dd hi'n ddigon ples wedyn. 'Mae e'n smart, cofia,' wedodd hi. 'A wy'n lico'r patrwm. *Herringbone*, yndefe?'

Mae Beti'n dda fel 'na. Am weld pethe. Am wbod beth sy'n gweitho a beth sy ddim.

Erbyn hyn, a finne'n gorwedd yn y gwely, yn gweld gole cynta'r bore'n dod miwn trwy'r llenni, rwy'n difaru na fydden i wedi dal ati a cha'l gafel ar y diawl bach, i ddangos i Beti bo' fi ddim yn dychmygu pethe, achos dyna hi 'to, y llygoden ddu, yn rhedeg lan y cyrten. *Wsh!* Sy'n hala fi i feddwl falle taw dim llygoden yw hi wedi'r cwbwl, ddim erbyn hyn, achos shwt alle llygoden fynd lan f'yna? Pryfyn yw e, falle. Mae'n beth od, rwy'n gwbod, ca'l pryfyn sy'n dishgwl yr un peth â llygoden. A pryfyn tawel, hefyd. Sdim sŵn 'da fe, dim mwy nag o'dd 'da'r llygoden. Dim fflip-fflap yn erbyn y wal a'r ffenest a'r gole, fel gewch chi 'da cleren neu wyfyn. Ac yn glou. Yn glou i ryfeddu. *Wsh!* A bant â fe. Ydy pryfed yn gallu cadw'n dawel fel'na? Ydy llygod yn gallu dringo? Se llygoden yn ca'l ei gwinedd bach yn sownd yn y cyrten, alle hi dynnu'i hunan lan wedyn?

Bydde Beti'n gwbod. Ond sa i'n mynd i ddihuno hi, ydw i? Ddim amser hyn o'r bore. Ddim i holi am lygoden. Am bryfyn.

2

Dydd Gwener, 21 Mai 2011, 5.30 y bore

Pan ddihuna Harri Selwyn gyda'r wawr a theimlo cwrw neithiwr yn pwyso ar ei bledren a gweld brycheuyn yn ei lygad a meddwl mai pryfyn yw e, mae ei wraig, Beti, eisoes wedi marw. Heb rybudd, heb sŵn, rywbryd yn ystod y nos, fe ildiodd ei chorff i'r hyn y bydd ei thystysgrif farwolaeth yn ei alw, ymhen tridiau, yn *acute myocardial infarction*. Nid yw Harri'n gwybod hynny. Nid yw'n sylweddoli bod dim o'i le. Ac ar yr olwg gyntaf mae hynny'n dipyn o syndod. Mae Beti'n dioddef gan y fogfa er pan oedd hi'n fach. Wrth gysgu, bydd hi'n chwyrnu'n uchel, yn ddigon uchel weithiau fel bod Harri'n gorfod mynd i gysgu yn y stafell sbâr. Caiff byliau o beswch hefyd, yn enwedig yn yr oriau mân, ar ôl bod ar ei gorwedd cyhyd. Neu, fel arall, bydd ei brest yn tynhau a rhaid iddi estyn am yr *inhaler*. A dyna'r synau sy'n atalnodi'r noson wedyn: gwichian bach yr ysgyfaint, yna *Psh, psh* yr *inhaler*. Ond heddiw, ni ddaw'r un sŵn o'i gwely, na'r un symudiad. Mae'n syndod nad yw Harri'n sylwi ar absenoldeb y pethau hyn, nad yw'n awyddus i wybod pam mae'r bore hwn mor wahanol i bob bore arall o'r tair blynedd a deugain maen nhw wedi'u treulio gyda'i gilydd. Mae'n syndod nad yw'n troi at ei wraig i weld a yw wedi agor ei llygaid eto ac yna sibrwd, 'Beti! Beti? Ti ar ddi-hun?' Neu rywbeth tebyg. Ond ni wna Harri ddim byd, dim ond gorwedd ar ei gefn a dyfalu beth yw'r pryfyn rhyfedd y mae newydd ei weld yn hedfan heibio'r ffenest, a meddwl am neithiwr.

Ni allai Beti fynd allan neithiwr i gwrdd â Joe a

Nansi yn y Mason's Arms. Pan ddwedodd hi, 'Wy mas o bwff, Harri, bydd well i ti fynd hebddo i,' roedd Harri'n siomedig. Roedd am iddi fod yno, i gadw'r sgwrs i fynd, oherwydd nid yw Harri'n dda am drwco storïau smala, hyd yn oed gyda'i ffrindiau gorau, nac ateb y jôcs sydd fel arfer yn cael eu taflu ato, ar ôl cwpwl o beints, ar yr achlysuron hyn. Ond pan mae'ch gwraig wrth eich ochr, a hithau'n greadur bregus ei golwg, a digon swil hefyd, mae pobl yn fwy carcus o'ch teimladau. Dyna roedd Harri'n ei feddwl. Gallai hi fod wedi mynd â pheth o'r sylw oddi arno. Lleihau'r lletchwithdod.

Roedd Beti eisoes yn y gwely pan ddychwelodd adref. Ei fai ef oedd hynny: arhosodd allan yn llawer hwy nag y byddai'n arfer ei wneud. Ond Joe yw ei gyfaill pennaf ers dyddiau ysgol ac roedd ei wraig yn dathlu ei phen-blwydd yn ddeg a thrigain, a pheth anghwrtais fuasai gadael achlysur o'r fath ar ei hanner. Ar ben hynny, roedd Sam Appleby o'r *Gazette* yn digwydd bod yno, gyda'i wraig yntau, a doedd gan Harri mo'r galon i ddweud, 'Na, mae'n flin gen i, Sam, alla i ddim ateb dy gwestiynau di,' fel petai'n wleidydd neu'n seren bêl-droed.

A phwy a ŵyr nad oedd Harri'n dechrau cael rhyw faint o foddhad o'r profiad hwn, ar ôl y trydydd peint, ar ôl dechrau ymlacio, pan ddaeth Sam ato a gofyn, 'Maen nhw'n gweud taw ti yw'r rhedwr hyna yng Nghymru, Harri.' A Joe yn ateb drosto, 'Yn y byd, y'ch chi'n feddwl! Yn y byd!' A Harri'n chwerthin, yn siglo'i ben. 'Dwi ddim wedi ennill fawr o ddim byd, achan . . .' Câi bleser wedyn, yn bendant, o raffu atgofion am hwn a'r llall yn y byd rhedeg oherwydd, os nad oedd Harri wedi'u maeddu nhw, yr oedd yn sicr wedi cystadlu yn erbyn rhai ohonynt, wedi bod yn eu cwmni, wedi troedio'r un llwybrau, yr un borfa, yr un hewlydd. Ac felly, am un ar ddeg o'r gloch, pan oedd Harri'n dwyn i gof y tro cyntaf iddo gwrdd â Kip Keino – 'ife '64 o'dd hi neu '65?' – cafodd fenthyg ffôn symudol Joe a mynd allan i'r stryd a dweud wrth Beti, 'Paid ti aros lawr i fi, bach. Cer i'r gwely a fe wela i di yn y bore. Gyda llaw, mae Sam Appleby o'r *Gazette* yn dod draw fory i holi am y ras. I edrych ar gwpwl o hen luniau.'

A dyna fantais arall o gael ei wraig yno. Petai Beti wedi bod yn bresennol, byddai wedi gallu ateb rhai o gwestiynau Sam Appleby ar eu pen, heb ffwndro a drysu, oherwydd roedd gan Beti gof da am ffeithiau a dyddiadau a phethau felly. Beth oedd y canlyniad gorau gafodd Harri yn y Wenallt Round? Ym mha flwyddyn rhedodd e'r Three Peaks am y tro cyntaf? Beth oedd enw'r lle 'na yn yr Alban lle bu'n rhaid iddo newid ei sgidiau hanner ffordd trwy'r ras am fod un o'r gwadnau wedi dod yn rhydd? Rhyw gwestiynau felly. Hi, wedi'r cyfan, fu'n ei gludo i'r rhan fwyaf o'r llefydd hynny, yn gofalu am ei *kit*, yn sicrhau bod ganddo'r bwydydd a'r diodydd priodol. Er gwaethaf ei swildod, byddai hi wedi ateb y cwestiynau'n ffeithiol ac yn gywir. Ac o wneud hynny, byddai wedi bod yn haws mynd adref ar amser rhesymol, yn lle lapan trwy'r nos am ddim byd o bwys a dweud pethau yn ei gyfer weithiau, dim ond er mwyn dweud rhywbeth. Ond doedd hi ddim yno. Bu'n rhaid iddo wneud ei orau hebddi.

Ac eto, efallai *fod* Harri'n synhwyro bod y bore hwn yn wahanol rywsut. Efallai ei fod yn synnu nad yw'r chwyrnu arferol i'w glywed rhwng sgrechfeydd y gwylanod. Ond os felly, mae'n amlwg nad yw'n priodoli unrhyw ystyr arbennig i'r gwahaniaeth hwn. A phetaech chi'n camu i esgidiau Harri am funud a cheisio gweld y byd trwy ei lygaid e, siawns na fyddech chithau'n ymateb yn yr un modd. Oherwydd dim ond 72 oed yw Beti: oedran digon parchus, bid siŵr, ond mae hynny'n saith mlynedd yn brin o oedran ei gŵr, ac mae saith mlynedd yn hen ddigon, ym meddwl Harri, i sicrhau na fydd ei wraig yn marw heddiw. Yn fwy na hynny, ac o ystyried mai menyw yw hi, a bod menywod at ei gilydd yn fwy hirhoedlog na dynion, y mae'n warant hefyd mai hi fydd ar ôl ar y diwedd, i'w hebrwng i dragwyddoldeb. Yn yr ystyr hwnnw, felly, gellid dweud bod Beti'n sefyll y tu hwnt i farwolaeth. Nid bod Harri'n rhoi ffurf benodol ar y meddyliau hyn, heb sôn am eu mynegi mewn geiriau, ond maen nhw yno, rywle yng ngwaelod ei gyfansoddiad, yn rhagydbiaeth sylfaenol. Er gwaethaf popeth mae Harri'n ei wybod am anhwylderau ei wraig, er clywed ei pheswch a'i hanadlu trwblus, does dim byd wedi siglo'r rhagdybiaeth hon. Mae Beti wedi cael noson go lew am unwaith. Dyna mae Harri'n ei feddwl. Ie, a gwell noson nag yntau. Gyda hynny, mae'n clywed rhagor o wylanod yn gwneud eu pererindod boreol i lawr yr afon, yn cyfarth, yn cecru. O symud ei goes chwith wedyn, dim ond y mymryn lleiaf, daw'r pwysau'n ôl ar ei bledren. Rhaid mynd i'r tŷ bach.

Codi'n araf a phob yn damaid wna Harri. Mae ei gefn yn gwneud dolur yn y bore a rhaid ei drin yn dyner. Does dim teimlad yn ei goesau, chwaith, heblaw am y pinnau bach. Yn gyntaf, felly, mae'n troi ar ei fola, yn symud ei gorff ryw chwarter cylch ac ymestyn ei draed dros erchwyn y gwely. Yna, yn raddol, mae'n gadael iddynt lithro i'r llawr. Rhiad iddynt gyrraedd y llawr yr un pryd hefyd, er mwyn cadw cybwysedd, er mwyn peidio ag achosi straen ychwanegol ar y naill ochr na'r llall. Gwna ei orau glas i gadw'n dawel trwy hyn i gyd ond, ar ei waethaf, wrth i bwysau'r coesau dynnu ar ewynnau'r meingefn, daw sŵn bach tynnu gwynt trwy ei wefusau, a rhyw 'ŵ' isel wedyn yn ei wddf. Wedi plannu'i draed ar y llawr, cymer saib fach i'w sadio ei hun. Teimla'r gwaed yn dychwelyd i'w goesau, y pinnau bach yn prinhau, yna'n cilio. Petai'n codi'n iawn, wrth gwrs, er mwyn mynd i wisgo a brecwesta a dechrau ar orchwylion y dydd, y cam nesaf fyddai sythu ei gefn a thynnu ei hun i'w lawn daldra. Ond codi i bisho'n unig y mae am chwarter i chwech y bore a gall gerdded i'r tŷ bach yn ei gwman. Ac er nad yw Harri wedi dihuno'n llawn y mae'n ddigon ystyriol i gau'r drws ar ei ôl, fel na fydd Beti'n clywed sŵn y dŵr yn taro'r porslen.

Pan ddaw Harri yn ôl i'r stafell wely mae'n bosibl ei fod e'n clywed tawelwch ei wraig am y tro cyntaf ac yn meddwl, Mae hi ar ddi-hun, rwy wedi'i dihuno hi. Oherwydd beth arall allai fod yn gyfrifol am ei thawelwch anarferol? Ond erbyn hyn, ar ôl bod ar ei sefyll am ddwy funud, mae ganddo bethau eraill ar ei feddwl. Yfory, dydd Sadwrn, bydd yn rhedeg am yr hanner canfed tro yn y Bryn Coch Benefit Run (y Bryn Coch Challenge gynt). Nid bod hynny'n rhywbeth i ofidio amdano. Mae deg cilometr o fewn ei allu o hyd ac mae'r tywydd wedi bod yn sych yn ddiweddar. Fel arall, dyna fyddai'n poeni Harri'n fwy na dim y dyddiau hyn: dygymod â mwd llithrig ar lethr serth, cael codwm a methu codi wedyn. Does arno ddim ofn ei gyd-redwyr chwaith, ddim mewn ras fel hon. I'r gwrthwyneb, mae'n gwybod ei fod mewn gwell cyflwr, yn gorfforol ac yn feddyliol, na hanner y lleill a fydd yno, yn eu daps tenau a'u gwisgoedd ffansi. O gymryd popeth i ystyriaeth, wrth gwrs. O gofio'r gwahaniaeth oedran. Ie, rhyw ras geiniog a dimai, mewn gwirionedd, yw'r Bryn Coch Benefit Run.

Ond os nad oes dim byd penodol i boeni amdano, y mae Harri'n rhoi mwy o sylw nag arfer i'r ras hon, am ei bod hi'n garreg filltir. Mae'n record i'r clwb: does neb arall o blith aelodau'r Taff Harriers wedi rhedeg hanner cant o weithiau yn y ras hon, nac unrhyw ras arall, o ran hynny. Harri, hefyd, os bydd yn llwyddo i gwblhau'r cwrs, fydd yr hynaf i wneud hynny yn holl hanes y clwb a'r ras fel ei gilydd. Bydd y wasg yn bresennol, gyda'u camerâu. Yn waeth na dim, bydd cinio i ddilyn, a bydd Harri'n gorfod sefyll ar ei draed a gwneud sioe ohono'i hun unwaith eto. 'Co Harri Selwyn,' bydd pobl yn ei ddweud. 'Iesu, mae hwnco'n rhy hen i godi'i fforc, heb sôn am redeg rasys! Shwt yn y byd mae e'n 'i neud e? Beth yw 'i gyfrinach?' A phawb yn disgwyl i ddyn felly fod yn ffraeth ac yn lliwgar.

Gobaith Harri, felly, yw y bydd Beti'n ddigon hwylus i ddod i'r cinio yfory, i rannu baich y sylw a'r tynnu coes. Mae'n gobeithio y bydd hi ar gael heddiw hefyd, i'w helpu i ateb cwestiynau Sam Appleby a'i gywiro os aiff ar gyfeiliorn. Ac eto, mae'n gwybod na fydd Beti'n gallu ateb pob cwestiwn, ac mae hyn yn peri peth pryder iddo. 'Pryd redest ti gyntaf, Harri?' gofynnodd Sam neithiwr. 'Wyt ti'n raso ers pan o't ti'n fach?' Na, does dim disgwyl i Beti wybod yr ateb i gwestiynau fel 'na a does dim diben gofyn iddi. Doedd Harri yntau ddim yn gwybod yr atebion neithiwr. 'Gad i fi feddwl, nawr te . . .' Dyna i gyd y gallai ei ddweud, nes bod Sam yn chwerthin a Joe'n awgrymu wedyn ei fod e'n rhy bell yn ôl i'w gofio, mor bell yn ôl fel y byddai man-a-man i Sam ei holi beth wnaeth e yn Rorke's Drift neu'r

Yn y modd hwn, trwy anadlu a chyfri a cheisio mesur y gronyn bach o amser rhwng curiad y galon a'r pỳls yn y glust, mae Harri'n llwyddo i fygu cwestiynau Sam. Ymhen munud mae'r galon yn adennill yr arafwch sy'n weddus i chwech o'r gloch y bore. Yna, rywle rhwng un curiad a'r llall, aiff Harri yn ôl i gysgu. Cwsg ysgafn, aflonydd yw hwn. Byddech chi'n dyfalu, efallai, wrth weld troed yn rhoi plwc bach o dan y blancedi bob hyn a hyn a chlywed rhyw fwmial isel yn ei wddf, ei fod yn breuddwydio am y ras yfory. Efallai ei fod yn ei ddychmygu ei hun yn dringo Allt y Big, am mai honno yw'r rhiw galetaf ar y Bryn Coch Benefit Run, does dim dwywaith, 'waeth beth fo'ch oedran. Neu, fel arall, gallech chi dybio ei fod yn rihyrsio'r anerchiad bach y bydd angen iddo ei gyflwyno ar ôl y cinio, i ddweud diolch am y teyrngedau ac i dynnu coesau'r rhai a fu'n tynnu ei goes yntau ar hyd y flwyddyn. Ond byddech chi'n bell ohoni oherwydd, erbyn hyn, mae meddwl Harri wedi symud at bethau tra gwahanol. Nid Allt y Big sy'n ei boeni bellach, na thynnu coes. Yr hyn sy'n peri i droed Harri roi plwc bach bob hyn a hyn o dan y blancedi yw'r llun yn ei feddwl o'r trwser a brynodd ddoe yn siop David Lewis yn y dre: llun ohono ef ei hun yn clymu'r gwregys, yn teimlo'r cotwm ysgafn yn erbyn ei goesau a meddwl, Wel, dyna gyfforddus, ar ôl y trwseri trwm, coslyd y mae wedi bod yn eu gwisgo, ac yn enwedig yr adeg yma o'r flwyddyn, a'r tywydd yn dechrau twymo. A llais Beti wedyn, yn dweud, 'Na, na, Harri bach. Mae e hanner ffordd lan dy din di!' Ac er i Harri lacio'r gwregys a thynnu'r trwser i lawr ryw fymryn dros ei gluniau, doedd hynny ddim yn tycio. 'Galla i weld dy socs di, Harri! Pwy sy moyn gweld dy socs di? Pwy sy moyn gweld socs hen ddyn?'

3

Harri Selwyn v. Sam Appleby (1)

Ffones i Beti o'r Mason's Arms a gweud wrthi am beido aros lawr, a gofyn iddi'n strêt wedyn, 'Ti wedi siarad â Sam Appleby? Na'th e ffono o gwbwl? Na'th e ofyn cwestiyne i ti?'

'Naddo,' wedodd Beti. 'Sa i wedi siarad ag e ers y busnes arall 'na.' A gweud bo' fi'n neud môr a mynydd o'r peth, taw fel 'na o'dd e 'da pob un, siŵr o fod. Digon teg, hefyd. Dwi ddim yn gweld dim bai ar Beti am drial 'y nghysuro fi. Ond sdim gwahanieth. Mae e wedi cawlo pethe o'r bla'n a bydd e'n cawlo nhw 'to o ga'l hanner cyfle. Dyna'r gwir plaen. Wedodd Beti'r tro dwetha bo' fi'n mynd dros ben llestri, bod pobol ddim yn credu hanner beth maen nhw'n 'i ddarllen yn y papure y dyddie 'ma. 'A dim ond y *Gazette* yw e, Harri. Y *Gazette*.' 'OK,' wedes i, 'ond beth am yr hanner arall? Beth am yr hanner *maen* nhw'n 'i gredu?' Achos mae hanner papur newydd yn lot fawr o eirie a mae'n fwy na digon i ddistrywo bywyd dyn. O'n i ar dir saff f'yna hefyd, achos o'dd busnes y *News of the World* newydd ddod mas.

'Cofia'r *News of the World*,' wedes i. 'Mae 'na ddynon yn jâl am beth nelon nhw f'yna.'

'O, ti'n meddwl bod Sam Appleby'n tapo dy ffôn di, Harri, wyt ti?'

'Haco,' wedes i wrthi. 'Haco maen nhw'n 'i alw fe nawr, dim tapo.'

A dim haco, falle, ond rhywbeth arall. Ta beth sy'n cyfateb i haco i newyddiadurwr bach ceinog-a-dime fel Sam Appleby. Palu trwy'r rybish. Neu ddod i'r tafarn a rhoid 'i glust wrth y pared pan bo' fi'n trial ca'l *chat* fach dawel 'da'n ffrindie. Fel na'th e neithiwr, yn y Mason's Arms. Sy'n beth digywilydd. A rwy'n gweud wrthoch chi nawr, mae isie i chi fod ar eich gwyliadwrieth pan y'ch chi yn yr un stafell â rhywun fel Sam Appleby a mae e'n dod lan atoch chi a siglo'ch llaw a esgus bod yn ffrindie, yn 'ti' a 'tithe' i gyd. 'Harri Selwyn . . . Wel, wel, ers llawer dydd!' A holi am Beti wedyn, a'r plant, fel se taten o ots 'da fe am 'y mhlant i. Cynnig peint i fi hefyd. A un arall ar ôl i fi gwpla hwnna, achos bod hi'n fraint, medde fe, cael prynu peint i'r *star attraction*. Wedes i bo' fi'n ddiolchgar am y peint, ond bod digon o sebon 'da fi yn tŷ, diolch yn fawr. A bo' fi'n ddigon hen i brynu 'n rownd 'n hunan, *star attraction* neu beido.

Dyna pam ffones i Beti o'r Mason's Arms neithiwr, i ofyn o'dd hi wedi siarad â'r diawl. Achos dyna rywbeth arall mae dynon y papure newydd yn neud. Maen nhw'n haco ffôns, maen nhw'n twrio trwy'ch sbwriel, a maen nhw'n mynd tu ôl i'ch cefen chi hefyd, yn siarad â phob math o bobol o'ch chi'n 'u hanner nabod yn oes y *quiffs* a'r *drainpipes*. Rhywun sy â asgwrn i bigo. Rhywun sy'n siarad yn 'i gyfer, heb feddwl beth mae e'n 'i weud neu shwt fydd e'n ca'l 'i stumio.

Ond 'Naddo' wedodd Beti, ddim ers y busnes arall. Sy'n hala fi i feddwl falle taw Raymond o'dd e. Achos o'dd Sam yn gwbod pethe heno nag o'dd dim hawl 'da fe wbod, a neud cawlach o'r rheiny wedyn, achos dim ond 'u hanner gwbod nhw o'dd e. Ydw i wedi sôn wrthoch chi am Raymond? Na, sa i'n credu 'ny. Rwy wedi sôn am y llygoden a'r pryfyn ond dwi ddim wedi siarad am 'y mrawd i eto. Raymond yw ei enw fe. A dyna chi, dyna i gyd sy isie i chi wbod. Raymond Vincent.

Mae'n neud synnwyr hefyd, cofiwch. Galle Sam ga'l gafel ar Raymond heb bo' fi'n gwbod dim. A sdim dal pwy gybolfa ddele mas wedyn, rhwng y ddou o' nhw. Galla i 'u gweld nhw nawr, Sam yn dod lan at Raymond a'i feiro yn 'i law a gwên wedi'i startsio ar 'i wyneb a gweud, 'Duw, duw . . . Nage brawd Harri Selwyn wyt ti? Ble wyt ti wedi bod yn cwato'r holl flynydde 'ma? Mae'n bryd i bobol ga'l gwbod amdano ti, Raymond . . . Beth maen nhw'n dy alw di, gwed? Ray, ife . . . ? Dyna ti . . . Rho dy hanes i fi, Ray . . .' Mae'r tafod yn troi fel melin wedyn i drial plesio'r diawl. 'Fy hanes i? Wrth gwrs, dyma fe i ti, ar blât. Licet ti rywbeth arall?' Mae'r bys yn mynd at y wefus, y llais yn gostwng. 'Rhyngot ti a'r peder wal . . . *Strictly off the record*, ti'n deall.' Fel 'na maen nhw'n dala chi mas.

Triodd e neud yr un peth 'da fi neithiwr yn y Mason's Arms. Dod lan ata i a gweud, 'Shwt mae'n teimlo i fod y rhedwr hyna yng Nghymru, Harri . . .' A'i law e'n mynd miwn idd'i siaced e i mofyn 'i *notebook*. O'dd whant 'da fi weud wrtho fe, Nage, nage, mae digonedd o bobol henach na fi i ga'l, gwboi. Digonedd. A sen i'n gallu cofio'i enw fe bydden i wedi sôn am y dyn bach 'na o India o'dd yn y papur p'ddiwrnod, achos o'dd hwnnw dros 'i gant pan redodd e'r Marathon y tro dwetha, a'i gwpla fe hefyd, a dim ond crwt ifanc 'yf fi wrth ochor hwnnw. Ond o'n i'n ffaelu cofio'r enw a o'n i ddim isie 'i weud e'n anghywir a cha'l Sam yn mynd at 'i gompiwter a dod 'nôl ata i wedyn a gweud, Na, Harri, sa i'n credu bod hwnna'n gywir 'da ti . . . Shwd wyt ti'n sbelian yr enw 'to? A gorffod goddef y wên hunanfodlon 'na. Weda i wrtho fe 'to, ar ôl i fi edrych yn y papur a sgrifennu'r peth lawr. Mae dyn yn saffach wedyn, o sgrifennu pethe lawr. Achos rwy wedi ca'l 'y nala mas o'r bla'n fel 'na.

'O'dd *turban* 'da fe,' wedes i. 'O'dd e'n rhedeg mewn *turban*.' O'n i'n cofio'r llun, chwel. Y llun yn y papur o'r hen ddyn yn ei *turban*. Yn wên i gyd.

4

Dydd Gwener, 21 Mai 2011, 9.15 y bore

Ar ôl dihuno'r eilwaith, mae Harri'n gweld y trwser yn hongian ar ddrws y wardrob, yn barod i fynd yn ôl i'r siop. Yna, yn anghrediniol, mae'n gweld y cloc wrth erchwyn y gwely. Mae'n dweud chwarter wedi naw. Gan wrthod derbyn tystiolaeth ei lygaid, mae Harri'n cydio yn y cloc a'i ddodi wrth ei glust, i wneud yn siŵr nad chwarter wedi naw neithiwr yw hwn a bod bysedd y cloc wedi aros yn eu hunfan. O glywed y tician, a methu credu'r dystiolaeth honno chwaith, mae'n chwilio am esboniadau eraill oherwydd, erbyn hyn – na, erbyn tri chwarter awr yn ôl – dylai'r llenni fod wedi cael eu tynnu, dylai fod yn eistedd wrth y bwrdd brecwast yn bwyta ei hanner bowlennaid o uwd, yn yfed ei gwpanaid o de. Dylai fod yn gwisgo ei dracsiwt.

'Beti?'

Am y tro cyntaf ers iddi farw, mae Harri'n siarad â'i wraig. Gwna hynny dan ei wynt. Er gwybod na fyddai Beti fel arfer yn dymuno cysgu mor hwyr â hyn, dyw e ddim am darfu ar ei llonyddwch. Peth digon prin yw cwsg o'r fath, a phwy a ŵyr na chafodd hi noson arbennig o drwblus neithiwr, a bod Harri heb glywed y peswch arferol, yr ymladd am ei hanadl. Mae'n ceisio cofio sawl peint gafodd e yn y tafarn, ai tri, ai pedwar, ac yn meddwl, Ie, dyna ddigwyddodd, bownd o fod. Effaith y cwrw. Peth amheuthun yw cwsg o'r fath, yn bendant, i un fel Beti, a dyw e ddim yn gwarafun yr un eiliad iddi. Rhyw sibrwd bach, felly, dan ei wynt.

'Beti?'

Mae'r diffyg ateb yn cadarnhau ei ddamcaniaeth. Mae Beti'n cysgu'n drwm, yn llawer trymach nag arfer, a chreulondeb fyddai ei dihuno, 'waeth beth fo'r awr. Dim ond cefn ei phen sydd yn y golwg, a hwnnw wedi'i gladdu'n ddwfn yn y gobennydd. Mae bysedd ei llaw chwith yn gafael yn dynn yn y cwrlid, fel petai hi newydd ei dynnu'n nes ati, rhag teimlo brath yr awyr foreol. Ac i Harri, y llaw honno sy'n dweud y cyfan: mae Beti am aros yma am sbel eto, yng nghlydwch ei gwely.

5

Harri Selwyn v. Sam Appleby (2)

Wyth mlynedd yn ôl. Dyna pryd ges i 'nala mas. A mae'n well bo' fi'n gweud wrthoch chi nawr, tra bo' fi'n meddwl am y peth. Wyth mlynedd yn ôl, mae e i gyd yn y ffeils 'da fi. Dim ond unwaith, cofiwch. Ond mae unwaith yn ddigon gyda rhywun fel Sam Appleby. Dim ond unwaith mae isie dysgu'r wers honno. Nawr te, rhag ofan bod rhywun yn gweud yn wahanol, dyna i gyd wedes i wrth Sam Appleby o'dd hyn. Bod Thomas Hicks yn arfer ca'l dracht fach o stricnin pan o'dd e wedi blino. 'Beth yw'r gyfrinach, Harri?' wedodd Sam. Achos o'dd e'n neud *feature* ar hanner marathon

Caerdydd. O'dd hwnna'n dechre'r flwyddyn honno, a lot o selébs yn cymryd rhan. A o'dd e moyn gwbod o'dd 'da fi ryw dips i gynnig i Ranulph Fiennes, i helpu fe trwy'r ras, achos o'dd e'n un ohonyn nhw, un o'r selébs. A wedes wrtho fe, 'Mae 'da pob un 'i gyfrinach.' A sôn am Thomas Hicks a'i stricnin wedyn, achos dyna beth dda'th i'n feddwl i. Mae'n ffaith hefyd. Ffaith annymunol, sa i'n gweud llai, ond ffaith serch 'ny. Enillodd e'r Marathon yn 1904 a'r stricnin na'th y gwahanieth. Bwrw'r wal ar ôl pymtheg milltir. Dracht o stricnin. Coese'n mynd yn wanllyd wedyn marce'r ugen milltir. Dracht arall o stricnin. Ca'l 'i hunan yn barod am y lap ola. Yr un peth 'to. 'St Louis,' wedes i. 'Y St Louis Olympics, 1904. Yr un pryd â'r Diwygiad.' Nage dim *ond* stricnin o'dd e'n yfed, cofiwch. O'dd e'n cymysgu'r stricnin 'da chwpwl bach o wye a diferyn o frandi. Ond y stricnin o'dd yn sefyll mas, y stricnin na'th y gwahanieth.

A wedodd Sam, 'Beth wyt ti'n feddwl am hynny, te, Harri?'

'Meddwl am beth, Sam?' wedes i.

'Bod rhywun yn cymryd stricnin, Harri . . . Bod rhywun yn ennill ras ar ôl yfed stricnin . . . Beth wyt ti'n feddwl am hynny?'

'Mae 'da pob un 'i gyfrinach.' Dyna beth wedes i.

Hwnna o'dd y cam gwag. Achos o'n i bach yn ddibrofiad yr adeg 'ny, le o'dd papure newydd yn y cwestiwn, a o'dd busnes y *News of the World* ddim wedi torri eto. Siarad yn 'y nghyfer, chwel. 'Mae 'da pob un 'i gyfrinach.' Dyna beth wedes i. A sen i wedi sôn am y Kalenjin a'u India Corn a'u cwrw, falle bydden i wedi bod yn iawn, achos cyfrinach fach ddigon diniwed yw cwrw a India Corn. Neu Mam-gu a'i Carters Liver Pills. A'r ffaith bo' fi rio'd wedi llyncu dim

byd cryfach na Haliborange. Bydden i wedi dodi'r peth yn
'i gyd-destun wedyn. Ond 'nes i ddim. A'th y *Gazette* i roi'r
ddou 'da'i gilydd, y stricnin a'r gyfrinach. *What is Harri
Selwyn's Secret?* o'dd y pennawd, yn llythrenne mawr ar
y dudalen gefen. Fel se 'da fi rywbeth i gwato, rhywbeth
gwa'th na stricnin, hyd yn o'd. 'Beth yw dy gyfrinach di,
Harri?' o'dd hi ym mhob man, a winc fach. A'r llythyr wrth
y Welsh Athletics Association wedyn, a dim winc yn agos i
hwnnw. A beth yw gwerth ymddiheuriad bach crintachlyd
ar waelod tudalen chwech ar ôl ca'l llythyr fel 'na? Ydw i
wedi sôn wrthoch chi am y Kalenjin? Y Kalenjin o Kenya?
Naddo? Wel, fe ddo i'n ôl atyn nhw yn y man.

Ta beth, wyth mlynedd 'nôl o'dd busnes y stricnin. 2003.
A dyw Sam Appleby ddim wedi newid dim ers 'ny. Ydy,
mae e wedi rhoi pwyse mla'n, a mae mwy o wallt yn 'i
glustie erbyn hyn nag sydd ar 'i ben. Ond nage dyna beth
rwy'n feddwl. Y dyn tu fewn sydd ddim wedi newid. Dyna
beth rwy'n feddwl. A dyna pam ofynnes i iddo fe ddodi'i
gwestiyne i gyd ar bapur, i fi ga'l 'u hystyried nhw'n iawn,
yn 'n amser 'n hunan, heb siarad yn 'y nghyfer. 'Cei di'r
atebion wedi'u sgrifennu lawr hefyd,' wedes i wrtho fe, a
throi'n ôl at 'n ffrindie i wedi 'ny, gan feddwl bo' fi wedi
dodi clawr ar y sosban. Ond dyna'r gwaetha gyda sosban,
y'ch chi'n dodi clawr arni ddi a mae hi'n berwi drosto
wedyn, a mae dŵr a sgym ymhob man, a mae hwnna'n
wa'th na'r stêm o'ch chi'n trial 'i stopo yn y lle cynta. Ydy,
llawer gwa'th. Dyma Sam yn tynnu'i bàd sgrifennu mas
wedyn a mynd i sgriblan yn y fan a'r lle, achos smo fferets
byth yn cysgu, glei, a dyna pam rwy'n gweud bod rhaid i
chi fod ar eich gwyliadwrieth, neu fe gân nhw eich bola a'ch

perfedd chi, y fferets papure newydd 'ma. Ca'l eich bola a'ch perfedd, a mynd am eich ceillie chi wedyn.

A falle bydde'n syniad i chithe dynnu pishyn o bapur mas hefyd, i ga'l rhoi pethe lawr, cyn i chi fynd i ddrysu ac anghofio. Sdim rhaid i chi sgrifennu popeth, cofiwch. Sdim isie becso am y llygoden. Na'r pryfyn. Na Mam-gu a'i *liver pills*. A sa i'n credu bydda i'n gweud dim mwy am Thomas Hicks chwaith, achos gath busnes y stricnin 'i sorto yn y diwedd, ces i ymddiheuriad am hwnna. Ond byddwch chi moyn cadw cofnod o'r lleill. O Sam Appleby a Raymond. Ie, a'r Kalenjin hefyd, falle. Jyst rhag ofan. Achos y'ch chi byth yn gwbod pryd fyddan nhw'n galw arnoch chi i roi tystioleth. Y'ch chi'n gwbod beth sy 'da fi? I weud, Fel hyn digwyddodd hi, dim fel arall.

A bydda i moyn i chi fod 'na. I fod yn dyst.

Bydda.

6

Dydd Gwener, 21 Mai 2011, 9.15 y bore

Er gwaethaf y blancedi trwm, y mae corff Beti eisoes wedi oeri ac ni fydd yn cynhesu eto. Mae'r bysedd wedi dechrau cyffio, a hynny, mae'n debyg, sy'n rhoi'r argraff ei bod hi'n ceisio tynnu'r dillad gwely yn dynnach amdani. Er hyn i gyd, ac er gwaethaf y tawelwch anarferol, gellir maddau i Harri am feddwl, 'Wel, gadawa i lonydd iddi, te. Af i i neud y negeseuon': prin hanner awr sydd ganddo bellach i wneud ei ymarferiadau corff, i wisgo, i gael ei frecwast, ac i gerdded i ben yr hewl er mwyn dala'r bỳs deg o'r gloch i'r dref. A does wiw iddo ddala bỳs diweddarach oherwydd bydd Sam Appleby yma am hanner awr wedi deuddeg. Yna, wrth restru'r tasgau hyn i gyd yn ei feddwl, mae Harri'n sylweddoli y bydd rhaid iddo hepgor ei frecwast: cyfrifoldeb Beti yw paratoi brecwast a does ganddo mo'r amser i wneud hynny ei hun, ddim ar ben popeth arall. Efallai y bydd rhaid hepgor ei ymarferiadau hefyd, ac mae mwy o ots am hynny oherwydd dyna'r peth olaf mae rhedwr eisiau ei wneud yw tynnu cyhyr ddiwrnod o flaen ras.

Cwyd Harri o'i wely gan ddilyn yr un drefn ag o'r blaen. Mae ychydig yn haws y tro hwn am ei fod wedi gwneud rhai o'r symudiadau hyn unwaith yn barod y bore 'ma ac mae cyhyrau'r coesau wedi cadw peth o'u hystwythder. Y cefn yw'r gelyn erbyn hyn. Ond gelyn cyfarwydd yw e ac mae Harri'n gwybod yn iawn sut i'w drechu. Rhydd ei ddwylo am ei ganol a thylino'r cyhyrau gyda'i fodiau. Bob yn fodfedd, mae'n ei dynnu ei hun i'w lawn daldra. Yna mae'n gostwng ei ên ar ei frest a symud ei ben o ochr i ochr. Mae'n troi ei ysgwyddau, yn ôl ac ymlaen, yn ôl ac ymlaen. Yna, wrth deimlo bod ei gorff wedi dihuno'n iawn, mae'n cymryd anadl ddofn. I mewn trwy'r trwyn. *Un, dau, tri, pedwar, pump.* Ac allan trwy'r geg. *Un, dau, tri, pedwar, pump.* Gwna'r un peth eto. I mewn trwy'r trwyn. Allan trwy'r geg.

Yn sydyn, wrth weithio ei fodiau'n ddwfn i'r cyhyrau o dan ei asennau, mae Harri'n teimlo rhywbeth tebyg i frath cyllell yn ei ystlys, ac yn meddwl, Iesu, o le da'th hwnna? Dyw e ddim yn cofio teimlo'r poen hwnnw o'r blaen, ddim yn ei ystlys. Ond mae wedi teimlo digon o boenau tebyg, ac mae'n gwybod sut i'w trin. Cladda'i fysedd yn ei gyhyrau eto a gwneud cylchoedd o gwmpas y dolur er mwyn mesur ei hyd a'i led. Gwthia'i fawd i ganol y drwg a gwingo. Dywed yn isel, rhwng un anadl a'r llall, 'Push through the pain. Push through the pain.' Gwthia eto, gan wybod bod y dolur ar ei waethaf nawr, mai gwella a wna o ddal ati. Ymhen hanner munud mae'n gallu gwthio heb wingo. Efallai mai dim ond cyfarwyddo â'r dolur mae e, ond does dim ots am hynny. Gŵyr o brofiad fod hynny'n well yn y pen draw, oherwydd mae poen bob amser yn dod yn ôl, beth bynnag wnewch chi. Dysgu byw gyda'r poen: dyna'r gyfrinach. 'The only way out is through.' Gwthia eto. 'Through . . . Through.' Yna, cerdda Harri draw at y ffenest a rhoi ei ben rhwng y llenni. Dim ond cwpwl o gymylau bach gwlanog sydd yn yr awyr. Mae'n oedi yno am ychydig, gan edrych ar draws yr ardd tuag at y coed yn y parc. Mae'n falch bod y tywydd, o leiaf, o'i blaid, ei bod hi'n argoeli'n dda am yfory.

Heb agor y llenni, mae Harri'n tynnu'r trwser oddi ar ddrws y wardrob ac ystyried y label: Taupe 'Charleston' Herringbone Flat Front Trousers. 'Taupe.' Roedd wedi bwriadu holi Beti am y gair hwn ond anghofiodd wedyn, pan ddwedodd hi fod y coesau'n rhy fyr. Gair Ffrangeg yw e, yn ôl ei olwg, yr un peth ag *haute cuisine* neu *mauve*. *Tôp*, felly. I odli gyda *hope*. Mae'n troi'r gair ar ei dafod, yn seinio'r 'p' â'i wefusau. *Tôp*. Edrycha eto ar y label oherwydd, wrth feddwl amdano, dyw e ddim yn hollol sicr mai dyna sut mae ynganu'r gair. Pwy sydd i ddweud mai gair Ffrangeg yw e? Gallai fod yn Saesneg. Ac os felly, byddai'n siŵr o odli gyda . . . gyda . . . *Thorpe*. Dyna fe. Byddai'n odli gyda Jeremy Thorpe . . . Torp, Tôp, Torp, Tôp . . . Bydd rhaid holi eto. Peth digon rhyfedd yw'r 'herringbone' hefyd, a rhyw dinc bach anffodus yn ei gylch, oherwydd perthyn i waddod y bin sbwriel mae peth o'r fath, nid i fyd dillad smart. Ond o ystyried gwead y defnydd, mae Harri'n gorfod derbyn ei fod yn ymdebygu, o ran ei batrwm, i asgwrn pysgodyn. Dyw e ddim yn poeni am y 'Charleston' am fod y gair mewn dyfynodau: enw'r steil yw hwn, a does dim disgwyl i enw'r steil olygu dim byd.

Mae Harri'n penderfynu mynd i'r stafell ymolchi i wisgo er mwyn peidio â tharfu ar ei wraig. Gŵyr hefyd, trwy wneud hynny, na fydd angen gwastraffu amser wrth siarad ac egluro ac ateb cwestiynau, oherwydd dyna fyddai'n siŵr o ddilyn, petai Beti'n dihuno. 'Y coese, Harri . . . Cofia'r coese . . .' Bydd yn arbed pum munud trwy beidio â siarad â Beti, a dyna'r ystyriaeth bwysicaf ar hyn o bryd: arbed amser.

Mae Harri'n rhoi ei drwser newydd yn daclus dros ei fraich chwith. Yna mae'n codi ei dracsiwt a'i ddillad isaf yn ei law dde a cherdded at ddrws y stafell wely. Cydia yn y bwlyn a cheisio ei droi. Mae hyn yn anodd. Mae ei law dde yn llawn, ac oherwydd hynny rhaid iddo ddefnyddio ei law chwith i droi'r bwlyn. Ar ben hynny, rhaid cyflawni'r dasg hon gan ddefnyddio'i fysedd yn unig oherwydd, petai'n troi'r llaw gyfan, byddai'r fraich hefyd yn troi a byddai'r trwser yn cwympo i'r llawr. Ond yn ei goesau mae cryfder Harri Selwyn, nid yn ei fysedd, ac mae'r ymdrech yn methu. Diau mai'r peth callaf i'w wneud erbyn hyn fyddai mynd â'r cyfan yn ôl i'r man cychwyn a dechrau o'r newydd. Ond mae amser yn brin. Rhaid agor y drws. Rhaid mynd i'r dre. Dyna pam mae Harri'n tynhau ei afael ar y bwlyn ac yn rhoi tro sydyn iddo â'i law gyfan, gan hyderu, siŵr o fod, y bydd ei gyflymder, ynghyd â grym ei ewyllys, yn ddigon i sicrhau llwyddiant. Mae'r trwser yn cwympo. Yn reddfol, mae Harri'n ceisio ei achub â'i law dde, ond effaith hynny yw gollwng y tracsiwt a'r dillad isaf hefyd. Syrthia'r rheiny'n dwt ar ben y trwser. Gan ddal ei anadl, mae Harri'n troi ac edrych ar Beti. Ni wnaeth y trwser na'r dillad eraill fawr ddim sŵn wrth lanio ar y carped trwchus. Serch hynny, mae'n anodd ganddo gredu nad yw ei ddau anhap wedi twrio rywsut i ymwybyddiaeth ei wraig. Ond mae ei llaw yn llonydd o hyd, ei llygaid ynghau.

Mae Harri'n codi'r dillad o'r llawr. Y tro hwn y mae'n eu rhoi nhw i gyd dros ei fraich chwith, gan adael ei law dde'n rhydd i droi'r bwlyn. Gwna hwnnw ei *glic* arferol. Dyw Harri ddim yn rhyddhau'r bwlyn ar unwaith oherwydd mae'n gwybod y daw *clic* arall wedyn, wrth droi'r bwlyn yn ôl, a byddai'n drueni, ar ôl mynd i gymaint o drafferth, petai'r un *clic* hwnnw yn gwneud y gwahaniaeth rhwng cysgu a deffro. Saib fach, felly. I adfer y distawrwydd. Ac yna . . . *Clic.*

Yn y stafell ymolchi, aiff Harri'n syth at y drych a thynnu ei law dros ei ên. Mae'n penderfynu nad oes angen eillio eto – gall wneud hynny'n nes ymlaen, cyn i Sam Appleby ddod – ac mae hynny'n rhyddhad, achos mae'n arbed pum munud arall. Yna mae'n byseddu'r blewyn bach caled sy'n dechrau tyfu eto o dan ei drwyn. Gall hwnnw aros hefyd. Wrth dasgu dŵr oer dros ei wyneb, clyw eto lais Sam Appleby yn ei ben. 'Y tro cyntaf, Harri . . . Pryd o'dd hwnnw?' Ac am funud, dim ond y cwestiwn hwn sy'n ei boeni, ynghyd â'r teimlad annifyr bod yna gwestiwn arall yn llercian y tu ôl iddo rywle, un mwy tywyll, ac un nad yw eto'n gallu rhoi ei fys arno. 'Y tro cyntaf, Harri . . . Y tro cyntaf . . .'

Ar ôl sychu'i hun, mae Harri'n tynnu ei byjamas a gwisgo ei ddillad isaf a'i dracsiwt. Bydd hynny hefyd yn arbed amser, maes o law, pan aiff i loncian yn y parc. Edrycha yn y drych eto. Hoffai roi trefn ar y twffyn bach o wallt gwyn sy'n gwrychu ar ei gorun, ond mae wedi gadael y crib ym mhoced ei siaced. Yn lle hynny, mae'n gwlychu ei law dde o dan y tap a thynnu ei fysedd trwy ei wallt. Aiff y twffyn yn sbrigau bach pigog. Tyn ei fysedd trwyddo eto, a cheisio ei wastadu â chledr ei law. Ond does dim yn tycio. O resymu wedyn mai peth ofer yw cribo gwallt heb siafo hefyd, mae'n codi ei drwser newydd a mynd i lawr i'r gegin. Yno mae'n llenwi'r tegil hyd at y lefel isaf bosibl a rhoi cwdyn te yn ei fŷg Marathon Llundain. 'Y tro cyntaf, Harri . . . Pryd o'dd y tro cyntaf?' Cydia Harri yn ei ystlys a'i gwasgu eto. A siglo ei ben. 'Rhedeg wyt ti'n feddwl, Sam? Neu raso? Achos mae gwahanieth mawr rhwng rhedeg a raso.'

Ar ôl gwneud ei de mae Harri'n tynnu bag plastig David Lewis allan o'r drâr uchaf o dan y fainc a rhoi'r trwser ynddo. Dyma'r un bag plastig a ddefnyddiodd i gludo'r trwser adref ddoe ac mae hynny'n ei fodloni, yn gwneud iddo deimlo ei fod yn dilyn y camau priodol. O edrych trwy'r ffenest a gweld canghennau'r onnen yn yr ardd yn plygu yn y gwynt, mae'n penderfynu, er gwaethaf yr haul, ei bod hi'n rhy oer i fynd allan fel y mae, a dim ond tracsiwt amdano. Aiff i'r pasej a gwisgo ei anorac las. Trawa'i law ar ei boced chwith er mwyn sicrhau bod ei waled yno; yna'r boced dde, lle mae'n cadw ei sbectol ddarllen sbâr. Aiff yn ôl i'r gegin wedyn ac agor y cwpwrdd a thynnu o'r jar-newid-mân y tair punt y bydd eu hangen ar gyfer y bỳs. Yna, wedi'i fodloni ei hun bod popeth dan reolaeth, eistedda i lawr wrth y bwrdd a chymryd llymaid o de. Trwy'r ffenest, gwêl ei gymydog, Bob Isles, yn golchi llestri. Cwyd hwnnw ei law a gwenu. Gwna Harri'r un peth.

Dyma pryd mae Harri'n penderfynu mynd yn ôl i'r ystafell wely a dweud wrth Beti ei fod ar fin ymadael a gofyn a oes angen prynu unrhyw beth arall heblaw'r pysgod. Mae'n gyndyn o ddihuno ei wraig; ar y llaw arall, mae'n weddol siŵr bod hynny'n well nag ymadael heb ddweud gair. Mae eisoes wedi rhoi troed ar y stepen gyntaf pan edrycha ar ei watsh a phenderfynu, na, callach peidio, jyst rhag ofn. Aiff yn ôl i'r gegin a thorri darn o bapur o'r pad ar bwys y ffôn a mynd i chwilio am ei lasys. Er bod ganddo rai sbâr wrth law ym mhoced ei anorac, gŵyr Harri mai gadael llonydd i'r rheiny sydd orau, rhag ofn iddo eu rhoi nhw i lawr wedyn a'u hanghofio, oherwydd beth wnâi e yn y siop ddillad heb ei lasys? Edrycha ar y bwrdd, yna ar y seld. Yn y diwedd, daw o hyd i'r sbectol ar ben yr oergell, ynghyd â phos croesair y *Gazette*, ac mae'n rhyfeddu iddo adael hwnnw ar ei hanner. Bydd rhaid dychwelyd ato yn nes ymlaen. Cydia yn y beiro a sgrifennu neges mewn ysgrifen fawr, daclus.

Wedi mynd i'r dre.
Yn ôl erbyn deuddeg.
Pryna i bysgod.
H x

Does dim angen sôn am y pysgod, mewn gwirionedd. Dyma'r drefn bob bore dydd Gwener. Harri sy'n mynd i brynu pysgod erbyn heno, oherwydd bydd ei frawd, Raymond, yn dod draw i gael swper. Ond caiff rhyw foddhad tawel o roi mynegiant i'r sicrwydd hwnnw, o'i rannu gyda'i wraig.

Wrth gofio'n sydyn bod Beti wedi trefnu mynd i dorri ei gwallt y bore 'ma, mae'n ychwanegu:

Cofia dy wallt!

Mae Harri'n chwerthin wrth feddwl am Beti yn darllen y neges hon, am ei hymateb iddi. Ac mae'n drueni na fydd yma i glywed yr ymateb hwnnw. Doda'r papur tu ôl i'r eliffant pren ar y seld. Yna, wrth dynnu ei sbectol, mae'n teimlo ei bocedi eto. Ydyn, maen nhw yno: y waled yn y boced chwith, y glasys sbâr yn y boced dde. Ac o gysylltu'r ddau beth, y glasys a'r waled, mae'n tynnu'r waled allan a chwilio am y dderbynneb. Rhaid i Harri fod yn sicr bod honno'n ddiogel hefyd oherwydd gwaith ofer fyddai mynd â'r trwser yn ôl heb y dderbynneb. Mae hi yno, wedi'i phlygu'n ei hanner. *Sales Receipt . . . Store No . . . Date . . . Time . . . £29.99.* Wedi rhoi'r cyfan yn ôl a tharo'i boced eto â chledr ei law, saif yn ei unfan am funud er mwyn rholio'i ysgwyddau a phlygu ei goesau a gwasgu cyhyrau ei gluniau. Gweithredoedd symbolaidd yn unig yw'r rhain, i wneud iawn am y ffaith na chafodd gyfle i gyflawni ei ymarferiadau. Bydd angen ailgydio yn y rheiny eto, cyn iddo fynd allan am *jog*. Gŵyr mai peth annoeth yw mentro i'r oerfel heb dwymo'r cyhyrau, ond does dim dewis heddiw. Rhaid bod yn garcus. Gall dyn dynnu cyhyr hyd yn oed wrth gamu o'r pafin i'r hewl, hyd yn oed wrth ddala'r bỳs.

Ar ei waethaf, wrth gerdded heibio drws y stydi, mae Harri'n meddwl eto am Sam Appleby. Mae'n ystyried a oes ganddo bum munud wrth gefn, i dynnu cwpwl o bethau allan, i arbed strach yn nes ymlaen. Edrycha ar ei watsh. Dwy funud, efallai? Mae'n hongian ei gwdyn siopa ar fwlyn y drws ffrynt er mwyn gwneud yn siŵr na fydd yn ei anghofio wedyn; yna, ychydig yn ffrwcslyd erbyn hyn, mae'n troi'n ôl a mynd i mewn i'r stafell fach dywyll a fu unwaith yn stafell fwyta ond sydd bellach yn storfa ar gyfer llyfrau a gwaith papur a chelfi diangen.

'Nawr te, nawr te . . .'

Mae Harri'n tynnu pedwar albwm lluniau o'r silff isaf – silff letach na'r lleill, a neilltuwyd ar gyfer llyfrau mawr, trymion – a mynd â nhw i'r gegin. Yno mae'n eu rhoi ar y ford fawr, yn rhes gymen, yn barod i'w dangos i Sam yn nes ymlaen. Wedi gwneud hynny, edrycha ar ei watsh eto a meddwl, Wel, cystal i fi roi cychwyn arni nawr, wrth gofio, oherwydd bydd digon o grafu wedyn, pan ddaw Sam, gyda'i gwestiynau i gyd. Dim ond am funud.

'Nawr te . . . Y tro cyntaf . . .'

Mae Harri'n agor yr albwm hynaf, yr un llwyd gyda'r tasel coch. Yn anffodus, albwm o'r hen deip yw hwn, cyn i'r *spiral binding* ddod yn gyffredin, ac mae'n gwrthod sefyll ar agor. Mae Harri'n gofidio hefyd wrth weld bod rhai o'r llabedi bach gludog sy'n glynu'r lluniau wrth y papur wedi dod yn rhydd, a bod nifer o'r lluniau'n gam o'r herwydd. Bydd rhaid eu gludo nhw'n ôl. Neu efallai y byddai'n haws cael albwm newydd a dechrau o'r dechrau. Ond gwaith i yfory yw hynny, meddylia Harri, dim heddiw. Neu drennydd. Ie, erbyn meddwl, gwaith i ddydd Sul fydd rhoi trefn ar yr albwm. Digon i'r diwrnod.

O deimlo nad yw pethau eto'n dod i fwcwl fel yr oedd e'n dymuno, aiff Harri yn ôl i'r stydi a thynnu blwch mawr glas o'r silff isaf a mynd â hwnnw hefyd i'r gegin. Mae'n symud ar dipyn o garlam erbyn hyn, oherwydd mae'r ddwy funud benodedig wedi hen ddod i ben. Benthyca amser mae Harri, a bydd rhaid ei dalu'n ôl rywbryd.

'Nawr te . . .'

Mewn trefn gronolegol y mae'r eitemau yn y blwch hefyd – y toriadau o'r wasg, y rhestrau canlyniadau, y rhaglenni, y llythyrau – gyda'r ddiweddaraf ar y top. Mae Harri'n synnu mai'r ymddiheuriad gan y *Gazette* yw hon. Edrycha ar y dyddiad a'i ddarllen yn uchel.

'*Twenty first of April, two thousand and three.*'

A'i ddarllen eto.

'*Two thousand and three?*'

Chwilia ymhlith yr eitemau nesaf, rhag ofn bod rhai wedi mynd allan o drefn, gan feddwl siawns na ddigwyddodd rhywbeth gwerth ei gofnodi yn ystod yr wyth mlynedd diwethaf. Ar ôl dod o hyd i gopi o raglen aduniad ei hen ysgol yn 2005, mae'n siglo ei ben a dychwelyd at yr ymddiheuriad. 'The *Gazette* regrets any offence or misunderstanding . . .' Hyd yn oed ar ôl wyth mlynedd, mae llithrigrwydd y geiriau'n codi ei wrychyn. 'It was not the *Gazette*'s intention to suggest that Mr H. Selwyn attempted to enhance . . .' A byddai'n dda gan Harri dreulio mwy o amser yn ail-fyw'r teimlad hwnnw, y dicter cyfiawn. Ond rhaid ymatal. Peth i'w gadw i fyny ei lawes yw hwn, a'i dynnu allan yn ôl yr angen, os bydd y newyddiadurwr yn ceisio chwarae ei driciau dan-din eto. 'Wyt ti'n cofio hwn, Sam . . . ?'

Wedi rhoi'r ymddiheuriad i'r naill ochr, aiff Harri'n syth at waelod y bocs a gafael yn y ddwy eitem hynaf. Caiff bleser o wneud hynny, o'r ffaith bod y creiriau hyn yn fwy ufudd na'r lluniau. Dyma'r rhai sy'n cyfri, meddylia. Dyma'r prawf, y cofnod swyddogol: ei gerdyn aelodaeth cyntaf, a'r geiriau *Taff Harriers 1947-8* mewn llythrennau aur ar y tu blaen; ac yna, oddi tano, tabl canlyniadau'r *Penwyllt 7 Mile Challenge 12 May 1947,* a'i enw ei hun wedi'i gamsillafu a'i danlinellu mewn inc coch.

```
17 Billy Curtis TH M50 36.32
18 Steve Bayley Worcester AC SM 36.34
19 Sam Worth Staffordshire Moorlands AC M50 36.40
20 Harry Sellwyn Taff Harriers JM 36.50
21 John Doe Telford AC JM 37.03
22 Clive Martin Swansea AC JM 37.10
23 David Felton Taff Harriers AC M40 36.54
```

'Dyna'r dechre i ti,' medd Harri, dan ei anadl. 'Dyna ddechre'r raso. Os taw raso ti'n feddwl.'

7

Harri Selwyn v. Billy Curtis, Penwyllt, 1947

'Penwyllt,' wedes i wrth Sam neithiwr, yn y Mason's Arms, dim ond i gau ei ben, i roi stop ar y tynnu co's. 'Y Penwyllt Seven Mile Challenge. Mai 1947. Rhif 41. Cei di weld y llunie fory. A'r enwe i gyd.'

A'th e'n dawel wedyn, achos sa i'n credu bo' fe'n disgwyl i fi gofio pethe fel 'na. Y dyddiad. Y rhif. Y manylion i gyd.

'Dyna'r un gynta i ti, Sam,' wedes i. 'Penwyllt. Ugeinfed mas o hanner cant.' Achos hwnna o'dd y cwestiwn ar dop y pishyn papur o'dd e wedi'i roi i fi.

Y TRO CYNTAF?

Jyst fel 'na. Dim byd arall. Tri gair a marc cwestiwn wedi 'ny. Yn llythrenne bras i gyd, rhag ofan bo' fi'n ffaelu gweld yn iawn, bo' fi'n ca'l gwaith darllen. 'Dyna'r tro cynta,' wedes i. '1947.'

Er taw dim y tro cynta o'dd e, wrth gwrs. Ddim y tro cynta i gyd. Bydde'n rhaid i chi fynd 'nôl i'r ysgol i ga'l hyd i hwnnw. A dim byd ar bapur i brofi'r peth. Dim llun na dim. Hon o'dd yr un gynta 'da'r Harriers, dyna beth o'n i'n feddwl. Y tro cynta gyda *marshals* a tâp ar y diwedd a dyn yn tynnu llunie a phethach fel 'ny. A o'n i'n gwbod taw dyna beth o'dd e moyn idd'i bapur e. O'dd y llun 'da fi hefyd, yn y bocs. Ddim y tro cynta, felly, ond yn ddigon agos i rywun fel Sam Appleby.

'Ddim yn ffôl,' medde fe wedyn, yn y Mason's Arms. 'Ddim yn ffôl am y tro cynta.' Ond beth o'dd e'n feddwl o'dd, 'Ddim yn sbeshal chwaith, Harri. Dim i ddyn fel ti, sydd i fod yn *star attraction*.' O'n i'n gallu clywed y tinc 'na yn 'i lais. Fel taw fi o'dd wedi gweud bo' fi'n sbeshal. A nonsens yw hynny achos wedes i erio'd bo' fi'n sbeshal, dim ond bo' fi wedi dal ati, wedi cadw i fynd.

'Billy Curtis o'dd y seren,' wedes i. Achos o'dd Billy wedi cadw i fynd hefyd. 'O'dd Billy Curtis bron mor hen â Da'-cu,' wedes i. A o'dd hynny'n meddwl bo' fe'n hen iawn, i grwt ifanc fel fi, yn 1947. Yn *veteran*. A finne'n ffaelu deall shwt galle'r pen moel 'na faeddu'r bois ifanc i gyd. Pen moel a thrwyn mawr coch hefyd. Smo cryts yn deall dim. Yn meddwl bod 'da'r trwyn rywbeth i neud â rhedeg! 'Billy Curtis,' wedes i. 'Gyda fe dylet ti fod yn siarad, Sam, ddim 'da fi.' A meddwl wedyn, Ie, bydde hynny'n eitha sgŵp i ti, Sam Appleby. Achos mae Billy Curtis yn ei fedd ers deugen mlynedd. Bydde. Sgŵp a hanner. Yn well na Wilson of the Wizard.

Cofies i am y tra'd wedyn. Bo' fe ddim yn gwisgo socs a sgidie. O'n i ddim wedi gweld hwnna o'r bla'n, hen ddyn yn rhedeg yn droednoeth. O'n i'n dishgwl gweld 'i dra'd wedi'u racso erbyn y diwedd, a'r gwa'd yn llifo. Sefes i f'yna ar ôl y ras a'i wotsho fe'n tynnu mas y cerrig a'r drain a sa i'n gwbod beth arall, a lapan a wherthin trwy'r amser, achos o'dd e'n teimlo dim byd, o'dd cro'n 'i dra'd e fel cro'n crocodeil. O'dd. Yn gywir fel crocodeil. Dim gwa'd. Dim po'n. Weles i shwt beth erio'd. O'n i ddim wedi bod mas yn Kenya eto, cofiwch. O'n i ddim wedi gweld y Kalenjin, gweld taw dyna shwt o'dd pob un yn rhedeg f'yna. O'dd Wilson of the Wizard yn rhedeg heb sgidie hefyd, a o'n i'n gweld Wilson bob wthnos, ond cymeriad mewn comic o'dd hwnnw. Mae'n hawdd rhedeg heb sgidie mewn comic.

'Billy Curtis,' wedes i wrth Sam. 'O'dd e'n gwisgo dim byd am 'i dra'd. Dim socs, dim sgidie, dim byd.'

'Fel Sandie Shaw, ife?'

'Sandie Shaw?'

'T'mod. "Puppet on a String".'

'Beth amdani ddi?'

'O'dd Sandie Shaw'n gwisgo dim byd am 'i thra'd hithe,' medde Sam. Fel se canu rhywbeth yn debyg i redeg.

Ond dyna beth o'dd fwya rhyfedd, ddim bod Billy'n rhedeg heb sgidie, ond bo' fe ddim yn whysu. Ddim ar ôl saith milltir. Dim diferyn. O'dd e ddim mas o wynt na dim. A finne'n meddwl, Iesu, ydy'r bachan hwn yn anadlu? Achos o'dd e'n gwmws fel se fe wedi bod yn istedd ar soffa trwy'r prynhawn. A wy'n gwbod nawr taw hwnna yw'r gyfrinach, os o's rhaid i chi ga'l cyfrinach. Bod 'da'r trwyn lot i neud 'da rhedeg wedi'r cwbwl. Ddim bo' fe'n fawr. Ddim bo' fe'n goch. Ond bo' chi'n gwbod shwt i ddefnyddio fe.

'Ugeinfed mas o hanner cant,' wedes i wrth Sam. 'Na, ddim yn sbeshal. Ond dyna'r ras gynta i ti, os taw'r gynta rwyt ti moyn. Penwyllt. 1947. Gei di weld y llunie fory. A'r enwe.'

A dyna rywbeth arall mae'n rhaid i chi ddeall am Sam Appleby a'i sort. Y'ch chi ddim gwell o gau eich pen. Eith e i dwrio'n galetach fyth wedyn. Na, cynnig digon i lanw 'i gropa sy isie, fel bo' fe'n ffaelu llyncu rhagor. Cynnig ffeithie a llunie a phethe fel 'ny. Dyna'r gyfrinach. 'I gadw fe'n fisi. A rwy'n gwbod bod hynny'n ots i beth wedes i o'r bla'n, ond dyn llithrig ar y diawl yw Sam Appleby ac ambell waith mae'n rhaid i chi lithro gyda fe.

O's.

Ydw i wedi sôn wrthoch chi am Wilson? William Wilson of the Wizard? Naddo, sa i'n credu 'ny. Wel, dodwch hwnnw lawr ar eich pishyn o bapur hefyd, gyda Sam Appleby a Raymond Selwyn a'r Kalenjin. Sdim rhaid i chi boeni am Billy Curtis achos mae hwnnw wedi marw, ond mae isie i chi ddodi Wilson lawr achos mae e'n dal yn fyw. A fe yw'r hynaf o'r cwbwl.

8

Dydd Gwener, 21 Mai 2011, 9.17 y bore

Dim ond dwy eitem sydd ar restr siopa Harri heddiw: y trwser a'r pysgod. Mynd â'r trwser yn ôl fydd y gorchwyl cyntaf: rhaid dala'r bỳs i'r dref er mwyn gwneud hynny; gall brynu'r pysgod ar y ffordd yn ôl, yn siop Danny Irvine ar waelod yr hewl. Gŵyr fod rhyw faint o ansicrwydd ynglŷn â'r trefniant hwn. Hoffai gael tair lleden fach, am nad oes esgyrn mewn lleden. Mae angen tair hefyd am fod Raymond, brawd Harri, yn dod i swper heno. Dyna fu'r drefn bob nos Wener ers i Raymond golli ei wraig. Ac er bod y cysylltiad hwnnw wedi'i anghofio bellach, y mae'r awydd i wneud 'rhywbeth deche', i ddarparu ychydig o gysur teuluol i'r gŵr gweddw, wedi parhau. Dichon y byddai dwy yn ddigon, o ystyried cyn lleied mae Beti'n ei fwyta y dyddiau hyn, ond byddai hynny'n ymddangos yn gybyddlyd. Peth anodd, hefyd, yw rhannu dau bysgodyn rhwng tri. Tair lleden, felly. Neu, os nad oes lleden, macrell. Mae'n hawdd tynnu'r asgwrn o facrell. Ond fwy na thebyg bydd y lledod a'r mecryll i gyd wedi mynd erbyn iddo ddychwelyd o'r dref, achos mae'r siop yn agored ers saith y bore, mae galw mawr am bysgod fore dydd Gwener, a dyna'r rhai sy'n mynd gyntaf bob tro. Bydd digon o benfras ar ôl, wrth gwrs, a hadog hefyd, ond mae'r rheiny'n fwy o ffwdan ac mae'n gas gan Harri deimlo eu hesgyrn bach yn mynd yn sownd rhwng ei ddannedd. Serch hyn i gyd, mae'n cadw at ei benderfyniad i fynd â'r trwser yn ôl gyntaf. Does dim eisiau cario pysgod i'r dre a'r rheiny'n mynd i wynto dros bob man, ar y bỳs, yn y siop, ar y ffordd yn ôl wedyn.

A'r drewdod yn gwaethygu trwy'r amser, ta faint o bapur sy'n cael ei lapio amdanynt.

Pedwar sydd yn y ciw pan ddaw Harri at y ddesg Gwasanaethau Cwsmeriaid ar drydydd llawr siop David Lewis. Mae pob un yn cario cwdyn plastig ag enw a logo'r siop arno. Dyna eu trwydded fynediad. Ac er bod Harri'n teimlo ychydig yn annifyr – mae dychwelyd trwser yn awgrymu rhyw fesur o esgeulustod ar ran y perchennog – y mae gwybod ei fod yn gwneud hynny yn y modd priodol yn gysur iddo. Mae'n dilyn y rheolau. Mae'n cadw at y drefn. Dyna mae'r cwdyn yn ei gyhoeddi gerbron y byd.

Edrycha Harri ar ei watsh. Mae'n hanner awr wedi deg erbyn hyn, sy'n golygu bod ganddo ryw ugain munud i gwblhau ei dasg. Mae wedi rhoi'r dderbynneb yn y cwdyn, ar ben y trwser, fel na fydd angen mynd i chwilio amdani pan ddaw ei dro. A does dim byd ar ôl i'w wneud ond aros a derbyn gwasanaeth, yn ôl ei hawl a'i haeddiant. Mae popeth dan reolaeth. Does dim gormod o ots ganddo chwaith bod y cwsmer sy'n sefyll wrth y cownter ar hyn o bryd yn cael trafferth dod o hyd i'w derbynneb hithau. Mae hon yn twrio yn ei phwrs, yn tynnu allan sawl darn o bapur, gan gynnwys derbynebau eraill, o bosib – mae'n rhy bell i Harri ei gweld yn iawn – ac yn sefyll yn gegrwth wedyn pan ddywed y ferch ei bod yn flin iawn ganddi ond does dim modd cyfnewid nwyddau heb dderbynneb ddilys. Na, dyw Harri ddim yn gofidio am y pethau hyn. Yn wir, caiff bwl bach o *schadenfreude* wrth wylio anesmwythyd y fenyw, wrth glywed ei hymddiheuriadau ffwndrus, ac mae'n meddwl, Iesu, mae honco hanner 'n oedran i. Mae'n troi at y dyn tu ôl iddo a siglo'i ben. 'Dyna pam mae'n rhaid i chi'u cadw nhw'n saff, chwel. Mewn un man. Cadw'r *receipts* i gyd mewn un man. Jyst rhag ofan.' A chodi'r cwdyn wedyn, i dystio i'w drefnusrwydd. Edrycha draw ar y fenyw eto a meddwl, Ie, hanner 'n oedran i. Os hynny.

Mae Harri'n falch hefyd ei fod wedi agor ei anorac. Gwnaeth hynny am ei fod yn dwym, ond o ganlyniad mae hefyd wedi datgelu siaced ei dracsiwt a'r logo T. H., y ddwy lythyren wedi'u gosod o bobtu'r *zip*. Er bod tracsiwt braidd yn anghydnaws mewn siop safonol, hen ffasiwn fel David Lewis, mae'n dangos i'r cwsmeriaid eraill fod gan Harri bethau amgenach i droi atynt ar ôl cwpla'i waith fan hyn, pethau tu hwnt i drwseri a chydynnau plastig a siopa canol bore gyda'r hen bensiynwyr eraill. Pethau ychydig yn annisgwyl hefyd, i ddyn o'i oed. Ond dyna fe. Dyw dyn ddim yn stopio rhedeg achos ei fod e'n mynd yn hen. Mynd yn hen wrth stopio rhedeg, dyna'r rheol. A dyna rywbeth arall y mae'r tracsiwt yn ei ddweud. 'Hen? Fi? Na, dim ond ar yr wyneb. A hyd yn o'd ar yr wyneb . . .'

Wrth sefyll felly, yn ddigon bodlon ei fyd, mae Harri'n meddwl am y ras yfory. Mae'n meddwl yn arbennig am Beti, gan obeithio, unwaith yn rhagor, y bydd hi wedi bwrw ei blinder. Yn fwy na dim, mae'n gobeithio y bydd hi gartre pan ddaw Sam Appleby i edrych ar y lluniau, i ofyn ei gwestiynau, i'w ddala fe mas. Mae'n ceisio cofio pryd yn union mae Beti'n cael ei gwallt wedi'i wneud. Y bore 'ma, ddwedodd hi. Ond pryd? A ddwedodd hi pryd? Mae Harri'n ystyried y posibiliadau, yn eu hadrodd yn ei feddwl. Deg o'r gloch . . . Hanner awr wedi deg . . . Un ar ddeg . . . Ond does dim un o'r rhain yn swnio'n gyfarwydd. Yn ei lais ei hun y mae'n clywed yr amserau hyn, bob un, nid yn llais Beti.

'Next please.'

Pan ddywed y ferch tu ôl i'r cownter bod angen iddi gael gair â'r rheolwr, mae Harri'n meddwl ei bod hi'n gwneud hynny ar ryw berwyl arall ac yn synnu wrth ei gweld hi'n codi'r trwser a cherdded draw i'r adran lestri a dechrau siarad â bachgen ifanc mewn siwt dywyll. Teimla'n ddig bod cloncan â rhyw lipryn o grwt yn cymryd blaenoriaeth dros ei drwser. Dim ond pan mae'r ferch yn taflu cip arno dros ei hysgwydd, a'r crwt yn gwneud yr un peth, a'r ddau'n mynd i siarad wedyn gan edrych ar y trwser a siglo'u pennau, y daw Harri i sylweddoli mai hwn yw'r rheolwr y bu'r ferch yn sôn amdano.

Erbyn hyn mae rhagor o bobl wedi ymuno â'r ciw. Safant yn rhes gymen, bob un â'i fag siopa David Lewis yn ei law. O weld nad oes neb yn gweithio tu ôl i'r cownter bellach mae rhai yn dechrau anesmwytho. Mae'r dyn barfog ar flaen y ciw yn edrych ar ei watsh, yn siglo ei ben, yn sibrwd rhywbeth wrth y ddwy fenyw sy'n sefyll nesaf ato. Mae'r ddwy fenyw hwythau – mam a'i merch, yn ôl eu golwg – yn edrych draw i gyfeiriad y rheolwr, achos maen nhw wedi bod yn dilyn hynt y trwser ac maen nhw'n disgwyl y dyfarniad. Er syndod iddyn nhw ac i Harri, gwelant y llipryn ifanc yn cydio yn y trwser a'i godi at ei drwyn, ei ostwng a'i godi eto, yn union fel petai'n arogli blodyn ac yn ceisio cofio ble y clywodd y fath aroglau o'r blaen. Gwelant y ferch yn gwneud yr un peth, ond yn fwy petrus, a heb fynd â'r dilledyn hanner mor agos at ei hwyneb. Cymer gip bach dros ei hysgwydd cyn troi'n ôl at y rheolwr. Sigla hwnnw ei ben a cherdded i ffwrdd i gyfeiriad yr Offer Trydanol.

'Flin gen i'ch cadw chi, syr. Mae'r rheolwr am i mi ofyn i chi a ydych chi wedi gwisgo'r trwser 'ma?'

'Ei wisgo fe?'

'Ie. Neu rywun arall. Oes rhywun arall wedi gwisgo'r trwser 'ma?'

'Nag o's. Y wraig wedodd. Pan es i gartre. Wedodd hi bod y coese'n rhy fyr, a finne heb notiso. Mae'n rhy fyr i ti, wedodd hi. Mae'r coese'n rhy fyr. Alli di byth â gwisgo hwnna.'

'Dyna chi, te. Gartre. Yn y tŷ. Fe wisgoch chi'r trwser 'ma yn y tŷ.'

'Naddo. Ei drial e mla'n 'nes i, 'na i gyd. Mae trial mla'n yn ots i wisgo. A wedodd hi'n strêt. Wedodd Beti'n strêt. Mae e'n rhy fyr i ti, wedodd hi. Mae'r coese'n rhy fyr. Achos o'dd hi'n gallu gweld 'n socs i.'

Erbyn hyn mae'r ferch wedi agor y dderbynneb a'i gosod ar y cownter.

'Y'ch chi'n gweld fan hyn, syr?'

'Mm?'

'Fan hyn.'

'Sefwch funud i fi ga'l tynnu 'y nglasys i mas . . .'
Mae Harri'n tynnu'i sbectol o'i boced, yn codi'r dderbynneb a darllen y sgrifen. *Return the item within twenty-eight days . . .*

'Nage. Fan hyn.' Mae'r ferch yn cymryd y dderbynneb yn ôl ac yn pwyntio'i bys at y print mân ar y cefn. *Items of clothing must be returned in their original condition, undamaged and suitable for resale.*

'Ie. Wela i.'

'Ga i ofyn i chi, Mr . . . Mr . . .'

'Selwyn.'

'Mr Selwyn. Ga i ofyn i chi ble naethoch chi wisgo'r trwser 'ma?'

'Ond rwy wedi gweud o'r bla'n. Nage 'i wisgo fe 'nes i. Ei drial e mla'n 'nes i, 'na i gyd.'

'OK. Ble naethoch chi'i drial e mla'n, te?'

'Ble?'

'Pwy bart o'r tŷ?'

'Wel, sa i'n gwbod . . . Yn y . . . Yn y . . .'

'Yn y gegin, falle? Naethoch chi drial y trwser 'ma mla'n yn y gegin?'

'Yn y gegin?' Yn sydyn, daw Harri'n ymwybodol o'i lais ei hun, ac o'r tawelwch o'i gwmpas. Teimla'n anesmwyth hefyd oherwydd lle preifat yw cegin, i fod, a pheth anghynnes yw mynd i glebran amdani o flaen llond siop o ddieithriaid. Gwyra dros y cownter a sibrwd, 'I beth fydden i moyn trial trwser mla'n yn y gegin?'

'Alla i ddim gweud, Mr Selwyn. Ond mae gwynt bwyd ar y trwser 'ma.'

'Gwynt beth?'

'Gwynt bwyd. Gwyntwch e.'

'Ei wynto fe?'

'I chi gael gweld.'

'Na . . . Alla i ddim.'

'Allwch chi ddim?'

'Sa i'n mynd i . . . Sa i'n mynd i wynto 'nhrwser i o fla'n y bobol 'ma i gyd.'

'Wel, mae'n flin gen i, Mr Selwyn, ond *mae* gwynt bwyd 'na. Galla i wynto fe o fan hyn . . . O'dd y Rheolwr yn gallu 'wynto fe.'

'Gwynt bwyd?'

'Gwynt . . . Sa i'n gwybod beth yw e . . . Cyrri, falle.

Rhywbeth fel 'na . . . Rhywbeth a gwynt cryf 'da fe. Mae'n
rhaid bo' chi wedi gwisgo'r trwser pan o'dd eich gwraig yn
paratoi . . .'

'Sda hi gynnig i cyrris.'

'Mae'n flin . . .'

'Gormod o sbeisys. Mae'n rhoi llosg cylla iddi.'

'Ond . . .'

'Sda finne gynnig i cyrris.'

'Mae'n wir flin gen i, Mr Selwyn.'

9

Harri Selwyn v. David Reynolds, Tachwedd 1938

Rhedeg neu raso, Sam? Rhedeg neu raso? Achos mae
gwahanieth.

Bydd isie gweud 'ny wrtho fe pan wela i fe y prynhawn
'ma. Bod gwahanieth mawr rhwng rhedeg a raso. O'dd e
ddim yn deall hynny neithiwr, ddim yn iawn, achos o'dd
gormod o sŵn, a phobol yn siarad drost 'i gilydd, a Sam
yn wa'th na neb. Sy'n beth od, o ystyried 'i waith e. Bod e'n
well am siarad na gwrando.

Rhedeg i ddechre. Bydda i'n sôn am redeg i ddechre,
achos mae pawb yn rhedeg ar ryw adeg neu'i gilydd. Ar y
ca' ffwtbol. Ar y tra'th. Yn y parc. Rhedeg i'r ysgol hefyd,
slawer dydd. Ie. Slawer dydd. Smo chi'n gweld cymint heddi,
mae pawb yn mynd yn 'u ceir heddi, neu ar y bỳs, ond o'dd
plant yn cael mynd i'r ysgol ar ben 'u hunen yn y dyddie 'ny.
O'n. Rhedeg, cofiwch, dim cerdded. Neu redeg a cherdded
bob yn ail, ar y dechre. Sbrint bach, cerdded am sbel i ga'l

eich gwynt yn ôl, a rhedeg eto, nes bo' chi'n gweitho mas pwy mor glou gallwch chi fynd heb stopo, faint o anal sy isie arnoch chi. A dim ond rhedeg yn y diwedd. Rhedeg pob cam. O'n i'n gallu amseru'n hunan wedyn, ar ôl i fi gael watsh 'da Dad.

Dyna beth wedes i wrth Sam Appleby neithiwr. Mae pob plentyn yn rhedeg. Yn y parc. Ar y tra'th. Ar y ca' ffwtbol. Dyw e ddim byd sbeshal, wedes i wrtho fe, mae pob un yn 'i neud e. Wel, pob crwt. Achos, erbyn meddwl, alla i ddim gweud bo' fi wedi gweld lot o ferched yn rhedeg, ddim yr adeg 'ny. Heblaw ar iard yr ysgol, wrth gwrs, pan o'n nhw'n whare gêms. Ond rhedeg whare o'dd hwnna, dim rhedeg iawn. Do, ges i watsh 'da Dad amser Nadolig ac o'n i'n gallu amseru'n hunan wedyn. Gallech chi alw hwnna'n raso, se chi moyn. Raso yn erbyn y watsh, raso yn erbyn 'y nghorff 'n hunan. Achos mae'r corff yn gloc hefyd, o'i ddarllen e'n iawn. Ydy, mae hynny'n bosib. Raso yn erbyn y corff. Ond dim ond rhedeg i ddechre. Rhedeg er mwyn rhedeg. Hwnna dda'th gynta, bownd o fod.

'Ti'n gweld hwn, Sam?' wedes i, a rhoi bys ar 'y nhalcen, jyst uwchben y llygad dde.

'Gweld beth, Harri?'

Plyges i mla'n wedyn a saco 'mhen reit o fla'n 'i wyneb e. Achos o'n i wedi ca'l peint neu ddou yn ormod erbyn hynny, rwy'n credu, a o'dd 'y nhafod i wedi mynd i redeg ar 'i goese 'i hunan.

'F'yna. Doda dy fys f'yna. Alli di deimlo fe?'

Mis Tachwedd o'dd hi, fwy na thebyg, achos o'dd dail ar y llawr a o'dd dim watsh 'da fi. Ddim eto. Falle bo' fi'n hwyr a dyna pam o'n i'n trial rhedeg yn gynt nag arfer, ond sa i'n credu 'ny achos do's dim isie esgus i redeg yn glou pan y'ch chi'n grwtyn bach pum mlwydd oed. A rhedeg yn glouach na sy'n gall hefyd. Ca'l y ddwy dro'd yn yr awyr yr un pryd, 'na i gyd yw e, ond dyna'r peth tebyca i hedfan gewch chi yn yr oedran 'ny. Y teimlad 'na bo' chi ddim yn twtsio'r ddaear. Sdim isie raso i neud hynny chwaith, dim ond rhedeg. A gallech chi weud bod raso'n difetha'r peth wedyn, bo' chi'n colli eich adenydd pan y'ch chi'n mynd i feddwl am ennill a cholli, serch bo' chi'n cadw'ch tra'd yn yr awyr yr un peth. Ond dim whare rhedeg o'n i y diwrnod 'ny ym mis Tachwedd. Rhywbeth arall o'dd e. Rhywbeth gwahanol. Nage raso, ond nage whare chwaith.

O'dd sgidie newydd 'da fi? Sa i'n cofio. Ond bydde hynny'n egluro beth ddigwyddodd wedyn. Bod sgidie newydd 'da fi a bo' fi heb gyfarwyddo â nhw 'to. Achos bydde Mam wastad yn prynu sgidie o'dd lot rhy fawr i fi. 'Iddyn nhw ga'l para.' Dyna beth wede hi. Es i drwy'r gât a chroesi'r hewl. O'n i'n ca'l neud hynny achos o'dd dim traffig yn stryd ni, ddim yr adeg 'ny. Sa i'n siŵr pam o'n i'n croesi'r hewl, achos o'dd e'n neud dim gwahanieth i'r ffordd o'n i'n mynd i'r ysgol, ond dyna beth o'n i'n arfer 'i neud a dyna beth 'nes i. O'n i'n ca'l rhyw bleser o groesi'r hewl ar ben 'n hunan, siŵr o fod, yr un peth ag o'n i'n ca'l pleser o redeg, o gael y ddwy dro'd yn yr awyr a gweld y pafin yn symud o dana i, fel se rhywun wedi cydio ynddo fe, fel se rhywun yn tynnu carped.

Ond chyrhaeddes i ddim o'r ochor draw, ddim y tro hwn, a sa i'n gwbod ife achos bod y sgidie'n rhy fawr neu falle bo' fi'n trial rhedeg yn rhy glou, ond fe fwres i flaen 'n esgid ar y cwrbyn a baglu. A fydde dim ots am 'ny, o'n i wedi cwympo ar y pafin o'r bla'n, wrth gwrs bo' fi, 'na le o'n i'n whare bob dydd. Ond am bo' fi'n rhedeg, a rhedeg yn glou hefyd, fe fagles i mla'n a ffaelu stopyd, ffaelu rhoi 'y nwylo mas na dim, a fe fwres i 'mhen ar gornel wal Robert Bramwell *Number Four*. Reit ar bwys y llygad. Mae'r graith 'na o hyd. Gallwch chi deimlo fe, os dodwch chi'ch bys f'yna. Twlpyn bach dan y blew.

Pan es i'n ôl i'r tŷ wedodd Mam, 'Harri bach, Harri bach,' achos o'dd gwa'd ar 'y nhalcen i a o'dd hi'n gallu gweld yr asgwrn trwy'r cwt. Mae'n hawdd credu 'ny hefyd, achos do's dim llawer o ddim byd i ga'l f'yna, rhwng y cro'n a'r asgwrn. Gofynnodd hi, 'Nag yw e'n neud dolur, Harri?' A o'dd hi'n ffaelu'n deg â deall pam nag o'n i'n llefen. Elon ni lawr i'r ysbyty wedyn a rhododd y doctor ddou bwyth yn y cwt. O'dd rheiny'n wa'th na'r wal hefyd, achos o'n i'n gwbod bod nhw'n dod, o'n i wedi gweld y nodwydd rhwng 'i fysedd e, a'r edau wedi'i chlymu wrthi. Teimles i'r dagre'n dod wedyn, ond dales i nhw'n ôl achos wedodd y doctor gelen i swîtsen sen i ddim yn llefen. A mae dala dagre'n ôl yn beth anodd ar y diawl, yn enwedig yn yr oedran 'ny. Unwaith mae'r dagre'n dechre llifo, maen nhw i gyd moyn dod mas. Ond fe ffindes i le i'w cwato nhw, rhywle tu ôl i'r llyged, a o'n i'n browd o'n hunan wedyn. Dyna pam rwy'n cofio'r diwrnod hwnnw, y rhedeg hwnnw, achos ches i ddim swîtsen 'da'r doctor. Gweud celwydd na'th e. Torri addewid. Ges i swîtsen 'da Mam pan elon ni'n ôl gartre ond o'dd hynny ddim yr un peth. Swîtsen y doctor o'n i moyn. Am beido llefen.

Mae pob plentyn yn rhedeg, wedes i wrth Sam. Pob un yn mynd ar hast pan maen nhw'n fach, ta beth maen nhw'n neud. A gweud wrtho fe am roid 'i fys f'yna, ar 'y nhalcen, jyst uwchben y llygad, achos mae 'na dwlpyn bach i ga'l 'na o hyd, lle o'dd y cwt, lle o'dd Mam yn gallu gweld yr asgwrn.

Ond pwy sy'n cofio'r tro cynta? Raso, falle, ond dim rhedeg. Mae gwahanieth mawr rhwng rhedeg a raso. A rhedeg wedodd e. Gofynnes i iddo fe'n strêt, 'Wyt *ti*'n cofio'r tro cynta nest ti redeg, Sam?' Achos dyna i gyd mae cryts bach yn neud yw rhedeg. 'Ti yw'r rhedwr, Harri,' medde fe. 'Ti yw'r rhedwr, nage fi.' Ddim yn deall y gwahanieth, chwel. Ddim yn deall bod pawb yn rhedeg, ond nage pawb sy'n raso.

Ydw, rwy'n cofio pam o'n i'n croesi'r hewl. Achos o'dd David Reynolds yn byw yr un ochor â ni. *Number nine.* David Reynolds 'da'i foche mawr pinc a'i lyged bach marbls. A o'n i'n ofan bydde fe'n jwmpo mas 'to, fel na'th e o'r bla'n, a rhoi clatshys i fi ar 'y nghoese. O'dd pishyn o raff 'dag e a o'dd e'n lico esgus bo' fe'n Roy Rogers neu John Wayne neu un o'r rheiny. *Night Riders*, medde fe. A'n whipo ni wedyn.

A dyna reswm arall am redeg. Ond falle taw raso o'dd hwnna hefyd, erbyn meddwl. Raso yn erbyn David Reynolds. Raso yn erbyn 'n ofan 'n hunan.

10

Dydd Gwener, 21 Mai 2011, 10.50 y bore

Mae Harri Selwyn yn magu ei drwser yn ei gôl, yn chwarae gydag agoriad y cwdyn plastig.

'Fisi'n dre heddi.'

Mae'r hen fenyw sy'n eistedd wrth ei ochr ar y bỳs yn cario cwdyn plastig hefyd.

'Sori?'

'Wedes i bod hi'n fisi heddi . . . Yn dre . . . Yn y siope.'

Mae Harri'n gwenu.

'Ydy, mae'n fisi.'

Ac mae hynny'n ddigon. Mae'r fenyw'n nodio'i phen i gyfeiriad y trwser.

'David Lewis?'

'Mm?'

'Yn David Lewis fuoch chi'n siopa?' Mae'n gwyro'i phen eto, i dynnu sylw at y dystiolaeth yng nghôl Harri. Mae'n siarad yn uwch hefyd gan feddwl, siŵr o fod, bod yr henwr hwn wrth ei hochr yn drwm ei glyw. Edrycha Harri ar y cwdyn ac yna ar y fenyw, ar y geg hanner agored, ddisgwylgar.

'Ie, ie. David Lewis . . .' Yna, wrth weld bod llygaid y fenyw yn chwennych rhagor, mae'n ychwanegu: 'O'dd hi'n fisi f'yna hefyd . . . Ciws rhyfedda . . .'

Y tro hwn, wedi cael ateb mwy brwd, mae hi'n pwyntio ei bys. 'Ond fe geloch chi beth o'ch chi moyn, do fe?'

'Do, do,' medd Harri. 'Jyst y peth.' Mae'n dweud hynny mewn llais mwy sionc nag arfer hefyd, er mwyn cuddio'i anesmwythyd. Yn rhy sionc, mewn gwirionedd, ac mae'n difaru ar unwaith, oherwydd sut mae deall y fath ymateb ond fel gwahoddiad i drafod cynnwys y cwdyn? 'Jyst y peth? Wel, beth *yw'r* peth hwnnw?' Dyna'r geiriau mae Harri'n disgwyl eu clywed nesaf. Ac nid yw Harri am drafod ei drwser, ddim ar unrhyw gyfri, ddim dros ei grogi.

Ond trafod ei siopa hi ei hun yw dymuniad yr hen fenyw ac ystryw fach yn unig yw'r holi cychwynnol er mwyn gwneud hynny'n bosibl o fewn rheolau cwrteisi.

'Yn Mothercare fues i.'

Aiff i'w bag siopa a thynnu allan ffrog streips a chrys melyn.

'I'r wyres . . . Idd'i phen-blwydd . . . Mae'n ca'l ei phen-blwydd ddydd Sadwrn.'

'Lliwie pert . . .'

Ac er nad yw Harri'n gwbl gyfarwydd ag *etiquette* cyfarfyddiadau hap fel hyn, y mae'n ddigon hapus i glywed am wyres y fenyw, oherwydd mae'n rhoi cyfle iddo siarad am ei wyres ynte a thrwy hynny anwybyddu'r trwser am ychydig.

'Mae Cati ni yn bump eleni.'

'Prifio'n glou, yn yr oedran 'ny.'

'Yn lico'r ysgol, hefyd, yn . . .'

'Smo croten ni wedi dechre 'n yr ysgol 'to.'

'O.'

'Yn yr hydref . . . Bydd hi'n dechre yn yr hydref.'

'Mm.'

Mae'r ffrog a'r crys yn cael eu rhoi'n ôl yn y cwdyn, ac am eiliad mae Harri'n meddwl na fydd dim angen sôn eto am ddillad na siopa. Ond o weld bod y sgwrs wedi mynd yn hesb mae'r hen fenyw'n teimlo dan ddyletswydd i roi hwb arall iddi.

'Rhywbeth i'r ferch, ife?'

'Sori?'

'Wedi ca'l rhywbeth i'r groten fach, ife?'

'Beth? Fan hyn?'

Mae Harri'n edrych ar y bag David Lewis ac yna ar y llygaid disgwylgar. 'Na, na, ddim i Cati, na . . .' Ac yn siglo ei ben, oherwydd mae llygaid y fenyw eisoes wedi dechrau agor y cwdyn. Mae ei thafod yn ei baratoi ei hun i roi barn ar ei gynnwys. 'Nage, rhywbeth i'r wraig . . .'

Yna, yn ddisymwth, mae Harri'n dweud 'Esgusodwch fi,' yn gwasgu'r botwm coch uwchben y sedd o'i flaen, a chodi ar ei draed. 'Hwyl i chi, nawr te.'

Gan fod Harri wedi disgyn o'r bỳs hanner milltir yn fyr o'i stop arferol, mae hi bron yn un ar ddeg o'r gloch pan ddaw at y cornel â Blenheim Road. Bydd angen troi i'r chwith fan hyn os yw am brynu'r pysgod. Ond mae wedi colli deg munud yn barod ac o fynd i siop Danny Irvine bydd yn colli ugain munud arall a fydd dim gobaith dala Beti wedyn. A sut mae mynd â'r trwser yn ôl heb ga'l barn ei wraig ar y mater? Na, caiff brynu'r pysgod yn nes ymlaen ac os byddant i gyd wedi'u gwerthu, pa ots am hynny? Fydd bod heb bysgod am unwaith ddim yn ddiwedd y byd, hyd yn oed ar ddydd Gwener. Caiff brynu rhywbeth arall. Ffowlyn. *Chops*. Rhywbeth. Fydd dim gwahaniaeth 'da Raymond.

Aiff yn syth yn ei flaen, felly, heibio'r capel a'r siop flodau a'r Spar, gan gymryd camau breision, a chan esgus wedyn nad yw'n gweld Brenda Isles, ei gymydog, yn codi llaw arno trwy ffenest y caffi, oherwydd byddai mynd i siarad â Brenda yn llyncu deg munud arall. A beth bynnag, yn ei feddwl ei hun y mae eisoes ar ganol sgwrs gyda'i wraig. 'Alli di *wynto* fe, Beti? Alli di wynto'r cyrri? Dyna beth wedodd y ferch. *Cyrri*. Alli di *gredu* shwt beth?'

Ganllath o'r tŷ, yn ymyl y blwch ffôn, dyma'r cwestiynau sy'n atseinio ym mhen Harri. Ond erbyn hyn mae llais Beti yno hefyd, yn gofyn, 'Diawl erio'd, ddyn, ti'n gweud bo' ti'n ffaelu gwynto hwnna?' Achos mae hynny'n bosibilrwydd hefyd: mai ef ei hun sydd ar fai, a neb arall. Dyna pam mae Harri'n stopio'n sydyn, yn mynd i mewn i'r blwch ffôn a gwneud yr hyn y bu'n ysu am ei wneud ers hanner awr. Peth digon call yw hynny hefyd, ym meddwl Harri, oherwydd yma, ganllath o'r tŷ, petai ei wraig yn digwydd dod allan nawr er mwyn mynd i dorri ei gwallt, byddai Harri'n ei gweld hi'n syth ac yn gallu galw arni i aros funud. 'Beti, dere 'ma. Der i weld os galli di wynto hwn.'

Rhydd Harri'r ffôn i orwedd rhwng ei glust a'i ysgwydd a defnyddio ei ddwy law i dynnu'r trwser allan o'r cwdyn. Cydia yn y ffôn â'i law chwith wedyn a chymryd cip trwy'r ffenest, rhag ofn bod Beti wedi dod at y drws; rhag ofn, hefyd, bod rhywun arall yn cerdded heibio ac yn ystyried bod hyn yn ymddygiad amheus. Cwyd y trwser â'i law dde a sniffio'r defnydd. Cymer gip arall dros ei ysgwydd a sniffio'r ochr arall. A gwynto dim.

Pan ddywed llais menyw yn ei glust, *Please replace the handset . . .* mae Harri'n ufuddhau. Wrth ymadael â'r blwch ffôn mae'n sniffio'r awyr er mwyn gweld pa bethau eraill mae'n gallu eu harogli gan feddwl, siŵr o fod, bod gwahaniaeth rhwng yr awyr sur yn y bwth a'r awyr iach y tu allan. Syniad yn unig yw hyn: ni sylwodd ar y gwahaniaeth hwnnw wrth fynd i mewn, ac nid yw'n gwynto dim wrth ddod allan. Serch hynny, mae'n synnu at y diffyg gwahaniaeth ac yn ystyried wedyn efallai ei fod yn magu annwyd, neu'n cael problem gyda'r sinws eto. Ond y gwir amdani yw nad yw Harri erioed wedi gorfod arogli mor ddwys ac mor fanwl.

Wrth agor drws y tŷ, mae Harri'n gweiddi, 'Beti', ac yn gweiddi eto wrth gau'r drws y tu ôl iddo. 'Beti, der i weld hwn.' O fethu cael ateb, aiff i ben draw'r gegin ac edrych trwy'r ffenest, gan feddwl efallai bod ei wraig yn pegio dillad ar y lein, neu'n gwneud ychydig o chwynnu yn yr ardd. Ond does dim golwg ohoni, a does dim dillad ar y lein. Edrycha ar ei watsh. Mae'n chwarter wedi un ar ddeg.

'Does bosib . . .'

Mae'n troi a gweiddi 'Beti?' eto, yn gwrthod credu bod ei wraig wedi mynd allan heb roi cyfle iddo egluro beth sydd wedi digwydd.

'Diawl erio'd . . . Diawl eri . . .'

Yna, wrth gerdded heibio'r seld, mae Harri'n sylwi ar ddarn o bapur yn hanner cuddio y tu ôl i'r eliffant pren. Cydia ynddo a chael siom o weld ei sgrifen ei hun, yn dweud y bydd e'n ôl erbyn deuddeg, yn addo hôl y pysgod. Ac ar yr ochr arall . . . dim.

Yna, mor sicr yw Harri bod Beti wedi gadael rhyw arwydd o'i hymadawiad – oherwydd dyna'r drefn yn y tŷ hwn – aiff i dwrio ymhlith y taflenni a'r hysbysebion sydd wedi ymgasglu ar ochr chwith y seld. Edrycha wedyn trwy'r ryseitiau mae Beti wedi'u torri allan o'r papurau Sul a'u dodi y tu ôl i'r bowlen ffrwythau. Edrycha ar y fainc. Edrycha ar y llawr. A gweld dim.

'Beth yffarn . . .'

Edrycha eto ar ei neges ei hun, ar y ffordd mae wedi'i phlygu ar un cornel, gan geisio canfod tystiolaeth bod rhywun wedi ei dal a'i ddarllen. Ac mae'n difaru iddo ei chodi yn y lle cyntaf, oherwydd byddai hynny hefyd – y ffordd yr oedd y papur yn sefyll y tu ôl i'r eliffant – wedi bod yn dystiolaeth. Oedd e wedi cael ei symud ychydig tua'r chwith? Oedd e fymryn yn gam? Dyw Harri ddim yn cofio. Ond erbyn hyn, dyna'r unig esboniad sy'n ei gynnig ei hun i Harri: dyw Beti ddim wedi gweld ei neges.

'Damo.'

Aiff Harri i eistedd wrth ford y gegin ac agor y cwdyn. Y tro hwn, yn lle codi'r trwser, mae'n plygu i lawr a chladdu ei drwyn yn y defnydd ac anadlu'n ddwfn. Mae'n gwybod mai gweithred ofer yw hyn, mai ym mola'r trwyn, yn yr *olfactory bulb*, y mae aroglau i'w clywed, ddim yn yr ysgyfaint, a dyw dyn ddim tamaid gwell o anadlu'n ddwfn os yw am gael hyd i aroglau cudd. Ond am ychydig eiliadau mae greddf yn drech na gwybodaeth, ac mae greddfau Harri i gyd yn mynnu ei fod yn mynd at graidd y mater.

O fethu arogli dim, mae'n newid ei dacteagu. Plyga i lawr eto a chymryd sniffiadau bach byr yn unig, gan symud ei drwyn hwnt ac yma ar hyd y defnydd, yn null llygoden, neu gi yn dilyn sawr gast trwy'r gwair. A gwynto dim.

'Diawl peth . . .'

Mae'n rhoi cynnig arall arni, gan fwydo'r defnydd trwy ei fysedd, bob yn fodfedd, a'i dynnu mor dynn ag y gall, fel na fydd ei drwyn yn esgeuluso'r un edefyn. Gorchwyl anodd yw hwn, ac un poenus hefyd, oherwydd y gwynegon yn ei fysedd. Yn waeth na dim, mae'n orchwyl eithriadol o lafurus, am fod cymaint o edafedd, cymaint o fodfeddi, hyd yn oed mewn un trwser. A sut mae gwneud hyn i gyd mewn cyn lleied o amser?

'Diawl erio'd.'

Beti sy'n cael y bai erbyn hyn, ym meddwl Harri, oherwydd petai ei wraig yma byddai hi'n gallu dyfarnu un ffordd neu'r llall, heb ddim ffwdan. 'O's, Harri, mae gwynt difrifol arno fe.' 'Nag o's, Harri. Ond mae e'n dal yn rhy fyr i ti.' Un ffordd neu'r llall. A gallai symud ymlaen wedyn. Pam nad yw hi yma? Sut mae symud ymlaen hebddi? Dyma'r cwestiynau sy'n parlysu ei feddwl.

Mae Harri'n rhoi'r trwser yn ôl yn y cwdyn a'i blygu yn ei hanner, gan ofni y bydd yr aroglau'n gollwng fel arall a fydd yr arbrawf ddim yn cyfri wedyn: bydd y trwser yn newid ei natur, a beth yw gwerth gofyn i Beti arogli rhywbeth gwahanol i'r trwser roedd y ferch benstiff wedi'i arogli yn y siop? Gan ofni wedyn nad yw plygu'r cwdyn yn ei hanner yn ddigon i ynysu'r aroglau'n llwyr, mae'n codi ar ei draed, yn mynd at y drâr o dan y fainc ac yn tynnu allan dri pheg dillad. Aiff â'r rhain yn ôl at y bwrdd a'u rhoi nhw ar y cwdyn plygedig. Ac mae hyn, yn ei dro, yn llacio rywfaint ar ei barlys a'i ofid oherwydd, wrth greu llun yn ei feddwl o Beti'n agor y cwdyn maes o law a rhoi barn ar ei gynnwys, mae Harri'n llwyddo i droi ei sylw oddi wrth y trwser at ei wraig. Ni ddaeth dim o'r trwser ond helbul a gofid. Gall ymddiried yn Beti. Rhaid cael gafael ar Beti.

Mae Harri'n codi eto a mynd at y ffôn. Wedi cael hyd i rif ei chwaer yng nghyfraith yn y llyfr bach coch, mae'n dechrau deialu. *0 . . . 1 . . . 4 . . .* Oeda am funud wedyn, rhwng un rhif a'r llall, gan dapio ei fysedd ar y fainc ac edrych yn ôl ar y bwrdd, ar y cwdyn plastig a'r trwser.

'Diawl peth . . .'

Gwna sŵn bach *p-p-p-p-p-p* gyda'i wefusau, i lenwi'r tawelwch, i roi siâp i'w ansicrwydd, a meddwl, Iesu gwyn, pwy werth siarad â hi ar y ffôn? Shwt ddiawl fydd Beti'n gwynto trwser dros y ffôn? Er hynny, parhau i ddeialu wna Harri, gan feddwl, Wel, os na fydd Beti'n gallu gwynto'r trwser dros y ffôn, o leiaf bydd hi'n cael clywed ei hanes a dweud pryd mae hi'n meddwl dod adref. A bydd Harri'n gwybod wedyn a oes diben aros amdani cyn iddo benderfynu ar ei gam nesaf.

Ond does dim ateb. A does gan Harri ddim neges werth ei gadael.

Rhwng y ffôn a'r wal mae bin bara. Dan amgylchiadau eraill byddai Harri wedi dewis rhywbeth mwy pwrpasol ar gyfer cynnal ei arbrawf bach, ond dyna sydd wrth law. Cwyd y clawr a'i roi ar y fainc. Yna, estynna ei law i waelod y bin a thynnu allan dorth fach wen a'i dal o dan ei drwyn. Dyw e ddim yn siŵr a yw'n arogli bara ai peidio: mae'n bosibl mai dyma beth *yw* aroglau bara gwyn, rhywbeth tenau, amhendant, sy'n mynd ar goll ymysg aroglau'r awyr a'r bysedd a Duw a ŵyr beth arall. A ble mae'r bara ynghanol rheiny i gyd? Estynna'i law i'r bin eto a chydio mewn crwstyn brown a meddwl, Iesu, mae hwn mor galed â'r graig. Deil hwnnw hefyd o dan ei drwyn. Ie, 'na fe, mae'n meddwl. Fel 'na mae'r graig yn gwynto. Bownd o fod. Gwynt hen grwstyn bara. Dyna sy'n digwydd i bethau pan maen nhw'n sychu mas a chaledu, does 'na ddim byd ar ôl i'w wynto. Dyna sut mae deall peth caled: fel rhywbeth sydd wedi colli'i wynt.

Mae Harri'n agor y cwpwrdd uwchben y bin bara a thynnu allan botel o'r Aspall Organic Balsamic Vinegar mae Beti'n hoffi ei roi ar salad. Yn anffodus, potel newydd yw hon a dyw Harri ddim yn gallu agor y top ar unwaith oherwydd ei wynegon. Rhaid iddo ddefnyddio tywel i gael gwell gafael. Ar ôl munud o bwlffacan, daw'r top yn rhydd. Yn sydyn, wrth godi'r botel at ei drwyn, teimla frath yr asid yn ei ffroenau. Ac mae'n falch. Gwna'r un peth eto, ond yn fwy hamddenol y tro hwn, er mwyn llawn werthfawrogi'r profiad, ei sicrwydd, ei ddiamwysedd.

O adfer ei ffydd yn ei drwyn, mae gofidiau eraill Harri yn cilio. Dyw e ddim yn poeni bellach nad yw ei chwaer yng nghyfraith wedi ateb y ffôn. I'r gwrthwyneb: mae'r diffyg ateb yn cadarnhau'r hyn mae wedi bod yn ei amau ers amser, sef bod Amy a Beti wedi mynd i'r dre. Mae'n dechrau meddwl hefyd efallai fod Beti wedi crybwyll hynny ar y ffôn neithiwr, ac yntau wedi anghofio. Daw i'r casgliad, ar sail y dybiaeth hon, mai dyna pam mae Beti wedi cychwyn arni mor gynnar y bore 'ma, am ei bod hi a'i chwaer â chwant mynd i siopa. A'r gwallt hefyd, wrth gwrs. Rhaid peidio anghofio am y gwallt. Mae'r cyfan yn glir wedyn. Dyna mae'r dystiolaeth i gyd yn ei ddweud.

Edrycha Harri ar ei watsh. Mae'n chwarter i ddeuddeg. Oes ganddo ddigon o amser i fynd am *jog*? Mae yn yr hwyliau i wneud hynny nawr. Ac os nad aiff e nawr, chaiff e ddim cyfle arall nes bod Sam wedi mynd a does wybod am ba hyd y bydd hwnnw'n aros, yn gofyn ei gwestiynau, yn edrych ar yr hen luniau. Mae Harri'n pendroni am funud. Ai callach fyddai peidio â rhedeg o gwbl heddiw, a chadw ei nerth ar gyfer yfory? Dyna, yn sicr, y cyngor a roddai i rywun arall, i rywun llai profiadol: rhaid cynilo eich nerth. Ond mae Harri'n rhedeg bob dydd. Dyma fu'r drefn er pan oedd yn grwt ifanc, a dim ond salwch sydd wedi tarfu ar y drefn honno erioed. Hyd yn oed ar ddiwrnod geni ei ferch, aeth Harri allan i redeg, o ran balchder a llawenydd. Hyd yn oed ar ddydd Nadolig, pan fydd pawb arall yn hepian o flaen y tân neu'n estyn am *mince pie* arall, bydd Harri'n gwisgo ei dracsiwt a mentro i'r llwydnos er mwyn clirio'i ben a bwrw ei flinder. Bellach dyw e ddim yn gwybod sut i beidio â rhedeg. Ac oni bai am ystyfnigrwydd y ferch yn y siop byddai wedi mentro allan dros hanner awr yn ôl.

Wrth feddwl felly, a gwybod nad yw am blygu i orthrwm y trwser a chyhuddiadau di-sail cwmni David Lewis, mae Harri'n sylweddoli bod rhaid iddo fynd i redeg heddiw, doed a ddêl. Daw boddhad o'r sylweddoliad hwn. Mae wedi dechrau adfer trefn i'r diwrnod: siawns na ddaw pethau eraill i fwcwl wedyn, o dorchi llewys, o gadw at y drefn honno. Dyna sut mae Harri'n teimlo. Ond does dim angen ei gor-wneud hi chwaith, ddim y diwrnod o flaen y ras: bydd unwaith o gwmpas y parc yn ddigon, rhyw ddwy filltir ar y mwyaf, a bennu cyn iddo gael ei ail wynt. Dyna sydd bwysicaf, oherwydd hyn a hyn o ail wynt sydd i'w gael erbyn hyn a does dim eisiau ei fradu.

Aiff Harri i'r stydi ac yna i'r hen *lean-to*, lle mae'n cadw ei esgidiau rhedeg. Mae wyth pâr o'r rhain, wedi'u gosod yn ddwy res o bedwar ar resel bwrpasol. Ar y gwaelod mae'r esgidiau nad ydynt yn cael eu defnyddio'n aml, os o gwbl, erbyn hyn: y *spikes* (dau o'r rhain, gyda phigau o hyd gwahanol) ar gyfer y rasys traws gwlad, ynghyd â dau bâr o 'Walshes'. Mae'r 'Walshes' wedi treulio a chaledu, ond mae Harri'n gyndyn o'u taflu am eu bod nhw wedi rhoi cystal gwasanaeth. Yn fwy na dim, mae'n hoffi eu lifrai glas a melyn: y lliwiau a ddaeth, dros y blynyddoedd, i ddynodi rhedwr mynydd o'r iawn ryw. Ar y silff uchaf mae pedwar pâr o esgidiau rhedeg cyffredin, gan gynnwys y New Balance RX Terrain. Dyma'r esgidiau mae Harri'n eu dewis heddiw, am fod y tywydd wedi bod yn sych yn ddiweddar a'r ddaear yn galed, ac er bod *studs* ar yr esgidiau hyn, mae mwy o gwshin yn y sodlau, ac mae hynny'n bwysig achos bu'n cael ychydig o boen yn ei Achiles y dyddiau diwethaf, a dyw e ddim eisiau i hwnnw fynd yn wael eto.

Gyda hynny mewn golwg, mae Harri'n dechrau ar ei rwtîn. Pwysa yn erbyn fframyn drws y gegin ac estyn ei goes dde yn syth y tu ôl iddo. Gan gadw'r sawdl yn fflat ar y llawr, mae'n cyfri i ddeg. *Un . . . dau . . . tri . . .* Teimla'r cyhyrau yng nghefn ei goes yn tynhau. Yna, mae'n codi'r sawdl, yn plygu ei ben-lin a chyfri eto. *Un . . . dau . . . tri . . .* Y tro hwn, yr Achiles sy'n tynhau. Rhaid bod yn garcus. Mae'r gwendid yno o hyd, yn hanner cysgu. Llacio a thynhau, llacio a thynhau: dyna sut mae trin yr Achiles. Yn bendant, does dim angen gwthio trwy'r poen lle mae hwnnw yn y cwestiwn. Gan bwyll bach, felly, gan deimlo'r sawdl yn dechrau ystwytho, y gwaed yn ei chynhesu. *Un . . . dau . . . tri . . .* Yna'r goes arall. *Un . . . dau . . . tri . . .*

Erbyn hyn mae Harri wedi llwyr ymgolli yn yr awydd i redeg. Aeth y trwser dros gof ac mae hyd yn oed y diffyg neges oddi wrth Beti wedi troi'n ddim mwy na niwsans, yn fater tywyll ond dibwys a gaiff ei oleuo maes o law. A dyna pam, efallai, wrth fynd i'r pasej a thynnu papur decpunt o'i waled i dalu am y pysgod, nad yw'n sylwi bod dwy got Beti – y got wlanog, fraith a'r un las, ysgafn hefyd, yr un y byddai wedi'i gwisgo heddiw, mae'n debyg – yn dal i hongian ar eu bachau, bod ei bag siopa yno hefyd, gyda'i phwrs a'i hallweddi.

Mae Harri'n cau'r drws ffrynt, yn rhoi'r allwedd ym mhoced ei dracsiwt gyda'r papur decpunt, ac yn dechrau rhedeg. Ar unwaith mae patrwm ei anadlu yn newid, yn union fel petai rhyw ddolen ddirgel rhwng ei draed a'i ysgyfaint. Dau gam wrth anadlu i mewn. *Chwith, de . . .* Tri cham wrth anadlu allan. *Chwith, de, chwith.* Er mai rhythm go anarferol fyddai hwn i'r dibrofiad, mae bellach yn ail natur i Harri. Mae mor reddfol â'r rhedeg ei hun. Dau gam wrth anadlu i mewn. *De, chwith . . .* Tri cham wrth anadlu allan. *De, chwith, de . . .* Daw boddhad o ailgydio yn yr hen rythm, yn ei sicrwydd digyfnewid. Cael y traed a'r ysgyfaint i weithio gyda'i gilydd. Dyna'r gyfrinach.

Am y canllath cyntaf mae Harri'n ymwybodol o'r straen ar ei sawdl dde ond mae hynny'n lleihau ar ôl symud o'r pafin i'r borfa ac yn diflannu'n gyfan gwbl ymhen hanner milltir arall, wrth iddo ddynesu at y bompren. Does dim poen yn ei ystlys mwyach, sy'n golygu, ym meddwl Harri, mai un o'r pethau bach ben bore oedd e, yn perthyn i fyd dihuno a chodi a chael y gwaed i lifo eto. Am ychydig, hefyd, mae'r coesau'n teimlo'n drwm ond mae Harri'n gwybod o brofiad y byddant hwythau hefyd yn dadebru yn y man ac yn ysgafnhau, wrth i'r ocsygen gyrraedd y cyhyrau. Dim ond dal ati sydd raid. O hyn ymlaen, gall y corff ofalu amdano'i hun. Gall y meddwl fynd i grwydro ymhlith y garlleg gwyllt a chlychau'r gog. Gall hedfan gyda'r gwenoliaid.

11

1987 Harri Selwyn v. Y Cadno

Ca'l yr anal yn iawn. Deith popeth arall i fwcwl os cewch chi'r anal yn iawn. Dyna beth wedes i wrth Sam yn y Mason's Arms. 'Dou gam wrth anadlu miwn. Tri cham wrth anadlu mas.' A mynd i ganol y llawr wedi 'ny, i ddangos iddo fe beth o'n i'n feddwl. Mynd i ganol y *lounge* a esgus rhedeg. Achos mae dangos yn well na disgrifio. A neud sŵn megin hefyd, miwn a mas, miwn a mas, i bawb gael clywed y patrwm, y rhythm.

Mae 'na lot i weud dros fynd am *jog* ganol dydd, cofiwch. Amser te o'n i'n arfer neud e, ar ôl i fi ddod 'nôl o'r gwaith. Achub y bla'n ar y bobol erill hefyd, ar y ffordd mas o leiaf, achos o'dd athrawon yn cyrra'dd gartre o fla'n pawb arall. Ond diawledig ar y ffordd 'nôl wedyn. Pawb ar hast. Y parc yn llawn plant a beics. A finne'n wasto'n anal i gyd ar ryw *Scuse me's* di-ben-draw. Ond o'dd dim byd i neud. Ddim tra bo' fi'n dysgu yn yr ysgol. O'n i'n falch o roi stop arni ddi wedyn, ar ôl ymddeol.

    Cewch chi fwy o lonydd ganol dydd. Rhedes i i Bontypridd unwaith, flynydde'n ôl. Gadel marce un ar ddeg y bore a chyrra'dd jyst mewn pryd i ddala'r trên yn ôl am gwarter wedi un. Rhedeg ar bwys yr afon nes bo' fi'n cyrra'dd Castell Coch a dringo lan wedyn a dilyn ochor y mynydd. A fawr neb i'w weld ar hyd y llwybyr, ddim yr adeg 'ny, dim ond ambell i hen ddyn yn mynd â'i gi am wâc, a finne'n edrych lawr ar y cwm, ar y bwrlwm i gyd, y ceir a'r lorris, y mynd a'r dod. Yn ddigon agos i weld e ond yn ddigon pell i beido bod yn rhan ohono fe, os y'ch chi'n deall beth sy 'da fi. Ond mae *isie* i chi weld e, i wbod bo' chi *ddim* yn rhan ohono fe.

A myn yffarn i, dyma fi'n cyrra'dd canol Pontypridd, a'r ceir a'r bobol a'r sŵn i gyd, a beth weles i, yn sefyll 'na reit ynghanol y cwbwl, ond cadno. Dim ci. Cadno. Ar bwys y rowndabowt o'dd e, ar dop Sardis Road, yn meindio'i fusnes, yn dishgwl 'i dro i groesi'r hewl. A o'n i'n meddwl, Diawl, ydy hwn am ddala'r trên hefyd? Ydy e'n mynd gartre idd'i wâl? Achos pwy sy'n gwbod nad yw cadno'n ca'l gormod o dawelwch ambell waith, a gormod o hela hefyd, a dewis mynd am wâc i'r dre, i dwrio trwy'r *bins*, i hobnobio 'da'r siopwyr? O'dd hwnna'n hala fi i feddwl wedyn, falle bod y cadno'r un peth â fi, ond y ffordd arall rownd. Finne'n mynd i'r wlad am bach o newid a fynte'n dod i'r dre. Sy'n golygu bo' fi'r un peth â fe. Cadno o chwith. ONDAC. Weles i ddim cadno ar y llwybyr, cofiwch. Ddim erio'd. Nag yn y caeau chwaith.

Ie, llonydd sy isie arnoch chi, ddiwrnod o fla'n ras. Bach o dawelwch, i ga'l y corff a'r meddwl i weitho 'da'i gilydd. Smo chi'n rhedeg i gadw'n ffit, ddim diwrnod o fla'n ras. Os nag ych chi'n ffit erbyn 'ny, mae hi wedi canu arnoch chi. Rhedeg i ga'l yr anal yn iawn, dyna pam y'ch chi'n mynd am *jog* fach ar ddydd Gwener. A dyna beth wedes i wrth Sam. 'Mae pawb yn gwbod 'ny, Sam. Ca'l eich anal yn iawn a deith popeth i fwcwl wedyn.'

A gorffod i fi sefyll lan a esgus rhedeg, iddo fe ga'l deall, i ddangos iddo fe shwt o'dd anadlu'n iawn. Sefyll lan yn y *lounge* a rhedeg yn 'n unfan. Stampo ar y llawr a chwythu'n galed, i bawb ga'l clywed fel o'n i'n neud e, bod 'na rythm i ga'l 'da fe, bod 'na system. A gweiddi'r 'mas' a'r 'miwn' iddyn nhw ga'l deall taw 3-2 o'dd y rhythm, nage 2-2 na 3-3, a mae rhythm 3-2 yn beth digon anodd i gyfri, credwch chi fi. *Mas, mas, mas, Miwn, miwn, Mas, mas, mas* . . . Mae gofyn bo' chi'n cyfri mwy ar yr anadlu mas nag ar yr anadlu miwn, a mae'n cymeryd amser i chi ddod i arfer â hwnna. Ond mae'n well yn y pen draw. Ydy. Gewch chi ddim pigyn wedyn, os anadlwch chi fel 'na. A 'nes i bach o redeg 'to, a stampo ar y llawr, a chwythu'n galed, i neud yn siŵr bo' nhw'n deall yn iawn.

'Ond smo chi fod cadw sŵn,' wedes i. 'Os y'ch chi'n clywed sŵn eich anal eich hunan, y'ch chi'n mynd yn rhy glou.' 'Nes i fe 'to wedyn. Stampo ar y llawr, a dim un wich yn dod mas o 'ngheg i y tro hyn. 'Fel 'na mae'i gwneud hi,' wedes i. Ond o'dd pawb yn wherthin erbyn 'ny. O'dd Joe'n gweiddi, 'Dydd Sadwrn mae'r ras, Harri, dim heno!' A rhywun arall yn gweud, 'Iesu, dawns y glocsen yw hwnna, achan, nage rhedeg.' Es i i wherthin 'n hunan wedyn, a cholli'r rhythm, a difaru gweud dim am redeg a anadlu a'r tro cynta a'r cwbwl. A chyrra'dd gartre'n lot rhy hwyr.

Siarc. Dyna un arall i chi. Mae siarc yn marw os yw e'n sefyll yn llonydd. Yn ffaelu anadlu. CRAIS. Bydden i'n ca'l y plant i neud 'ny slawer dydd. Sgrifennu negeseuon o whith, i helpu nhw 'da'u sillafu, achos mae sgrifennu geirie o chwith yn hala chi i feddwl am y llythrenne, 'u siâp nhw, 'u sŵn nhw, pwy drefen maen nhw i fod.

12

Dydd Gwener, 21 Mai 2011, 12.47 y prynhawn

Pan ddaw Harri'n ôl o'i *jog*, mae Sam Appleby yn sefyll y tu allan i'r tŷ, yn cael mwgyn. Mae Harri'n ymddiheuro am fod yn hwyr ac yn dangos i'r newyddiadurwr y pecyn papur yn ei law.

'Pysgod.'

Nodia Sam ei ben. 'Rhaid i ti gadw dy nerth.'

'Lleden hefyd,' medd Harri. '*Lemon sole* . . . Tair ffilet . . . O'n i'n lwcus.'

'Y'ch chi'n ca'l cwmni, te?'

'Nag ŷn,' medd Harri, ychydig yn swta, am fod y cwestiwn hwn, yn ei olwg ef, yn ymylu ar y personol. Ond mae'n ychwanegu wedyn, 'Dim ond 'y mrawd.' Oherwydd cael y ffeithiau'n glir yw'r flaenoriaeth heddiw, fel na fydd dim camddealltwriaeth. 'Mae Raymond yn dod draw bob nos Wener.'

Mae Harri'n agor y drws a hebrwng Sam i'r gegin.

'Te?'

'Diolch . . . A shwt mae Beti erbyn hyn? '

'Draw 'da'i wha'r heddi,' medd Harri, achos dyna sy'n dod i'w feddwl gyntaf, a pheth anodd yw dal gafael ar y ffeithiau i gyd a'u cadw yn y drefn gywir. 'Wedi mynd i siopa . . . Ond mae hi'n well. Ydy, llawer gwell, diolch . . . Yn difaru bod hi wedi colli neithiwr.'

Hoffai Harri holi am wraig Sam, ond ar y funud dyw e ddim yn cofio ei henw. Mae'n weddol siŵr ei fod e'n dechrau gyda 'Ff'. Mae'n ystyried Fiona a Fran, ond enwau pobl eraill yw'r rheiny, pobl heb unrhyw gysylltiad â Sam Appleby na'i bapur. Dyna pam mae'n dweud, 'Popeth yn iawn 'da ti, Sam?' Yna, heb ddisgwyl am ateb, mae'n mynd â'r pysgod draw at yr oergell, yn troi'r tegil ymlaen, yn tynnu'r picau bach o'r cwpwrdd a'u dodi ar blât. Aiff at y bowlen ffrwythau wedyn a chodi banana. 'I gynnal lefel y siwgir . . . I beidio mynd yn rhy flinedig.' Mae'n bwyta ei hanner, dan gnoi'n egnïol ac yn drylwyr. Yna, aiff i bwyso yn erbyn fframyn y drws a dechrau ei ymarferiadau. 'I wneud yn siŵr bod y cyhyrau ddim yn cyffio.'

Mae Harri'n sôn wedyn, rhwng yr ymarferiadau, am *lactic acid* a *glycogen*, gan bwysleisio bod yr hyn mae dyn yn ei wneud *ar ôl* rhedeg lawn mor bwysig â'r hyn y mae e'n ei wneud o flaen llaw. Cydia yn yr hanner banana sy'n weddill. 'Rhaid bwyta hwn o fewn hanner awr neu dyw e'n werth dim byd.' Dywed hyn i gyd gyda mwy o sêl a manylder nag a fyddai'n arferol wrth ddisgrifio manion ei rwtîn ond mae am siarad yn blaen heddiw, yn hollol blaen, fel na fydd dim esgus gan Sam Appleby i fynd i ramantu a rhoi geiriau yn ei geg, fel y gwnaeth y tro diwethaf. Mae'n gwybod hefyd, unwaith y daw'r manion hyn i ben, y bydd yr holi'n dechrau. Bod yn fanwl, felly: dyna'r ffordd orau i gadw ffrwyn ar y sgwrs. Rhydd fodfedd olaf y banana yn ei geg a chnoi.

'Bydda i 'da ti yn y man, Sam.'

'Sdim hast, Harri. Dim hast o gwbwl.'

O weld Harri a Sam yn sefyll gyda'i gilydd fel hyn, y naill yn ei dracsiwt, y llall yn ei siwt las dywyll a'i dei streips, byddai'n hawdd credu mai Sam yw'r hynaf o'r ddau. Yn wir, tra bo Harri'n gwneud ei ymarferiadau, a'i wyneb o'r golwg, fe dyngech am funud mai crwt ifanc yw e, gan mor fain yw ei gorff, mor ystwyth ei goesau. Byddech chi'n meddwl wedyn, Wel, os taw crwt ifanc yw hwn, pwy yw'r llall? Pwy yw'r creadur blonegog 'co? A dod i'r casgliad mai tad y crwt yw e, mae'n rhaid. Ie, y tad sy'n sefyll fan'co, yn edmygu campau ei fab, ac yn hiraethu efallai am ddyddiau coll ei ieuenctid ei hun.

'Ti ddim yn chwysu, achan.'

'I beth fydden i'n chwysu, Sam? Dim ond cwpwl o filltiroedd 'nes i heddi. A milltiroedd fflat hefyd.'

'Cwpwl o filltiroedd? Iesu, bydde'n dda 'da fi sen i'n gallu rhedeg cwpwl o filltiroedd.'

'Bachan, bachan, bydde'n wyrth set ti'n gallu rhedeg canllath!'

Mae'r newyddiadurwr yn chwerthin. 'Eitha reit, Harri! Eitha reit! Sefa i fan hyn te!' Wrth chwerthin, mae ei dagell yn siglo ac mae cynffon strae o wallt yn cwympo dros ei goler. Gyda deheurwydd annisgwyl, mae'n dala hon rhwng dau fys cyntaf ei law chwith a'i gosod yn ôl ar ei gorun.

'Stephanie . . .' Mae Harri'n cofio enw gwraig Sam o'r diwedd. 'Ydy Stephanie'n iawn?' Ac yn sylweddoli gyda rhyddhad ei fod wedi cofio'n gywir wedi'r cyfan, bod yna 'ff' i'w chael yn yr enw ond ei bod hi wedi'i chladdu yn y canol, fel bod rhaid mynd i chwilio amdani. Oherwydd y rhyddhad hwnnw, mae'n dweud yr enw gyda mwy o bwyslais nag a fyddai'n arferol, fel petai rhywbeth difrifol wedi bod ar y fenyw a bod Harri a'r gymdogaeth yn pryderu'n fawr yn ei chylch.

'Stephanie? Ody, glei . . . O'dd hi'n iawn gynne fach, ta p'un.' Mae'n chwerthin eto. Mae'r dagell yn siglo. Mae'r gynffon o wallt yn cwympo.

'Da iawn . . . Da iawn . . . A beth mae hi'n neud 'da'i hunan y dyddie hyn, gwed?'

Ac aiff pum munud arall heibio.

'Dyma fi fan hyn.' Mae Harri a Sam yn eistedd yn y gegin, yn edrych ar yr hynaf o'r pedwar albwm lluniau, yr un â'r tasel coch a'r clawr llwyd. Rhaid i Harri bwyso ar y clawr er mwyn cadw'r llyfr ar agor. 'Hwn, fan hyn . . .'

Mae'r llun du a gwyn yn dangos grŵp o ugain o ddynion ifanc yn eu crysau rhedeg a'u *shorts*. Mae un yn ymestyn ei goesau, un arall yn chwythu ar ei ddwylo, ac mae'r coed y tu ôl iddyn nhw wedi colli eu dail. 'Fan hyn. Rhif wyth deg naw.' Yn wahanol i'r lleill, dyw'r ffigwr hwn ddim i'w weld yn ymwybodol o'r oerfel. Saif yn llonydd, gan edrych ar y camera, ei freichiau wrth ei ochr, â golwg ddwys ar ei wyneb.

'Mai 1947. Penwyllt. Dyna'r ras gynta i ti.'

Mae Harri wedi penderfynu dilyn cwestiynau Sam yn y drefn y cawsant eu sgrifennu i lawr neithiwr yn y Mason's Arms. Y ras gyntaf yn gyntaf, felly. Yna'r ras orau. Yna'r troeon trwstan. Gall gadw rheolaeth ar bethau wedyn. Mae Harri'n gofyn i Sam roi ei fys yn yr albwm er mwyn cadw ei le; yna mae'n troi at y tabl canlyniadau. 'Ugeinfed mas o gant ac ugen . . . Ddim yn ffôl am y tro cynta. Ond bo' nhw wedi sillafu 'n enw i'n anghywir.'

A dyna'r ras gyntaf wedi'i gwneud. Aiff Harri'n ôl at yr albwm a symud yn drefnus o dudalen i dudalen. Gwelir rhagor o ddynion mewn crysau streips, yn plygu coesau, yn chwythu ar ddwylo; a rhai eraill, wedyn, lle mae'r dail wedi dychwelyd i'r canghennau, mae'r haul yn disgleirio a rhaid i ambell un o'r rhedwyr godi llaw i gysgodi'r llygaid.

Ymhen rhyw ddeg munud daw at lun o'r un dyn ifanc, dwys, ynghyd â dau arall. Mae pob un yn gwisgo medal am ei wddf. 'Dyma'r fedal gynta . . . Fan hyn, yng Nghaerdydd . . . Jyst tu ôl i ni, yn y parc.'

Mae'n gwthio'r sbectol yn ôl ar ei drwyn, yn rhoi ei fys o dan y capsiwn. 'Lord Mayor's Cup. May 1949.' Aiff i chwilio yn y bocs eto ac ymhen pum munud arall daw o hyd i'r tabl canlyniadau. Mae'n rhoi hwn ar y bwrdd a phwyntio at ei enw ei hun, ac edrych ar Sam i wneud yn siŵr ei fod e'n dilyn y cymhlethdodau. 'Fan hyn, twel.' Mae Harri'n codi o'i gadair wedyn, yn cerdded at y seld ac agor y drws ar y chwith. Ar ôl ychydig o dwrio, daw yn ôl â bwrdd bach sgwâr wedi'i wisgo mewn melfed du ac arno wyth o fedalau. 'Dyma hi . . . Yr un gynta . . . Hon fan hyn.' Mae'n tynnu un o'r medalau'n rhydd, ei rhwto ar ei lawes a'i dodi wrth ochr y llun yn yr albwm. 'Y Lord Mayor's Cup. Deg milltir. Des i'n ail yn honno.'

Doedd Harri ddim wedi bwriadu treulio cymaint o amser wrth gyflwyno'r pethau hyn i Sam Appleby. Yn nes ymlaen bydd yn difaru na wnaeth fwy o waith paratoi, fel y gallai fod wedi mynd yn syth at y deunydd perthnasol. Doedd e ddim wedi bwriadu sôn am y fedal gyntaf chwaith, oherwydd medal go ddibwys oedd honno: ond, wrth fynd trwy'r albwm, a sylweddoli fod sawl math o 'dro cyntaf' i'w gael, ni allai beidio. Ac o sôn amdani, wrth gwrs, roedd yn rhaid cael y ffeithiau'n gywir ac yn fanwl, fel na chaent eu hystumio wedyn gan y newyddiadurwr. Ar ben hynny, mynnai Sam ofyn pob math o gwestiynau, cwestiynau nad oedd neb wedi eu sgrifennu i lawr, ac roedd hynny'n mynd â Harri ar gyfeiliorn. A dyw e ddim wedi dechrau meddwl am y rasys gorau eto, na'r troeon trwstan. Dyw e ddim hyd yn oed wedi agor yr ail albwm, heb sôn am y trydydd na'r pedwerydd. Ac mae eisoes wedi danto.

Mae Harri'n falch, felly, pan wêl y newyddiadurwr yn cymryd cip sydyn ar ei watsh. Da iawn, mae'n meddwl. Mae hwn yn dechrau colli amynedd. Bydd e'n mynd yn y man. Ond ar ôl edrych ar ei watsh, a gweld bod ganddo dipyn o amser wrth gefn, mae Sam yn ymlacio a throi ei sylw at lun ar y seld. Hen lun du a gwyn yw hwn, mewn ffrâm bren. Mae'n dangos dyn ifanc, main, wedi'i wisgo yn lifrai'r fyddin, yn eistedd ar fainc a'i fraich am ysgwydd bachgen difrifol ei olwg mewn trwser byr a bresys. Mae'r dyn yn gwenu, a gwynder ei ddannedd yn tynnu sylw at ei groen tywyll.

'Ydy e'n rhedeg yn y teulu, Harri?'

'Yn y teulu?'

'Ydy rhedeg yn rhedeg yn y teulu?' Mae Sam yn chwerthin ar ei jôc ei hun ac yn pwyntio bawd at y llun. Rhaid i Harri edrych dros ei ysgwydd er mwyn gweld ei dad. Y mae'n oedi ychydig wedyn, oherwydd dyma gwestiwn arall na chafodd ei sgrifennu ar y darn o bapur a gafodd gan Sam neithiwr a dyw e ddim wedi cael amser i baratoi.

'Nag yw,' medd Harri, wrth droi'n ôl a dechrau cymoni'r medalau. 'Ddim hyd yn hyn, ta beth.' Ac mae'n dweud hynny am mai dyna'r ateb diogel a does dim angen iddo siarad yn ei gyfer a difaru wedyn. Ond beth mae'n ei feddwl yw hyn: mae'n rhaid i bob rhedwr ddewis ei rieni yn ofalus, ac os yw blas y cyw yn y cawl, onid yw'n dilyn bod blas y cawl yn y cyw hefyd? Ac os felly, pwy all ddweud na fyddai ei dad, o gael y cyfle, wedi bod yn rhedwr penigamp? Petai'r rhyfel ddim wedi bod. Petai Raymond heb gael ei eni. A sut mae ateb cwestiynau o'r fath?

13

1942 Traeth Cefn Sidan, Harri Selwyn v. Ei Dad

'Byddi di'n maeddu'r hen Wilson 'na cyn bo hir,' wedodd Dad, achos o'dd e wedi clywed 'da Mam bo' fi'n gallu rhedeg, bo' fi wedi ennill rasys yn yr ysgol. 'Betia i di bo' ti ddim yn gallu maeddu fi!'

Sa i'n siŵr pryd o'dd e ond o'dd Dad wedi bod yn darllen *The Wizard*. Dyna shwt o'dd e'n gwbod am Wilson, a 'na pam wy'n meddwl falle taw dydd Mawrth o'dd e. Dydd Mawrth o'dd *The Wizard* yn dod mas. *The Wizard* ar ddydd Mawrth a'r *Hotspur* ar ddydd Iau. Er taw bob yn ail ddydd Mawrth a phob yn ail ddydd Iau o'dd hi'r adeg 'ny, achos y rhyfel, a dim digon o bapur i ga'l i ddod â nhw mas bob wthnos. Dydd Mawrth, felly. Ond sa i'n cofio pwy ddydd Mawrth. Rhyw ddydd Mawrth yn yr haf, glei, achos o'dd hi'n heulog a o'dd eitha crowd 'na, ar y tra'th, yn eu *bathers*.

'Alli di byth â maeddu fi,' wedodd Dad.

O'dd e'n sefyll 'na, yn 'i grys gwyn a'i *flannels*, a'i wyneb e'n frown i gyd, achos o'dd e wedi bod mas yn Affrica, medde fe. Ond ddim 'da'r llewod. O'dd dim llewod i ga'l le o'dd Dad yn byw yn Affrica ond o'dd digon o Jyrmans, a o'n i'n ffaelu deall 'ny, pam bod y Jyrmans wedi mynd i Affrica. 'Ife'r Jyrmans sy wedi lladd y llewod, Dad?' O'dd dim eliffantod chwaith. Ond da'th e ag un gartre 'da fe serch 'ny. Un bach pren. Un du. Wedodd e taw eliffant iawn o'dd e a bo' fe wedi ca'l 'i shrinco'n sbeshal i fynd miwn idd'i *kitbag* a bod rhaid i fi fod yn garcus achos un o'r diwrnode nesa 'ma bydde fe'n tyfu'n ôl i fel o'dd e o'r bla'n

71

cyn bo' fe'n ca'l 'i shrinco a o'dd dim isie bod ambwyti'r
lle pan o'dd eliffant yn neud 'i *number twos*, nag o'dd wir.
O'n i'n gwbod taw eliffant pren o'dd e ond bob tro dele fe
gartre wedi 'ny bydde Dad yn gweud, 'Ody e wedi tyfu'n
ôl 'to? Ody e wedi neud 'i *number twos*? Ble y'ch chi'n 'i
gadw fe nawr? Ddim yn y gegin, gobeitho!' Achos o'dd e'n
gwbod yn net taw f'yna o'dd Mam yn 'i gadw fe, ar y seld,
taw f'yna o'dd hi'n dodi 'i llythyron a'i *bills* i gyd.

Iste lawr 'da Mam o'n i, ar y tra'th. Beth o'dd Mam yn
neud? Sa i'n cofio. Darllen 'i *magazine*, glei. Trial cadw'n
dwym. Ie, cadw'n dwym, achos o'dd y gwynt yn fain, medde
Mam, a o'dd hi'n gwisgo cardigan dros 'i ffrog, serch bod
hi'n ganol haf a'r haul yn ei anterth. Cadwodd hi hat ar
'i phen hi hefyd, rhag ofan bo' fe'n llosgi'n yr haul, achos
o'dd Mam yn llosgi'n rhwydd a gallwch chi losgi'n yr haul
hyd yn o'd pan fo'r gwynt yn fain. Yr un peth â Raymond.
'Cro'n gole,' wedodd Mam. 'Llosgi'n rhwydd.' Ond o'n i
ddim yn gwbod 'ny ar y pryd achos o'dd Raymond ddim
wedi ca'l 'i eni. Cro'n tywyll sy 'da fi. Yr un peth â Dad. Yn
mynd fel y parddu, o gael digon o haul.

Falle bo' fi wedi iste lawr i ddarllen *The Wizard* 'n hunan
wedyn a 'na pam wedodd Dad, 'Byddi di'n maeddu'r hen
William Wilson 'na cyn bo hir.' A drychyd draw sha'r
sied gychod a gweud, 'Y cynta i gyrra'dd y sied,' a rhoid
un droed o fla'n y llall a chodi 'i freichie i ddangos bo' fe'n
barod i raso.

Rhedes i mor glou â gallen i 'fyd, a mae rhedeg ar dywod
yn anodd achos mae'r tra'd yn llithro'n ôl o hyd, a gynta
i gyd y'ch chi'n rhedeg mwya i gyd y'ch chi'n llithro'n ôl.
Cadw ar flaene'ch tra'd, dyna'r gyfrinach. Peido mynd 'nôl
ar eich sodle. A falle bod hi'n haws i grwt ifanc neud 'ny

achos fel 'na mae e'n rhedeg ta beth, yn pwyso mla'n, fel se fe'n benderfynol o ga'l 'i big dros y lein, a Duw a helpo'i dra'd e. Fel se fe moyn gwynto'r peth gynta, cyn bo' fe'n rhedeg ato fe, fel ci bach a'i drwyn e'n mynd o'i fla'n e i bob man, yn whilo'r sent. Ond o'dd e'n dal yn anodd. Achos wrth bo' fi'n pwyso mla'n o'n i'n trial mystyn 'y nghoese i hefyd, yn gywir fel o'dd William Wilson yn neud yn *The Wizard*, a difaru nag o'dd 'da fi goese hir yr un peth ag e, a gwbod na fydde 'y nghoese fi byth mor hir â'r rheiny, achos rhai bach byr o'dd pawb yn teulu ni.

O'n i'n grac 'da fe wedyn. Fe faeddes i fe a pwy hawl o'dd 'da crwt fel fi i faeddu'i dad a fynte wedi bod mas yn Affrica yn ymladd 'da'r Jyrmans? 'Tsheto yw hwnna, Dad,' wedes i wrtho fe. Achos o'n i'n gwbod bo' fe wedi gadel i fi ennill a bod hwnna ddim yn deg, bo' fi'n haeddu gwell na 'ny. O'dd Dad yn gorwedd ar y tra'th erbyn hyn, yn esgus bo' fe mas o wynt, yn llyfedu fel hen gi. 'O't ti ddim yn trial, Dad, nag o't ti?' Wedes i wrth Mam wedyn, 'Mae Dad wedi tsheto, Mam. Mae Dad wedi gadel i fi ennill.' Ond o'dd hi'n darllen 'i *magazine*.

Wedodd Dad, 'Cei di baced o Rolos nawr. Gwobor fach i ti.' Achos 'na beth o'dd e'n arfer neud slawer dydd, pan o'n i'n fach. Bydde fe'n cwato paced o Rolos yn y *dressing table* lan lofft a hala fi i whilo nhw wedyn. Ond ges i ddim Rolos y diwrnod 'ny achos wedodd Mam bod bom wedi cwmpo ar y ffatri le o'dd y Rolos yn ca'l 'u neud. O'n i'n falch am 'ny, bod Dad yn ffaelu prynu Rolos i fi, achos bydde hynny wedi neud y tsheto'n wa'th. A dim ond stori mewn comic o'dd William Wilson ta beth.

Dyna beth o'dd bod yn grwt ifanc. Pwyso mla'n. Ca'l eich pig dros y lein. Mynd yn ôl ar 'i sodle mae dyn yn neud wedyn. Mynd yn sownd yn y tywod. Dyna pam wedes i wrth Sam Appleby, 'Nag yw, Sam. Smo fe'n rhedeg yn y teulu.' Achos o'n i'n cadw i fynd, a phwy arall yn y teulu sy wedi cadw i fynd cyhyd?

14

Dydd Gwener, 21 Mai 2011, 2.15 y prynhawn

Mae Harri'n cerdded draw at y seld, yn rhoi'r medalau'n ôl a chau'r drws.

'Dda'th e'n ôl wedyn?'

'Mm?'

'Dy dad. Dda'th dy dad 'nôl o'r rhyfel?'

'Naddo, Sam.'

'*Lost in action*, ife?'

'Ie. *Lost in action*. Da'th teligram i weud.'

Mae Sam yn troi yn ei gadair ac edrych ar Harri, gan ddisgwyl clywed y manylion, gan gymryd yn ganiataol y bydd yn dychwelyd at y bwrdd yn y man, i ddangos y teligram iddo, i ddangos rhagor o luniau hefyd, i sôn am y ras orau a'r troeon trwstan.

'Teligram, ife?'

Mae Harri'n nodio'i ben. Ond nid yw'n symud. Byddai mynd i eistedd i lawr eto'n awgrymu ei fod am barhau â'r sgwrs. Rhydd ei law dde ym mhoced ei dracsiwt a chwarae gyda'r ceiniogau. Edrycha ar ei watsh. Edrycha ar y llawr. Mae'r cyfarfod hwn ar ben. Dyna mae ei gorff yn ei ddweud. Mae'r cyfarfod ar ben ac mae ganddo bethau amgenach i'w gwneud.

15

1942 Harri Selwyn v. Duw

Deuddeg o'd o'n i pan dda'th y ffeirad heibo i siarad 'da Mam. Rwy'n gwbod 'ny achos o'dd eira wedi bod, eira trwm, a phopeth wedi rhewi. O'dd dim gwres yn yr ysgol a buodd rhaid i fi sefyll gartre. Peth mawr o'dd hwnnw, bod y ffeirad yn dod miwn i'ch tŷ chi, dyn o'dd wedi bod lan ar yr allor y bore hwnnw, yn torri corff Iesu Grist yn ei hanner, yn yfed 'i wa'd e, ac yna'n dod draw i gael cwpaned gyda chi. O'n i'n falch hefyd, ar y dechre, bod dyn wedi dod i'r tŷ, achos o'dd Dad bant yn ymladd y Jyrmans a o'dd y tŷ'n teimlo'n wag heb ddim dyn ynddo fe, yn gweud shwt o'dd pethe i fod. A dyn fel hwn hefyd, dyn o'r eglwys, achos eglwys Dad o'dd eglwys y ffeiradon. Dim ond am bod hi wedi priodi Dad o'dd Mam yn mynd i'r offeren. Dyna pam fydde hi byth yn croesi 'i hunan wrth gerdded heibo'r eglwys. Fydde hi ddim yn gweddïo chwaith, ddim pan o'dd Dad bant. Bwyd ar y ford a dim gair am Dduw na bod yn ddiolchgar na dim. Capel o'dd Mam o'r bla'n. Ond mae eglwysi'n fwy o faint na chapeli. O'dd eglwys ni'n ddigon mawr i lyncu dou gapel.

'Rho hwnna i gadw,' wedodd Mam, pan dda'th e miwn i'r gegin, achos o'n i ddim fod darllen y *Wizard* o fla'n y ffeirad. A gweud hynny'n eitha swta hefyd, fel sen i'n gwbod, fel se rhywun wedi gweud wrtha i nag o'dd ffeiradon yn lico comics. 'Nag oes 'da ti waith cartre i neud?' wedodd hi. Ond o'dd neb wedi ca'l cyfle i roi gwaith cartre i fi. Sefyll gartre achos yr eira o'n i. A o'dd Mam yn grac achos bod ffeirad wedi dod i'r tŷ. 'Na pam siaradodd hi fel 'na.

Ond ges i siom. O'dd e'n ddu i gyd. O'n i'n gwbod taw dim ond ar yr allor o'dd ffeirad yn ca'l gwisgo'i bethe lliwgar, pan o'dd e'n yfed gwa'd Iesu Grist, a'r clyche'n canu. Ond ges i siom 'run peth, bo' fe'n siarad fel pob un arall, bod 'da fe gwt bach dan ei ên lle o'dd e ddim wedi siafo'n iawn, bo' fi'n gallu gweld ei socs du pan o'dd e'n iste lawr a'i drwser yn cripad lan 'i goese. Socs du rhwng y sgidie du a'r trwser du. Popeth yn ddu.

Yn y gegin fuon ni achos f'yna o'dd y tân a do'dd Mam ddim yn gwbod bod y ffeirad yn dod a gath hi ddim cyfle i roi tân yn y rŵm ffrynt. O'dd y dillad i gyd mas ar y ford hefyd, yn barod i ga'l 'u smwddo – o'dd hi'n ffaelu neud dim byd ambwyti hwnna chwaith. Rwy'n credu taw dyna pam tynnodd hi'r *Wizard* mas o 'nwylo i a gweud 'Rho hwnna i gadw', achos o'dd dim byd arall galle hi neud, i ga'l y lle i edrych yn ddeche. A gorffod i fi 'i ddodi fe yn y rŵm ffrynt wedyn, yn y seidbord, achos o'dd dim unman i gwato fe yn y gegin.

Wedodd e, 'Ydych chi wedi clywed wrth Edward?'

O'n i ddim yn lico hwnna chwaith, galw Dad yn Edward, achos Dad o'dd e i fi, a Ted i bob un arall. O'n i'n meddwl wedyn, rhaid taw dim ond pobol y socs du sy'n galw Edward arno fe. Ac ar ôl i Mam siarad am Dad am funud, wedodd e, 'A sut mae Harri bach yn dod ymlaen yn yr ysgol? Gweitho'n galed . . . ?' A wedyn, 'A chithe, Mrs Selwyn . . . Ydych chi'n cadw'n iawn . . . ?' Achos o'dd e wedi sylwi, medde fe, nag o'dd hi wedi bod yn yr offeren ers cwpwl o wthnose. Gwên fach wedyn. A dracht o de. 'Fyddwn ni'n eich gweld chi'r wythnos nesaf, Mrs Selwyn?'

Ges i sioc pan wedodd Mam, 'Sa i'n dod 'nôl i'r eglwys.' A'i gadel hi fel 'na. Do, sioc ofnadw, achos o'n i ddim wedi clywed Mam yn gweud shwt beth o'r bla'n, a'i weud e wrth y ffeirad hefyd. Ond 'na i gyd wedodd y ffeirad o'dd, 'Ydy, mae'n amser caled, Mrs Selwyn, mae'n amser caled ar bawb,' fel se fe ddim wedi clywed beth o'dd Mam wedi'i weud. A nodio'i ben, a chymryd dracht arall o de.

'Amser caletach i'n wha'r,' wedodd Mam.

Cwpwl o wthnose ynghynt o'dd hi, siŵr o fod, sa i'n cofio'n iawn. Bore dydd Sadwrn, falle, achos o'dd dim ysgol. Da'th dyn â teligram. 'Teligram i Mrs Selwyn,' wedodd e, achos fi agorodd y drws. A'th Mam fel y galchen wedyn, yn meddwl taw neges am Dad o'dd e, i weud bo' fe wedi cael ei ladd, *lost in action*, y teip 'na o beth. A finne'n meddwl dim, achos o'n i ddim wedi gweld teligram o'r bla'n. A deall wedyn taw Wncwl Tom o'dd wedi'i hala fe.

Little Jennifer died this morning. Pulmonary Atresia.

Llefen wedyn. A sa i'n gweud nag o'dd hi'n drist o glywed bod 'i nith fach wedi marw, ond siawns nag o'dd tamed bach o ryddhad yn llifo mas 'da'r dagre hefyd, achos taw dim Dad o'dd e. Es i i gopïo'r geirie lawr ar ochr y *Wizard* wedyn, i gael mynd â nhw i'r ysgol, i ddangos bo' fi'n perthyn i rywun o'dd wedi marw o rywbeth Lladin. O'dd 'da fi gynnig i fabis ond o'n i'n eitha prowd o Jennifer fach, bod hi wedi ca'l ei tharo lawr gan shwt glefyd swanc.

'Dim ond dwy flwydd o'd o'dd hi,' wedodd Mam.
    Nodiodd y Tad O'Keefe ei ben. 'Ydy, mae'n anodd deall. Mae'n . . .'

Ond o'dd Mam wedi magu bach o natur erbyn hyn. 'Nag yw,' wedodd hi. 'Dyw hi ddim yn anodd deall. Drychwch. Mae'n gweud fan hyn.' A fe gododd hi'r teligram a phwyntio'i bys at y geirie. '*Pulmonary Atresia* o'dd e. Sdim byd arall *i* ddeall. *Pulmonary Atresia.*'

Edrychodd y ffeirad ar y teligram a nodio'i ben eto. Wedodd e rywbeth ambwyti cadw'r ffydd, a bod ffydd fel gole yn y tywyllwch, a bod ni'n byw mewn amser tywyll, a bod rhaid i ni gadw pob cannwyll ynghyn a dele popeth yn reit wedyn. Rhywbeth fel 'na. A finne'n ffaelu deall 'ny, achos dim ond pan o'dd *power cut* bydde Mam yn tynnu'r canhwylle mas a o'dd gole gwael iawn i ga'l 'da nhw. 'Mae'r groten mewn lle gwell,' wedodd e wedyn. O'n i ddim yn gweld dim byd yn bod ar hwnna, cofiwch. Ddim ar y pryd. Whare teg iddi os o'dd hi wedi ffindo lle gwell na hyn. Ond hwnna halodd Mam yn grac. Ddim y canhwylle, ond y busnes lle gwell 'na.

'Lle gwell na ble?' wedodd hi. 'Lle gwell na fan hyn gyda'i mam?'

'Gyda Duw, Mrs Selwyn,' wedodd y ffeirad. 'Gyda Duw.' A'i weud e'n dawel, dawel, fel se fe'n gyfrinach rhwng y ddou ohonyn nhw. 'Mae Duw yn caru plant bach.' Drychodd e draw arna i wedyn a estyn 'i law. 'Plant bach Duw ydyn ni i gyd . . .' Achos taw fi o'dd yr unig blentyn f'yna, siŵr o fod, a o'n i braidd yn fach am 'n oedran. Ond ges i fraw, achos o'n i ddim isie bod yn un o blant bach Duw, ddim f'yna yn y gegin, a o'n i'n ofan bydde'n rhaid i fi weud rhywbeth, fel o'dd dishgwl i chi neud yn yr eglwys, pan o'dd y ffeirad yn siarad Lladin. *Et cum spiritu tuo.* Rhywbeth fel 'na.

Ond chymerodd Mam ddim sylw. Wedodd hi, 'Beth mae Duw yn neud 'da nhw, te?' A gadel y geirie i hongan yn yr awyr am sbel. A'u gweud nhw 'to pan gath hi ddim ateb. 'Beth mae Duw yn neud 'da nhw?' A 'na'th hwnna fwrw fe'n ôl ar 'i sodle braidd, achos sa i'n credu bod ffeiradon yn arfer ca'l pobol yn siarad â nhw fel 'na.

'Beth mae E'n neud?'

'Chi'n gweud bod Duw yn caru plant bach. Beth mae E'n neud 'da nhw, te, ar ôl newid 'I feddwl a phenderfynu bo' Fe ddim moyn iddyn nhw fod fan hyn wedi'r cwbwl? Mm? Ydy E'n whare 'da nhw? Ydy E'n tynnu'r tois mas, soldiwrs bach coch i'r bechgyn, dolis bach pert i'r crotesi? Beth mae E'n gweud wrth Jennifer fach? *Bydd Mami'n ôl whap, dim ond wedi slipo mas mae hi i gladdu'i phlentyn, gei di 'i gweld hi 'to mewn hanner canrif, llai os byddi di'n lwcus . . .* a chanu 'Ji Ceffyl Bach' iddi wedyn i godi'i chalon? Mm? Dyna beth mae'ch Duw chi'n neud gyda'I blant bach, ife? Ond 'na fe, do's gyda chi ddim plant, nag o's?'

Triodd y ffeirad weud rhywbeth wedyn. 'Mae gen i . . .' rywbeth neu'i gilydd. O'n i'n ffaelu clywed yn iawn. 'Mam,' siŵr o fod. 'Mae gen i fam.' Achos bydde hynny'n neud synnwyr. Na, o'dd dim plant 'da fe, ond o'dd e wedi bod yn blentyn 'i hunan unwaith, o'dd e wedi bod yn rhywbeth heblaw ffeirad. Ie, bydde hynny'n beth rhesymol i weud. Ond fe gwmpodd 'i gwpan ar y llawr a a'th y geirie ar goll. 'Na ddyn bach dwl, o'n i'n meddwl, yn gadel 'i gwpan i gwmpo. Ond o'n i'n falch o weld nag o'dd dim llawer o de ynddo fe, dim ond bach o growns, a bod dim isie i Mam neud dishgled arall iddo fe, achos o'n i wedi ca'l digon o'r dyn a'i socs du a'i siarad wast.

Triodd e ymddiheuro wedyn. 'Mae'n flin . . . Mae'n . . .' Ond ffaelodd e bennu'r frawddeg. Dilyn 'i gwpan na'th e a chwmpo i'r llawr 'i hunan, a byddech chi'n meddwl falle taw mynd ar 'i benlinie i weddïo o'dd e, i ofyn maddeuant 'da Mam am sarnu 'i de, achos dyna shwt gwmpodd e gynta, ar ei benlinie. Ond mynd sha'r whith na'th e wedi 'ny, a o'n i'n ofan bydde fe'n bwrw 'i ben ar y ffender. Na'th e ddim, wrth lwc. Cwmpo'n dwt yn ei gwman na'th e, a'i drwyn e reit ar bwys tra'd Mam. O'dd 'i lyged e wedi cau hefyd ac am eiliad o'dd e'n dishgwl yn gwmws fel babi'n ca'l nap yn 'i grud. Babi mawr, a'i ben-ôl e'n stico lan i'r awyr. Ond pethe pinc yw babis a o'dd wyneb hwn yn wyn. Ddim i gyd, cofiwch. Ddim le o'dd y cwt 'na dan 'i ên. O'dd hwnna wedi cadw 'i liw. A gweud y gwir o'dd e'n sefyll ma's yn fwy nag erio'd, yn gwmws fel se'r gwa'd 'i gyd wedi mynd at y man hwnnw. O'n i'n gallu gweld cro'n 'i goese fe hefyd achos o'dd y trwser wedi cripad lan 'to. O'dd hwnnw'n wyn hefyd, mor wyn â lla'th mewn potel.

Gofynnes i i Mam, 'Ydy e wedi marw?' Achos o'n i ddim wedi gweld dyn yn cwmpo o'r bla'n. O'dd plant yn cwmpo trwy'r amser ond o'dd hwnna'n golygu dim byd. O'dd dynon ddim yn ca'l cwmpo, dim ond pan o'n nhw'n marw.

'Ydy e, Mam? Ydy e wedi marw?'

Ches i ddim ateb. Edrych ar wyneb y ffeirad o'dd Mam, achos o'dd golwg uffernol ar hwnnw erbyn hyn, a'i wefuse'n cau ac agor fel pysgodyn mewn powlen. Cau ac agor, cau ac agor, a rhyw sŵn 'Mm' wedyn, fel se'r enaid yn trial dod mas trwy'r geg, a chanu emyn bach wrth weud ta-ta. Trial, a ffaelu, a mynd yn sownd yn y dannedd wedyn. 'Mm . . . Mm . . .' 'Mam' o'dd e'n trial gweud eto, falle, achos o'dd e heb bennu beth o'dd e moyn gweud o'r bla'n. Neu falle bo' fe jyst isie ymddiheuro am gwmpo ar y llawr, achos dyn cwrtais o'dd e, ta beth arall wedwch chi amdano fe. Ond smo dyn marw'n neud siape fel pysgodyn a dyma Mam yn gweud wrtha i am wisgo'n sgidie a rhedeg at y ciosg ar waelod yr hewl a ffono 999. A'th hi i whilo am geinoge wedyn, a wedes i, 'Na, Mam, sdim isie arian.' Achos o'n i wedi darllen ambwyti 999 yn yr *Hotspur* a o'dd Billy Reynolds yn yr ysgol wedi gorffod neud yr un peth pan rododd 'i wha'r e 'i llaw trwy'r ffenest.

Y ras ore, Sam? Wel, honna o'dd y ras ore, gallech chi weud, achos 'na i gyd o'dd yn 'n feddwl i o'dd llun o'r Tad O'Keefe yn gorwedd ar y llawr, yn mwmial, a gwbod bod isie ca'l yr ambiwlans gynted â gallen i neu fydde'i enaid yn dod mas trwy 'i geg, ac unwaith mae hwnna'n dod mas, do's neb yn gallu 'i hwpo fe'n ôl, mae hi ar ben arnoch chi. Dyna pam o'n i'n gallu rhedeg mor glou. O'n i ddim yn meddwl am neb arall, o'n i ddim yn meddwl am redeg hyd yn o'd, o'n i'n meddwl am ddim byd ond y ciosg coch ar waelod yr hewl, a hwnnw'n dod yn nes 'da pob cam, a finne'n gweud wrth 'n hunan, Iesu, gallen i redeg am byth. Fel se 'nhra'd i ddim yn twtsho'r pafin. Fel sen i'n hedfan ar 'n anal 'n hunan.

O'dd y Tad O'Keefe yn ôl ar 'i dra'd o fewn y mis, cofiwch, ond o'dd e'n ffaelu siarad yn iawn, a o'dd ochor 'i geg bach yn gam. O'n i'n meddwl wedyn falle bo' fi ddim wedi rhedeg yn ddigon clou, bod rhyw bart o'r enaid wedi jengyd rhynt y gwefuse wedi'r cwbwl, taw 'na beth o'dd yr 'Mm' 'na, a bod hwnnw wedi bachu'r wefus ar y ffordd mas a'i thynnu ddi mas o siâp. Taw 'na beth o'dd 'i gosb am ffaelu ca'l Mam i newid 'i meddwl ambwyti mynd 'nôl i'r eglwys.

'Ydy Duw'n cosbi ffeiradon hefyd, Mam?' gofynnes i. 'Ydy E'n mynd yn grac 'da nhw?'

Wedodd Mam i fi beido siarad shwt ddwli. Tries i weitho

fe mas 'n hunan wedyn. Os taw marw o'dd yr hen ffeirad ar lawr y gegin, a finne wedi'i achub e, o'dd hynny'n meddwl bo' fi wedi maeddu Duw Ei Hunan? Bo' fi wedi rhedeg ras yn erbyn Duw ac ennill? A shwt fydde Duw'n teimlo ambwyti 'ny, o weld bod crwt bach deuddeg mlwydd o'd wedi rhedeg yn gynt nag E? A fydde Fe'n pwdu? A fydde Fe'n grac? Neu o'dd y rhedeg yn rhan o beth o'dd 'da Duw mewn golwg ta beth, taw dim ond clatshen fach o'dd E moyn rhoid i'r ffeirad, nage 'i ladd e, a o'dd E'n gwbod i'r eiliad faint o amser gymere crwt ifanc i gyrra'dd y ciosg, faint o amser gymere'r ambiwlans, faint o amser gymere enaid y Tad O'Keefe i fynd yn sownd yn ei wefus. O'dd whant arna i ofyn i Mam, Ife 'na beth yw e, Mam? Ife *relay race* yw popeth? Ambell waith gewch chi redeg y lap gynta, neu'r ail, neu'r drydedd, ond gewch chi byth mo'r lap ola. Duw sy'n rhedeg honno. Wastod. Ond 'nes i ddim, achos o'dd Jennifer wedi marw, a o'dd Mam ddim yn credu yn Nuw ddim mwy.

Dyna'r ras ore. Y ras i achub y Tad O'Keefe. A'r ras waetha hefyd, gallech chi weud, achos o'dd dim pleser yn y peth. Gofid o'dd y cwbwl. Gofid a galar. Ond pam fydden i moyn sôn am beth fel 'na wrth Sam Appleby? Pwy sort o stori yw honno i roid mewn papur?

16

Dydd Gwener, 21 Mai 2011, 2.45 y prynhawn

O deimlo'n flinedig ar ôl siarad â Sam, mae Harri'n mynd i eistedd yn y parlwr ffrynt a darllen y papur. Mae hon yn stafell oleuach na'r stydi a'r gegin ac mae Harri'n mwynhau teimlo gwres yr haul gwanwynol ar ei ddwylo a'i wyneb. Dyw e ddim wedi cael cawod eto ar ôl ei *jog*, ac mae'n debyg mai dyna y byddai wedi dewis ei wneud nesaf ond, ar ei waethaf, y mae'r blinder yn cael y gorau arno ac mae'n cwympo i gysgu yn y fan a'r lle.

Ac yn y cwsg aflonydd hwnnw, mae Harri'n sefyll unwaith eto gyda'i fam, a'r eira'n drwch o dan ei draed, yn gwylio'r Tad O'Keefe yn cael ei lwytho i gefn yr ambiwlans. Y tu ôl i'w lygaid caeedig, mae'n aros nes bod yr ambiwlans yn cyrraedd gwaelod yr hewl a throi o'r golwg. Ac er gwaetha'r oerfel, byddai'n hapus i aros yno am sbel eto oherwydd, wrth weld yr offeiriad yn diflannu, daw'n ymwybodol unwaith yn rhagor o absenoldeb dyn yn y tŷ. Dim ond rhyw hanner dyn oedd y Tad O'Keefe, mae'n wir, a hanner dyn go anghynnes o ran hynny. Ond mae hanner dyn yn llenwi hanner bwlch, ac mae hanner bwlch yn well na bwlch cyfan.

'Ddylen ni weud gweddi fach, Mam? I helpu fe i wella?'

Ond mae ei fam yn dweud, 'Dere miwn, Harri bach. Mae'n oer fan hyn.'

Ar ôl cau'r drws, aiff Harri'n syth i'r rŵm ffrynt a thynnu'r *Wizard* allan o'r seidbord a dechrau darllen am William Wilson, y rhedwr gorau yn y byd, oherwydd mae hyd yn oed dyn mewn comic yn gallu llenwi rhyw fath o fwlch. Ond dim rhedeg mae Wilson yn ei wneud, ddim heddiw, achos amser rhyfel yw hi, a rhaid iddo fynd i ymladd yn erbyn y Jyrmans, yr un peth â phob dyn arall. Er mai canol nos yw hi yno, wrth gwrs, ym myd y rhyfel, dim canol prynhawn. Ac mae'n noson bwysig hefyd, oherwydd dyma'r tro cyntaf i Wilson fynd allan mewn Lancaster Bomber. Mewn Spitfires a Hurricanes y bu'n hedfan cyn hynny, a gwneud yn o lew hefyd, yn saethu i lawr fwy o awyrennau na neb arall: mwy, hyd yn oed, na Douglas Bader yn *Reach for the Skies*. Ond dyma her newydd, ac mae Harri, yn ei gwsg aflonydd, yn cynhyrfu wrth weld y cyfan yn ymagor eto o'i flaen.

A dyma beth mae Harri'n ei weld. Wedi treiddio i barthau tywyllaf, mwyaf ysgeler y cyfandir, mae'r Lancaster Bomber yn cael ei tharo gan fwledi'r gelyn. O fewn eiliadau mae un o'r injans yn fflamau gwyllt. Mae'r *flight engineer* – dyn â mwstásh mawr a gogls am ei ben – yn gweiddi 'Fire! Fire!' Mae'r *navigator* yn codi'i freichiau a gweiddi 'Parachutes!' Mae'r peilot yn ymrafael â'r llyw, a'r fflamau'n goleuo'r arswyd yn ei lygaid. Ac mae Wilson yn gweld ei gyfle. Gan roi heibio bob consýrn am ei ddiogelwch ei hun, ac yn wyneb *flak* didrugaredd gan hanner cant o Messerschmidts, mae'n cydio yn y *fire extinguisher*, yn dringo allan o'r awyren, yn cropian ar ei bedwar ar hyd yr adain ac yn diffodd y tân.

Yna, yn ei freuddwyd, mae Harri'n troi tudalen a darllen y geiriau canlynol:

'If you wish to run, not only today, but tomorrow and the day after and every day after that, you must slow down your heart . . . Slow down your heart and you will run for ever.'

Ac mae'n meddwl, 'Wel, dyna beth od i ddarllen mewn comic. Beth sy 'da hwnna i neud â Lancaster Bombers a saethu Jyrmans? Mae bownd o fod rhyw gyfrinach i ga'l fan hyn.' Mae'n ailadrodd y geiriau. 'Slow down the heart and you will run for ever.' A'u hailadrodd eto, drosodd a throsodd, nes bod y cyfan ganddo ar ei gof. Oherwydd er bod Jennifer fach wedi marw o *Pulmonary Atresia* a'r Tad O'Keefe wedi mynd i siarad fel pysgodyn, mae William Wilson yn 145 mlwydd oed ac ym mlodau ei ddyddiau o hyd. Mae'r rhyfel ar ben. Mae arwr Harri wedi dychwelyd adref yn ddianaf, ac mae'n rhedeg yn well nag erioed.

Ac mae'n bosibl, wrth ystyried y ffaith annhebygol honno, bod Harri wedi drysu. Mae'n bosibl, wrth freuddwydio yn ei gadair, ei fod wedi troi at rifyn arall o'r *Wizard*, rhifyn o fis gwahanol, o flwyddyn wahanol, hyd yn oed. Fel arall, sut mae egluro bod Wilson wedi dod yn ôl i Blighty mor ddisymwth? Sut mae deall bod dyn yn gallu camu mor rhwydd o Lancaster Bomber i drac y Gêmau Olympaidd yn Wembley, a rhedeg fel petai'n dal i hedfan yn yr awyr? Ond ni ŵyr Harri ddim oll am hynny. Mewn breuddwyd, mae popeth yn bosibl.

Rhwng cwsg ac effro mae ceg Harri yn agor a chau, agor a chau, fel ceg pysgodyn. 'Arafu'r galon, Sam. Dyna'r gyfrinach i ti. Arafu'r galon.'

17

Dydd Gwener, 21 Mai 2011, 3.50 y prynhawn

Awr yn ddiweddarach, a'i ên bellach yn gorwedd ar ei frest a'r papur wedi cwympo i'r llawr, mae Harri'n clywed curo ar y drws ffrynt. Yna, wrth godi, mae'n clywed lleisiau ei ferch a'i hwyres ac yn gwybod ei bod hi bron yn bedwar o'r gloch, oherwydd dyna pryd y byddan nhw'n galw heibio bob prynhawn dydd Gwener. Mae'n rhyfeddu at hynny, yn meddwl, Diawl erio'd, ble a'th yr amser i gyd?

'Mê, mê.'

Mae gan Cati, ei wyres bum mlwydd oed, ddafad fach wlanog yn ei llaw. Mae Harri'n ffugio syndod.

'Wel, helô, Mrs Dafad. Dyna ddafad ffein wyt ti. Wyt ti moyn dod miwn am ddisgled?'

'Mê, mê.'

'Wel, ti'n ddafad gwrtais hefyd . . . Dere miwn, ond cofia gadw llygad mas am Mr Blaidd!'

Bydd Emma'n galw heibio bob prynhawn dydd Gwener er mwyn gwneud yn siŵr bod ei mam yn dod i ben yn iawn. Weithiau, pan fydd Beti'n teimlo'n llesg neu'n cael gwaith anadlu, bydd hi'n gwneud ychydig o hwfro a smwddio, neu'n paratoi pryd o fwyd, ond mae'n gadael y siopa i Harri, am fod hyn yn rhywbeth y gellir ei ymddiried i ddyn. Yn ôl ei harfer, mae Emma wedi casglu ei merch o'r ysgol ar y ffordd draw, iddi gael gweld ei mam-gu a'i thad-cu.

'Mae dy fam wedi mynd at Anti Amy.'

Wrth ddweud y geiriau hyn mae Harri'n sylweddoli ei bod yn bryd i Beti fod yn ôl, oherwydd mae hynny hefyd yn rhan o'r drefn ar ddydd Gwener a dyw e ddim yn cofio clywed bod heddiw'n wahanol i'r arfer. O deimlo wedyn bod angen cynnig esboniad pellach, mae'n ychwanegu: 'Wedi mynd i'r dre maen nhw . . . Wedi mynd i siopa . . . Bydd hi'n ôl whap.' Ac o amau nad yw hwnnw chwaith yn esboniad cwbl foddhaol, mae'n dweud: 'Ffones i ddi . . . Ffones i Amy . . . I holi . . . I weld pryd . . .' Mae'n teimlo'n well wedyn: o leiaf mae wedi gwneud ymdrech ac nid ei fai ef yw'r ffaith bod ei wraig wedi penderfynu mynd ar gyfeiliorn heddiw.

'Ble mae Mr Blaidd yn byw, Da'-cu?'

'Fan hyn, bach . . . Fan hyn.' A chan fod pawb yn sefyll yn y pasej, mae Harri'n taro drws y cwtsh-dan-stâr. 'Ond mae e'n cysgu ar y funud a bydd rhaid i Mrs Dafad fod yn dawel iawn iawn, neu fydd e'n dihuno.'

Aiff Emma a Cati i eistedd wrth ford y gegin tra bod Harri'n rhoi'r tegil ymlaen. Ar y fainc y mae'r picau bach o hyd, ers ymweliad Sam. Yn anffodus, wrth agor drws yr oergell, mae Harri'n gweld nad oes dim sudd afal yno, na dim byd tebyg. Dyma un o'r pethau y mae'n arfer eu prynu fore dydd Gwener, a'i brynu *bob* dydd Gwener hefyd oherwydd, unwaith y mae'r carton wedi'i agor, rhaid yfed ei gynnwys o fewn tridiau: bydd Beti bob amser yn ddeddfol ar y pwynt hwnnw. Ond dyna fe, bu'r bore Gwener hwn yn wahanol i fore Gwener cyffredin, rhwng yr helynt gyda'r trwser a gorfod mynd â Sam trwy'r lluniau i gyd. Aiff at y cwpwrdd a chael hyd i jar o Ovaltine a'r botel o *Lime Cordial* a gafodd Beti gan ei chwaer amser Nadolig ac sydd heb ei hagor eto.

'*Lime Cordial* . . . ? Gyda bach o ddŵr . . . ?'

Edrycha Cati ar y botel, ar y gwyrdd llachar, a siglo'i phen.

'Be' ti'n gweud wrth Da'-cu?'

'Dim diolch, Da'-cu.'

'Gei di de, yr un peth â ni.'

'Sa i'n lico te, Mam.'

'Reit, gei di ddŵr, a dyna fe.'

Mae Harri ar ganol arllwys dŵr i gwpan pan wêl ei ferch yn symud y cwdyn David Lewis i ben arall y ford, i wneud lle i'r platiau a'r cwpanau. Teimla gryndod bach annifyr yn ei gylla wrth gofio nad yw e wedi dod â'r mater hwn i fwcwl eto. Y mae ychydig yn ddig hefyd nad yw Beti yma, i'w helpu i edrych ar ôl Emma a Cati ac i roi cyngor iddo ynglŷn â'r trwser. Yna, wrth gario'r cwpanau draw at y ford, mae'n meddwl, Wel, dyw Beti ddim yma, ond mae Emma yma, a siawns nad oes ganddi hi drwyn llawn cystal â'i mam. Gwell, siŵr o fod. Trwyn ifanc. Trwyn na chafodd ei ddifetha eto. Gyda hynny mae Harri'n rhoi winc i Cati a phwyntio'i fawd i gyfeiriad y stâr.

'Rwy'n credu bod 'na rywbeth lan lofft i Mrs Dafad . . . Beth wyt ti'n feddwl, Mrs Dafad?'

'Mê, mê.'

Ac mae hyn yn rhan o'r drefn hefyd. Os nad yw Harri wedi cofio'r sudd afal, mae wedi trefnu'r trît hwn ers wythnos, ers y funud yr ymadawodd ei wyres y tro diwethaf. Dyna mae wedi'i wneud bob wythnos ers dwy flynedd. Mae Cati, er mai dim ond croten fach bum mlwydd oed yw hi, yr un mor gyfarwydd â'r drefn yma, a bu'n disgwyl am y winc a'r bawd ers iddi fynd i eistedd yn y gegin. Dim ond amrywiad bach newydd, gogleisiol ar hen arferiad, felly, yw'r siarad â'r ddafad.

Rhaid i Harri hebrwng Cati heibio'r cwtsh-dan-stâr oherwydd erbyn hyn mae arni ofn y blaidd. Rhaid dangos iddi fod y cwtsh dan glo hefyd, bod yna follt ar y tu allan, ac nad oes modd i'r blaidd ffyrnicaf yn y byd dorri allan trwy honna. Er hynny, mae Cati'n cydio yn ei law ac yn pwyso arno i fynd lan lofft gyda hi, yn gofyn sut bydd hi'n dod yn ôl wedyn, heb orfod pasio cwtsh y blaidd. Ond mae gan Harri bethau i'w trafod gyda'i ferch, felly mae'n addo sefyll yno, yn y pasej, yn cadw llygad ar y drws, ar y bollt, nes bod ei hwyres yn dod i lawr eto.

'Addo?'

'Addo.'

'Wyt ti'n gwynto rhywbeth?'

Mae Emma'n dal godre un o goesau'r trwser o dan ei thrwyn a sniffian.

'Ble o'dd y smel, wedest ti?'

'Sa i'n gwbod . . . Wedodd hi ddim.'

Mae Emma'n codi'r goes arall a sniffian eto. Symuda at y band gwasg wedyn a'i sniffian ar ei hyd, bob yn ddwy neu dair modfedd, ond yn fwy petrus y tro hwn, gan dynnu ei thrwyn yn ôl bob hyn a hyn a chrychu ei thalcen.

'Sneb wedi'i wisgo fe, bach . . . Dim ond 'i drial e mla'n . . . Dim ond . . .'

Mae Emma'n dweud 'hisht' ac mae Harri'n tewi ar unwaith, oherwydd mae'r ddau yn gwybod bod geiriau'n mygu aroglau.

'Wel?'

'Mae rhywbeth . . .'

'Beth?'

'Sa i'n gwbod. Gad i fi drial 'to. Fan hyn o'dd e . . .'

Cydia Emma yn y band gwasg eto, yn ymyl un o'r pocedi, a sniffian, a siglo'i phen. Cydia yn y boced ei hun a'i throi tu chwith allan.

'F'yna. 'Na le mae e. Yn y boced.'

'Beth? Beth sy yn y boced?'

'Sa i'n gwbod, Dad . . . Ma' gwynt bwyd 'na . . . Gwynt garlleg.'

'Garlleg?'

'Fan hyn, yng ngwaelod y boced.' Mae Emma'n rhoi'r trwser i'w thad. Mae yntau'n cydio yn y boced, yn archwilio'r plygion.

'Fan hyn?'

'Reit tu fewn.'

Mae Harri'n codi'r boced a sniffian, yn oedi am eiliad, yn tynnu'r defnydd rhwng ei fysedd a sniffian eto.

'Sa i'n gwynto dim.'

'Ti ddim wedi cael amser. Tria 'to.'

Mae Harri'n claddu'i drwyn yn y defnydd a gwneud sioe o anadlu'n fân ac yn fanwl, yn union fel y gwnaeth o'r blaen, fel llygoden, fel ci yn dilyn sawr gast. A siglo'i ben. 'Wyt ti'n siŵr nag oes dim byd ar dy fysedd di, ferch? Ti wedi bod yn cwca heddi? Gwynta dy fysedd i ga'l gweld.'

'Mê, mê.'

Mae Cati'n rhoi'r ddafad ar ben y *dressing table* yn ystafell wely ei mam-gu a'i thad-cu a gafael yng nghortyn y llenni. Ei thad-cu ddangosodd iddi sut roedd agor a chau'r llenni ond, hyd heddiw, ni chafodd gyfle i wneud hynny ar ei phen ei hun. Caiff ias fach o foddhad o deimlo'r grym y mae'r cortyn yn ei roi iddi, o'r ffaith bod croten fach fel hi yn gallu symud llenni mor fawr, mor drwm: cymaint o foddhad fel ei bod hi'n mynd ati i'w cau a'u hagor drachefn, dim ond i gael teimlo'r wefr honno unwaith yn rhagor.

'Mê, mê.'

Erbyn hyn, mae'r ddafad yn cerdded ar hyd wyneb sgleiniog y *dressing table* – er mai sboncio ar ei phedwar mae hi, mewn gwirionedd, yn null anifeiliaid tegan erioed. Yna, cymer dro sydyn tua'r chwith a gwyro'i phen dros yr ymyl.

'Paid â chwmpo, Mrs Dafad.'

Gwna'r ddafad ei gorau glas i agor y drâr ond mae ei thraed yn rhy fach i gydio yn y ddolen a rhaid i Cati roi help llaw iddi. Ar ôl ei agor rhyw hanner modfedd mae'r ddafad yn cynhyrfu ac yn rhedeg yn ôl ac ymlaen o un pen y drâr i'r llall, gan geisio cael cip ar y trysorau y tu mewn.

'Mê, mê.'

Mae Cati'n agor y drâr yn llawn. Gŵyr mai ar yr ochr dde, o dan facynon ei thad-cu, y mae'r Rolos yn cael eu cuddio bob tro. Ond nid yw'r ddafad mor freintiedig: dyma ei hymweliad cyntaf â'r ystafell hon, a dyw Cati ddim wedi rhannu ei chyfrinach â hi. Rhaid, felly, iddi fynd i chwilota drosti hi ei hun, gan fynd ar goll ambell waith ymhlith y sanau, nes bod Cati'n gorfod dweud, 'Mrs Dafad, Mrs Dafad, ble rwyt ti, Mrs Dafad?' A hithau'n ateb, 'Mê, mê. Mê, mê.' Wrth ddod o hyd i'r Rolos, o'r diwedd, mae'r ddafad yn cynhyrfu eto ac mae Cati'n dweud wrthi, mewn llais ceryddgar, 'Na, na, na, Mrs Dafad, chei di ddim Rolo nes bo' ti'n gofyn i Da'-cu, achos Rolos Tad-cu ŷn-nhw.' Ac mae hi'n rhoi'r Rolos ym mhoced ei sgyrt.

Wrth droi am y drws, mae Cati'n gweld pen ei mam-gu ar y gobennydd, ei llaw ar y cwrlid. Mae hyn yn rhoi ysgytwad iddi – dyw gweld Mam-gu yn y gwely ddim yn rhan o drefn prynhawn dydd Gwener – ac mae hi'n sefyll yn llonydd am ychydig, gan bwyso a mesur beth y dylai ei wneud nesaf. Ar y dechrau, mae'n gofidio ei bod hi wedi ei dihuno, gyda'i holl sŵn, a rhaid bod ei mam-gu wedi blino'n ofnadw i fynd i gysgu'r amser hyn o'r prynhawn. Ond na, o fynd yn nes gall weld bod ei llygaid ynghau a dyw ei llaw hi ddim yn symud. Saif yn llonydd am funud arall. Yna, mae'n dodi'r ddafad ar erchwyn y gwely a dweud 'Mê, mê,' yn gywir fel petai hi'n cyflwyno'r creadur i'w mam-gu. Ac mae'n llawn disgwyl y bydd y llygaid yn agor yn y man, achos mae'r geg wedi agor yn barod, gall weld hynny'n glir nawr, a dyma beth bydd Mam-gu wastad yn ei wneud pan fydd hi'n chwarae cysgu-ci-bwtshwr. 'Mê, mê.' A bydd y llaw yn gafael yn ei braich a'r llais yn dweud 'Bw!' Dyna mae Cati'n ei ddisgwyl.

Ond aros yn llonydd mae'r llaw a'r gwefusau ac mae Cati'n dweud, 'Ssssht, Mrs Dafad,' oherwydd mae hi'n gwybod nawr mai cysgu'n iawn mae Mam-gu, nid cysgu-ci-bwtshwr. Mae hi'n gwybod hefyd bod angen iddi fynd yn ôl a chau'r llenni, achos dyna'r drefn pan fydd rhywun yn y gwely, yn cysgu. Does dim ots gan Cati am hynny oherwydd mae hi'n cael tynnu'r ddau gortyn eto, ond mae hi'n gwneud hynny'n arafach y tro hwn, er mwyn cadw llai o sŵn, a dyw hi ddim yn gadael i Mrs Dafad frefu unwaith.

Sefyll wrth y drws ffrynt mae Harri ac Emma pan ddaw Cati i lawr stâr a dweud wrthyn nhw bod Mrs Dafad wedi cael hyd i'r Rolos, gyda dim ond tipyn bach o help oddi wrthi hi, a'i bod hi wedi cadw'n dawel hefyd, er mwyn peidio â dihuno Mam-gu. Ac mae Tad-cu'n dweud, 'Dyna ddafad dda yw hi.' Ond mae ei feddwl ar bethau eraill. Mae ganddo gwdyn plastig yn ei law, mae'r bỳs yn gadael ymhen deg munud, a rhaid brysio neu bydd y siop wedi cau. Mae Emma, erbyn hyn, wedi cerdded at y gât ac yn dweud, 'Dere,

Cati,' oherwydd mae ganddi hithau negeseuon i'w gwneud hefyd. Aiff y tri allan trwy'r gât a dywed Harri, 'Ta-ta, Mrs Dafad. Ta-ta, Cati,' a dywed y ddafad, 'Mê, mê.' A phan gaiff Cati gyfle i ofyn i'w mam pam mae Mam-gu'n cysgu ganol y prynhawn, mae Harri eisoes wedi diflannu rownd y cornel ac mae Emma'n gwrando ar neges ffôn gan ei gŵr.

18

'Wilson ran with his long, swift, rhythmic stride, and I kept up with him.'
The Wizard, 25 May 1946

1947 o'dd y flwyddyn ore, gallech chi weud, os y'ch chi moyn whilo am y flwyddyn ore, nage dim ond y ras ore. Achos mae sawl math o ore i ga'l. Sawl math o gynta a sawl math o ore hefyd. A'r flwyddyn ore ar y pryd, cofiwch, achos dim ond peder ar ddeg o'd o'n i. 1947. Y flwyddyn enillodd Wilson y decathlon yn Philadelphia gyda'r sgôr ucha erio'd, llawer uwch na dim byd gath Daley Thompson na'r bobol erill dda'th wedi 'ny. Peder ar ddeg o'd, a'i gweld hi'n fraint ca'l tyfu lan yn yr un amser ag o'dd Wilson o'r *Wizard* yn dod idd'i anterth. Peth dwl, rwy'n gwbod, achos hap a damwain o'dd e. Ond fel 'na mae cryts yn meddwl. A falle bod y gore hwnnw'n rhagori ar bob gore arall. Gore'r ifanc.

Dyna pryd es i ati i dynnu rhestr o'i rasys e hefyd, y rhai o'dd e wedi'u hennill, a o'dd hynny'n meddwl pob un bron. A nage dim ond y rasys chwaith, ond y neidio a'r taflu a'r paffio a'r nofio a'r codi pwyse a'r cwbwl, achos o'dd dim byd na alle'r hen Wilson 'i neud, o roi'i feddwl arno, a'i neud e'n well na phob un arall.

LLE A DYDDIAD	CAMP	NODIADAU
6 Mawrth 1938 Stamford Bridge	Milltir 3.48	Curo record y byd o 17 eiliad!
19 Mai 1938 Athen	Taflu ffon 262 dr.	Ar ôl mynd i Ynys Lathos i weld cerflun o Ermes
3 Medi 1938 Efrog N.	440 ll. 0.44	Er gwaethaf torri tair asen!
27 Ebrill 1939 Berlin	Hanner milltir	O flaen Dr. Goebbels

Pam cadw rhestr, y'ch chi'n gofyn. Wel, yn gynta, achos bod Wilson wedi mynd ar goll yn y rhyfel. Gath e'i saethu i lawr a o'dd pawb yn meddwl, Wel, dyna ddiwedd ar hwnnw, mae'r Jyrmans wedi'i ladd e, welwn ni ddim o'r hen Wilson 'na 'to. Welwn ni ddim o'i debyg chwaith. Diwedd oes, o'dd pawb yn gweud. *End of an era.* O'dd isie cofnod, felly, i'r oesoedd a ddêl, i bawb ga'l dysgu am 'i orchestion, a dysgu'n gywir hefyd. A se Harri Selwyn ddim yn 'i neud e, pwy nele fe? Dyna pam dynnes i restr. I ga'l y cwbwl ar glawr, yr hanes i gyd. Iddo beido mynd yn angof.

Iawn, y'ch chi'n gweud. Ond nag o'dd yr hen gopïe i gyd 'da fi? Na allen i droi at y comics i ga'l y ffeithe? Wel, o'n, wrth gwrs 'u bod nhw. Pob un copi, pob un stori. O'n i'n cadw'r cwbwl dan y gwely, y *Wizard* a'r *Hotspur* a sawl un arall hefyd, i gyd yn nhrefen amser, a Mam yn ca'l 'i siarsio i beido mela 'da nhw wrth bod hi'n dwsto. Ond pwy sy isie palu trwy focseidiaid o gomics i ga'l hyd i un stori, i un manylyn bach? Gwedwch bod rhywun yn yr ysgol yn gweud celwydd amdano fe. Yn gweud taw dim Wilson o'dd y cynta i redeg ras mewn llai na pheder munud. Rhywbeth fel 'na. O'dd isie i fi fod yn barod i gywiro fe yn y fan a'r lle, heb ddim whilibawan, heb ddim gwamalu. Y'ch chi damed gwell o weud, 'Dewch 'nôl fory, gyfaill, ar ôl i fi ga'l cyfle i whilo dan y gwely.' Sneb yn eich credu chi wedyn.

Cofnod, felly. Ca'l yr hanes wrth law, yn dwt ac yn drefnus, fel bo' fi'n gallu gweud, 'Co chi, Stamford Bridge, chweched o Fawrth, 1938. Y cynta i dorri peder munud. Dyma'r ffeithie i chi. Fan hyn.' A o'dd yr wybodaeth i gyd 'na, ar un pishyn o bapur, a'r cwbwl yn nhrefen amser, yn gywir fel o'dd y comics 'u hunen yn y bocsys. O'dd neb yn gallu 'nala i mas wedyn. A'th e'n fwy nag un pishyn o bapur yn y diwedd, wrth gwrs, achos o'dd Wilson o hyd yn neud rhyw gampe newydd. Y decathlon yn Philadelphia o'dd y gore, fel wedes i, achos 'na le gath e'r sgôr ucha erio'd. O'dd isie deg llinell i hwnnw. Ond da'th y Black Olympics wedyn, pan a'th e draw i Affrica a maeddu Chaka a'r Zulus i gyd. A bydde rhai'n gweud taw honna o'dd y gamp fwya, falle, achos o'dd miliwn o Zulus 'na yn 'u wotsho nhw, a'r cwbwl yn mynd mla'n am fiso'dd. O'dd isie dou bapur cyfan i ddisgrifio hwnna, y Black Olympics. P'un o'r rheina yw'r gore, wedech chi? Y sgôr ucha? Neu'r peth hira? Dyna gwestiwn i chi. Achos mae sawl math o ore i ga'l.

Ac yn y diwedd bydden i'n cywen y pishys i gyd at 'i

gilydd a istedd 'nôl a meddwl, Iesu, drycha ar hwn. Ar 'i dra'd ers 1814 ac yn dal i fynd! Achos honna o'dd y gamp fwya i gyd. O'dd Wilson wedi aros nes bo' fe'n 152 flwydd o'd cyn bo' fe'n cyrra'dd y brig. Serch bo' fe'n glou, yn glouach na neb arall yn y byd, yn y *slow lane* buodd Wilson yn byw erio'd. Byw'n araf a disgwyl 'i gyfle. Ddim yn 'i goese, wrth gwrs, ond yn 'i galon. Achos do's dim byd tebyg i redeg am arafu'r galon. Mae hwnna'n baradocs, rwy'n gwbod, ond fel 'na mae. O'dd Sam ddim yn deall 'ny. Taw creadigaeth dyn yw'r blynyddoedd, ond Natur sy'n pennu hynt y galon.

A dyna pam mae'n bwysig bo' chithe'n cadw cofnod hefyd. Rhag ofan bod rhywun yn holi amdana i a finne ddim ar ga'l. 'Harri Selwyn, wedoch chi? Pwy yw hwnnw, te?' Neu falle bydd rhywun yn gweud celwydd, ar ôl darllen y *Gazette*, neu ar ôl siarad â Raymond. Byddwch chi 'na i'w cywiro nhw, i weud taw dyna i gyd na'th Harri Selwyn erio'd o'dd byw yn y *slow lane*, o'dd arafu'r galon a pharatoi ar gyfer y *long haul*.

19

Dydd Gwener, 21 Mai 2011, 5.45 y prynhawn

'Licen i siarad â'r *Manager*, plis.'

Wedi cyrraedd blaen y ciw mae Harri'n penderfynu mai siarad plaen sydd orau. Mae gan gwsmer hawliau, mae gan gwmni gyfrifoldebau. Siarad plaen amdani, felly.

'Mr Beynon?'

'Sa i'n gwbod. Bachan ifanc . . . O'dd e'n gweitho 'ma'n

gynharach . . . Sefyll draw fan'co o'dd e. Eloch chi draw i siarad ag e . . .'

'*Ah, yes*. Mr Beynon. Mae e wedi mynd sha thre.'

'Sha thre?'

'Mae e'n bennu am bump ddydd Gwener. O's 'na rywbeth galla i neud i chi, Mr . . . Mr . . .'

'Selwyn.'

'Mr Selwyn. *Yes*. Wy'n cofio. Chi dda'th â'r trwser 'nôl, yndefe?

'Oherwydd y coese.'

'Y coese . . .'

'Achos bod y coese'n rhy fyr. Ond sdim gwahanieth am 'ny, rwy wedi dod i weud wrth Mr . . . wrth Mr . . .

'Mr Beynon . . .'

'. . . i weud wrth Mr Beynon shwt digwyddodd e, i weud wrtho fe . . .'

'Shwt digwyddodd e?'

'Ie, shwt digwyddodd e.'

'Sa i'n deall, Mr Selwyn . . . Shwt digwyddodd *beth*?

'Shwt da'th y . . . Shwt da'th y . . .'

Er bod Harri wedi penderfynu siarad yn blaen, roedd yn gobeithio y gallai wneud hynny wrth Mr Beynon, neu rywun arall a feddai ar awdurdod, a hynny dan amodau mwy preifat. Mae mewn cyfyng-gyngor: dyw Mr Beynon ddim yma ond mae Harri eisoes wedi gwastraffu hanner diwrnod ar y perwyl hwn ac mae'r hyn sydd ganddo i'w ddweud – yr esboniad mae wedi bod yn ei gyfansoddi a'i fireinio ers iddo siarad ag Emma – yn mynnu cael llais. Dyna pam mae'n gwyro dros y cownter, yn gwneud ystum â'i fys i'r ferch ddod yn nes ato, ac yn dechrau sibrwd yn araf ond yn bendant, gan bwyso ar bob sill, oherwydd unwaith, ac unwaith yn unig, y mae Harri am ddweud y pethau hyn.

'I weud wrtho fe . . . shwt . . . da'th . . . y smel 'na . . . ar y trwser.' Mae Harri'n oedi am eiliad i sicrhau bod y ferch yn dilyn ei esboniad, i bwyso a mesur a yw ei mudandod yn arwydd da ai peidio. 'Ac i weud wrtho fe . . . i weud wrth Mr Beynon . . . taw dim fi na'th . . . *Dim fi na'th* . . . Achos rwy wedi'i weitho fe mas. Rwy wedi'i weitho fe mas i gyd . . .'

Mae Harri'n oedi eto, yn clirio ei lwnc ac yn codi'i fys i ddangos i'r ferch bod angen iddi wrando'n astud ar yr hyn sydd i ddilyn. 'O'dd rhywun arall wedi pyrnu'r trwser 'ma a dod ag e'n ôl a'i newid e, a sa i'n gweud taw chi o'dd yn syrfo'r adeg 'ny, falle taw rhywun arall o'dd e, ond da'th e â'r trwser yn ôl ac o'dd smel arno fe bryd 'ny, o'dd, *o'dd smel arno fe bryd 'ny,* ond gath e 'i newid e ta p'un, a dyna shwt a'th e'n ôl mas i'r siop. Y'ch chi'n deall? A'th y trwser mas i ga'l 'i werthu 'to, a dyna shwt pyrnes i fe, a'r smel arno fe'n barod. A mae'n beth od, rwy'n gwbod, achos fe wedoch chi bo' chi'n ffaelu roid e'n ôl mas i werthu, ddim 'da'r smel 'na arno fe, ond gwrandwch ar hyn, beth se'r ferch o'dd yn gwitho 'ma ar y pryd yn ffaelu gwynto dim byd? Mm? Bod annwyd arni ddi, falle, a bod hi wedi gweud wrth y dyn bach, Wel, 'na fe, te, mae'ch gwraig chi'n gweud bod y trwser yn rhy fyr i chi – neu'n rhy fawr, wrth gwrs, y tro hwnnw, neu'n rhy dynn am y canol – ac yn gweud, 'na fe, te, cerwch mofyn un arall a fe newidwn ni fe i chi. Cerwch mofyn un arall, byddwch chi'n reit wedyn, byddwch chi'n . . .'

Mae Harri'n troi a phwyntio i gyfeiriad y trwseri er mwyn dangos sut y gallai'r olygfa hon fod wedi cael ei chwarae, ac yn synnu wrth weld rhesaid hir o gwsmeriaid

yn syllu arno. 'Byddwch chi'n . . .' Sioc hefyd yw clywed
ei lais ei hun, oherwydd mae ei sibrwd araf bellach wedi
troi'n daeru brwd. Mae'n troi'n ôl at y ferch a gwyro dros
y cownter eto: 'Achos bod annwyd arni, falle. Neu jyst bod
hi'n ffaelu gwynto dim byd.'

'Y'ch chi'n nabod y dyn arall 'ma, Mr Selwyn?'

'Pardwn?'

'Pardwn' syndod yw hwn i fod, ond mae'r ferch yn ei
ddehongli fel 'Pardwn' rhywun trwm ei glyw ac yn codi ei
llais wedyn, yn siarad yn fwy pwyllog, yn fwy pendant ac
efallai, erbyn hyn, gyda rhyw dinc bach diamynedd yn ei
llais.

'Ydych ch'n *nabod* y dyn dda'th â'r trwser 'ma'n ôl tro
dwetha?'

'Ei *nabod* e?' Mae Harri'n sibrwd eto, yn sibrwd yn
dawelach nag o'r blaen, hyd yn oed, mewn ymdrech i gael
y ferch i wneud yr un peth. 'Wrth gwrs bo' fi ddim yn 'i
nabod e. Dim ond gweud 'yf fi . . .'

'Ond os nag y'ch chi'n nabod y dyn . . .'

'A sa i'n gweud taw dyn o'dd e. Falle taw menyw o'dd e,
yn pyrnu trwser idd'i gŵr hi a cha'l seis yn rhy fach, neu'n
rhy fawr, a dod ag e'n ôl wedyn ar ôl iddo fe drial e mla'n.'

'Ond, Mr Selwyn, os nag y'ch chi'n gwbod pwy yw'r
fenyw 'ma, neu'r dyn 'ma, shwt ŷn ni'n gwbod bod hyn
wedi digwydd? Shwt allwn ni brofi'r peth? Shwt . . . ?'

'Profi? Be' chi'n feddwl, *profi*?'

'Profi bod rhywun heblaw chi wedi gwisgo'r trwser 'ma.'

'Ond ffordd arall alle fe fod wedi digwydd? Os nage fi
na'th, rhywun arall na'th. A dim fi na'th.'

'OK, Mr Selwyn. Caf i air 'da'r *Manager* ddydd Llun.'

'Dydd Llun?'

'Dyna pryd fydd e'n ôl. Dydd Llun. Smo fe'n gweitho ddydd Sadwrn.

'Ond mae e'n rhy fyr i fi . . . Mae'r coese'n . . . Y wraig wedodd . . .'

'Sori, Mr Selwyn, 'na i gyd galla i neud i chi heddi.'

'O's *Manager* arall i ga'l? O's rhywun . . . ?'

'Mr Selwyn, mae 'na bobol yn dishgwl. Mae'r siop yn cau mewn cwarter awr.'

Aiff Harri i lawr y grisiau symudol a throi am yr allanfa. Mae'n chwarter i chwech ac mae llais ar yr uchelseinydd yn gofyn i bob cwsmer fynd â'i nwyddau at y man talu agosaf. Mae'n diolch i bawb am siopa yn y gangen hon o gwmni David Lewis, yn dymuno noswaith dda a phenwythnos pleserus, ac yn mynegi'r gobaith y byddant yn dychwelyd mewn byr o dro. 'Noswaith dda i chithau hefyd,' medd Harri, dan ei anadl. Ac efallai mai hwnna yw'r trobwynt. Yn lle mynd am y drws, sydd o fewn decllath iddo erbyn hyn, yn lle dilyn y llu siopwyr sy'n heidio trwyddo, y mae'n troi ar ei sawdl ac yn mynd yn ôl, yn erbyn y llif, i gyfeiriad y grisiau symudol. Harri yn unig, wedyn, sy'n mynd am i fyny, ac mae hynny'n peri anesmwythyd iddo: gall deimlo trem y disgynwyr, a hwythau siŵr o fod yn meddwl, Diawcs, pwy yw'r hen ddyn 'co yn ei dracsiwt? Mae e wedi drysu, pwr dab. Mae e wedi mynd y ffordd rong. Bron nad yw'n disgwyl i rywun weiddi arno i gallio, i fynd yr un ffordd â phawb arall. Ond mae'n rhy hwyr.

O ddychwelyd i'r llawr cyntaf, caiff Harri gysur o weld bod nifer fawr o gwsmeriaid yn dal i ddisgwyl eu tro wrth y man talu, ac amryw hefyd – gwragedd yn bennaf, er mai adran y dynion yw hon – yn crwydro ymhlith y siacedi a'r crysau a'r trwseri. Mae hynny'n galonogol. Peth digon naturiol wedyn yw mynd i ymuno â nhw, oherwydd pwy sydd i ddweud nad yw Harri'n perthyn i un o'r gwragedd yma sy'n chwilio am anrheg i'w gŵr neu'i mab? Pwy sydd i ddweud nad ef yw'r gŵr ei hun? Digon naturiol, felly, yw mynd at y trwseri a chodi ambell un ac edrych ar ei label, ar y pris, ar faint y wasg, ar hyd y goes.

Mae'r trwseri i gyd yn hongian ar unedau arddangos pwrpasol, a'r rheiny'n britho'r llawr fel coed Nadolig bach amlganghennog. Am funud mae Harri'n methu dod o hyd i'r Taupe 'Charleston' Herringbone Flat Front Trousers. Maen nhw wedi cael eu symud, siŵr o fod, er mwyn rhoi lle amlycach i ryw drwseri eraill, i'r *chinos* a'r *shorts* a'r *Farhi Linen Trousers*, sydd ar werth am bris gostyngol erbyn hyn. *20% OFF* mae'r arwydd yn ei ddweud. Dyna'r drefn mewn siopau mawr y dyddiau hyn, meddylia Harri: popeth yn symud o hyd, i gadw'r cwsmeriaid i grwydro. Ac am y funud honno, mae rhyw ran ohono'n argyhoeddedig bod y Taupe 'Charleston' Herringbone Flat Front Trousers wedi peidio â bod, bod y lein wedi cael ei diddymu, bod y cwmni wedi mynd yn ysglyfaeth i'r dirwasgiad a'r ffatri wedi'i llosgi i'r llawr. Yn fwy na hynny, mae'n teimlo yn ei gylla bod hyn wedi cael ei wneud yn fwriadol er mwyn ei rwystro rhag newid ei drwser ac adfer cyfiawnder i'r byd. Syniad gwirion, wrth gwrs, ond dyna effaith ofn ar ddyn nad yw'n gyfarwydd â throseddu.

Er gwaethaf ei anesmwythyd, mae Harri'n parhau i symud o res i res, o uned i uned, gan edrych ar yr eitem hon a'r eitem arall, gan ystyried tybed all e feiddio gofyn i aelod o'r staff. A fyddai hynny'n gwneud iddo ymddangos yn fwy naturiol? Neu, fel arall, a fyddai'n tynnu mwy o sylw ato'i hun? Mae'n codi un o goesau'r *Charcoal Birdseye Premium Suit Trousers* a rwto'r defnydd rhwng bys a bawd. Mae'n archwilio safon y pwytho tu mewn, oherwydd mae wedi gweld menywod yn gwneud hynny droeon. Dyna a ddisgwylir mewn siop ddillad: craffu ar y pwytho, barnu ei safon, penderfynu a yw'n werth yr arian, siglo'r pen wedyn a throi at rywbeth arall. Rhaid peidio â'i gor-wneud hi, wrth gwrs, oherwydd dyw beth sy'n naturiol i fenyw ddim o reidrwydd yn naturiol i ddyn. Na, ddim o bell ffordd. A dieithryn ym myd y siopau dillad yw Harri.

Daw o hyd i'r Taupe 'Charleston' Herringbone Flat Front Trousers yn y cornel pellaf, rhwng y ffenest a'r jîns. Mae'n cofio'r llecyn hwn, oherwydd yma y cafodd hyd i'r trwser y tro cyntaf, fore dydd Iau. Daw cysur o'r atgof, o weld nad yw'r byd mor ddi-ddal ag y tybiai. Calonogol hefyd yw sylweddoli ar unwaith fod hwn yn lle da am wneud yr hyn sydd ganddo mewn golwg. Saif Harri â'i gefn at y ffenest. Dros ei sbectol gall weld y ciw wrth y til: dim ond dyrnaid sydd yno erbyn hyn. Mae'r swyddog diogelwch yn sefyll draw yn y pen pellaf, yn ymyl y grisiau symudol, yn cadw llygad ar griw o fechgyn, a'r bechgyn yn cadw llygad arno yntau, yn chwarae cath a llygoden.

Edrycha Harri ar y label. *Waist 32 Leg 30.* Modfedd yn hirach na'r hen drwser, felly, a modfedd yn hirach na'r arfer, hefyd, sy'n od, oherwydd crebachu mae dyn i fod, yn ei henaint, nid ymestyn. Ond Beti sy'n gwybod orau: mae'n ddiguro am farnu pethau fel hyn. Camgymeriad yn rhywle, mae'n rhaid. Mae Harri'n tynnu'r trwser yn rhydd o'r *hanger* a'i ddodi yn ei gwdyn siopa David Lewis, gyda'r dderbynneb, ac yna, heb oedi, mae'n tynnu allan yr hen Taupe 'Charleston' Herringbone Flat Front Trousers, yr un drewllyd, yr un sy'n rhy fyr. Nid yw'n trafferthu i hongian hwn yn daclus: hyd yn oed petai ganddo'r amser, fe'i câi'n anodd ei blygu yn y modd cywir a'i fwydo trwy'r agennau cul yn yr *hanger*, a hwnnw'n gwbl wahanol i'r *hangers* sydd ganddo yn yr wardrob gartref. Ei adael ar ben yr uned sydd orau, felly, i arbed amser, i gael golchi ei ddwylo o'r holl falihŵ. Edrycha ar ei watsh. Edrycha trwy'r ffenest ar brysurdeb y dre islaw. Edrycha ar ei watsh eto.

Sefyll ar ben y grisiau symudol mae'r swyddog diogelwch o hyd. Mae'n rhannu jôc gydag un o'r merched sy'n gweithio yma a'i wên yn dweud bod ei waith ar ben am heddiw: mae'r bechgyn amheus wedi diflannu, caiff edrych ymlaen at fynd adre, at gael mwgyn a chwpaned. Serch hynny, ac er gwaetha'r ffaith bod y drosedd eisoes wedi'i chyflawni, mae Harri'n teimlo rheidrwydd i lastwreiddio'r peth aflan hwnnw rywsut, i daflu gorchudd drosto. Cydia mewn siaced oren lachar sy'n digwydd bod wrth law – y *Craft* Performance Running Jacket – a mynd â hi draw at y til. Un yn unig sydd yn y ciw erbyn hyn ond mae'r ychydig eiliadau o oedi yn rhoi cyfle i Harri ddal y siaced i fyny a byseddu'r paneli chwys o dan y ceseiliau a darllen y cyfarwyddiadau golchi, i bawb gael ei weld. Pan aiff at y ferch a gofyn tybed oes ganddyn nhw rywbeth rhwng y *Medium* a'r *Large*, oherwydd mae'r naill braidd yn dynn am ei ysgwyddau a'r llall ychydig yn rhy hir, does dim ots bod honno'n dweud, 'Na, dyna'r cwbl sy gyda ni, mae'n flin 'da fi.' Erbyn hyn, mae pawb yn deall ei fod yn gwsmer o'r iawn ryw – un anodd ei blesio, efallai, a thamed bach yn od hefyd, yn ei dracsiwt a'i *daps*, ond un *bona fide*, serch hynny. Mae'n falch hefyd nad oes disgwyl iddo fynd â'r siaced yn ôl oherwydd byddai hynny'n golygu dychwelyd i berfeddion y dillad ac efallai y byddai'r

Edrychodd e'n od arna i wedyn.

'Yn henach na ti?'

O'n i'n lico'r olwg 'na. Rhyw olwg fach o'dd yn gweud, Iesu, mae'r boi 'ma cyn hyned â phechod ond o'n i ddim yn styried bo' fe wedi mynd yn dw-lali hefyd. O'n i'n lico'r olwg 'na achos o'n i'n gwbod bod 'da fi fantais drosto fe wedyn. Felly wedes i, 'Doda dy law fan hyn.' A neud moshwns am roid ei law ar 'n *chest* i. 'I ti ga'l gweld. I ti ga'l teimlo pwy mor araf mae hi'n mynd.' Ond o'dd e'n meddwl taw cellwair o'n i, taw jôc o'dd y cwbwl, a 'na i gyd na'th e o'dd wherthin a siglo'i ben. 'Co fe'n mynd 'to.' Dyna beth o'dd e'n feddwl. 'Co'r hen foi'n malu cachu 'to. Stedda i fan hyn am funud nes bo' fe'n dod at 'i go'd.'

Nawr te, mae 'na ddwy ffordd o drin dyn fel Sam Appleby. Gallwch chi'i drin e yn ôl 'i haeddiant a gweud bod 'da chi bethe gwell i neud â'ch amser na bod yn destun gwawd a dirmyg yn eich cegin eich hunan. Rhyw 'dwll-dy-din' bach swta a dangos y drws iddo fe. Digon teg hefyd, weden i, a fydden i ddim yn beio neb am ddilyn y llwybyr hwnnw. Neu, fel arall, gallwch chi drial dysgu gwers iddo fe. Cymryd anal hir a esgus taw plentyn bach stwbwrn yw e o slawer dydd, plentyn bach slo sy isie mwy o sylw na'r lleill, achos dim 'i fai e yw e, pwr dab. Dyw e ddim wedi ca'l yr addysg. Dyw e ddim wedi ca'l y cyfle.

A dyna beth 'nes i. Rodes i wers fach iddo fe. Ac os o'n i'n siarad ag e braidd fel se fe'n grwtyn bach saith mlwydd o'd a chwt 'i grys e mas a lasys 'i sgidie'n rhydd, o'dd dim help am hynny, achos dyna le o'dd 'i addysg e wedi ca'l 'i rewi, rywle rhwng Dosbarth Dau a Dosbarth Tri, a o'dd isie dechre yn y dechre.

'Sawl co's sy 'da ti?' gofynnes i iddo fe. A gorffod gofyn

eto, 'da bach mwy o fin ar 'n llais i'r tro 'ma, achos o'dd e'n dal i feddwl bo' fi'n cellwair. 'Sawl co's, Sam?'

'Dwy,' medde fe, a siglo'i ben.

'Eitha reit,' medde fi. 'Da iawn.' A rhoi marcie llawn iddo fe am 'i ateb cywir. 'A sawl braich?'

'Dwy,' medde fe 'to.

'Go dda, achan,' medde fi. '*Top of the class*! Dim ond un cwestiwn arall a dyna ddiwedd y wers am heddi. Sawl curiad calon sy 'da ti, Sam? Sawl curiad calon?' A thwlu'r cwestiwn ato'n ddisymwth, i ga'l gweld y dryswch yn 'i wyneb e.

'Sawl curiad calon?' medde Sam. 'Be' ti'n feddwl, sawl curiad calon?' Achos o'dd e'n disgwyl cwestiwn arall am goese a breichie a pethe fel 'ny. Clustie, falle. Ceillie. Pethe hawdd 'u cyfri. 'Sa i'n deall, Harri,' medde fe. Fel un o'r cryts bach slawer dydd, yn bwrw lan yn erbyn wal 'i anwybodeth.

'Drycha 'ma,' wedes i. A ges i afel ar bishyn o bapur a sgrifennu'r peth mas iddo fe, yn rhife mawr i gyd.

3,000,000,000

'Tair bilwn,' wedes i. 'Dyna faint o guriade calon sy 'da ti. Cyhyd â bo' ti ddim yn cwmpo dan fŷs gynta. Neu'n boddi yn yr afon. Neu'n tagu ar sosej rôl. Tair biliwn.'

Ac o roid y rhif lawr ar bapur, fe gydiodd y peth ynddo i rywsut a fe es i sgrifennu'r cwbwl mas wedyn, yn gywir fel sen i'n sefyll o fla'n y dosbarth eto. Achos o'dd y beiro yn 'n llaw, a wyneb bach crwn Sam Appleby yn dishgwl fel un o'r cryts bach yn trial neud 'i syms, ac yn shwfflo'i ben-ôl ar y gader yr un peth hefyd, fel se fe wedi bod yn iste 'na trwy'r dydd, ar y pren caled. A'r rhif 'i hunan, wrth gwrs. Cydiodd hwnna eto. Achos dim ond un rhif sy raid i chi gofio, a ma' popeth arall yn dilyn.

'Fel hyn bydden i'n dysgu syms caled,' wedes i wrth Sam, a rhoi gair bach o esboniad am bob llinell wedyn, wrth bo' fi'n sgrifennu. A gofyn ambell gwestiwn hefyd, fel o'n i'n arfer neud, i fod yn siŵr bod y plant yn gwrando, achos do's dim byd tebyg i syms am hala plant i gysgu. 'Syms caled,' wedes i. Syms o'dd â bach o bopeth ynddyn nhw, yr adio a'r tynnu, y lluosi a'r rhannu, a rhyw dro bach annisgwyl yn 'u cwt nhw wedyn, i ga'l y plant i feddwl drost 'u hunen.

Tair biliwn. Dim ond un rhif. A popeth arall yn dilyn o hwnnw. Y rhif mwya mae'r plant wedi 'i weld erio'd, yn llanw'r bwrdd du o un pen i'r llall, a finne'n symud o'r dde i'r chwith wedyn, bob yn gam bach, i ddangos iddyn nhw sawl math o *ddim* sydd i ga'l. Y *dim* sy'n ddim byd. Yna'r deg. Yna'r cant. Yna'r fil. Ac yn y bla'n, nes bod ni'n dod at y biliwn. Un rhif a un cwestiwn. Os o's tair biliwn o guriade 'da pawb, pam wedyn bod rhai'n byw'n hirach na'i gilydd? A sgrifennu hwnna ar y bwrdd du hefyd, o dan y rhif.

Pam bod rhai pobl
yn byw'n hirach
na'i gilydd?

O'dd neb yn gallu ateb hwnna. Byth. O'dd y cwestiwn yn rhy fawr iddyn nhw. 'Na le bydden i'n sefyll bob blwyddyn, o fla'n y dosbarth, yn gobeithio bod 'na ryw grwtyn i ga'l, 'da'i fysedd bisi a'i wallt anniben a'i drwyn yn rhedeg, o'dd yn nabod 'i galon yn ddigon da i roi ateb. Neu groten, wrth gwrs. A byddech chi'n disgwyl falle y bydde'r crotesi'n gwbod mwy am y galon na'r cryts. Ie, hyd yn o'd yn yr oedran 'ny. Ond sa i'n credu bod 'da nhw gystal gafel ar y rhife, a dim ond hanner y broblem yw'r galon. Wedodd Beti bod hwnna'n beth *chauvinistic* i weud, ond smo Beti wedi dysgu plant, ydy ddi? A dyna le mae'r busnes 'ma'n dechre, falle. Bod y cryts yn gwbod lot am y rhife a'r crotesi ddim ond yn gwbod am y galon.

Ta waeth, dyna le o'n i'n sefyll, o fla'n y dosbarth, a dim ateb yn dod, nes bod hi'n amser cynnal Yr Arbrawf Mawr. Bydden i'n gofyn iddyn nhw, Ydych chi'n barod i gynnal Yr Arbrawf Mawr? O'dd pawb yn cynhyrfu wedyn, yn gweiddi, 'Ydyn, syr! Ydyn!' Achos o'n nhw'n credu bod y gwaith meddwl wedi dod i ben. Hyn-a-hyn o waith meddwl mae plant bach yn gallu neud cyn bo' nhw'n ca'l pen tost a gorffod mynd mas i gico pêl. Sgrifennes i hwnna ar y bwrdd du hefyd.

YR ARBRAWF MAWR

Hales i bob un i roid ei law dros galon 'i gymydog wedyn a dechre cyfri, a chario mla'n i gyfri nes bo' fi'n gweud 'Stop'. O'dd dou yn iste wrth yr un ddesg yr adeg 'ny, a o'dd neud e fel 'na'n meddwl bo' nhw ddim yn gallu tsheto. Hala pob un i roid 'i law ar *chest* 'i gymydog nes bo' fe'n teimlo'r galon yn curo a chyfri'r curiade wedyn. Gymeron nhw amser i neud hynny hefyd, sy'n beth od, ond o'dd ambell un ddim yn siŵr ble o'dd y galon, sa i'n credu. 'Le y'ch chi'n teimlo'r *bwmp, bwmp, bwmp,*' wedes i. Dyna le mae'r galon.'

A phan dda'th y funud i ben, dyma fi'n gweiddi 'Stop' a cha'l pob plentyn i alw mas 'i rif 'i hunan, fel o'dd e wedi'i ga'l e 'da'i gymydog.

'Simpson?'

'68, syr.'

'Prys?'

'74, syr.'

'Ellis Jones?'

'73, syr.'

'Lovell?'

'65, syr.'

Sgrifennes i nhw lawr ar y bwrdd du wedyn, wrth bod nhw'n dod. A bydde wastad rhyw Jenkins bach draw yng nghefen y dosbarth yn gweiddi, '79, syr!' ar dop 'i lais, fel se fe wedi ennill yn barod, yn credu taw sgôr o'dd e, fel gêm ffwtbol, achos fel 'na mae plant, am ga'l y rhif ucha bob tro. A finne'n gweud wrth Jenkins bach, '79! Dyna lot o guriade i wasgu miwn i funud. *Well done, boy!*' A throi at 'i gymydog wedyn. A hwnnw'n gweud '63, syr.' Ei weud e'n isel, a o'ch chi'n clywed y siom yn 'i lais. 'Dim ond 63, Evans? Dyw hwnna ddim yn lot o guriade, nag yw e?' A'i gadel hi fel 'na am sbel, i'r plant ga'l ystyried y peth, iddyn nhw ga'l meddwl am y tair biliwn eto, a symud mla'n.

'68, syr.'

'71, syr.'

'76, syr.'

'65, syr.'

Nes bod y bwrdd du yn llawn curiade calon, a finne'n gofyn y cwestiwn eto. *Pam bod rhai pobl yn byw'n hirach na'i gilydd?* A bydde lot yn neud dim byd, dim ond shwfflo pen-ôl ar y sêt bren, a pigo trwyn, achos o'n nhw wedi ca'l digon o syms am un diwrnod. Rhai tebyg i Sam Appleby, o'dd ddim isie dysgu am y galon, dim ond clywed storis. Ond dim pawb. Bydde wyneb ambell un yn goleuo wrth bod y geinog yn cwmpo. O'n i'n lico 'ny. Mae pob athro'n lico gweld yr wyneb hwnnw. Bydde fe'n gweud wrth 'i gymydog wedyn. A'r cymydog yn gweud wrth y crwt yn y sêt tu ôl iddo fe. A bydde pob wyneb yn goleuo yn y diwedd. Pob un.

A dyma fi'n gofyn eto, ymhen cwpwl o funude, 'Ydych chi'n deall nawr? Ydych chi'n deall pam bod rhai'n byw'n hirach na'i gilydd?' A o'dd yr un wedodd '63' yn dipyn balchach na'r un wedodd '79'. Hales i nhw i weitho fe mas ar bapur wedyn. A dyna le o'dd y rhannu yn dod miwn iddo fe, i weld sawl 63 o'dd i ga'l mewn tair biliwn, sawl munud o'dd 'da'r crwt i edrych mla'n ato. Rhannu eto, i ga'l yr orie, rhannu eto i ga'l y diwrnode, a dod at y blynydde ar y diwedd.

A dyma fi'n gofyn wedyn, 'Beth yw'r ateb, Evans? Beth fyddan nhw'n 'i roi ar garreg eich bedd chi?' A fynte, a'r gwynt yn 'i hwylie erbyn hyn, yn gweud, '90, syr! 90, syr!' Achos o'dd hynny'n henach na'i dad, yn henach na neb o'dd e wedi'i nabod erio'd. Ond am y llall. Wel, am wyneb digalon! Gofynnes i iddo fe, 'Beth fydd ar eich carreg chi, Jenkins?'

'72, syr.'

Yn troi'r peth ar 'i ben, chwel. Byw yn ffast, byw yn fyr. Dyna'r rheol. A o'dd hi'n ffordd dda o ddysgu syms.

Sgrifennes i hyn i gyd lawr, i Sam ga'l deall, i ddangos iddo fe beth o'dd ystyr amser y galon. 'Wy'n ifancach na ti,' wedes i wrtho fe. 'Lot ifancach, yn ôl amser y galon.' Falle bod hynny'n wir hefyd, sa i'n siŵr – o'n i ddim yn ddigon ewn i roid 'n llaw ar 'i galon e, i weld pwy mor glou o'dd calon newyddiadurwr boliog yn ei bumdege'n curo. Ond o'n i'n amau falle nag o'dd dim llawer o guriade ar ôl ynddi. 'Bydda i'n ifancach na sawl un yn y ras fory 'fyd,' wedes i. 'Yn ôl amser y galon. Dylet ti fynd i mofyn gair 'da nhw, cyn bod hi'n rhy ddiweddar!'

Wedes i wrtho fe am y dyn yn y *turban* wedyn. 'Fauja Singh,' wedes i. Achos o'n i wedi edrych ar y papur a'i sgrifennu fe lawr, rhag ofan bo' fi'n anghofio eto. 'Fauja Singh. Yn gant o'd. Rhedeg y Marathon yn gant o'd! A gwisgo *turban* am 'i ben!' A sôn am Dimitrion Yordanidis a Sam Gadless a Paul Spangler wedyn, achos o'dd rheina'n henach na fi hefyd, lot henach, a phob un wedi rhedeg y Marathon, nage dim ond rhyw *jog* fach rownd y parc. A dangos y *Guinness Book of Records* iddo fe i brofi bo' fi ddim wedi neud e lan. Nes bo' fi'n dechre teimlo'n dipyn o nofis yn y busnes rhedeg 'ma.

'Ti'n siarad 'da boi ifanc fan hyn, Sam,' wedes i. 'Dere'n ôl mewn cwpwl o flynydde, ar ôl i fi ga'l bach mwy o bractis.'

21

Dydd Gwener, 21 Mai 2011, 6.20 yr hwyr

Ar y ffordd allan mae dwy ferch yn dosbarthu taflenni i hyrwyddo'r David Lewis Loyalty Card ac mae Harri'n falch o gael cyfle arall, cyn iddo ymadael â'r siop, i gadarnhau ei ddilysrwydd.

'*Leaflet, sir?*'

Mae'r ferch ar y chwith yn gwenu arno, yn gwahodd ei sylw. Cymer Harri'r daflen a chynnig gwên yn ôl. Cynigia fwy o wên nag sydd ei hangen, mewn gwirionedd, ar gyfer cyfathrach mor elfennol. Edrycha i'w llygaid hefyd, fel petai'n ceisio benthyca o'r ffynhonnell honno ychydig o'i dilysrwydd hithau. Ond mae'r ferch eisoes wedi troi at y cwsmer nesaf. Mae pawb ar frys i fynd adref, i ddangos eu ffrogiau newydd i'w cariadon, i baratoi te. Siawns nad yw hon hefyd am fynd allan heno, i'r tafarn neu'r clwb neu i dŷ rhyw ffrind neu'i gilydd, a dyna ble mae ei meddwl hi nawr, nid ar y taflenni na'r cwsmeriaid. Rhaid dogni'r cwrteisi erbyn diwedd y prynhawn.

Pan seinia'r larwm, dyw Harri ddim yn sylweddoli ar unwaith beth yw ei arwyddocâd. Mae'r sŵn yn fwy diniwed na'r hyn a ddisgwylid gan rywbeth a ddyfeisiwyd i ddal lladron; mae hefyd yn llai ymosodol, yn llai cwynfanus na seiren yr ambiwlans mae Harri a'r siopwyr eraill yn ei chlywed erbyn hyn, yn goferu trwy'r drysau agored. Am ryw gam neu ddau, felly, mae'r *blîp, blîp, blîp* yn cael ei foddi gan y twrw hwnnw. Hyd yn oed wedyn, ar ôl i glustiau Harri ddidoli'r synau hyn ac adnabod y larwm diogelwch am yr hyn ydyw, nid yw'n cynhyrfu. Mae pedwar neu bump o bobl yn ymadael â'r siop yr un pryd ag ef ac maen nhw i gyd, wrth glywed y *blîp, blîp, blîp*, yn edrych ar eu bagiau, yn codi'u hysgwyddau, yn siglo'u pennau, er mwyn dangos i'r byd nad lladron mohonynt, mai camgymeriad yw'r cyfan, mae'n rhaid, mai rhywun arall sydd ar fai. Dyna a wna Harri hefyd: edrycha ar y trwser yn ei fag siopa, gan siglo'i ben, a mynd ar ei union i berfeddion y dre. Ond mae gan Harri reswm arall am beidio â chynhyrfu. Mae'n gyfarwydd â thagiau diogelwch ac mae'n ffyddiog na welodd ddim byd amheus wrth dynnu'r trwser i lawr o'r *hanger.* Byddai wedi sylwi arno. Pethau mawr plastig yw tagiau o'r fath, yn ei brofiad ef. Pethau tew, llwyd. Yn sicr, ni welodd un o'r rheiny.

Serch hynny, yn lle cerdded ymlaen i gyfeiriad y castell a dala'r bws adref, mae Harri'n cymryd tro sydyn i'r chwith, i Paget Street, ac yna'n dechrau rhedeg. Pam mae e'n gwneud hynny? Y mae sawl rheswm posibl. Efallai nad yw'n dymuno sefyll wrth yr arhosfan bysiau, i bawb gael gweld ei anesmwythyd a phwyntio bys a dweud, 'Nage be' chi'n galw yw hwnco? Ch'mod, yr hen ditshyr 'na. Iesu, mae golwg shimpil arno fe heddi. A beth sy 'da fe yn 'i gwdyn, sgwn i?' Ac efallai, wedyn, mai dim ond dilyn greddf mae e. Mae Harri'n dal i wisgo ei dracsiwt a'i esgidiau New Balance RX Terrain ac ystyr hynny, ar ôl cymaint o flynyddoedd, yw bod disgwyl iddo redeg. Dichon na fyddai Harri ei hun yn gallu egluro pam y mae'n dechrau rhedeg. Ond dyna y mae e'n ei wneud.

Ac mae'n rhedeg yn gynt nag o'r blaen oherwydd, erbyn hyn, mae'r adrenalin a'r cortisol yn dweud wrtho nad *jog* syml yw hon, ond ras o ryw fath. Er nad yw Harri'n gallu gweld y rhedwyr eraill mae'n gwybod eu bod nhw yno rywle, o'r golwg, a rhaid cadw ar y blaen. A chan mai rhedwr mewn ras yw e bellach, nid siopwr yn ymlwybro ei ffordd tua thre, y mae'n rholio'r cwdyn a'i ddal yn ei ddwrn de yn union fel petai'n cario baton, ac yn meddwl, Dyna welliant, oherwydd peth lletchwith yw cario bag siopa a cheisio rhedeg yr un pryd, a pheth diurddas hefyd. Ac efallai ei fod yn falch, wrth rolio'r cwdyn, nad yw enw David Lewis i'w weld ddim mwy, i'w fradychu. Cymer dro arall, i mewn i Garth Road, ac yna, ar ôl rhyw ganllath, mae'n cyrraedd porth deheuol y parc.

Gall Harri ymlacio nawr. Yma, yn y parc, fydd neb yn

edrych yn amheus ar rywun mewn tracsiwt a *trainers*. Ond cerdded mae e erbyn hyn, nid rhedeg. Mae wedi rhedeg unwaith yn barod heddiw a does dim angen ei gor-wneud hi o flaen y ras yfory. Daw at y castanwydd uchel yn ymyl yr afon a sefyll yno am funud, i gael hoe ac i fwynhau ei ryddhad. Edrycha ar ddyrnaid o blant yn taflu *frizbee*, ar gwpl canol oed yn mynd am dro, law-yn-llaw, ac yna ar y ddau ddyn mewn oferôls oren sy'n cymoni'r borderi blodau. Mae'n blasu'r pleser o wybod nad oes gan y bobl hyn ddim diddordeb ynddo. Ac o deimlo'n ddiogel eto, mae'n dadrolio'r cwdyn, gan feddwl ei gario wrth ei ddolen eto, yn y dull cydnabyddedig. Wrth ei ddadrolio, fodd bynnag, mae'n ildio i'r temtasiwn i gael cip ar y trwser y tu mewn, gan ofidio efallai ei fod wedi crychu wrth gael ei drin felly. Peth anffodus fyddai hynny, oherwydd byddai'n rhaid ei smwddio wedyn cyn mynd allan nos yfory. Peth anffodus a pheth esgeulus hefyd. Un cip bach, felly, dyna i gyd. Ond er mwyn gwneud hynny'n iawn, ac er mwyn sicrhau nad yw'n gollwng y trwser ar y llawr llychlyd, rhaid i Harri eistedd i lawr. Aiff at un o'r meinciau pren wrth ochr y llwybr a thynnu ei law ar hyd y sêt. Mae'n sych. Mae'n lân. Yn ddigon glân.

Mae Harri'n rhoi'r trwser i orwedd yn fflat yn ei gôl a meddwl, Wel, dyw hwnna ddim yn rhy wael, na, ddim yn wael o gwbwl. Yna mae'n ei godi â'i ddwy law a gadael i'r coesau hongian o'i flaen. Ystyria'r plyg yn ymyl y ben-glin a'i fodloni ei hun y daw hwnna allan gyda gwres y corff, mai dyna'r gwahaniaeth rhwng plyg a chrych: daw plyg allan heb smwddio. Yna, yn ddifeddwl, symuda ei fysedd ar hyd bandyn y wast. Archwilia'r sêm y tu mewn. Rhaid gwisgo ei sbectol wedyn er mwyn ei hastudio'n fwy manwl, oherwydd mae'r sêm hon yn llawer mwy cymhleth nag yr oedd wedi tybio, ac iddi sawl haenen o ddefnydd, a sawl rhes o bwythau. Nid yw'n siŵr am beth mae'n chwilio, ond mae'r *blîp, blîp, blîp* yn seinio yn ei ben eto ac mae'n gwybod yn iawn, er gwaethaf ei oedran, bod y byd wedi crebachu, mai pethau bach yw'r pethau mawr erbyn hyn, a'r pethau lleiaf yw'r mwyaf o'r cyfan.

Y coesau sy'n cael ei sylw nesaf. Teimla odre'r goes chwith, yna'r goes dde, a meddwl, Iawn. Does dim o'i le f'yna. Yna mae'n agor y botwm ar fandyn y wast a thynnu'r *zip*. Mae hwnna'n iawn hefyd, er ei fod ychydig yn stiff. Byddai botymau wedi bod yn well, ond doedd dim botymau i'w cael gyda'r model hwn, y Taupe 'Charleston' Herringbone Flat Front Trousers. Ar ôl ei gau, mae Harri'n tynnu'r *zip* unwaith yn rhagor ac mae'n falch ei fod yn agor yn rhwyddach y tro hwn. Mae'n meddwl, Purion, does dim byd o'i le f'yna chwaith.

Dyna pryd mae Harri'n gweld y peth bach crwn, dim mwy na maint botwm, uwchben y boced chwith. Peth bach crwn du, yn debyg i'r botwm arall, y botwm dilys, yr un sy'n cau'r bandyn. Ac o droi'r trwser tu chwith allan mae'n gweld peth bach crwn arall. Edrycha ar y naill, yna'r llall, un ar y tu mewn, a'r llall ar y tu allan. Gwasga'r ddau rhwng bys a bawd. Cydia ynddynt â'i ddwy law a cheisio eu tynnu, eu troi, eu plygu. Ond maen nhw'n gwrthod symud. A pha ryfedd? Maen nhw ynghlwm wrth ei gilydd, a beth yw gwerth tag diogelwch a ddeuai'n rhydd dim ond o'i dynnu, o'i droi, fel petai'n ddim ond botwm cyffredin?

Mae'r trwser yn gorwedd yn fflat yn ei gôl eto. Edrycha Harri ar y dynion yn yr oferôls oren. Edrycha ar y gwylanod sy'n ymgasglu ar y borfa. Edrycha ar y bin sy'n sefyll yr ochr arall i'r llwybr, ac ar y wiwer lwyd sy'n gafael yn ei ymyl, yn chwilio am fwyd ymhlith y papurach. Am y ddwy funud nesaf mae'n ystyried taflu'r cwdyn i'r bin hwnnw, oherwydd pwy fyddai'n gallach wedyn? Mae Harri'n ymarfer y weithred hon sawl gwaith yn ei feddwl, gan ddyfeisio ffyrdd gwahanol o ollwng y cwdyn, o beidio â thynnu sylw ato'i hun. Yn y diwedd, daw i'r casgliad mai taflu wrth gerdded fyddai orau. Cerdded wrth ei bwysau, dan whislan, a gollwng y cwdyn heb stopio, fel petai'n ddim byd ond sbwriel. Gweddillion picnic, efallai. Croen banana. Bag creision. Briwsion. Fflwcs. Ni fyddai modd cuddio'r cwdyn wedyn, wrth gwrs, ond pa ots am hynny? Yn wir, erbyn meddwl, cam gwag fyddai ceisio ei guddio. Byddai cael ei weld yn twrio ymhlith papurach budr, fel hen dramp, yn waeth na dim. Yn wrthun. Yn gywilydd. Cerdded wrth ei bwysau, felly. Whislan. Gollwng y cwdyn heb stopio. Cerdded ymlaen wedyn. Dyna mae'n penderfynu ei wneud.

Ond er gwaethaf ei gynllunio manwl, eistedd yn ei unfan wna Harri. Cas ganddo wastraffu arian, a byddai taflu trwser newydd i'r bin lawn cynddrwg â thaflu deugain punt i'r tân. Gwna lun yn ei feddwl ohono'i hun yn taflu dau bapur ugain i hen dân glo ei fam, ac yn arswydo. Na, allai byth â gwneud y fath beth. Ar ben hynny, mae Harri'n gwybod bod cyfiawnder o'i blaid. Mae'n gwybod mai ef sydd â'r hawl foesol ar y trwser hwn, waeth beth ddywed y tag diogelwch neu'r ferch yn y siop neu'r llipryn digywilydd o reolwr. All neb wadu'r hawliau hynny. A pham dylai dyn gael ei gosbi am sefyll lan dros ei hawliau? A gorfod llosgi deugain punt achos bod ei drwser yn rhy fyr!

Ond yn fwy na dim, efallai, mae Harri'n synhwyro

bellach, yn gam neu'n gymwys, bod un o'r dynion yn yr oferôls oren yn edrych arno. Ydy e'n chwerthin hefyd? Mae'n anodd bod yn sicr, a dyw Harri ddim eisiau syllu, ond gall weld gwynder y dannedd ynghanol ei farf, a'r pen yn siglo.

Mae'n bryd mynd adref.

Yn ôl yn siop David Lewis mae Brian, y swyddog diogelwch a fu'n gweithio ar y llawr gwaelod – dyn tal, tenau o gwmpas y pump ar hugain mlwydd oed sy'n edrych yn anghyfforddus yn ei iwifform glas a'i het big – yn dweud wrth y ferch a fu'n dosbarthu'r taflenni: 'Sdim isie becso. Wy'n nabod y dyn yn iawn. O'dd e'n arfer dysgu fi yn yr ysgol. Un bach od 'fyd. Yn byw lan ar bwys y parc. Sorta i fe mas nes mla'n.'

Does gan y ferch ddim diddordeb yn Brian nac yn yr hyn sydd ganddo i'w ddweud. Mae ei bryd ar bethau eraill, ar fynd adref a chael cawod, ar fynd allan heno, ac mae'n gwybod mai dim ond ceisio creu argraff mae Brian, i ddangos iddi ei fod e'n bwysig, ei fod yn gwybod pethau.

'Nes mla'n?'

Ac mae hi'n dweud cymaint â hynny dim ond oherwydd ei bod hi'n hen bryd i rywun dorri crib y llipryn hunandybus yma. 'Beth wyt ti'n feddwl, sorto fe mas? Nage plisman wyt ti, Brian. Smo ti'n ca'l mynd i dai pobol.'

Dyw Brian ddim yn ateb, dim ond taro ochr ei drwyn â'i fys.

22

Whislan v. Y Byd

'Shwd wyt ti'n neud e, Harri?' wedodd Sam. 'Shwd wyt ti'n arafu'r galon?'

Fel se 'na ryw gyfrinach i ga'l, a sen i'n sibrwd y gyfrinach yn 'i glust e bydde fe'n gallu neud e 'i hunan. O'n i'n byta rhywbeth gwahanol? O'n i'n un o'r bobol *iso* . . . y bobol *iso* . . . A drychyd mas trwy'r ffenest wedyn, achos o'dd e'n ffaelu cofio'r gair, fel se'r gair yn cwato ynghanol y *dahlias*.

'Isometrics?'

'Nage.'

'Isotonics?'

'Ie, 'na ti. Isotonics. Wyt ti'n un o'r bobol isotonics 'ma?' A mynd yn sionc i gyd wrth feddwl bo' fe wedi dod bach yn nes at y gyfrinach fawr.

'Na dw,' wedes i. O'dd hanner whant 'da fi fynd i hôl y pishyn o bapur hefyd, yr un 'da'r ymddiheuriad arno fe, i roi proc bach idd'i gof e, achos o'dd e siŵr o fod yn meddwl bod isotonics rywbeth yn debyg i stricnin. Ond 'nes i ddim. Yn lle hynny, wedes i, 'Wyt ti'n gwbod beth mae'r Kalenjin yn 'i fyta, Sam?' Achos mae'r Kalenjin mor bell o stricnin a isotonics â gallwch chi fynd.

'Y Kalen . . . ?' medde fe.

'Yn Kenya,' medde fi. 'Yn Affrica.'

A gorffod i fi egluro wrtho fe wedyn pwy o'dd y Kalenjin, bod dynion y Kalenjin yn gallu rhedeg pump marathon un ar ôl y llall heb stopyd. Rhedeg yn y nos hefyd, ran fynycha. Dyw rhedeg trwy'r nos yn meddwl dim iddyn nhw. A'i holi fe 'to wedyn, o'dd 'da fe ryw syniad beth o'dd y Kalenjin yn 'i fyta cyn mynd mas i redeg, i gadw 'u nerth, i gadw i fynd?

Nag o'dd. Dim syniad.

'India corn,' wedes i wrtho fe. 'Llond bowlen o india corn wedi'i ferwi a pheint o gwrw.'

A'th e i wherthin wedyn. Nage wherthin o'r bola, chwaith, ond wherthin trwy'r trwyn, y math o wherthin y'ch chi'n neud pan mae rhywun yn tynnu'ch co's chi.

A wedodd e bo' fe wedi gweld Dai Jones yn Kenya unwaith. 'Cefen Gwlad,' medde fe. Troi'r teledu mla'n a gweld Dai Llanilar yn 'i *pith helmet* a'i *khaki shorts* ynghanol yr eliffantod i gyd. 'Bwana Dai. 'Na beth o'n nhw'n 'i alw fe f'yna. Bwana Dai.' A wherthin 'to. Wherthin trwy 'i drwyn, fel se fe'n meddwl bod Dai Jones yn yr un cae â'r Kalenjin.

Dyna pam wedes i, 'Whislan'. Achos o'n i'n meddwl, Wel, os taw cyfrinach mae e moyn, mae whislan cystal â dim, geith e wherthin am hwnna am sbel. Mae'n ddigon saff hefyd. Sdim stricnin ynddo fe a do's neb yn mynd i hala llythyr cas ato fi yn gweud bo' fi wedi torri'r rheole a bo' fi ddim yn ca'l rhedeg eto achos bod rhywun wedi 'y nghlywed i'n whislan.

'Dyna'r gyfrinach i ti,' wedes i wrtho fe. 'Whislan.'

Ond bod rhaid whislan y pethe iawn, wrth gwrs. Nele *unrhyw* jingl ddim o'r tro. A gweud hyn yn 'n llais athro, iddo fe ga'l deall taw dim ar whare bach mae dyn yn mynd ati i ddewis cân i wislan, bod 'na wyddonieth ynghlwm wrth y peth. 'Nes i wislan 'Unforgettable' wedyn, yn gywir fel o'dd Nat King Cole yn 'i chanu ddi, yn gadel i bob llinell ddod yn 'i hamser 'i hunan, yn troi pob nodyn ar 'i dafod am sbel cyn 'i hala fe'n rhydd.

'Cynilo'r gwynt rwy'n galw hwnna,' wedes i. Achos mae angen i chi gadw rhywfaint yn ôl trwy'r amser, rhyw geiniog neu ddwy, i neud yn siŵr bo' chi'n gallu para mla'n hyd ddiwedd y llinell, am fod y llinell mor hir, a'r aer yn brin, a phob gair yn trial llyncu mwy na'i siâr. 'Ti'n gweld beth sy 'da fi, Sam?' A whislan 'In the Still of the Night' wedyn, achos rwy'n cofio Dad yn whislan honna. Ddim y dechre gymint, cofiwch, ond wedi 'ny. 'At the moon in its flight, My thoughts all . . . My thoughts all . . .' Rhywbeth fel 'na. Sa i'n cofio'r geirie, achos whislan o'dd e'n neud, nage canu. Ie, 'da Dad dysges i whislan honna, wrth bod ni'n cered lawr i mofyn pysgod. A jôc o'dd whislan 'In the Still of the Night', achos ben bore bydden ni'n mynd, a chered i'r ysgol wedi 'ny, a Dad yn cered i'r gwaith. Ond o'ch chi'n gallu gweld y lleuad ambell waith. O'ch. Amser gaeaf. A phopeth yn dawel hefyd.

'Tria honna,' wedes i wrth Sam. 'Tria wislan "In the Still of the Night". Mae isie llond megin o wynt i neud e'n iawn,' wedes i, i gadw'r nodyn i fynd, y nodyn hir 'na ar y diwedd. 'My thoughts all stray to you'. O'dd Dad yn rhoid 'i wefuse yn gywir fel se fe'n mynd i ganu'r gair hefyd. 'Yooooooo . . .' Ond yn whislan yn lle 'ny. 'Oooooooo.' Pam nag o's neb yn whislan heddi? Sa i'n gwbod. Gofynnes i i Sam. Ddim bo' fi'n disgwyl ateb call, ond o'n i'n gwbod bydde 'da fe farn ar y mater achos o'dd 'da fe farn ar bopeth arall. Nag yw e'n beth od, wedes i. Achos o'dd pawb yn whislan yr adeg 'ny, yn amser 'y nhad. Y dyn lla'th, peth cynta'n y bore. O'dd hwnna'n whislan. Dodi'r botel ar garreg y drws a rhyw whisl fach wedyn, nes bo' chi'n ffaelu meddwl am y lla'th heb feddwl am y whislan hefyd. Y dyn o'dd yn glanhau'r ffenestri wedyn. Codi'i ysgol a whislan.

Gwlychu'i glwtyn a whislan. Pawb yn whislan. Na, ddim pawb. Ddim menywod, falle. Na, sa i'n gwbod a fuodd menywod yn whislan erio'd. Meddwl bod e'n gomon, siŵr o fod. Ond dynion, yn bendant. Heblaw ffeiradon, falle. O'dd ffeiradon ddim yn ca'l whislan chwaith, sa i'n credu, ddim o beth rwy'n 'i gofio. Rhy gomon iddyn nhwthe hefyd. Ond pobun arall. Ble a'th hwnna i gyd, gwedwch? Ife achos bod gormod o sŵn i ga'l ym mhob man heddi? Neu achos bod nhw'n ffaelu whislan 'u caneuon nhw? Ie, 'na beth yw e, glei. Maen nhw'n ffaelu whislan 'u *punk* a'u *rap* a phethach fel 'ny. Diolch byth am 'ny, weda i. Diolch byth.

'Dyna'r gyfrinach i ti,' wedes i wrth Sam. 'Dyna shwt mae arafu'r galon. Trwy whislan "In the Still of the Night".' O'dd e ddim yn rhy bell o'r gwir, chwaith, achos do's dim byd tebyg i whislan am ga'l yr hen fegin i weitho, am ddysgu shwt mae gadel eich anal mas gan bwyll bach. Yn enwedig cân fel 'na. Mae popeth arall yn dilyn wedyn. Ca'l eich anal yn iawn a mae'r galon yn dilyn, fel mae nos yn dilyn dydd. O'n i'n gallu dala'n anal am ddwy funud ar un adeg, wedes i wrth Sam. O'n. Dwy funud. Ceith e roi hwnna yn 'i bapur os yw e moyn.

'Wyt ti'n whislan wrth bo' ti'n rhedeg, Harri?' medde fe wedyn, a wherthin. Yn meddwl bo' fi ddim yn gall.

'Ti'n meddwl bo' fi ddim yn gall, Sam?'

'Gwd llais 'da fe, cofia.'

'Llais?'

'Dai Jones. Gwd llais 'da fe. Slawer dydd. Buodd e'n canu mas f'yna hefyd. Yn Kenya. Canu "Ar Lan y Môr" ynghanol yr hipos i gyd. Ond sa i'n gwbod am 'i wislan e.' A wherthin 'to.

23

1945 Dad v. Wncwl Jac

Da'th Dad 'nôl. O'n i'n gallu'i wynto fe wrth ddod miwn i'r
tŷ. Gwynt y mwg. A'i glywed e wedyn, lan lofft, achos mae
tra'd dyn yn swnio'n wahanol i dra'd menyw, yn drymach,
ac yn mynd o un man i'r llall, o fan hyn i fan draw. Mae
hwnna'n wahanol i fenyw. Mae tra'd menyw'n stopyd bob
hyn a hyn achos neud y dwsto mae hi, neu'n rhoi dŵr i'r
blode, neu'n tanu'r gwely. Came dyn o'dd rhain, yn mynd
yn gro's o'r stafell wely i'r stafell molchi, heb stopyd. Ac yn
drwm.

'Dad 'nôl?'

O'dd Mam yn y gegin.

'Harri? Beth?'

Achos o'n i gartre'n gynnar. O'dd pawb wedi ca'l 'u hala
gartre o'r ysgol achos yr eira.

'Yr eira,' wedes i. 'Yn dechre lluwchio.' A rhai o'r plant
yn goffod trafaelu'n bell, a'r bysus yn ffaelu mynd ar hyd yr
hewlydd bach. O'dd e wedi digwydd o'r bla'n hefyd. Da'th
yr eira'n gynnar y flwyddyn honno, yn drwm i ryfeddu, a
o'n i'n ffaelu deall pam a'th 'i hwyneb hi'n goch.

'Dad gartre?'

Wedodd hi ddim byd. A'th hi mas i waelod y stâr a
gweiddi, 'Jac! Dere lawr, Jac, i weud helô wrth Harri. Mae
Harri gartre o'r ysgol.'

Achos nage Dad o'dd e, ond Wncwl Jac, wedi galw heibo
i ga'l cwpaned a chlonc, medde Mam. A cha'l pip ar y tanc
dŵr, wedodd hi wedyn. Dyna le o'dd e nawr, wedodd hi,
lan lofft yn y stafell molchi, yn helpu'r biben, yn ca'l y tanc

dŵr i weitho'n iawn. Da'th e lawr wedyn a siglo 'n llaw i a
gweud bo' fi wedi tyfu'n fachgen mawr a gofyn a o'n i'n
edrych ar ôl Mam yn iawn tra o'dd Dad bant a thynnu swllt
mas o'i boced a'i roid e i fi, a siarad gormod, lot gormod.

'Be ti'n gweud, Harri? Be ti'n gweud?' medde Mam, fel
sen i'n bum mlwydd o'd. Wedes i 'Diolch' heb godi'n llyged
a wedodd Wncwl Jac, 'Ydy'r crwt yn ddigon mawr i smoco
'to?' A phan siglodd Mam 'i phen, dyma fe'n gweud, 'Rwy'n
siŵr bo' fe'n ca'l smôcs 'da'i ffrindie.' A throi ata i wedyn.
'Wyt ti, Harri? Wyt ti'n ca'l smôcs 'da dy ffrindie ar ôl ysgol?
Behind the bike sheds, ife? *In the toilets*?' A cha'l mwgyn 'i
hunan wedyn. Sefyll o fla'n y tân a fflican y llwch 'nôl i'r grât
a holi ambwyti beth o'n i'n neud yn yr ysgol. Tynnu ar 'i
sigarét a sôn am yr eira mawr o'dd i ddod. Fflican 'i lwch i'r
grât a gweud, tybed pryd fydde Dad yn dod 'nôl, achos o'dd
y rhyfel wedi dod i ben f'yna. O'dd. Ond falle, medde fe – a
tynnu ar 'i sigarét eto – falle bod gwaith i neud, serch bod
y rhyfel wedi cwpla. Gwaith cliro lan, ca'l trefen ar bethe.
Gwaith mawr, wedodd e, a fflican 'i lwch i'r grât.

Dyna pryd weles i fe, pan o'dd e'n rhoid y sigarét 'nôl
yn 'i geg. Bod top 'i fys canol yn isie. Y bys canol ar 'i law
chwith. Y gewin wedi mynd a'r cwbwl, a'r cro'n wedi tyfu'n
ôl, yn gywir fel se fe wedi bod fel 'na erio'd. 'Wounded in
action,' medde fe, a dala'i fys lan o mla'n i, achos o'dd e
wedi notiso bo' fi'n pipo arno fe. Wedodd Mam, 'Paid
siarad dwli, nei di!' Achos o'dd Wncwl Jac ddim wedi bod
yn yr Armi na'r RAF na dim. Torri *chops* o'dd e, medde
Mam, a'r gylleth wedi bwrw asgwrn a llithro. A o'dd torri
bys yn siop bwtshwr yn ddim byd pan o'dd dynion erill yn
colli coese a breichie a penne. O'dd Mam yn gwbod 'ny.
Dyna pam a'th hi'n grac 'da fe.

Blew llyged gwyn o'dd 'da Wncwl Jac, yr un peth â'i wallt, ond bod dim lot o wallt ar ôl 'da fe. Blew llyged gwyn a wyneb pinc, yr un peth â mochyn, a o'n i'n meddwl taw fel 'na o'dd bwtshwrs i fod, taw fel 'na o'n nhw i gyd yn mynd ar ôl hala shwt gymint o amser yn 'u cwmni nhw. Trueni nag o'dd e'n dewach achos mae'n rhaid i chi fod yn dew i fod yn fochyn iawn. Yn dew fel Sam Appleby.

'Wedi dod â tamed o facwn i ti a dy fam,' medde fe, mewn llais neis-neis, achos bo' fe'n difaru hala Mam yn grac, a trial seboni trwy siarad yn neis-neis 'da fi. 'A bach o fenyn hefyd.' Achos o'n nhw'n brin amser rhyfel. Bacwn a menyn.

24

Dydd Gwener, 21 Mai 2011, 6.40 yr hwyr

Wrth agor drws ffrynt y tŷ mae Harri'n gweiddi, 'Beti!' Mae'n barod i weiddi 'Sori' hefyd, i ymddiheuro am fod yn hwyr, ac mae eisoes wedi llunio fersiwn o'i hanes yn siop David Lewis ar gyfer ei gyflwyno i'w wraig. Aiff i waelod y stâr a phwyso'i law ar y postyn a gweiddi eto. 'Beti?' A gwrando ar y tawelwch, ar y diffyg ateb. 'Beth yffarn . . .'

Mae Harri'n hongian y bag siopa ar un o'r bachau yn y pasej er mwyn cael ei ddwylo'n rhydd i dynnu ei anorac. Rhydd yr anorac ar fachyn arall wedyn a mynd i'r gegin. Yno mae'n troi'r tegil ymlaen, yn rhoi cwdyn te yn y mỳg a thynnu'r llaeth o'r oergell. Wrth aros i'r dŵr ferwi, aiff at y bwrdd ac agor y ddwy amlen a ddaeth trwy'r post y bore 'ma. Datganiad banc sydd yn y gyntaf. Rhydd hwnnw i'r naill ochr heb edrych arno. Catalog dillad hamdden sydd yn y llall. *Summer Edition 2012. Exclusive Welcome Discount of 15%*. Edrycha'n frysiog ar y lluniau o ddynion a menywod ifainc yn dringo a rhedeg, dan wenu eu balchder fod ganddyn nhw *kit* newydd. Yna, wrth weld y Ron Hill Men's Advance Contour Close-fitting Tights, mae'n cofio'r trwser, ac yn twt-twtian wrth fynd yn ôl i'r pasej i dynnu'r bag siopa oddi ar y bachyn. Tafla'r catalog i'r bin sbwriel.

Ar ôl gwneud ei de a rhoi'r llaeth yn ôl yn yr oergell, mae Harri'n dodi'r trwser yn fflat ar fwrdd y gegin. Yna, gan feddwl efallai na fyddai Beti'n cymeradwyo hynny, am mai lle i fwyd a diod yw'r bwrdd i fod, mae'n codi'r trwser eto a'i hongian dros gefn un o'r cadeiriau, gan adael i'w law orffwys arno am ychydig, i'w atgoffa ei hun bod helynt y siop ar ben, bod popeth dan reolaeth. Heb eistedd i lawr, cymer lymaid o de a thaflu cip ar y datganiad banc. Yna aiff at y ffôn.

Dywed llais menyw fod ganddo ddwy neges. Neges gan Sam Appleby yw'r gyntaf, yn atgoffa Harri bod y ffotograffydd am ddod draw erbyn saith o'r gloch ac a fyddai cystal â'i ffonio'n ôl i gadarnhau bod hynny'n iawn. 'Licse fe ga'l llun ohonot ti a Beti hefyd.' Mae Harri'n chwarae'r neges eto oherwydd nid yw'n cofio dim am y trefniant hwn, ac mae'n gweld saith o'r gloch yn amser rhyfedd i dderbyn ymweliad gan ffotograffydd. 'Dim ond gair bach i atgoffa ti, Harri . . .' Ac er nad yw'n cofio'r trefniant, y mae'n digio wrth Sam am feddwl bod angen ei atgoffa, am adael neges dim ond i ailadrodd beth sydd eisoes wedi cael ei ddweud. Edrycha Harri ar ei watsh. Chwarter i saith . . . Oni bai bod Sam yn meddwl saith o'r gloch y bore, wrth gwrs. Mae Harri'n ystyried am ychydig a fyddai saith y bore yn fwy tebygol, yn fwy rhesymol, na saith yr hwyr. A sut mae gwybod? Trwy ffonio Sam Appleby, wrth gwrs. Dyna sut mae gwybod. Ond dyw Harri ddim am siarad â'r mwlsyn hwnnw eto.

Yn yr ail neges mae Raymond, brawd Harri, yn dweud y bydd ychydig yn hwyr heno ar gyfer ei swper nos Wener am fod rhaid iddo fynd â'r *band-saw* yn ôl i Dennis. Dyw Harri ddim yn gwybod pwy yw Dennis na beth yw 'ban-sô' ac mae'n gwrando ar y neges eto er mwyn gwneud yn siŵr ei fod wedi clywed y gair yn iawn. 'Ban-sô?' Ond neges i Beti yw hon, nid i Harri. 'Beti, dim ond i weud . . .' Dyna sut mae'r neges yn agor. Mae Beti siŵr o fod yn gwybod beth yw ban-sô. Mae hi siŵr o fod yn nabod Dennis.

Wrth glywed sŵn traed yn cerdded dros y llawr rywle uwch ei ben, mae Harri'n gweiddi eto.

'Beti!'

Nid y traed eu hunain y mae'n eu clywed, wrth gwrs, ond yn hytrach sŵn yr hen bren yn ildio dan eu pwysau. Mae'n weddol siŵr mai yn y stafell wely y mae'r pren gwichlyd hwnnw. Aiff at ddrws y gegin a'i agor.

'Beti!'

Dim ond wrth glywed y traed yn cilio mae Harri'n sylweddoli ei fod wedi cael ei dwyllo. Uwch ei ben mae'r sŵn, ond drws nesaf mae'r traed, oherwydd mae'r cymdogion yn rhannu estyll lloriau yn y terasau hyn. Ac mae Harri'n teimlo'r grac bod y tŷ hefyd yn cynllwynio yn ei erbyn. Mae'n siglo ei ben. 'Ble yffarn . . . ?' Aiff at y ffôn eto. Rhaid dweud ei gŵyn wrth rywun, os mai dim ond er mwyn llenwi'r bwlch annifyr a adawyd gan y camau ffug, y traed anweledig. Cwyd y ffôn a deialu rhif ei chwaer yng nghyfraith.

'Helô?'

Daw ateb ar unwaith, ac mae hynny'n bwrw Harri oddi ar ei echel braidd, gan nad yw wedi paratoi ei eiriau'n iawn. Bu yma unwaith yn barod heddiw, yn pwyso'r un botymau, ac mae'n hanner disgwyl yr un canlyniad. Mae am ddweud y drefn wrth Amy am fod mor anystyriol, mor ddihidans, am fynd â Beti i'r dre heb roi gwybod i neb. Ond rhaid iddo fodloni ar un cwestiwn bach swta: 'Beti . . . Ydy Beti 'na?' Pan ddywed Amy nad yw hi wedi gweld ei chwaer trwy'r dydd, ei bod hi wedi bod draw yn McArthur Glen gydag Alun, ei gŵr, mae Harri'n gyndyn o dderbyn hynny ac yn pwyso arni. 'Wyt ti'n siŵr? Na'th hi ddim galw heibo ar ôl mynd i dorri'i gwallt?'

Mae Amy wedi dysgu dygymod â natur bigog ei brawd yng nghyfraith. Yn hytrach na chreu helynt i Beti maes o law mae'n awgrymu, yn gwrtais ac yn amyneddgar, fel petai'n siarad â phlentyn anhydrin, ei fod yn ffonio Emma, ei ferch. Mae'n cynnig hefyd efallai fod Beti wedi gwneud trefniadau i gwrdd â rhyw ffrind neu'i gilydd. Allith e feddwl am rywun . . . ? Na'th hi sôn . . . ? Ac yna, Ydy e wedi ffonio'r siop trin gwallt, tybed? Achos mae rhai o'r rheiny'n agored yn hwyr nos Wener. 'Falle bod hi'n dal 'na, Harri.'

Mae Harri'n meddwl, Ie, wrth gwrs, dyna'r ateb. Ffonio'r siop trin gwallt. Hyd yn oed os nad yw Beti yno, siawns na fydd ganddyn nhw gofnod o'i hymweliad. Bydd ei henw yn y llyfr, a'r amser hefyd, yn dystiolaeth gadarn. Daw'r cyfan yn glir wedyn.

'Y siop . . . Diolch, Amy . . . 'Na i ffono nhw nawr.'

Ac mae'n cynnig ffarwél digon sychlyd wedyn, oherwydd dyw e ddim am gyfaddef nad oes ganddo'r un syniad i ble mae ei wraig wedi mynd i dorri'i gwallt. Mae'n siŵr bod Beti wedi crybwyll yr enw o'r blaen, wrth gwyno am ryw groten ifanc a dorrodd ei gwallt yn rhy fyr un tro, a'i bod hi'n bryd iddi drial lle arall, rhywle lawr yn y dre. Ond erbyn hyn nid yw'n cofio pwy oedd y bobl yma, na ble roedden nhw'n gweithio.

Aiff Harri i edrych yn y llyfr bach glas ar bwys y ffôn lle mae Beti wedi sgrifennu rhifau a chyfeiriadau pawb o bwys, yn deulu, yn gydnabod, yn feddygon a deintyddion, ac yn y blaen. Ond er bod y meddygon i gyd wedi'u corlannu o dan 'D' am 'Doctor', dyw Harri ddim yn siŵr i ba lythyren mae torwyr gwallt yn perthyn. Edrycha o dan 'G' am 'gwallt' ac 'H' am 'hairdresser', ond yn ofer. Chwilia am eiriau eraill sy'n dod i'r meddwl. *Salon* . . . *Coiff* . . . *Coiff* rhywbeth neu'i gilydd . . . *Coiffure*? *Coiffurist*? Ac yna *Ladies Hair Stylist*, oherwydd mae wedi gweld hwnnw ei hunan, y tu allan i un o'r siopau, a meddwl, Wel dyna esgeulus, maen nhw wedi gadel yr ' mas o'r *Ladies*'. O fethu eto, mae'n ceisio cofio a ddwedodd Beti rywbeth neithiwr pan ffoniodd o'r tafarn: rhywbeth a gollodd, o bosibl, oherwydd y sŵn yn y cefndir, neu rywbeth a anghofiodd wedyn. 'Rwy'n mynd i ga'l 'y ngwallt wedi'i dorri, Harri . . . A wedyn rwy'n goffod . . . Rwy'n goffod . . .' Rhywbeth fel 'na. Ond mae'r cof yn neidio'n syth i'w lais ei hun, yn dweud, 'Paid aros lawr i fi, bach. Cer i'r gwely a fe wela i di yn y bore.'

Yn y diwedd, wrth fwrw cipolwg arall ar y llyfr bach glas, mae'n sylwi ar y llythyren 'K'. Mae'r llythyren hon yn sefyll allan am ddau reswm: am ei bod hi yng nghanol y llyfr ac am fod cyn lleied o enwau yma. Gall anwybyddu Kitchenware a Kevin Scott. Ni ŵyr pwy yw Kevin Scott ond mae greddf yn dweud nad torrwr gwallt mohono. Sy'n gadael Karen. Does gan Karen ddim cyfenw ac am ryw reswm mae Harri'n teimlo bod hynny'n arwyddocaol. Mae'n arwyddocaol hefyd nad yw'n nabod yr un Karen. Perthyn i fyd Beti mae hi, felly. Mae'n dweud yr enw'n uchel. 'Karen.' Ac yn ei ddychymyg mae'n gweld y Karen honno wrth ei gwaith, ei siswrn yn ei llaw, y torion gwallt ar y llawr, a Beti ei hunan yn eistedd yn y gadair. Karen. Yn nychymyg Harri, does gan ferched felly ddim cyfenwau. Mae'n codi'r ffôn a deialu.

'Karen?'

'Who's that?'

'Is that Karen? Karen the hairdresser?'

'Sorry?'

'The hairdresser ... Are you the ...'

'Who's speaking, please?'

'It's Harri Selwyn here, Karen. I was wondering ... Did my wife ... Did she have ... You know ... Karen? Hello? Are you there, Karen?'

25

Harri Selwyn v. Sam Appleby (2)

Wedodd Sam Appleby, 'Nag yw rhedeg yn hala'r galon i fynd yn ffastach? Ti'n gweud bo' ti'n whislan i arafu'r galon. Ond ti'n mynd i redeg wedyn a hala ddi i sbîdo lan 'to.'

'Fel hyn mae'n gweitho,' wedes i. A sgrifennes i fe i gyd lawr, iddo fe gael deall, er taw holi o ran diawledigrwydd o'dd e, y math o holi dwl gewch chi 'da boi boliog sy'n istedd ar 'i din e trwy'r dydd, yn byta sosej rôls. Y'ch chi'n nabod y teip? Mae 'i dad-cu newydd farw'n gant a deg mlwydd o'd ar ôl smoco dou baced o ffags bob dydd ers pan o'dd e yn 'i glytie. A chi ddim gwell o drwco storïe 'da'r siort 'na achos mae wastad ryw stori arall i ga'l 'da nhw, i'ch trympo chi, i brofi taw'r bola mawr sy fod ennill y dydd. Cadw at y ffeithie y'ch chi'n neud 'da pobol fel 'na, neu difaru newch chi wedyn.

Mae hi'n baradocs, cofiwch, dwi ddim yn gweud llai. *Mae* rhedeg yn hala'r galon i fynd yn ffastach, wrth gwrs bo' fe. A mae'n rhaid i chi fod yn garcus. Sdim isie rhedeg yn *rhy* galed neu fyddwch chi'n dad-neud y daioni i gyd. Digon a dim mwy. Dyna beth sy isie.

'Der â dy law i fi,' wedes i wrtho fe.

''N llaw i?'

Wedes i gynne fach bo' fi ddim yn ddigon ewn i roi 'n llaw ar galon Sam, fel o'dd y plant yn arfer neud slawer dydd yn yr ysgol, i fesur amser y galon. Ond o'n i'n meddwl, Iesu, o'dd hwn yn ddigon bodlon teimlo'r twlpyn bach ar 'y nhalcen i, siawns nag yw hynny'n rhoi rhyw hawlie i fi.

'F'yna. Doda dy law f'yna.'

Cydies i yn 'i arddwrn e wedyn a dechre cyfri, a gorffod gweud 'Hisht!' fwy nag unwaith achos o'dd dim amynedd 'da'r dyn. Fel un o'r cryts bach rhwyfus slawer dydd, a'u bysedd a'u llyged a'u clustie'n mynd i bob man ond le o'ch chi moyn iddyn nhw fynd a os nag o'ch chi'n gweud beth o'dd 'da chi i weud mewn hanner munud o'ch i wedi'u colli nhw. Wedes i wrtho fe, 'Nag wyt ti isie gwbod yr ateb i dy gwestiwn di, Sam? Nag wyt ti isie gwbod shwt mae rhedeg yn arafu'r galon?' Setlodd e wedyn, dim ond am hanner munud, ond o'dd hynny'n ddigon. Tri deg eiliad. Cydio yn 'i arddwrn e, cyfri'r curiade, a lluosi mas wedyn i'r pump agosa, i ga'l neud y syms yn rhwyddach. 'Wyth deg pump,' wedes i. 'Wyth deg pump o guriade mewn munud.' A sgrifennu hwnna lawr, i neud e'n swyddogol, rhag ofan bo' fe'n mynd i ddadle ambwyti'r peth yn nes mla'n.

85

O'dd hwnna'n eitha tebyg i beth o'n i'n 'i ddisgwyl, i ddyn fel Sam, dyn blonegog ar 'i istedd. A chofio bo' fe'n gweitho hefyd, rhyw sort o weitho, a hwnna'n hala'r pŷls i redeg bach yn gynt. Mae codi pensil siŵr o fod yn rhoi straen ar galon rhywun fel 'na. A chofio hefyd bo' fe wedi ca'l dishgled 'da fi, achos mae te yn ca'l yr un effaith.

'Wyth deg pump,' wedes i 'to, a pipo arno fe dros 'n sbectol wedyn a chynnig rhyw 'mm' bach tawel dan 'n anal yr un pryd. Plentynnaidd, rwy'n gwbod, ond dyn fel 'na yw Sam Appleby, dyn sy'n tynnu'r gwaetha mas ohonoch chi. Wyth deg pum curiad pan mae e wrth 'i waith a phopeth arall yn dilyn wedyn, y syms yn hawdd i weitho mas. Saith deg pump pan mae e'n pwdru o fla'n y teledu neu'n ifed peint yn y tafarn. Dim llai, yn bendant. Falle bod isie hwpo hwnna lan 'n bach hefyd, achos fentra i bod pethe'n mynd yn eitha twym pan mae Sam draw yn y tafarn 'da'r bois, yn dadle am Warren Gatland neu Craig Bellamy neu ta beth mae e wedi bod yn sgriblan amdano fe trwy'r dydd. Ond 75 gath fynd lawr achos o'dd y syms yn haws. Cysgu, wedyn. Dodes i 60 lawr ar gyfer y cysgu, ond sa i'n credu bo' fe'n ca'l cymint â 'ny o gwsg, ddim wrth 'i olwg e, 'i lyged e. Fel dwy farblen mewn pwrs buwch.

Fel hyn sgrifennes i fe lawr, a gweitho'r syms mas ar y mashîn bach achos o'dd e'n ormod i neud yn y pen. Ar bapur bydde'r plant yn 'i neud e slawer dydd, cofiwch. Plant

bach deg mlwydd o'd. Ond o'dd 'da fi ddim amser i wasto.
A nage gwers *Maths* o'dd hi ta beth. Ca'l yr ateb o'dd yn
bwysig.

CALON SAM APPLEBY

Nifer y curadau

6 awr o gwsg @ 65 curiad	23,380
8 awr o waith @ 85 curiad	40,800
10 awr o flaen y teledu etc. @ 75 curiad	45,000
POB DYDD	109,180
POB BLWYDDYN	39,850,883
HYD EINIOES	3,000,000,000

$$\frac{3,000,000,000}{39,850,883}$$

$$= 75 \text{ MLYNEDD A}$$
$$3 \text{ MIS AC } 8 \text{ DIWRNOD}$$

'Chi'n neud yn o lew, Sam', wedes i. 'Mae 'da chi bymtheg
mlynedd i fynd 'to.' O'n i'n gwbod bydde'r ffags a'r cwrw a'r
brandi a'r byrgyrs yn 'i ddala fe cyn 'ny, wrth gwrs, ond o'n
i ddim isie bod yn gas.

Dyma fi'n neud tabl i'n hunan wedyn i ddangos iddo fe
faint o wahanieth mae awr o redeg bob dydd yn 'i neud, a

sgrifennu'r llinell honno mewn llythrenne mawr a tynnu llinell o dani ddi, achos dyna'r llinell sy'n profi'r peth, sy'n profi bod rhaid i chi gyflymu'r galon gynta os y'ch chi moyn 'i harafu ddi yn y pen draw.

✂ --

CALON HARRI SELWYN
     Nifer y curiadau

8 awr o gwsg
    @ 45 curiad   21,600

3 awr o siopa,
cerdded, bwyta etc.
    @ 63 curiad   11,340

11 awr o ddarllen,
ysgrifennu, etc
    @ 56 curiad   36,960

1 AWR O REDEG   8,400
@ 140 CURIAD

POB DYDD   78,300
POB BLWYDDYN   28,579,500
HYD EINIOES   3,000,000,000
                       _____
                     28,579,500

= 104 BLYNEDD AC
11 MIS A 29 DIWRNOD

✂ --

O'dd dim isie gweud dim byd arall, dim ond dangos y ffigure iddo fe. O'dd e'n deall wedyn. O'dd e'n gweld bod 'da fi dros bum mlynedd ar hugen i fynd. Bo' fi wedi 'i faeddu fe. Hyd yn o'd heb ystyried y ffags a'r *booze* a'r byrgyrs, hyd yn o'd heb ystyried bo' fi'n mynd i wella 'to, wrth fynd yn hŷn, o'n i wedi'i faeddu fe'n rhwydd a bydden i'n dal ambwyti'r lle, yn rhedeg rasys, yn arafu'r galon, ddeg mlynedd ar ôl iddo fe roid 'i dra'd lan am y tro ola.

Sdim rhaid i chi gopïo hyn lawr, cofiwch. Ddim bo' fi ddim yn eich trysto chi, ond mae'n hawdd neud camgymeriade lle mae cymint o ffigure i ga'l, a chithe falle ddim yn gyfarwydd â rhannu a lluosi rhife mawr. Ddim wedi neud e ers pan o'ch chi yn yr ysgol, siŵr o fod. Un slip bach a dyna'r cwbwl wedi mynd yn gawl potsh rhyfedda a fydd neb yn eich credu chi wedyn. Dyna pam rwy wedi dodi'r siswrn bach miwn, i ddangos i chi le i dorri fe. Achos 'i dorri fe mas sy ore, a'i ddodi fe lan ar y wal wedyn, i chi ga'l mynd ato fe os bydd rhywun yn holi, Wel, beth *yw* 'i gyfrinach, te? Shwt *mae'r* Harri Selwyn 'ma yn dal ambwyti'r lle, a fynte'n bell dros 'i gant? Achos mae'n cymryd bach o amser i ddeall y peth yn iawn. Rwy'n awgrymu eich bod chi'n 'i ddodi fe mewn paced bach plastig hefyd, un o'r rheina gallwch chi weld trwyddyn nhw, fel bo' fe'n cadw'n lân, achos sdim dal am faint fyddwch chi'n gorffod 'i gadw fe f'yna, ar wal y gegin, ynghanol y stêm i gyd, a bysedd y plant. 'Dyna galon Harri Selwyn i chi,' gallwch chi weud wedyn, os byddan nhw'n gofyn am dystioleth.

26

Dydd Gwener, 21 Mai 2011, 7.00 yr hwyr

Mae Harri ar fin ffonio ei ferch, i ddweud wrthi am y ffordd ddi-wardd mae Karen yr *hairdresser* wedi siarad ag e, pan ddaw sŵn curo ar y drws. Am eiliad mae'n chwarae gyda'r syniad bod Beti wedi colli ei hallwedd, ei bod hi wedi gadael ei phwrs mewn siop, efallai, a dyma hi wedi dod adre'n hwyr ar ôl oriau o chwilio ofer. Mae'n barod gyda'i 'Ble fuest ti cyhyd?' Ond na, wrth fynd i'r pasej gall weld trwy'r ffenest yn y drws mai dyn sydd yno, dyn main, tal, a'i ben e mor foel ag wy mewn cwpan. Wedi agor y drws, gwêl hefyd fod gan y dyn hwn fag mawr llwyd yn hongian o'i ysgwydd.

'Chi'n barod amdana i, te?'

'Gwedwch 'to.'

Edrycha'r dyn ar dracsiwt Harri, ac yna ar ei draed. 'Chi wedi gwisgo'n barod.'

'Gwisgo . . . ?' Edrycha Harri ar ei draed ei hun.

'Na wedodd Sam?'

'Sam . . . ? Sam Appleby?' Mae Harri'n methu'n deg â chysylltu'r dyn main, tal o'i flaen â'r newyddiadurwr boliog. Yna mae'n cofio'r neges ffôn. 'Ie, ie. Wrth gwrs. Sam. Y llunie. Dewch miwn, dewch miwn.' Gwnaiff dipyn o sioe o'i groeso wedyn, i wneud iawn am ei anghofusrwydd. 'Ond smo'r wraig wedi dod 'nôl 'to, cofiwch . . . A'th hi mas . . . A'th hi i'r dre a dyw hi ddim . . .'

Am yr ugain munud nesaf mae'r ffotograffydd yn tynnu lluniau o Harri mewn amryw o leoliadau o gwmpas y tŷ a'r ardd. Yn gyntaf aiff i bwyso ar y gât o flaen y tŷ. 'Drychwch arna i nawr Harri . . . Dyna fe . . . A draw sha'r whith wedyn . . .' Yna mae'n sefyll wrth y pentan yn y lolfa, lle gellir gweld llun arall ohono'n grwt ifanc yn hongian ar y wal. 'Drychwch ar y llun, Harri . . .' Tynnir nifer o *close-ups* yn y gegin wedyn, gyda Harri'n eistedd y tu ôl i'r bwrdd a'i ddau gwpan a'i wyth medal o'i flaen. Mewn un, mae'n ymestyn ei freichiau bob ochr iddo, fel petai'n cofleidio ei dlysau. Mewn un arall, mae'n gwyro ymlaen a phwyso'i ên ar ei ddwylo, nes bod ei wên yn hongian rhwng y cwpanau, a byddech chi'n tyngu mai *trophy* yw ei ben e hefyd. Mewn un arall, mae'n pwyso'n ôl yn ei gadair, yn plethu ei freichiau, yn gadael i'r tlysau siarad drosto.

'Oes gyda chi fwy, Harri? Oes gyda chi fwy o gwpane?'

Wedi tynnu rhyw ddeg o luniau, mae'r ffotograffydd yn dal i chwilio am ffordd arall, ffordd fwy boddhaol, o drefnu'r gwrthrychau hyn. Mae wedi synhwyro bod yna anghydbwysedd yma. Dyma Harri Selwyn, y rhedwr hynaf yng Nghymru, yn ôl pob sôn. Bydd y lluniau'n tystio i hynny hefyd, yn enwedig o ddal y gwrthgyferbyniad rhwng glesni perffaith y tracsiwt a wyneb crychlyd y dyn sy'n ei wisgo. Ond ai dyma i gyd y mae wedi'i gyflawni? Ai dyma'r wobr am drigain mlynedd o redeg? Dau gwpan ac wyth medal? Dyna fydd neges gudd y lluniau hyn.

'Ody popeth fan hyn, Harri? Neu o'dd angen i chi roi rhai pethe'n ôl?'

Rhaid bod rhywbeth yn llais y ffotograffydd sy'n cyfleu ei siom i Harri. Byddai Harri fel arfer yn dweud, 'Twt, twt, dwi ddim wedi ennill fawr o ddim byd, achan. Ddim erio'd. Ddim ers pan o'n i yn yr ysgol. Rwy'n hen. Rwy wedi dal ati. Dyna i gyd.' Rhywbeth i'r perwyl hwnnw, i ddangos nad yw'n poeni dim am ennill a cholli. Mae wedi dweud pethau tebyg o'r blaen. Ond dyw e ddim yn hoffi'r tinc bach nawddoglyd hwnnw yn llais y dyn. Dyna pam mae'n ysgwyd 'i ben, yn codi o'i gadair a gofyn i'r ffotograffydd ei esgusodi, ond mae ei frawd ar fin cyrraedd, ac mae angen paratoi bwyd.

Wrth sôn am fwyd, mae Harri'n cofio'r pysgod yn yr oergell. Yn ei feddwl, hefyd, mae ganddo lun llai pendant o'r pethau eraill sydd angen eu paratoi: y tato, y brocoli, y saws, y persli a fydd yn mynd i mewn i'r saws. Ond mae'n methu cofio a oes persli i'w gael, a gofiodd Beti ei brynu.

'Wela i chi yn y bore, te.

'Mm?'

'Yn y bore . . . I dynnu rhagor o lunie . . . Fydd eich gwraig chi 'na?'

'Bydd, bydd . . . 'Na chi, te. Gw-bei, nawr.'

Ar ôl cau'r drws, mae'n codi taflen o'r mat.

PIZZA PARADISE
Two-for-one Special Offer
Free delivery on orders over £10

Ac mae'n ceisio cofio a welodd Raymond yn bwyta *pizza* erioed.

27

1945 Harri Selwyn v. Y Mochyn Bach

O'dd Raymond wedi dechre cropian cyn i fi weld y mochyn yn 'i wyneb e.

Istedd yn yr ardd o'n i. Diwrnod o haf, bownd o fod, achos o'dd Raymond ar y borfa yn whare 'da llond padell o ddŵr a dim byd amdano fe ond 'i fest a'i glwt. Whare 'da'r dŵr, a chwpwl o gychod bach pren. A finne'n cadw llygad arno fe tra o'dd Mam yn cwca'n y gegin. Bob hyn a hyn bydde fe'n troi rownd a mynd am sgowt fach ymhlith y dail a'r mwydod. A 'na pryd clywes i nhw yn yr ardd drws nesa, Mr Bennett a rhyw ddyn arall o'n i ddim wedi'i weld o'r bla'n, dyn bach crwn, a glasys bach crwn 'da fe hefyd, 'run peth â'r *Sheriff with the Two-gun Tonsils* yn *The Wizard*. Wedodd Mr Bennett, 'Dyw e ddim byd tebyg idd'i frawd e, ody e?' A wedodd y dyn bach crwn, 'Be ti'n ddishgwl, achan? Ody soldiwr yn debyg i fwtshwr?' A wedodd Mr Bennett, 'Eitha reit, eitha reit,' a wherthin. A neb yn meddwl bod 'da crwt deuddeg mlwydd o'd glustie, bod e eisoes wedi dechre casglu tystioleth.

Ddealles i ddim ar y pryd. Ddealles i ddim dranno'th na thrennydd. Ond dealles i wedyn. Da'th y glaw a o'dd Raymond yn cropian ar lawr y gegin a finne'n trial 'i gadw fe'n ddiddig tra o'dd Mam yn neud y smwddo. Cropian ar y llawr a stopyd bob hyn a hyn i edrych rownd 'ddo fe, i bwyso'n ôl a mla'n ar 'i ddwylo bach pinc. A fe weles i fe. Y mochyn yn 'i lyged e. A falle bod blew llyged mochyn ddim yn wyn, ddim fel mae lla'th yn wyn, ond maen nhw'n fwy gwyn na blew 'n llyged i a llyged Mam a llyged soldiwr.

Pwyso'n ôl a mla'n ar 'i ddwylo a'i benlinie, a pipo arna i wedyn, a giglan.

'Dyna fabi jacôs sy 'da ti f'yna, Barbara,' fydde pobol yn gweud, a 'na i gyd o'dd isie i gadw fe'n ddiddig oedd bo' fi'n istedd 'na a neud yn siŵr bo' fe ddim yn cwmpo ar ei ben, bo' fe ddim yn mynd yn rhy agos i'r tân neu'n rhoid 'i fysedd yn y soced. Y mochyn yn 'i lyged e. Dyna beth weles i gynta. Yn 'i foche wedyn. Yn y cwrls bach gwyn ar 'i ben. A fydden i ddim wedi synnu se top 'i fys canol yn isie hefyd, y gewin a'r cwbwl. Mochyn bach jacôs, yn cropian ffor' hyn a ffor' arall hyd lawr y gegin fel se dim byd yn bod, a fynte'n frenin bach ar y twlc.

'Rho bach o gino i dy frawd, nei di, Harri?'

Shwt allen i beido?

'Rho glwt arall arno fe . . . Cer â fe mas am wâc . . . Sycha'i swch e . . .'

Shwt allen i beido? Achos o'dd e'n fabi bach mor ddiddig, mor hawdd 'i blesio. A rwy'n gweud y gwir wrthoch chi nawr pan weda i bod hi'n beth anodd ar y diawl i gadw'r fflam ynghyn wedyn, 'da'r mochyn bach yn gwenu arna i, yn cydio yn 'n fysedd i, yn neud 'i siape bach ciwt, a Mam yn gweud, 'Sdim isie bod wrth dy hunan nawr, Harri, o's e? Mae 'da ti ffrind bach i whare 'da fe nawr.'

Gofynnes i i Mam allen ni fynd i'r eglwys ddydd Sul, achos o'n ni ddim wedi bod ers ache. Sulgwyn o'dd hi hefyd, a'r ffeiradon yn yr ysgol yn gweud bod hwnna'n ddydd Sul pwysig iawn, bod Duw'n dod yn agos iawn i ni y diwrnod 'ny, a dangos llun o hen ddynion a'u penne'n llosgi wedyn, i brofi'r peth. Ond wedodd Mam bod 'da hi ormod o waith i neud yn y tŷ, bod hi'n strach mynd â babi i'r eglwys, bod hi ddim yn deg ar bobol erill pan maen nhw'n trial ca'l bach o lonydd. 'Bydd Duw yn deall,' wedodd hi. Es i i feddwl wedyn bod hi wedi dechre credu yn Nuw eto, bod gweld y ffeirad yn codi o farw'n fyw wedi adfer 'i ffydd. Ond wedodd hi ddim byd ambwyti 'ny, ambwyti'r Tad O'Keefe a rhedeg i ffono'r ambiwlans. 'Gormod o strach.' Dyna i gyd wedodd hi. 'Lot gormod o strach.'

O'n i'n siomedig wedyn, achos dydd Sul o'dd y diwrnod gore i fynd i weddïo, yn 'n feddwl i, pan o'dd mwg yn codi o'r thuser a'r ffeirad yn codi'r bara uwch 'i ben, a'r bara'n troi'n gorff Iesu Grist. O'ch chi'n gallu gweddïo'n well wedyn. Alle Duw ddim peido clywed gweddi dydd Sul achos o'dd E yn eich ceg chi, yn gwrando ar bob gair. Yn eich bola chi wedyn, am sbel, yn teimlo *bwmp, bwmp, bwmp* y galon. Rheina o'dd y gweddïau cryfa, gweddïau dydd Sul. Gweddïau Sulgwyn hefyd, gweddïau â bach o dân yn 'u penne nhw.

'Alla i fynd, Mam? Alla i fynd wrth 'n hunan?'

'Wrth dy hunan, bach? I beth wyt ti isie mynd i'r eglwys wrth dy hunan?'

Wedes i bo' fi'n mynd i'r ysgol wrth 'n hunan bob bore, bo' fi'n mynd i siopa i brynu bara a lla'th a tato a bod hwnna'n fwy o beth na sefyll yn yr eglwys a neud dim byd. A ta beth, wedes i, o'dd Mr Kelly'n gweud bod plant sy'n colli'r offeren ddydd Sul yn mynd i uffern. Taw dyna beth o'dd e'n gweud yn y Beibl. Ac os o'n nhw'n mynd i uffern am golli offeren dydd Sul, o'dd colli Sulgwyn siŵr o fod yn wa'th. 'Sa i'n moyn mynd i uffern, Mam,' wedes i. A falle bo' fi wedi neud tipyn o sioe o'r peth, i dangos iddi bo' fi'n becso. 'Mae uffern yn para am byth, on'd yw e, Mam?' Rhywbeth fel 'na, a mynd yn dawel.

Ces fynd wedyn. A da'th Mam gyda fi, achos o'dd hi ddim isie i bobol feddwl bod hi'n hala'i chrwt bach i'r eglwys ar ben 'i hunan. O'dd hynny'n drueni, achos o'n i wedi bod yn edrych mla'n at istedd yn y rhes fla'n, i ga'l gwell golwg ar bethe, i fod yn agosach at y ffeirad. Ond o'dd rhaid i ni iste 'n y cefen, wedodd Mam, i ga'l mynd mas yn glou ar y diwedd, serch bod ni erio'd wedi iste 'n y cefen o'r bla'n. Peth chwithig o'dd ca'l Raymond f'yna hefyd, yn edrych fel y Baban Iesu. Ond a'th e i gadw sŵn ar ganol y bregeth a gorffod i Mam fynd ag e mas am sbel. O'n i'n teimlo'n well wedi 'ny.

Pan dda'th hi'n amser i'r ffeirad godi'r bara, o'dd y geirie i gyd yn barod 'da fi yn 'y mhen. Da'th popeth at 'i gilydd yn net wedyn, y bachgen ar yr allor yn canu'r gloch, a phawb yn plygu'u penne, yn bwrw 'u *chests* â'u dyrne, yn gweud *Domine non sum dignus*, a finne'n gweud 'y ngweddi fach 'n hunan. 'Arglwydd Dduw,' wedes i yn 'y mhen, 'rwy moyn siarad â Chi am Raymond. Mae e mas y bac 'da Mam ar y funud ond bydd e'n ôl whap. Raymond Vincent Selwyn. Dyna beth mae pawb yn 'i alw fe. Ond ddyle fe ddim bod. Ddyle'r Selwyn ddim bod 'na. Enw Dad yw Selwyn. Enw fi hefyd. 'Na i gyd sy isie i Chi neud yw edrych ar 'i lyged e, cewch Chi weld drost Eich Hunan wedyn. Mab y bwtshwr yw e. Da'th y bwtshwr miwn i'n tŷ ni heb wahoddiad a o'dd dim hawl 'da fe. O'dd dim hawl 'da'r bwtshwr a sdim hawl 'da Raymond. Y mochyn bach.'

Stopes i am eiliad wedyn achos o'n i'n clywed y geirie'n dechre whare ar 'y nhafod, a'r fenyw yn y rhes o mla'n i'n troi rownd i weld beth o'dd y sŵn, a o'n i'n teimlo 'n wyneb i'n mynd yn goch. Ond peth anodd yw cadw'ch llais yn eich pen, yn enwedig os y'ch chi'n blentyn deuddeg

mlwydd o'd. Fel cadw'ch tra'd yn llonydd. O'n i'n meddwl
hefyd falle bod Duw ddim yn lico clywed am foch amser
hyn o'r bore, a Fynte mor fisi ar yr allor. Felly dechreues i
'to a wedes i ddim gair am y mochyn y tro hwn. 'Arglwydd
Dduw,' wedes i, a trial claddu 'n llais mor ddwfwn â gallen
i yn 'y mola i, fel bo' fe ddim yn mynd yn rhy agos i'r tafod,
'mae Raymond Vincent wedi dod i'n teulu ni trwy bechod
a dyw e ddim yn deg ar Dad achos mae e bant yn y rhyfel
a mae e'n ffaelu neud dim byd ambwyti fe a rwy'n rhy fach
i neud dim byd 'n hunan a dyna pam rwy'n gofyn i Chi roi
Pulmonary Atresia i Raymond Vincent, iddo fe ga'l marw'n
glou, cyn bod Dad yn dod 'nôl.' O'n i'n ddigon bodlon ar
hwnna hefyd, achos o'n i wedi saco pechod a rhyfel miwn
i'r un frawddeg. A wedes i fe 'to. '*Pulmonary Atresia.*' O'dd
e ddim yn swno cweit cystal â'r *Domine non sum dignus*,
ond o'n i'n weddol siŵr taw Lladin o'dd e, a fe wedes i fe
dair gwaith wedyn, i ga'l e i weitho'n well.

'*Pulmonary Atresia*
Pulmonary Atresia
Pulmonary Atresia.'

Achos dyna'r drefen yn yr eglwys slawer dydd pan o'dd
pethe pwysig yn ca'l 'u gweud. Eu gweud nhw dair gwaith,
iddyn nhw ga'l bod yn gryfach. A pan es i lan i'r Cymun fe
wedes i nhw 'to, wrth bo' fi'n llyncu Iesu Grist. Jyst i setlo'r
peth.

'*Pulmonary Atresia.*
Pulmonary Atresia.
Pulmonary Atresia.'

A meddwl, Ie, yn y bola mae'r llais gore, achos i'r bola
mae Iesu Grist yn mynd ar ôl i chi'i lyncu fe.

Bues i'n aros am whech mis wedyn a ddim yn anobeithio chwaith, achos bydd babis yn ca'l pob math o anhwyldere. Tipyn o beswch ar y *chest*, bach o wres wedyn, rhyw gochni ar y boche, a o'n i'n meddwl, 'na fe, mae e wedi dod, mae Duw wedi ateb 'y ngweddi. Hyd yn o'd wedyn, ar ôl i'r peswch fynd, ar ôl i'r boche golli'u cochni, o'n i'n meddwl, sdim ots, mae Duw'n 'i ga'l e'n barod, siŵr o fod, yn 'i wanychu fe bob yn damed, i'r *Pulmonary Atresia* ga'l cydio'n well mas o law. Ydy, mae peth fel 'na'n bownd o weithio'n well os o's bach o wendid 'na i ddechre. A do's dim hastu ar Dduw. Trafaelu yn y *slow lane* na'th Duw erio'd.

Whech mis. Yna wedodd Mam na fydde Dad yn dod 'nôl.

'Byth?'

'Byth.'

Rwy'n gwbod nawr pam nag o'dd hi moyn mynd i'r eglwys. A pam o'dd hi moyn istedd yn y cefen wedyn. Achos o'dd pawb arall yn gallu gweld y mochyn yn llyged Raymond.

28

Harri Selwyn v. Y Mochyn Mawr

Nawr te, y'ch chi siŵr o fod yn gofyn i'ch hunan, shwt all yr Harri Selwyn 'ma fod mor sicr taw cyw y mochyn *hwnnw* o'dd Raymond? Ble mae 'i dystioleth? Wedodd Mr Bennett ddim o'i enw, naddo? Rododd e ddim o'i gyfeiriad. A nag o's 'na foch yn rhochian ym mhob stryd a phentre, ym mhob capel ac eglwys yn y wlad? A pwy sy mor graff fel bo' fe'n gallu clywed y gwahanieth rhwng un rhoch a'r llall? Heblaw'r hwch 'i hunan, falle. Ie, bydde'r hwch yn clywed y gwahanieth. Yn 'i *wynto* fe hefyd, siŵr o fod, wrth i'r porchell bach dynnu ar 'i diden. Mae hynny'n bosib, sa i'n gweud mwy. Dyn o'r dre ydw i. Dwi ddim wedi troi ymhlith moch.

A shwt mae'r Harri Selwyn 'ma'n gwbod, y'ch chi'n gofyn wedyn, nag o'dd 'na ryw fochyn i ga'l yn 'i deulu 'i hunan? Rhyw hen dad-cu o'dd yn dishgwl 'i dro i ddangos 'i drwyn smwt eto, 'i fola mawr pinc, 'i gynffon gyrliog? A'u cadw nhw'n ôl am genhedleth neu ddwy i ga'l mwy o sylw wedyn, nes bod y disgynyddion yn gweiddi mas, 'Wel, jawl erio'd, dyw e ddim yn cymryd ar ôl 'i dad, ydy e?' 'Nag yw, na'i fam e chwaith.' Nes bod Anti Brenda, sy'n naw deg chwech a ddim wedi clywed dim am DNA a genynne, yn mynd i wherthin yn 'i dyble, 'Wel, croeso'n ôl, Da'-cu. Chi wedi dod i roi cynnig arall arni?'

Shwt alla i fod mor sicr? Wel, dyma'r ateb i chi. Dyma shwt rwy'n gwbod taw cyw bach y mochyn *hwnnw* o'dd Raymond.

Bydde Mam yn arfer mynd â Raymond a fi i'r dre bob bore dydd Gwener i brynu pysgod. Prynu'r pysgod yn gynta hefyd, cyn bod yr ysgol yn dechre, achos bod hi'n amser rhyfel a ciws rhyfedda i ga'l, hyd yn o'd am wyth o'r gloch y bore, a o'dd dydd Gwener yn wa'th na'r un diwrnod arall. Sy'n beth dwl, sech chi'n gofyn i fi, ond fel 'na o'dd hi slawer dydd. Pysgod ddydd Gwener a ciws rhyfedda.

Dilyn yr un ffordd fydden ni bob tro. A dyma'r ffordd honno i chi, i chi ga'l deall yn iawn, achos mae'n rhaid i chi wbod pwy ffordd o'n ni'n arfer mynd er mwyn deall beth o'dd yn wahanol wedyn a shwt o'dd pethe wedi newid rhwng Mam a'r bwtshwr. Yn gynta, bydden ni'n dringo'r tyle bach serth ar waelod yr hewl. Troi am Darren Terrace wedyn a cherdded heibo'r Star Garage lle o'dd Mr Mitchell drws nesa'n gweitho. Ac ambell waith bydde hwnna'n galw mas, 'Helô, Harri. Shwt mae'n ceibo heddi?' A finne'n gweld dim ond 'i ddannedd e, achos o'dd 'i wyneb e'n oel i gyd, a'i ddwylo hefyd, fel y Black and White Minstrels. Mynd lawr heibo **DAVIES BROS CARDBOARD BOX MAKER & PRINTERS** wedyn. A o'n i'n lico 'ny, bod ni'n paso Davies Bros, achos o'n i'n gallu gweud 'Bros am Brothers'. O'n i'n gallu gweud 'ampersand' hefyd, ar ôl i fi ddysgu hwnna yn yr ysgol. A'i gofio fe achos bod 'and' ynddo fe, a achos bod 'hamper' yn fath o focs. A gweud 'hampersand' wedyn, fel jôc.

A dyna pryd fydden ni'n paso siop y bwtshwr, jyst ar ôl i fi weud 'hampersand', ar y cornel rhwng Darren Terrace a Blenheim Street. Fydden ni byth yn prynu dim byd f'yna, ddim ar ddydd Gwener, achos diwrnod pysgod o'dd dydd Gwener. Dim ond cerdded heibo, achos taw dyna'r ffordd gynta i'r dre, heibo'r siop bwtshwr. A dod mas ar yr High Street wedyn, ar bwys y siop bysgod. A bydden ni'n gweld y ciw o bell, hyd yn o'd am wyth o'r gloch y bore, achos y rhyfel, a achos bod hi'n ddydd Gwener, a dim ffrijys i ga'l, dim ond llechen mas yn y pantri.

A'r bore hwnnw – sa i'n cofio pwy fore, ond bore dydd Gwener o'dd hi, yn bendant, achos y pysgod – elon ni i waelod yr hewl, fel arfer, a dringo'r tyle. O'dd bag siopa 'da Mam, a *satchel* ysgol 'da fi ar 'y nghefen, a o'dd Raymond yn 'i bram. Fi o'dd yn hwpo'r pram ar y ffordd mas, achos bydde Mam yn gorffod neud e ar y ffordd 'nôl, ar ôl i fi fynd i'r ysgol. Beth o'dd oedran Raymond? Sa i'n gwbod. O'dd e ddim wedi dechre cerdded eto. Ond o'dd y mochyn yn dechre dangos yn 'i wyneb e. A o'dd pwyse ynddo fe hefyd. Fel sached o lo.

Delon ni at gornel Darren Terrace wedyn, ar dop y rhiw, ond yn lle troi fe garion ni'n syth mla'n. A wedes i, 'Nag ŷn ni'n prynu ffish heddi, Mam?' A wedodd hi bod ni'n 'mynd ffordd wahanol heddi, am *change* fach'. 'Mae'n bellach ffordd hyn, Mam,' wedes i. *'Change* fach,' wedodd hi eto. A bydde hynny wedi bod yn iawn, fydden i ddim wedi'i weld e'n od, achos mae *change* fach yn neis weithie. O'dd hi'n iawn yr wythnos ar ôl 'ny hefyd, pan wedodd Mam bod isie codi allwedd sbâr o dŷ Mam-gu, serch bod hi newydd fod yn nhŷ Mam-gu y diwrnod cynt. Ond pan na'th hi'r un peth yr wthnos wedyn, heb ddim esgus, dim ond rhyw 'Dere glou, nei di,' a'r glaw'n diferu dros 'y ngholer, o'n i'n gwbod taw bai'r bwtshwr o'dd e. O'dd y mochyn bach 'da hi a o'dd hi ddim isie mynd heibo'r mochyn mawr. Dyna pam o'dd hi moyn llusgo ni i ben arall y dre, achos pwy sy'n cerdded milltir yn y glaw os yw hanner milltir yn mynd ag e i'r un man?

Rwy'n gwbod beth y'ch chi'n mynd i weud nesa. Y'ch chi'n mynd i weud, *'Circumstantial evidence,* Mr Selwyn! *Jumping to conclusions!* Dyw cwmpo mas 'da'r bwtshwr ddim yn meddwl bo' chi wedi ca'l 'i fabi fe, do's bosib!'

Eitha reit. O'n i'n gwbod hynny hefyd. Hyd yn o'd yr adeg 'ny o'n i'n deall yn iawn bod 'na wahanieth rhwng *amau* a *profi.* Dyna pam wedes i wrth Mam, fore tranno'th, bo' fi'n mynd â Raymond i dŷ Joe a Megan *Number Ten.* A o'dd hi'n fodlon bo' fi'n neud 'ny achos o'dd hi'n dechre ca'l pwl o'r meigryn ac yn falch o ga'l y tŷ idd'i hunan. Fe es i i dŷ Joe a Megan hefyd, i ga'l peido bod yn gelwyddgi, ond yn lle whare yn 'u gardd nhw, dyma ni i gyd yn mynd â Raymond lawr i'r dre, a Robert Bramwell *Number Four* hefyd, achos o'dd hwnnw wedi dod mas i whare erbyn 'ny, a phob un yn cymeryd tro i hwpo'r pram. A pan dda'th 'y nhro i, dyma fi'n gweiddi, 'Ras!' A myn yffarn i, o'n i'n gallu maeddu'r tri ohonyn nhw'n rhwydd, serch bo' fi'n hwpo'r pram a'r mochyn bach yn gwingo fel y diawl. Sy'n profi'r peth, sy'n profi bod y busnes rhedeg 'ma yn y gwa'd, achos o'n i ddim wedi dechre trêno na dim, ddim yr adeg 'ny, a o'dd hi'n gofyn tipyn o nerth i redeg a hwpo pram yr un pryd, a rhedeg lan y tyle 'na hefyd. Ond o'n i'n meddwl wedyn, ar y goriwaered, Iesu, mae hwn yn symud yn gynt na fi. Do's 'da pram ddim nerth i ga'l, ddim nerth 'i hunan, ond o'dd e'n mynd yn gynt na fi, a a'th hi'n dipyn o *job* cadw lan 'da fe wedyn, ar y goriwaered. A dyna gyfrinach y whîls i chi. Yr olwynion. Sdim nerth 'da nhw, ond maen nhw'n gallu mynd yn gynt na chi. Sy'n profi peth arall. A fe ddo i'n ôl at y peth hwnnw yn y man.

Wedi cyrra'dd y siop bwtshwr, dyma fi'n tynnu'r strape'n rhydd a chodi Raymond o'r pram a'i ddala fe lan o fla'n y ffenest. O'dd dim lot i ga'l yn y ffenest, ddim yr amser hwnnw, achos y rhyfel, a achos bod hi'n ganol bore dydd Sadwrn a'r mamau i gyd wedi bod mas yn barod i hôl 'u *rations*. Dim ond cwpwl o sosejys, a bach o *rump* a tamed o afu falle. O'dd dim byd yn hongan chwaith, fel o'dd arfer bod, i chi ga'l gweld shwt olwg o'dd ar fochyn ar ôl iddo fe ga'l 'i sgrwbo tu fewn a tu fas. Dim ond un mochyn o'dd yn y siop y diwrnod 'ny, a hwnnw'n gwisgo ffedog.

A dyma fi'n dala Raymond lan, a saco'i drwyn e yn erbyn y glàs, i'r bwtshwr ga'l 'i weld e'n iawn. A saco 'nhrwyn 'n hunan ar 'i bwys e hefyd, fel bo' fe'n deall taw'r mochyn *hwnnw* o'dd e. A gorffod 'i ddala fe am sbel go lew, nes bod y gwas yn rhoi pwt idd'i fraich e a pwynto'i fys at y ffenest. A dyna pryd weles i'r clustie mawr, a synnu bo' fi heb sylwi arnyn nhw o'r bla'n. Mae'n beth od i weud, rwy'n gwbod, ond 'na fe, o'n i ddim wedi gweld y bwtshwr ers amser a o'n i'n meddwl, Wel, dyna beth sy'n digwydd i glustie bwtshwr pan mae e'n mynd yn hen, bownd o fod. A dyna ffaith arall i chi. Bod 'da bwtshwrs fysedd mawr a chlustie mawr. Gallwch chi ddeall pam bod 'u bysedd nhw'n fawr, am 'u bod nhw'n pwno a chlatsho pethe o hyd a maen nhw'n mynd i chwyddo wedyn, chwyddo gymint nes bod nhw'n ffaelu dadchwyddo. Ond am y clustie, mae hwnna'n fwy o ddirgelwch. Rwy'n meddwl falle taw'r gwa'd yw e, bod lot fawr o wa'd yn yr aer mewn siop bwtshwr. Na, y'ch chi'n ffaelu weld e, rwy'n gwbod, ond mae e bownd o fod 'na, 'da cymint o gig ambwyti'r lle, 'da cymint o glatsho a thorri. Diferion bach, cofiwch, yn rhy fach i'w gweld, ond maen nhw 'na, achos dyna beth y'ch chi'n 'i wynto pan ewch chi miwn i siop bwtshwr, dyna beth sy'n mynd miwn i'ch trwyn chi a'ch ceg chi – diferion bach o wa'd, tameidie bach o gig – a'r clustie'n 'u sugno nhw wedyn, dros y blynydde, yn chwyddo, yr un peth â'r bysedd, nes bod nhw'n debycach i gwpwl o *prize chops* nag i glustie cyffredin.

Pan welodd y mochyn bach y mochyn mawr, a'th e i lefen. A pan welodd y mochyn mawr y mochyn bach, a'th e'n goch i gyd, hyd yn o'd 'i glustie fe, nes bod 'i ben e fel cwlffyn mawr o gig a bydden i wedi bod yn ddigon hapus i weld e'n hongan ar un o'r bache, achos o'dd digon o'r rheiny i ga'l, a dim un mochyn arall yn agos i'r lle.

Dyna shwt rwy'n gwbod taw cyw y mochyn *hwnnw* o'dd Raymond. A mae isie i chi roid hwnna lawr ar eich pishyn o bapur hefyd.

29

Dydd Gwener, 21 Mai 2011, 7 o'r gloch yr hwyr

Mae Harri'n codi'r daflen a'i darllen eto.

10" and 12" Pizzas
Select Four Toppings

Mae'n synnu eu bod nhw'n dal i ddefnyddio modfeddi. Darfu'r modfeddi a'r troedfeddi ymhell cyn iddo ymddeol. Bu am flynyddoedd yn dysgu dim ond medrau a chentimedrau. Pam mae *pizzas* yn wahanol? Pwy sy'n deall beth yw deg modfedd erbyn hyn?

Mae Harri'n rhoi ei law ar y fainc ac estyn y bysedd a cheisio dychmygu *pizza* o'r un lled. Naw modfedd a hanner yw rhychwant ei law, ond mae hynny'n ddigon agos. Edrycha ar y llun o'r caws yn toddi, a'r tomatos a'r olewydd a'r madarch.

Free delivery on orders over £10

Mae Harri'n plygu'r daflen yn ei hanner, a'i phlygu eto, gan feddwl ei thaflu i'r bin sbwriel o dan y fainc; ond yn lle hynny mae'n cerdded draw at y seld a'i dodi gyda'r papurau eraill y tu ôl i'r eliffant pren. Yna mae'n agor drws yr oergell, yn edrych ar y pysgod yn eu pecyn papur ac yn meddwl, Rwy wedi'i brynu fe nawr. Pryd geith e 'i fyta os na fytwn ni fe heno? Achos dyw pysgod ddim yn cadw. A fytith Beti ddim *pizza*, ddim dros 'i chrogi, ddim tra bod bwyd ffres yn y tŷ.

30

Harri Selwyn v. Duw (2)

Whech mis fues i'n aros, trwy bob annwyd a pheswch. Trwy'r frech goch hefyd. Whech mis, a mynd i'r eglwys bob wthnos, i ddangos i Dduw bo' fi o ddifri, taw dim rhyw dân siafins o beth o'dd e, achos rwy'n siŵr bo' fe'n ca'l digon o'r rheiny. Ond bydde Raymond yn gwella bob tro. Bydde 'i lyged bach mochyn e'n pipo arna i, cystal â gweud, 'Ha! Fi wedi dala ti mas 'to. Smo ti'n credu bod Duw yn gwrando ar dy siort di, wyt ti? A dy fam wedi neud shwt sbort am Ei ben E! Wedi twlu baw yn Ei wyneb E!'

’Nes i *Novena* wedyn achos o'n i'n meddwl, iawn, mae'r pris wedi codi. A chi ddim yn ca'l haglo 'da Duw. Talu'r pris neu mas ar eich tin, dyna'r drefen 'da Duw. *Novena* amdani, felly. A o'dd hynny'n beth digon caled i neud, mynd i naw offeren mewn naw diwrnod, un ar ôl y llall. O'n i'n iawn ar y dydd Sul. Dim ond mynd i'r eglwys o'dd isie neud bryd 'ny. O'n i'n iawn trwy'r wthnos hefyd, achos o'dd offeren i ga'l bob bore yn yr ysgol, i'r rhai o'dd isie mynd. A dyna whech o'r naw mas o'r ffordd. Strach o'dd mynd i'r offeren yn yr ysgol, cofiwch. Gorffod codi am saith er mwyn bod yn y capel bach tywyll 'na am hanner awr wedi wyth, a feidden i ddim bod yn hwyr neu falle bydde hynny'n canslo mas y *Novena* i gyd, achos allech chi byth â chafflo Duw, ddim yr adeg 'ny, adeg y Lladin a'r ffeiradon du. O'dd Duw'n gallu gweld pob peth a pob man. O'dd E'n gallu gweld tu fewn i'ch pen chi. O'dd E hyd yn o'd yn gallu gweld ble o'dd eich bysedd chi'n mynd ganol nos, pan o'n nhw dan y shîts a phob man yn dywyll bitsh. O'dd yn gas 'da fi fod 'da'r criw 'na hefyd, y criw o'dd yn mynd bob dydd, achos rhai bach od o'n nhw, y teip fydde'n mynd yn ffeiradon 'u hunen wedyn, i ga'l pobol erill i fynd lawr ar 'u penglinie. Ond o'dd dim dewis 'da fi, nag o'dd?

O'n, o'n i'n iawn o ddydd Sul hyd ddydd Gwener. Dydd Sadwrn o'dd y broblem. O'dd dydd Sadwrn ddim yn perthyn i neb, ddim i'r egwlys nac i'r ysgol. A shwt allen i fynd i'r offeren ddydd Sadwrn heb fod Mam yn dechre amau bod rhywbeth o'i le? 'Mam, rwy moyn mynd i'r eglwys heddi.' 'Mae'n ddydd Sadwrn, bach, dim dydd Sul.' 'Rwy moyn mynd ddydd Sul *a* dydd Sadwrn, Mam. Dydd Sul *a* dydd Sadwrn.' Na, allen i byth â gweud 'ny, ddim wrth Mam. A rhaid i chi'u ca'l nhw un ar ôl y llall, o un i naw, fel *running flush*. Smo fe'n gweitho fel arall. Smo chi'n ca'l neud un arall ar y diwedd, rhyw ddydd Mercher bach ecstra, a esgus bo' fe'n ddydd Sadwrn. Fydde Duw ddim yn cymryd sylw wedyn.

Whech mis, a dim byd. Dim ond ambell i annwyd. Rhyw beswch bach. A'r frech goch 'na, i godi 'ngobeithion. Whech mis cyn i fi ddechre gofyn i'n hunan, Wel, bai pwy yw hyn, te, bod 'na fochyn bach yn y tŷ o hyd, yn hala colled arna i, yn codi cywilydd ar bawb? A chlywed yr ateb yn seinio yn 'y mhen. *Fi*. Fy mai *i* o'dd e i gyd. Neb arall ond fi. Pam? Achos o'n i ddim wedi trial yn ddigon caled. Dyna pam. Dyna beth o'dd Duw yn gweud wrtha i. Hwnna o'dd y prawf, y dydd Sadwrn 'na. O'dd Duw yn nabod 'i gryts bach ifanc yn dda, yn gwbod pwy mor whit-what o'n nhw'n gallu bod. O'dd e moyn gweld faint o ruddin o'dd ynddo i, faint o asgwrn cefen. A fydden i'n barod i fynd i'r eglwys fore dydd Sadwrn pan o'dd 'n ffrindie i gyd yn whare ffwtbol? A fydden i'n barod i weud celwydd wrth Mam? Achos bydde Duw yn gwbod wedyn. 'Mae hwn o ddifri,' bydde Fe'n gweud. 'Mae isie gwrando ar hwn.'

Ond o'dd dim rhaid i fi weud celwydd yn y diwedd.

'Rwy'n mynd mas i redeg, Mam,' wedes i, y bore Sadwrn hwnnw, Sadwrn y *Novena*. O'n i'n eitha prowd o'n hunan hefyd, bo' fi wedi gweitho mas shwt i fynd i'r eglwys heb weud celwydd, achos o'dd gweud celwydd ddim yn beth call i neud os o'ch chi moyn gofyn cymwynas 'da Duw. Fel 'na o'n i wedi dod i feddwl am y peth. 'Rhedeg' wedes i hefyd. 'Rwy'n mynd mas i redeg.' O'dd dim sôn am jogan yr adeg 'ny. Dim loncian chwaith. Rhedeg. Trêno.

'Cadw'n dwym,' medde Mam, achos o'dd hi'n ganol Ionawr. Ond o'n i wedi ca'l tracsiwt i'r Nadolig, un du, gwlanog, a hwnnw bach yn rhy dwym, a gweud y gwir, achos o'dd Mam ddim yn gwbod bod 'na wahanieth rhwng tracsiwts rhedeg a thracsiwts i bobol sy ddim ond yn sefyll ambwyti'r lle yn disgwyl 'u tro i neido neu dwlu rhywbeth. 'Cadw'n dwym.' Dyna i gyd wedodd hi. O'dd dim ots 'da Mam bo' fi'n mynd i redeg achos o'dd hynny'n well na bod dan 'i thra'd yn y tŷ.

Rhedes i lawr i'r eglwys wedyn, erbyn offeren deg, a sefyll yn y cefen, fel na fydde neb yn sylwi ar y bachan chwyslyd yn 'i ddaps a'i dracsiwt. Wrth lwc, dim ond dyrned bach o'dd yn mynd i'r offeren fore dydd Sadwrn – cwpwl o hen fenywod a rhyw ddyn 'da pen mawr piws a dwylo fel rhofie – a'r rheiny lan sha'r ffrynt, i ga'l clywed yn iawn. Ond nage nhw o'dd y broblem. Byw yn 'u byd bach 'u hunen o'dd yr hen fenywod a'r dyn piws. Na, y ffeirad o'dd y broblem. Achos hyd yn o'd yn yr hen amser o'dd hwnnw'n gorffod troi rownd bob nawr ac yn y man i wynebu'i gynulleidfa, i roi bendith fach iddyn nhw, i ddangos corff Iesu Grist iddyn nhw. Ac o'n i ddim moyn rhoi esgus i hwnnw fynd i lapan wrth Mam. Dyna pam es i i sefyll i yn y cefen, yn y cysgodion, a trial cwato tu ôl i biler. Falla bo' fi wedi gor-neud hi 'n bach hefyd, y busnes cwato 'ma, achos o'n i'n siŵr bod y ffeirad wedi pipo draw unwaith, adeg y cymun, a trial gweitho mas pwy o'dd y ffigwr bach od yn trial cwato tu ôl i biler. Mae cwato tu ôl i biler yn iawn os yw'r piler yn ddigon o faint, ond mae hanner cwato'n wa'th na dim. Tynnu sylw mae hanner cwato.

Cwples i'r *Novena*. Do. Naw offeren ar y trot. Peth arall 'nes i o'dd gweddïo ar y Forwyn Fair, ddim ar Dduw 'I Hunan, achos wedodd y ffeirad yn yr ysgol bod y gweddïe'n cydio'n well wedyn, bod Duw'n fwy parod i wrando ar Ei fam nag ar ryw gryts ifanc plorynnog fel ni. Dyna beth wedodd e. Plorynnog. O'dd rhaid i fi edrych yn y geiriadur i weld beth o'dd e'n gweud amdanon ni. O'n i'n falch wedyn, achos o'dd dim sbots 'da fi, ddim yr adeg 'ny. *Difrycheulyd*. Dyna air arall ges i 'da'r ffeirad. O'n i'n ddifrycheulyd, yn gwmws fel y Forwyn Fair 'i hunan. Dim un ploryn.

A'th blwyddyn heibo a da'th teligram arall 'da Wncwl Tom. Ces ddarllen y neges ar unwaith y tro hwn achos o'dd Mam siŵr o fod yn ystyried bo' fi'n ddigon hen i ddeall. 'Little Janet taken.' Wedodd y teligram ddim beth o'dd wedi mynd â hi, ddim yn llawn, dim ond y llythrenne *PA*, ond o'n i'n gwbod taw *Pulmonary Atresia* o'dd e.

'Rhedeg yn y teulu,' medde Mam. 'Druan fach.'

Rhaid bo' fi wedi mynd yn welw wedyn achos wedodd Mam wrtha i am istedd lawr a bydde hi'n hôl glased o ddŵr. Es i i grynu hefyd a buodd raid i fi ddodi 'y nwylo dan 'y ngheseilie, iddi beidio gweld 'y mysedd i. Pan dda'th hi â'r dŵr, rododd hi law ar 'y nhalcen i a gofyn o'n i'n teimlo'n dost, a o'n i'n ofan gweud dim achos o'n i'n gwbod bydde'r geirie'n dod mas yn garlibwns, a sen i'n dechre, fydde dim diwedd arni, bydde'n rhaid i fi weud, 'Na, Mam, dyw e ddim byd i neud â'r teulu. Bai'r Forwyn Fair yw e.' Achos o'n i wedi gweddïo arni ddi a o'dd hi wedi camddeall. Wedi cawlo'r neges. Wedi clywed y *Pulmonary Atresia* a meddwl, Reit, awn ni â'r groten fach arall, te. A Duw wedi gwrando. Wrth gwrs bo' Fe. O'dd whant 'da fi weud wrth Mam wedyn, 'Rhaid i ti hala teligram yn ôl at Wncwl Tom, rhaid i ti egluro wrtho fe taw dim 'i fai e o'dd e, a dim bai Anti Dot chwaith na neb arall o'r teulu. Y Forwyn Fair gath bethe'n rong.' Ond shwt allen i weud peth fel 'na wrth Mam?

Neu falle, wedi 'ny, bod Duw wedi clywed yn iawn, bo' Fe wedi deall am Raymond a'r llyged mochyn a'r pechod a'r cwbwl, a meddwl, Iesu, mae wyneb y diawl 'da'r Harri Selwyn 'ma. Glywoch chi shwt beth erio'd? Crwt ifanc yn gofyn i fi ladd 'i frawd 'i hunan! Dysga i wers i hwn.

31

Dydd Gwener, 21 Mai 2011, 7.10 yr hwyr

Wrth edrych ar y pysgod yn eu pecyn papur mae Harri'n sylwi hefyd ar botel laeth a honno bron yn wag, am fod Sam Appleby ac Emma a'r ffotograffydd wedi cael bob o ddishgled heddi, a neb wedi meddwl mynd i mofyn potel arall. Mae ei sylw'n troi wedyn at yr hanner lemwn sy'n gorwedd ar ei ochr yn nrws yr oergell. Mae'n codi hwn ac astudio cyflwr ei gnawd, yn ei wasgu'n ysgafn i dynnu'r sudd i'r wyneb, yn ystyried y pantiau bach mae ei fysedd wedi'u gadael yn y croen. A siglo'i ben. Yna, ar ôl cau drws yr oergell, mae'n cerdded draw at y fainc, yn estyn ei law i'r silff oddi tani ac yn dweud yr enwau dan ei anadl, 'Tato . . . Moron . . . Broc . . .' Wrth gofio am y persli, aiff yn ôl at yr oergell ac edrych yn y blwch plastig ar y gwaelod; a gweld letysen, stwmpyn bach o giwcymer a dau domato. Does dim persli yno. Mae'n cydio yn y lemwn a'i wasgu eto, ei wynto.

32

Harri Selwyn v. Duw (3)

Es i i weud 'y nghyffes wrth y ffeirad wedyn. Ddim y Tad O'Keefe, o'dd hwnnw'n ffaelu siarad erbyn hyn, ond y llall, y ciwrat ifanc o'dd yn edrych fel llygoden, a llais bach gwichlyd 'da fe. Wedes i bo' fi wedi bod yn gas wrth 'y mrawd bach i a bo' fi'n wir edifar. Wedes i ddim byd am y *Novena* na'r *Pulmonary Atresia* achos o'dd gormod o gywilydd arna i, a ta beth, o'n i'n siŵr bydde Duw'n gwbod am y pethe hynny'n barod, heb bo' fi'n bychanu'n hunan o fla'n y llygoden.

Wedodd e, 'Iawn,' a bod isie i fi fyfyrio ar y Teulu Sanctaidd a shwt o'n *nhwthe*'n dod i ben â throeon bywyd. O'n i ddim cweit yn deall 'ny, achos o'n i ddim yn meddwl bod 'da Iesu frawd bach, ond wedodd y ffeirad bod 'na frodyr i ga'l 'da fe, o'dd, dim ond bo' nhw ddim yn ca'l lot o sylw, achos taw Iesu gath 'i groeshoelio, dim nhw. O'n i ddim yn deall pwy fydde'n cyfateb i'r bwtshwr chwaith. Saer o'dd Joseff a ysbryd o'dd yr Ysbryd Glân a angel o'dd Gabriel. A o'n i'n ffaelu cofio dim byd yn y Beibl ambwyti wncwls a antis.

Ond wedodd e rywbeth wedyn o'dd yn neud mwy o sens. 'Rhodd gan Dduw yw brawd bach,' wedodd e. A'th e mla'n i sôn am y presante erill o'dd Duw yn 'u rhoid i ni hefyd, fel se hi'n Nadolig rownd y flwyddyn, ond hwnna na'th sefyll yn y cof. 'Rhodd gan Dduw yw brawd bach.' A o'n i'n meddwl wedyn, os taw rhodd yw e, pam na alla i roid e i rywun arall? Fel *pass the parcel*. Achos 'na beth o'dd presant, i'n feddwl i, rhywbeth o'dd ddim yn perthyn i neb yn iawn, rhywbeth allech chi 'i drwco yn yr ysgol os o'dd un i ga'l 'da chi'n barod. Fel y Triang Clockwork Steam Tip Lorry ges i 'da Wncwl Tom. Trwces i hwnna achos bo' fi eisoes wedi ca'l un 'da Dad i 'mhen-blwydd. Ei drwco fe am holster, i gario 'nryll i. A neb yn grac. Ddim bo' fi wedi gweud wrth Wncwl Tom, wrth gwrs. A fydden i ddim yn gweud wrth y bwtshwr chwaith, bo' fi wedi rhoid 'i fab i rywun arall.

Mwya i gyd o'n i'n meddwl am y peth, mwya i gyd o'n i'n teimlo taw fel 'na o'dd hi i fod, taw dyna beth o'dd Duw am i fi neud tro hyn hefyd. Peth od bo' fe wedi dewis rhyw lygoden fach wichlyd o ffeirad i baso'i neges mla'n, ond wedi gweud 'ny falle taw hwnna o'dd y prawf mwya. Achos un fel 'na o'dd Duw slawer dydd. Wastad yn mynd am y dirgel ffyrdd.

A beth yn gwmws o'dd Duw am i fi neud? Wel, unwaith bo' fi'n iste lawr i feddwl amdano fe, o'dd hwnna'n gwestiwn bach digon hawdd 'i ateb. O'dd. Ar y naill law o'dd gyda chi Anti Dot a Wncwl Tom, a rheiny'n ffaelu ca'l plant, neu'n ca'l plant a nhwthe'n marw wedyn o *Pulmonary Atresia*. Ac ar y llaw arall, o'dd gyda chi 'n teulu ni, Mam a fi a Raymond, a'n problem ni o'dd bod 'da ni un babi *dros ben*. *Surplus to requirements* bydden nhw wedi galw hwnna yn y fyddin, a'i hala fe'n ôl i *stores* wedyn a'i groesi fe bant o'r *inventory* i neud yn siŵr bod yr un peth ddim yn digwydd eto. Ei helpu Fe i ga'l yr *inventory* yn strêt: dyna beth o'dd Duw am i fi neud. Sefes i nes bod Mam yn mynd â Raymond draw i weld Mam-gu a sgrifennes i lythyr.

Annwyl Anti Dot

Pen-blwydd hapus i chwi.
Hyderaf i chwi gael diwrnod neis
a llawer o bresantau.

Mae gennyf bresant arbennig
i'w roi i chwi i wneud lan am
golli Jennifer a Janet. Raymond
Selwyn yw ei enw. Mae'n ddrwg
gennyf mai bachgen ydyw.
Gobeithio nad oes gormod o ots

gennych chwir. Y mae'n gwenu
lot ac mae'n gallu counto i
gant a gallwch chwi gael ei
ddillad hefyd a'i Thunderbolt
Tricycle ond bydd rhaid i
Wncwl Tom godi'r set achos
mae'n rhy isel a does gennyf
ddim tools i'w wneud fy
hunan.
          Nid yw Raymond wedi
gwlychu'r gwely ers blwyddyn.
Y mae'n hoffi gwrando ar
Listen With Mother ar y
wireless. Mae'n gallu canu
Three Blind Mice.

Prynes i garden 'da'n arian 'n hunan hefyd, carden fawr
'da bwthyn to gwellt arni, a dodi honna miwn 'da'r llythyr.

Ces i lythyr 'nôl 'da hi wedyn, yn gweud bod hyn yn
very touching gesture. A wedodd Mam bo' fi'n fachgen
caredig iawn, achos o'dd hi wedi siarad 'da Anti Dot a cha'l
yr hanes i gyd, a taw peth mawr iawn o'dd cynnig 'n unig
frawd i drial neud Anti Dot yn hapus. Ces i hanner coron
hefyd. 'Ydy Raymond yn mynd i fyw 'da Wncwcl Tom a
Anti Dot, te?' gofynnes i. O'n i'n meddwl bod hwnna'n
gwestiwn digon teg hefyd, o'r ffordd o'dd pobol yn siarad,

yn canmol beth o'n i wedi neud. Ond siglo'i phen na'th hi a gweud wrtha i am beido hala llythyron fel 'na 'to heb siarad 'da hi gynta.

A dyna roi'r cwbwl *on hold* am ddeg mlynedd arall.

33

Dydd Gwener, 21 Mai, 7.15 yr hwyr

Wrth godi'r ffôn, mae Harri'n ymarfer y geiriau yn ei feddwl. 'Mae'n flin 'da fi, Raymond, ond mae Beti wedi mynd at ei wha'r . . .' Mae'n sicr mai dyna'r stori fwyaf credadwy. Bu Beti ac Amy mas trwy'r dydd. Maen nhw heb ddychwelyd eto, a fydd dim modd cael swper gyda'n gilydd heno. 'Mae'n wir flin 'da fi, Raymond . . .' Ie. Stori gredadwy. A fydd dim rhaid iddo drafferthu gyda *pizzas* na physgod na dim. 'Maen nhw siŵr o fod yn ca'l tamed i fyta'n dre.' Dyna sut mae'i dweud hi. A pha ddiben cael swper gyda Raymond, heb fod Beti yno?

Mae Harri eisoes wedi dechrau deialu rhif Raymond cyn iddo weld y gwendid yn y stori hon. Gwna lun yn ei feddwl o Raymond ac Amy yn cwrdd yn ystod yr wythnos – wrth siopa, wrth fynd at y meddyg, wrth gasglu presgripsiwn o'r siop gemist – a Raymond yn dweud, 'Ond wedodd Harri bo' ti a Beti wedi ca'l bwyd yn dre . . .' Sut allai egluro hynny wedyn? Na, cam gwag fyddai llusgo Amy i mewn i'r busnes 'ma. Byddai'r stori'n ymddatod, yn llithro o'i afael.

Mae Harri'n dodi'r ffôn yn ôl yn ei grud a meddwl, Wel, os na wéda i hynny, os na wéda i bod Beti wedi mynd at

Amy, beth *alla* i weud? Aiff yn ôl at yr oergell ac edrych eto ar y pysgod a'r lemwn. Cwyd y botel laeth a cheisio amcangyfrif a oes digon ar ôl ar gyfer tri chwpanaid o de heno, ac ysgwyd ei ben. A beth am y bore wedyn? Yna, wrth sylwi ar y bwlch lle dylai'r carton sudd oren fod, daw enw Cati i'w feddwl. Mae Harri'n dweud ei henw'n uchel. 'Cati.' Yn betrus y tro cyntaf, yna'n fuddugoliaethus. 'Cati, wrth gwrs.'

Wrth fynd ati, unwaith yn rhagor, i ddeialu rhif ei frawd, mae Harri'n ymarfer y stori hon hefyd. 'Emma . . . Mae Emma wedi galw Beti draw i gadw llygad ar Cati . . . Byr rybudd . . . Y ferch sy'n arfer carco ddi wedi mynd lawr 'da annwyd. Ie, byr rybudd. Sori am 'ny, Raymond. Dim byd i neud. O's 'da ti fwyd yn tŷ?' Does dim ots wedyn os bydd Raymond yn cwrdd ag Emma achos bydd ei ferch yn ddigon bodlon cadw ei gyfrinach. Hwnna fydd y cam nesaf wedyn, ar ôl siarad â Raymond: bydd yn ffonio Emma a sôn am y celwydd bach bu'n rhaid ei ddweud heno wrth Wncwl Raymond, achos bod Beti'n teimlo bach yn shimpil ar ôl bod mas trwy'r dydd a dyna'r peth dwetha mae hi moyn yw cael Raymond yn paldaruo am ei ardd a'i flode . . . ac yn y blaen. Byddai Emma'n deall hynny. Yn chwerthin, efallai. 'Rhyngon ni a'r beder wal, Emma, OK?' 'OK, Dad.' Dyna sut bydd y sgwrs yn mynd.

Mae'r ffôn yn canu bum gwaith cyn i lais Raymond ofyn iddo adael neges.

'Harri sy 'ma, Raymond. Ffona i'n ôl mewn deg munud.'

Dyw Harri ddim yn digalonni. Dyma sut mae ffonau'n gweithio y dyddiau hyn, mae'n gwybod hynny o'i brofiad ei hun. Bydd y ffôn yn canu, bydd e wrth y drws ffrynt, yn chwilio am ei allwedd, ac er gwaetha hastu i'r gegin wedyn, bydd yn cyrraedd jyst ar ôl y pumed caniad. Neu yn y tŷ bach, wrth gwrs. Neu'n cael bath. A does dim disgwyl i rywun hastu wedyn. Ffonio'n ôl mewn deg munud, felly. Digon i orffen beth bynnag mae Raymond yn ei wneud a gwrando ar y neges. Siawns na fydd Raymond yn ffonio'n ôl gyntaf.

I lenwi'r deg munud hynny mae Harri'n tynnu torth o'r bin bara a thorri dwy dafell. Caiff y rheiny i swper yn nes ymlaen, cyn gynted ag y bydd Beti wedi dod yn ei hôl. Dwy dafell o fara, tomato a thamaid o gaws. Ie, a bach o bicl hefyd. Mae Harri'n agor y cwpwrdd a thynnu allan bot o Branston's. Daw ton o ryddhad drosto wrth ystyried na fydd angen coginio dim byd heno, na chynnal sgwrs gyda'i frawd heb fod Beti yno. Mae'n penderfynu peidio â thorri bara Beti eto, rhag iddo sychu.

Aiff y deg munud heibio. Aiff pum munud arall heibio wedyn oherwydd, erbyn hyn, mae Harri wedi gweld gwendid yn y cynllun hwn hefyd. Os bydd yn gofyn i Emma ddweud celwydd, beth wedyn fydd y gwir? Pa gelwydd arall, pa gelwydd amgenach, y bydd e'n gallu ei ddweud wrth Emma pan fydd hi'n gofyn, 'Wel, shwt *mae* Mam erbyn hyn, te? Alla i siarad â hi, plis?' Sut mae ateb y cwestiwn hwnnw? 'O, heb ddod 'nôl o'r dre ma' hi, Emma . . . Heb ddod 'nôl o ga'l 'i gwallt wedi'i dorri . . .' Sut mae dweud hynny erbyn hyn, a hithau'n chwarter wedi saith?

Wrth gnoi un o'r tomatos, mae Harri'n meddwl, tybed a'th hi i ga'l tamed o fwyd wedyn yn dre? A wedodd hi rywbeth am hynny neithiwr? Mynd draw i . . . Mynd draw i . . . A bod isie rhoi gwbod i Raymond?

Digon posib.

Cymer lwyaid arall o bicl a'i roi ar ochr ei blât.

34

Abebe Bikila v. Arkle

'Fel hyn mae'n gweitho,' wedes i wrth Sam, a'i sgrifennu fe i gyd i lawr, yn gywir fel o'n i'n neud slawer dydd, i'r plant ga'l deall. I ddangos iddyn nhw shwt mae pethe araf yn gallu maeddu pethe clou.

'Rwy moyn i chi ddychmygu . . .'

A gweud wrthyn nhw bod 'na ras fawr i'w chynnal fory, lan ym Maendy, achos Maendy o'dd y lle ar gyfer rasys yn y dyddie 'ny. Ras anghyffredin hefyd, a dim ond dou yn cymeryd rhan. O'dd y plant yn siomi o glywed hwnna i ddechre achos beth sy'n fwy diflas na ras a dim ond dou yn rhedeg? Fel mynd i'r sw a gweld dim ond parot a mwnci. Ond o'n nhw'n cynhyrfu wedyn o glywed taw dim ras dyn yn erbyn dyn fydde hon ond ras dyn yn erbyn ceffyl. Y gynta erio'd. Dyna beth o'n i'n gweud wrthyn nhw. 'Y gynta erio'd.' O'n nhw 'da fi wedyn, yn b'yta mas o'n llaw. Celwydd o'dd hwnna, wrth gwrs, achos mae dynon wastad wedi raso yn erbyn ceffyle. O'dd Wilson 'i hunan wedi maeddu ceffyl. Ond o'dd y plant ddim yn gwbod 'ny.

Rodes i enwe iddyn nhw hefyd, i ga'l y stori i gydio'n well. Abebe Bikila a Arkle o'n nhw i ddechre. O'dd y plant i gyd yn gwbod taw ceffyl o'dd Arkle ond o'dd rhaid i fi egluro pwy o'dd Abebe Bikila, achos o'n nhw'n deall mwy am rasys ceffyle na rasys dynion. Sy'n beth trist, ond fel 'na o'dd hi yr adeg 'ny. Plant 'u tade, chwel. Ddim yr un enwe bob tro, wrth gwrs. Cwpwl o flynydde wedi 'ny o'n i'n newid nhw i Foinavon a Kip Keino, neu Red Rum a Henry Rono. A trial dewis dynion o Kenya hefyd achos o'n i'n gallu gweud stori fach wrthyn nhw wedyn am shwt o'n i wedi rhedeg 'da'r Kalenjin.

Bydden i'n gofyn, 'Pwy y'ch chi'n feddwl fydd yn ennill y ras, blant?' A bydde rhai'n gweiddi, 'Y ceffyl, syr, y ceffyl.' Gweiddi heb feddwl, achos bod yr ateb mor amlwg. Ond dim pob un. Ddim y rhai o'dd yn nabod fi'n dda. O'dd rheiny'n gwbod taw tric o'dd e, achos pwy fydde'n gofyn shwt gwestiwn dwl? O'n nhw'n gwbod taw cwestiyne bach od o'n i lico gofyn fwya, i ga'l y dychymyg i weitho. Munud fach o feddwl wedi 'ny. Rhai yn crafu pen, yn trial gweitho mas beth o'dd y tric. Ambell un yn holi a o'n nhw'n gorffod neidio dros glwydi, achos fydde hynny ddim yn deg ar y dyn, na fydde fe, syr?

Ond na'th neb ofyn y cwestiwn mawr, yr unig gwestiwn o bwys: 'Wel, beth yw *hyd* y ras, syr? Pwy mor *bell* mae'n rhaid iddyn nhw redeg? Achos alla i ddim ateb eich cwestiwn chi heb wbod hynny.' Neb. O'dd ceffyl yn rhedeg yn gynt na dyn a dyna'i diwedd hi. Diffyg dychymyg, chwel. O'dd Sam yr un peth. 'Dyn yn erbyn ceffyl?' wedodd hwnnw, 'da'r wep 'na sy'n gweud, 'Cer i dynnu co's rhywun arall, nei di, nage ddoe ges i 'ngeni!' Sgrifennes i fe i gyd i lawr wedyn, yn gywir fel o'n i'n neud slawer dydd 'da'r plant, iddyn nhw ga'l dysgu bod dyn yn gallu maeddu pob anifail, cyhyd â bo' fe'n ca'l digon o amser. Carw, antelop, ceffyl. Sdim gwahaniaeth.

'Wedwn ni ddeg milltir, ife, Sam? I ga'l neud yn siŵr. I ga'l rhoi whare teg i bawb.' Achos deg milltir o'dd hi yr adeg 'ny, pan ddechreues i weud y stori wrth y plant. Pymtheg k yn nes mla'n, ond deg milltir ar y dechre, 'nôl yn y pumdege, pan ges i 'n *job* cynta, pan enillodd Bikila 'i rasys cynta. *Starters' orders* wedyn . . . *On your marks* . . .

Get set . . . A bant â ni. A finne'n trial 'y ngore i ga'l y stori i symud, i neud llunie ym meddylie'r plant.

'Welwch chi garne'r ceffyl yn tasgu'r pridd? Welwch chi'r stêm yn codi o'i ffroene? Welwch chi whip y joci?' Bwrw cansen yn erbyn 'y ngho's i wedyn, *Thwap! Thwap! Thwap!* I ddangos bod 'da honna 'i chyfraniad i neud hefyd. A mynd i redeg yn gro's i'r stafell, rhedeg fel bydde'r plant 'u hunen yn neud, pan o'n nhw'n whare Cowbois 'n' Indians, a gweiddi mas pwy mor bell o'n i wedi mynd. 'Hanner canllath . . . *Thwap! Thwap! Thwap!* Canllath . . . *Thwap! Thwap! Thwap!* Dou ganllath . . . *Thwap! Thwap! Thwap!* Mae'r ceffyl yn bell ar y bla'n yn barod. A do's dim syndod, o's e? Mae 'dag e beder co's! Mae 'dag e joci ar 'i gefen yn 'i glatsho fe! Pa obaith sy 'da dyn yn erbyn hwnna?

Mae rhywun yn y dorf yn gweiddi. Allwch chi glywed e? Yn gweiddi bod isie joci ar y dyn bach hefyd, i roi whip din iddo fe, i dynnu fe mas o'i ling-di-long. O'dd y plant yn lico 'ny, pan o'n i'n sôn am y whip din. A dyna filltir wedi mynd. Dou lap. A mae ambell un yn wherthin erbyn hyn, o weld y bwlch yn agor, o weld Arkle ar un pen y trac a Bikila, druan bach, ar y pen arall, yn bell bell ar 'i ôl. Mae rhai'n rhoid 'u dwylo dros 'u llyged, o ran cywilydd, am fod y dyn yn neud shwt gawlach o bethe, a syniad pwy o'dd raso ceffyl yn erbyn dyn yn y lle cynta? Peth hurt. Hurt bost. O's, mae un neu ddou yn meddwl, Wel, whare teg i ti am balu mla'n, serch bod y ceffyl jyst â lapo ti, serch bod pawb yn gwbod bod y ras ar ben. Ond tosturi yw hwnna, ac ers pryd mae tosturi wedi helpu neb i ennill dim? Ydy, mae'r ceffyl bwyti lapo fe erbyn hyn, a dim ond deg munud wedi mynd. *Thwap! Thwap! Thwap!* A dyna beth od, bod Bikila'n dal i fynd yn gwmws fel o'dd e ar y dechre, yn ling-di-long, fel se 'da fe trwy'r dydd, fel se 'da fe ddim sbid arall ond *cruise*. 'Fix!' mae rhywun yn gweiddi. 'Wake him up, somebody!' A gallwch chi'u gweld nhw wedyn, y rhai sy wedi rhoi bet arno fe, achos 'na le maen nhw i gyd, fan hyn a fan 'co yn y dorf, yn siglo'u penne, yn torri'u *betting slips* yn bishys mân, yn troi am yr *exit*.

Ond cadw i fynd mae Bikila, heb gyflymu, heb arafu. Un dro'd o fla'n y llall, y pen yn llonydd, y breichie'n isel, a rhyw wên fach ar 'i wyneb e hefyd, fel se fe'n gwbod rhywbeth nag o's neb arall yn 'i wbod. Rhyw gyfrinach. Dim ond gwên fach, digon i ddangos 'i ddannedd. A dyna'r peth rhyfeddaf, taw dim ond fflach o ddannedd gallwch chi'i gweld bob hyn a hyn, a byddech chi'n tyngu bod y dyn ddim yn anadlu. Neu os yw e'n anadlu, bod e'n anadlu jyst digon i fynd i siopa. Galle hwnnw redeg am byth. Dyna beth sy'n mynd trwy'ch meddwl chi. Un dro'd o fla'n y llall, a'r breiche mor isel, yn gywir fel se fe'n mynd i siopa. A dyna fydden i'n neud wedyn, o fla'n y plant. Stopo rhedeg, stopo whare Cowbois 'n' Indians, a dechre cerdded ling-di-long, cerdded yn gro's i'r stafell, o un wal i'r llall, fel sen i'n mynd i siopa, fel se 'da fi trwy'r dydd.

A dyna wahanieth sy rhwng Bikila ac Arkle erbyn hyn. Llai na dwy filltir wedi mynd, wyth milltir ar ôl, a mae'r ceffyl yn dechre whwthu fel hen fegin. 'Wff . . . Wff . . . Wfff.' Tro ar fyd, yndefe? A sdim ots bod 'da Arkle beder co's a joci ar 'i gefen yn 'i whipo fe'n ddidrugaredd: mae'n dechre slofi lawr. Mae Bikila'n . . . Mae Bikila'n . . .

A bydde'n dda 'da fi, wedes i wrth Sam, sen i'n gallu bennu'r stori fel dechreues i ddi, achos bydde bach mwy o *fizz* ynddi wedyn, bach mwy o gyffro. Sen i'n gallu gweud bod y ceffyl wedi mynd fel roced o'r dechre hyd y diwedd, a'r dyn yn ca'l hyd i nerth gwyrthiol o rywle, nes bo' fe'n dala lan ar y lap ola, nes bod y ddou o nhw'n rhedeg ysgwydd wrth ysgwydd am sbel, a'r dorf yn mynd yn wallgo. A bod y dyn yn maeddu'r ceffyl ar y strêt ola wedyn, 'i sodle'n tasgu, 'i freichie'n troi'n adenydd. Stori fach gyffrous, fel yr hen William Wilson slawer dydd. Bydde'r plant wedi lico hwnna, achos mae sbrints yn llawer mwy cyffrous na rasys hir. Bydde Sam wedi'i lico fe hefyd. Crwt bach yw Sam yn y bôn, dan y bloneg.

Ond celwydd fydde hwnna. Dyna beth *gollodd* y ras i'r ceffyl, wedes i wrth y plant. Mynd yn rhy ffast, a dim digon o aer 'da fe wedi 'ny. Achos rhedeg mas o aer na'th Arkle. Dim byd arall. Mynd wrth 'i bwyse na'th Bikila. Ca'l 'i ail wynt a'i gadw fe.

Trueni nag o'dd Arkle a Bikila wedi rhedeg yn erbyn 'i gilydd hefyd. Mewn bywyd iawn rwy'n feddwl. Neu Foinavon a Kip Keino. Neu Red Rum a Henry Rono. Bydde'r plant wedi credu'r peth wedyn. Serch bo' fi'n 'i sgrifennu fe i gyd mas ar y bwrdd du, iddyn nhw ga'l 'i gopïo fe lawr a gweld shwt o'dd y dyn yn dala lan bob yn dipyn, dim ond trwy fynd ar yr un sbid, o'n nhw'n pallu credu'r peth. O'n nhw'n ffaelu deall taw wrth fynd yn araf mae ennill y ras, yn y pen draw. Erbyn bod Huw Lobb yn 'i neud e, draw yn Llanwrtyd, o'dd e'n rhy ddiweddar, o'n i wedi riteiro. A sen i'n ca'l 'n amser i eto, bydden i'n dangos y papure newydd iddyn nhw, i brofi bo' fe wedi digwydd, a digwydd jyst lawr yr hewl. Llunie hefyd. Fideo, falle, achos dyna beth sy isie i gyfleu'r peth yn iawn, Huw Lobb yn dala lan yn slo bach, y ceffyl yn colli'i wynt. Bydde'r plant yn 'y nghredu fi wedyn. Achos mae 'na bethe allwch chi byth â'u hegluro nhw ar y bwrdd du.

Deiagram bach 'nes i, 'na i gyd. Deiagram o'r amser yn mynd heibo. Dyma fe.

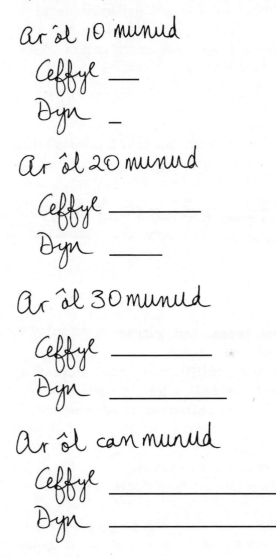

Ar ôl 10 munud

Ceffyl ___

Dyn _

Ar ôl 20 munud

Ceffyl _____

Dyn ____

Ar ôl 30 munud

Ceffyl _____

Dyn _____

Ar ôl can munud

Ceffyl _____

Dyn _____

Mae e i gyd yn gywir, cofiwch. Ond pwy sy'n mynd i gredu peth fel 'na, heb y llunie, heb y dystioleth?

'Neloch chi faeddu ceffyl erio'd, syr?' byddai'r plant yn gofyn, ar ôl i fi weud bo' fi wedi bod mas yn Affrica yn rhedeg 'da'r Kalenjin. Gofynnodd Sam yr un peth. 'Nest ti faeddu ceffyl erio'd, Harri?'

'Naddo,' wedes i.

'Nest ti drial?'

'Naddo.'

Ond o'dd dim diddordeb 'da fe ta beth, achos do's dim stori i ga'l heblaw bod 'na sbrint ar y diwedd a'r dorf yn gweiddi. Y sbrint yw popeth i Sam. Fel un o'r cryts bach yn yr ysgol.

'Cer i siarad â Usain Bolt,' wedes i. 'Cei di stori well 'da hwnnw.'

35

Dydd Gwener, 21 Mai, 7.40 yr hwyr

Daw cnoc ar y drws. Mae Harri'n cofio am Dennis a'r ban-sô, bod Raymond am ddod yn hwyr ac mae'n sylweddoli wedyn, wrth edrych ar ei watsh, bod yr hwyr hwnnw eisoes wedi cyrraedd.

'Beti ddim gartre?'

'Gest ti ddim o'r neges?'

'Fues i draw 'da Dennis. Gorffod mynd â'r *band-saw*'n ôl.'

Rhaid i Harri ailadrodd cynnwys ei neges ei hun wedyn. 'Mae Beti wedi mynd i garco Cati . . . Emma'n mynd mas rywle . . .' A'i dweud hi yn ei lais mwyaf hamddenol, ffwrdd-â-hi. Er iddo hen golli pob ffydd yn y stori hon, does dim modd tynnu ei chelwydd yn ôl. Bydd Raymond yn mynd adref yn y man a gwrando ar ei negeseuon i gyd. Er gwell neu er gwaeth, rhaid i'r celwydd hwnnw sefyll.

Mae Harri'n tynnu ei law dros ei ên. Wrth weld ei frawd yn ei siaced *check* a'i grys gwyn, daw'n ymwybodol eto na chafodd gyfle i siafio nac ymolchi na newid ei ddillad.

'Wedi bod mas 'n hunan hefyd . . . Heb ga'l cyfle . . .'

Ac mae'n grac ei fod e'n teimlo dan y fath anfantais yn ei dŷ ei hun.

Dim ond yn achlysurol y bydd Harri'n paratoi swper a Beti yn unig sy'n coginio pysgod am fod angen bod yn ofalus nad yw'n cael eu gorgoginio a'u difetha. Bydd Beti fel arfer yn pobi'r pysgod yn y ffwrn mewn saws priodol: persli, caws neu Béchamel, yn ôl natur y pysgod. Ni fyddai Harri'n mentro gwneud saws. Gwell ganddo beidio â defnyddio'r ffwrn hefyd am nad yw'n ddigon hyderus ynglŷn ag amseru a thymheredd. Nid yw bob amser yn sicr chwaith pryd i roi clawr ar y ddysgl, na faint o gaws i'w ddefnyddio, na faint o flawd. Coginio ar yr hob neu dan y gril y bydd Harri'n ei wneud fynychaf: bacwn, wyau, uwd ben bore. A llysiau. Gall roi help llaw gyda'r llysiau. Bwydydd mae dyn yn gallu eu troi â llwy neu eu profi gyda chyllell, bwydydd y mae'n gallu teimlo trwy'r bysedd a ydyn nhw'n barod neu beidio: dyna sydd orau gan Harri.

Mae Harri'n rhoi ffedog Beti amdano i ddangos i Raymond bod popeth dan reolaeth, mai ef yw'r meistr yn y gegin hon. Ffedog las tywyll yw hon, heb ddim blodau na ffrils. Teimlai'n well pe bai'n gwisgo rhywbeth heblaw tracsiwt odani: rhywbeth mwy priodol, mwy domestig. Byddai'n fwy cyfforddus hefyd pe na bai cortyn hir yn hongian i lawr bob ochr i'r ffedog, ond un gwael fu Harri erioed am wneud clymau y tu ôl i'w gefn. Beti fydd yn clymu'r cortynnau hyn iddo, pan fo angen. Dyw Harri ddim yn ystyried gofyn i Raymond. Nid cyfrifoldeb ei frawd yw clymu cortynnau ffedog. Dengys y pysgod iddo.

'Lleden heno.'

'*Lemon sole?*'

''Na ti. *Lemon sole.*'

'Edrych yn ffein.'

'O'r ffreipan.'

'Ffreipan yn iawn.'

Mae Harri'n falch o'r cyfle wedyn i sefyll wrth y sinc a golchi'r tato a'r brocoli am fod hynny'n rhoi pum munud iddo gasglu ei feddyliau ac ystyried oblygiadau ei gelwydd.

'Rho CD arno os wyt ti moyn.'

Ac ar ôl paratoi'r llysiau mae'n ennill dwy funud arall wrth dynnu'r pysgod o'u pecyn a rhoi'r menyn yn y ffreipan. Yn y cyfamser, mae Raymond yn edrych trwy'r casgliad bychan o gryno-ddisgiau mae Harri a Beti yn eu cadw ar y seld, yn anwybyddu *James Galway: Man With the Golden Flute* a *Christmas With Nana Mouskouri* ac yn dewis *Kenny G's Greatest Hits*, casgliad a brynodd ei hun, yn anrheg Nadolig i Harri a Beti, ryw dair blynedd yn ôl. Mae'n gosod hon yn y chwaraeydd bach du yn ymyl y bowlen ffrwythau, yn gwasgu'r botwm ac yn aros nes bod nodau cyntaf 'Songbird' yn llenwi'r gegin. Yna, ar ôl troi'r sain i lawr ryw fymryn, mae'n dychwelyd at y ford ac agor y *Mail*.

Er gwaethaf y gerddoriaeth, mae'r ddau frawd yn ymwybodol o'r diffyg lleisiau heno ac yn teimlo'n chwithig o'r herwydd. Gan amlaf, ar nos Wener, bydd Beti'n cadw'r sgwrs i fynd trwy holi Raymond am ei ardd, am ei blant – yn enwedig ei fab, sy'n gwneud enw iddo'i hun ar y teledu – ac weithiau am ei weithgareddau cerddorol. Does gan Harri ddim diddordeb yn yr un o'r pethau hyn. Does gan Raymond chwaith ddim awydd sôn amdanynt wrth ei frawd. A does dim byd yma, rhwng y ddau ddyn, ond alawon Kenny G a'r bwlch a adawyd gan Beti.

Aiff saith munud heibio. Saith munud i gasglu meddyliau. Ac ar ddiwedd y saith munud hynny, wrth fod Harri'n rhoi'r pysgod yn y badell ac yn falch bod ei brysurdeb yn lliniaru rywfaint ar ei anesmwythyd, y mae'n sylweddoli'n sydyn bod y drwg eisoes wedi'i wneud. Bydd Beti'n cyrraedd adref gyda hyn. Bydd hi'n dweud, 'Flin gen i fod yn ddiweddar ... Traffig ryfedda ... Hwn-a-hwn wedi 'y nghadw fi'n siarad.' Bydd Raymond yn dweud, 'Ond wedodd Harri bod Emma ... bod Cati ...' A sut mae egluro wedyn?

Yna, wrth gynnau'r fflam o dan y badell, mae Harri'n sylwi bod ei frawd wedi codi'r cwdyn plastig oddi ar gefn y gadair ac yn dechrau archwilio'r cynnwys.

'Trwser newydd, Harri?'

Mae Raymond yn synnu wedyn wrth weld Harri'n diffodd y fflam, yn brasgamu ar draws y gegin a chipio'r cwdyn o'i ddwylo.

'Cyn bo' fi'n dechre cwca ... mae isie mynd â fe mas cyn bod gwynt y pysgod yn mynd arno fe.'

Ac mae Raymond yn synnu eto at y taerineb yn llais ei frawd, ac at y ffordd benderfynol y mae'n cau'r cwdyn a throi am y drws.

'Trwser sbeshal, ife, Harri?'

```
12 Medi 1953 Penwyllt Round 10 milltir
H.Selwyn Taff Harriers S 14 1.43
```

'A Raymond?' wedodd Sam Appleby. 'O'dd Raymond yn rhedeg hefyd?' Yn meddwl, sdim lot o siâp ar hwnnw erbyn hyn, o's e? Dyw e ddim byd tebyg idd'i frawd.'

'O'dd Raymond yn glouach na fi,' wedes i wrth Sam. 'O'dd e'n rhedeg yn glouach nag o'n i'n rhedeg yn 'i oedran e. O'dd. Mae e yn y gwa'd, twel. Mae rhedeg yn ein gwa'd ni'n dou. Ddim wedi ca'l y cyfle, 'na i gyd. Yr un peth â Dad.'

Achos beth arall allen i weud wrtho fe? Bod 'na fochyn wedi neud 'i dwlc yn tŷ ni dros ddeg a thrigain o flynydde'n ôl? Na ddyle'r mochyn fod 'ma o gwbwl, ond bod Duw wedi neud cawlach o bethe? A bod mochyn ddim yn stopo bod yn fochyn achos bo' fe'n whare'r sacsoffon, achos bod 'da fe dwlc newydd, achos bo' fe wedi ca'l hwch newydd am sbel? A bo' fi'n gwbod taw dim ond dishgwl 'i gyfle mae e o hyd, y mochyn bach, taw galw draw i gadw llygad ar 'i hen hwch mae e, dim byd arall. A pwy siort o frawd yw hwnna?

37

Dydd Gwener, 21 Mai 2011, 7.50 yr hwyr

'Bydda i'n ôl nawr,' medd Harri. Mae Raymond yn ailgydio yn y *Mail*. Erbyn hyn mae Peabo Bryson yn canu 'By the time this night is over . . .' a Kenny G yn cyfeilio. Mae'r gân braidd yn felys i chwaeth Raymond – dewis y ddisg i blesio

Harri a Beti wnaeth Raymond, ddim i'w ddifyrru'i hun – ond mae'n edmygu'r dechneg y tu ôl i'r synau melfed.

Yn y pasej mae Harri'n tynnu'r trwser o'r cwdyn. Yna mae'n rhoi'r cwdyn i grogi ar un o'r bachau ar y wal, gan roi'r trwser i orwedd dros ei fraich chwith. Cydia yng ngodre'r ddwy goes a rhoi plwc iddynt a meddwl, Dyna ni. Dechre 'to. Mae'n codi mymryn o fflwff rhwng bys a bawd, yn tynnu cledr ei law dde ar draws y defnydd a chael boddhad o deimlo'i lyfnder, o weld nad yw wedi crychu. 'Dechre 'to.'

Wrth gerdded heibio drws y stydi mae Harri'n oedi a meddwl. Gall adael y trwser yma dros dro a mynd ag ef lan lofft wedyn, pan aiff i'r gwely. Fydd gwynt y pysgod ddim yn cyrraedd y stydi, siawns, ddim os bydd e'n cau'r drws. Serch hynny, wrth edrych eto ar y defnydd a sylwi, yn y goleuni hwyrol sy'n dod trwy'r ffenest, bod yna grychau bach yno wedi'r cyfan, rhai na welodd o'r blaen, mae Harri'n penderfynu mai callach fyddai rhoi'r trwser ar *hanger* pwrpasol, mai difaru wnaiff e fel arall. O'i hongian dros nos a thrwy'r dydd wedyn, efallai y bydd y crychau'n diflannu dan eu pwysau eu hunain, heb orfod defnyddio'r harn.

Ar ôl cyrraedd pen y stâr, mae Harri'n byseddu'r tag diogelwch sy'n ymwthio trwy'r bandyn. Peth braf fyddai cael gwared â hwnna. Hyd yn oed trwy ei grys a'i fest, gallai rhywbeth fel 'na – cylch bach o fetel caled – rwto yn erbyn y croen. Mae Harri'n tynnu ei fys ar hyd y bandyn a cheisio mesur pa mor bell y mae'r botwm yn ymwthio, faint o boen mae hynny'n debyg o'i achosi dros dair neu bedair awr. Ond heb wisgo'r trwser, sut mae ateb y cwestiwn hwnnw? A'i wisgo hefyd, nid dim ond ei drial ymlaen. Mae'n penderfynu cael golwg arall arno ar ôl i Raymond fynd adref. Yn y cyfamser, wrth agor drws ei stafell wely, mae Harri'n ei gysuro'i hun trwy gofio na fydd neb arall yn gwybod am y botwm dirgel. Dim ond gwregys sydd ei angen i'w guddio. Fydd neb ddim callach.

Yr hyn a wêl Harri gyntaf wrth fynd i'w stafell wely yw'r ffenest, ac yn fwyaf arbennig y llenni. Mae un o'r rhain wedi'i chau'n llwyr. Mae godre'r llall wedi cael ei dynnu'n groes a'i adael yn swp anniben ar y sil. Daw llafn o oleuni trwy ran uchaf y ffenest, gan fwrw cysgodion trwm dros y stafell. Wrth roi ei drwser ar gefn y gadair mae Harri'n gweld nad yw drâr y *dressing table* wedi'i chau'n iawn chwaith, ac mae'n cofio. 'Cati . . . Wrth gwrs. Cati.' Wedi agor y llenni mae'n sylwi, trwy'r ffenest, dim ond am eiliad, ar gyffro bach yn y goeden y tu allan, lle mae bronfraith yn magu ei chywion. Mae'n sylwi hefyd, yn y goleuni hwyrol, ar ryw streics seimllyd ar y ffenest. Dyw e ddim wedi gweld y rhain o'r blaen. 'Rhag eich cywilydd.' Dywed y geiriau hyn yn uchel a cheisio gwneud llun yn ei feddwl o'r glanheuwyr ffenestri a feiddiodd adael y fath fochyndra. 'Rhag eich cywilydd, am achub mantais ar hen bensiynwyr.'

Wrth godi'r trwser drachefn a chroesi'r stafell i gyfeiriad y wardrob, mae Harri'n gweld llaw ei wraig yn gorwedd ar y cwrlid. Yna, ar ôl cyfarwyddo â'r cysgodion, mae'n gweld ei phen hefyd, y gwallt yn gylch tywyll, aneglur ar y gobennydd.

'Beti?'

Aiff yn nes a sibrwd eto.

'Beti?'

Does dim amheuaeth nad yw hyn yn rhoi cryn ysgytwad iddo. Ac eto, nid y peth ei hun – nid gweld ei wraig yn y gwely am hanner awr wedi saith y nos – sy'n gyfrifol am yr ysgytwad hwnnw. Mae Beti wedi cael pwl cas – y meigryn, siŵr o fod – a mynd i'r gwely wedyn am nap fach. Cau'r llenni, cau'r llygaid a chysgu nes bod y gwaethaf drosodd, a chysgu'n hirach nag yr oedd hi'n bwriadu ei wneud: mae wedi digwydd o'r blaen, fe ddigwyddith eto. Nid y peth ei hun, felly, ond y ffaith bod y cyfan wedi digwydd heb rybudd, heb neges: dyna sy'n rhoi ysgytwad i Harri.

'Beti?'

Mae Harri'n dweud yr enw ychydig yn uwch y tro hwn, gan obeithio y bydd ei wraig yn dihuno. Mae am egluro wrthi fod ei swper bron â bod yn barod. Ac mae angen iddi fwyta rhywbeth os yw hi wedi bod yn dost trwy'r prynhawn. Tamaid o bysgod, i fagu nerth. Er mai pysgod o'r ffreipan fydd e, a dim saws i'w gael. Oes, mae angen iddi fwyta rhywbeth. Ac mae Raymond yn aros amdani.

Wrth feddwl am Raymond, mae Harri'n sylweddoli bod ganddo broblem arall ar ei ddwylo erbyn hyn. Ymhen ychydig eiliadau bydd rhaid iddo fynd i lawr stâr, agor drws y gegin a dweud, 'Sori, Raymond bach, 'nes i fistêc. Lan lofft o'dd Beti trwy'r amser. Wedi ca'l pwl cas. Bydd hi lawr yn y funud, i ga'l tamed o swper.' A bydd Raymond yn ateb, 'Ond Harri, wedest ti gynne fach . . .' A sut mae egluro hynny? Draw yn nhŷ Emma mae Beti, yn gwarchod ei hwyres. Wedi bod mas trwy'r dydd. Yn torri'i gwallt. Yn siopa 'n dre. A sut mae tynnu'r geiriau hynny'n ôl?

Dyna pam mae Harri'n gadael llonydd i'w wraig. Yn lle mynd at y wardrob a chadw sŵn wrth agor y drws a chwilio am *hanger*, mae'n rhoi'r trwser yn ôl ar gefn y gadair. Hoffai gau'r llenni hefyd. Mae'n difaru eu hagor yn y lle cyntaf. Ond mae'n meddwl wedyn, Na, gwell peidio, jyst rhag ofn. Mae'n cau'r drws y tu ôl iddo, gan droi'r bwlyn yn araf ofalus, fel nad oes dim un glec i'w chlywed. Aiff i'r tŷ bach ar flaenau ei draed.

38

Harri v. Neb

'Wyt ti'n gweld dy hunan yn debyg i Tom Courtenay?' medde Sam Appleby. 'Wyt ti'n teimlo weithie fel 'set ti'n rhedeg yn erbyn y byd?'

Achos dyna i gyd mae Sam yn 'i wbod am redeg yw beth welodd e yn *The Loneliness of the Long Distance Runner*. A dyna'r teip o stori mae e moyn 'da fi hefyd, i roid yn 'i bapur. Wedes i bo' fi ddim wedi dwgyd arian o siop fara a bo' fi ddim wedi bod yn Borstal chwaith, diolch yn fawr. A ta beth, o'n i ddim yn nabod neb o'dd yn rhedeg er mwyn bod ar ben 'i hunan. 'Mynd am y cwmni ŷn ni,' wedes i wrtho fe. 'Dyna pam mae pobol yn mynd i redeg. Am y cwmni.' Achos se dynion isie rhedeg ar ben 'u hunen fydde 'na ddim *harriers* a *athletic clubs* i ga'l ym mhob man, na fydde?

'Sa i wedi bod yn Borstal,' wedes i wrth Sam. 'Ond rwy wedi bod yn y fyddin.'

A falle bo' fi wedi mynd i siarad yn 'y nghyfer wedyn, ond dwi damed gwell o weud celwydd, ydw i? Achos dyna pryd dechreues i redeg o ddifri. Yn y fyddin. O'n i'n lico'r teimlad 'na, pan o'n i'n mynd mas 'da'r platŵn, a phawb yn rhedeg un ar ôl y llall yn un cwt hir. Mae'n beth od hefyd, ond fydden i ddim yn blino gymint pan o'n i'n rhedeg mewn platŵn, serch bo' fi'n cario sach ar 'y nghefen, serch bod bŵts mawr am 'y nhra'd. Cadw 'n llyged ar war y dyn o mla'n i, dyna i gyd o'dd isie i fi neud. 'Dyna'r gyfrinach, Sam, os wyt ti'n whilo cyfrinach.' O'dd pawb yn neud yr un peth hefyd, yn cadw llygad ar y dyn o'i fla'n e, yn gwrando ar stamp 'i dra'd. Fel se 'na raff yn ein clymu ni i gyd. Neb yn ennill. Neb yn colli. 'Gallwch chi fynd mla'n am byth fel 'na,' wedes i. 'Am byth.'

'Yn y fyddin,' wedodd Sam, a cha'l 'i feiro'n barod eto. 'Pwy bart o'r fyddin?'

'Dim ond *National Service*,' wedes i. 'Fel pob un arall.'

Cam gwag o'dd sôn am y fyddin. Achos o'dd 'da rhedeg ddim byd i neud ag e, ddim fel 'ny. Digwydd bod 'na, 'na i gyd. A smo rhedeg 'da'r platŵn damed gwell na rhedeg 'da'r Harriers. Nage dyna beth o'dd 'da fi. Rhedeg *da pobol erill*. Dyna'r pwynt o'n i'n trial neud. Ca'l y ddisgybleth 'na. Y cyd-dynnu.

A wedyn, 'Gwed wrtha i ambwyti Kenya, Harri.' Sy'n profi'r peth. O'dd Sam wedi bod yn siarad 'da Raymond. O'dd Raymond wedi bod yn corddi. O ran sbeit.

'Shwd wyt ti'n gwbod am Kenya?' wedes i.

'Ti wedodd, Harri.'

'Fi?' Achos o'n i ddim wedi gweud gair am Kenya.

'Yn Kenya fuest ti'n ymladd, ife?'

Na, rwy'n siŵr o 'ny. Dim gair. Ddim erio'd. Ddim wrth Sam Appleby. '*National Service*, Sam,' wedes i. 'O'dd pawb yn gorffod mynd i rywle. A fues i ddim yn ymladd.'

Mae hynny'n wir hefyd. Dwi ddim wedi ymladd erio'd. Dim unwaith. Ddim yn Kenya. Ddim yng Nghymru. Ddim yn unman. A dyna'r gwaetha gyda Sam Appleby a'i sort. Maen nhw o hyd yn whilo rhyw stori heblaw'r stori sy gyda chi i roid iddyn nhw. Rhyw stori am ennill a cholli, am y peth gore a'r peth gwaetha. Rhyw ddwli fel 'na. Dyna pam es i i sôn am y Kalenjin.

A byddwch chi'n barnu falle taw siarad yn 'y nghyfer o'dd hwnna hefyd, ond o'n i'n trial tynnu'r sgwrs rownd eto, i siarad am redeg, a dyna beth dda'th i'n feddwl i. Y Kalenjin. Achos bod 'da nhw air am beth o'n i'n trial 'i ddisgrifio, am redeg 'da'ch gilydd.

'*Riri*,' wedes i. 'Dyna beth mae'r Kalenjin yn 'i alw fe. *Riri*. Rhedeg gyda'ch gilydd.' A sgrifennes i fe lawr ar bishyn o bapur, i neud yn siŵr bo' fe'n 'i ga'l e'n gywir.

RIRI

A bydde'n dda 'da fi se gyda ni'n gair ein hunen, i ddangos bo' fe'n wahanol i redeg cyffredin, ond dyna fe. Iaith godro a cheibo a seboni Duw fuodd y Gymra'g erio'd, dim iaith rhedeg.

'Yn erbyn y Kalenjin fuest ti'n ymladd?' wedodd Sam, fel tiwn gron. A buodd raid i fi egluro wrtho fe bod y Kalenjin ar ein hochor ni, bod 'da nhw fwy o gasineb at y Mau Mau na neb arall. A difaru nad o'dd Joe 'ma, i siarad lan drosto i, achos athro hanes o'dd Joe.

'Ar ein hochor *ni*,' wedes i. 'Ein hochor *ni*. Ochor y *Goron*.' A taw f'yna, ymhlith y Kalenjin, dysges i beth o'dd rhedeg o ddifri. Achos dyna beth o'dd testun y pwt 'ma i fod, yndefe? Rhedeg. Raso.

Es i i'r stydi wedyn, i hôl y tabl o'n 'i wedi deipo mas, achos os taw ffeithie o'dd e moyn, fe gele fe'i wala 'da fi. Dyma'r Kalenjin i ti, Sam, wedes i wrtho fe. Llai na thair miliwn o bobol a maen nhw wedi ennill mwy o fedale na neb arall.

Mwy na America. Mwy na Phrydain. Dyna stori fach ddifyr i roid yn dy bapur di, wedes i. Fel se Cymru'n maeddu'r byd! Fel se'r Incredible Wilson wedi dod 'nôl yn fyw!

A dyma'r tabl, i chi ga'l gweld beth welodd Sam, i chi ga'l dangos y ffeithie i bobol sy'n amau beth rwy'n gweud ambwyti'r Kalenjin.

GEMAU OLYMPAIDD 1964-2004
RHEDEG (Dynion)

	Pob Medal	Medalau Aur
Y KALENJIN	30	10
Ethiopia	10	5
Unol Daleithiau America	10	3
Prydain	8	1
Kenya (heblaw'r Kalenjin)	7	4
Morocco	7	3
Yr Almaen	6	1
Y Ffindir	4	3
Seland Newydd	4	2
Tunisia	4	1

O'n i bach yn siomedig 'da 'n hunan hefyd bo' fi ddim wedi rhoi medale Beijing miwn achos do's dim llawer o werth cadw tabl os nag y'ch chi'n 'i ddiweddaru fe'n gyson. Esgeulus o'dd hynny. Didrefen. A gadawes i fe ar y seld wedyn, i atgoffa'n hunan bod isie mynd 'nôl ato fe.

'Gei di rai Beijing fory os wyt ti moyn,' wedes i wrth Sam. A'i weud e'n ddigon clou, yn ddigon sionc, rwy'n credu, iddo fe ga'l deall bod y bwlch 'na wedi ca'l 'n sylw'n barod a bod y ffigure 'da fi'n saff rywle, ond bo' fi'n ddyn bisi a alle fe ddim disgwyl ca'l popeth ar blât dim ond trwy ofyn amdano fe.

'O'dd 'da ti ddryll?'

'Beth?' wedes i, achos o'n i ddim yn deall pam o'dd e'n rhygnu ar y tant hwnnw eto. Fel se fe ddim wedi clywed gair o'n i wedi 'weud am y Kalenjin a Beijing a cha'l y tabl yn gywir iddo fe.

'O'dd 'da ti reiffl o ryw fath?' medde fe. Fel sen i ddim yn gwbod beth o'dd dryll.

'O'dd 'da pob un ddryll,' wedes i. 'Mark Four Lee Enfield.'

Goleuodd 'i wyneb e wrth glywed hynny. 'O's 'na lun i ga'l?' medde fe. 'Llun ohonot ti'n cario dryll? Yn dy iwnifform?'

'Nag o's, Sam,' wedes i. 'Gwarchod y *compound* o'n i, 'na i gyd. Cerdded rownd y ffens. Cadw llygad ar bethe. Gadel i bobol fynd miwn a mas.'

Ydy, mae'n drueni nag o's dim gair 'da ni am *riri*. Achos fe gofies i wedyn. Mynd mas ryw noswaith heulog o haf – fi a phedwar bachan arall – gadel y camp yng Nghwm Gwdi a rhedeg lan Cefn Cwm Llwch i dop Pen-y-fan a sefyll f'yna, a edrych dros y mynydde, dros y cymoedd, draw sha'r môr, a dim gwahanieth 'da ni bod ni mas o wynt, bod ein coese ni'n gwyno, bod ni'n gorffod codi am whech a bod llond bore o *square bashing* i neud wedyn, achos o'dd y bore ddim yn bod, dim ond y pump o' ni ar ben y mynydd a'r byd wrth ein tra'd. Achos *riri* o'dd hwnna hefyd, serch bo' fi ddim wedi clywed y gair eto, serch bo' fi ddim wedi bod yn agos i Affrica. A mae'n drueni hefyd nag o's dim llun o hwnna i ga'l, llun o'r bois i gyd 'da'i gilydd. Bydden i wedi dangos hwnna i Sam.

39

1958 o'dd y flwyddyn fawr yng Nghymru, wedes i wrth Sam. Achos papur Cymreig yw'r *Gazette*, i fod, a o'n i wedi ca'l digon o siarad am Kenya. A dangoses i lun iddo fe o Herb Elliott yn ennill y filltir yn yr Empire Games.

'Yr Arms Park,' wedes i. 'Parc yr Arfau.' A gweud 'ny am fod y lle'n edrych yn wahanol i fel o'dd e pan o'dd gêm rygbi'n ca'l 'i whare, 'da'r trac a'r cwbwl. Trueni na allen i ffindo llun o John Merriman hefyd, achos fe o'dd y Cymro cynta i ennill medal, neu'r cynta i fi wbod amdano. Ond o'dd dim un i ga'l. Dim ond Herb Elliott, a rhaglen 'da sgribls drosti ddi lle o'n i wedi copïo lawr y canlyniade. A'r amlen.

'Co'r stamp,' wedes i. 'Y stamp swyddogol.'

A fe drychodd e ar honna am sbel, ar y ddraig a'r llun o'r frenhines pan o'dd hi'n fenyw ifanc, a darllen mas y geirie wedyn. 'VIth British Empire and Commonwealth Games.' O'n i'n synnu at hynny. Bod nhw'n gallu gwasgu cymint o eirie miwn i le bach fel 'na. Clyfar iawn. Er o'n i ddim yn hapus 'da'r VIth. O'dd hwnna ddim yn dishgwl yn iawn i fi, cymysgu'r Lladin a'r Saesneg. O'n i'n synnu at sgrifen Beti hefyd, sgrifen fach gymen croten ifanc, serch bod hi siŵr o fod yn tynnu am 'i deunaw erbyn 'ny a wedi gadel yr ysgol ers sbel. Sgrifen rhywun o'dd yn trial neud argraff.

'Llythyr at dy frawd, Harri?' gofynnodd Sam, yn fater-o-ffaith i gyd, fel se hawl 'da Sam Appleby ga'l gwbod hanes pawb yn y teulu, dim ond achos bo' fe'n gweitho i bapur newydd. 'Hen lythyr at Raymond, ife?'

Ond o'dd e ddim yn gwbod taw sgrifen Beti o'dd hi, a o'dd dim bwriad 'da fi weud wrtho fe. 'Dim ond yr amlen, Sam. A'r stamp. Sa i'n gwbod ble a'th y llythyr, pwy halodd e.' Dangos yr amlen wag iddo fe wedyn, i brofi'r peth, a throi'n ôl at Herb Elliott. 'Neb yn ca'l ennill mwy na saith gini, cofia. Dyna'r wobor fwya gelen nhw, saith gini. O'dd hyd yn o'd Herb Elliott yn ffaelu ennill mwy na saith gini.' Achos mewn ginis o'n nhw'n prisio pethe yr adeg 'ny. Popeth o bwys. Fe dalech chi bump gini am siwt ddeche. Pump gini. Dim digon i brynu rownd yn y Mason's Arms heddi.

1958. Rwy'n dal i lico'i siâp e hefyd. Y pump a'r wyth 'da'i gilydd fel 'na. 1947 o'dd y flwyddyn fawr i Wilson of the Wizard, ond 1958 o'dd y flwyddyn fawr i fi, sdim dwywaith. Herb Elliott yn ennill yng Nghaerdydd, ras Nos Galan yn dechre lan yn Aberpennar, a finne'n dod yn yr ugen cynta, o'dd yn o lew, yn well na go lew, o gofio bod canno'dd yn rhedeg a finne wedi ca'l codwm wrth droi am Bont Siôn Norton, a gorffod dala macyn wrth 'y mhen am y filltir ola, i stopo'r gwa'd. A phawb yn gweud, 'Iesu, 'co Guto Nyth Brân wedi dod 'nôl o farw'n fyw.' Achos erbyn y diwedd o'dd golwg arna i fel se rhywun wedi mynd amdana i 'da pastwn. Dim llun o hwnna. Diolch byth. Ond y flwyddyn ore, serch 'ny. Y flwyddyn fawr gynta. Pump ar hugen a phopeth o mla'n i.

Wedi 'ny da'th y llythyr at Raymond Selwyn Esq. Ddim bo' fi'n gwbod taw Beti sgrifennodd e. O'n i ddim wedi clywed sôn am Beti yn '58. O'n i ddim wedi meddwl am Raymond fel 'ny chwaith, bod 'da fe ddiddordeb mewn merched, a fynte'n shwt fochyn bach bochgoch, ond do's dim syndod, o's e? O'dd 'da fi 'n lle 'n hunan erbyn hynny, a gwersi i'w paratoi, a *trips* 'da'r plant i'r fan hyn a'r fan arall. A hyd yn o'd pan fydden i'n galw heibo'r hen dŷ i weud helô wrth Mam, bach iawn welen i o'r mochyn, bach iawn glywen i o'i rochian. A sech chi wedi gofyn i fi, – Wel, te, Harri, beth yw'r mochyn i chi erbyn hyn? Ydych chi wedi neud rhagor o *Novenas*? Ydych chi wedi galw ar Dduw i ladd e 'to? – bydden i wedi cochi 'da chywilydd a gweud, 'Twt lol! Gadewes i hwnnw yn 'i dwlc flynydde'n ôl. A gwynt teg ar 'i ôl e!' Dyna'r gwir i chi. Sa i'n cwato dim.

A mae hynny'n dangos pwy mor llithrig mae meddwl dyn yn gallu bod, a pwy mor araf mae'n dod i nabod 'i hunan, heb sôn am bobol erill. Smo dyn ar 'i brifiant yn gweld mor bell â dyn sy wedi cyrra'dd 'i lawn daldra. Synnwyr cyffredin yw hynny. Ddim bo' fi'n deall y peth yn iawn, cofiwch, hyd yn o'd heddi. O'dd y mochyn yn yr hen dwlc o hyd. O'dd hynny rywbeth i neud ag e, falle? Bod y mab ffyddlon wedi gadel gartre i ennill 'i damed a'r mab afradlon, yr hanner mab, yn ca'l sefyll 'co a derbyn maldod 'da'i fam? Digon posib. Ond o'dd yr amlen ar y mat pan agores i ddrws y tŷ, gyda'r *bills* a'r pethach erill. Ble o'dd Raymond? Mas yn chwthu'i sacsoffon, siŵr o fod. Yn practeiso 'da rhyw fand neu'i gilydd, achos 'na beth o'dd yn mynd â'i fryd e erbyn hynny, y sacsoffon. O'dd e mas, ta p'un, a Mam yn pego dillad ar y lein.

Peth od yw hwnna hefyd, pan mae dyn yn ca'l 'i hwpo i gornel, rhwng y cŵn a'r clawdd, a sda fe ddim lle i symud a dim amser i feddwl, achos mae'n llawer mwy tebygol o neud beth sy isie 'i neud wedyn. Dim whilibawan. Dim pwyso a mesur. Dim crafu pen. Gweld 'i gyfle a neud 'i ddyletswydd, achos falle ddeith yr un cyfle arall. A dyna fantais o fod yn bump ar hugen o'd. Y'ch chi ddim yn gweld mor bell. Mae gweld yn rhy bell yn gallu rhewi dyn. Yr hewl yn llusgo mla'n hyd y gorwel. Y tyle serth bydd raid i chi ddringo mewn dwy awr. Stribed las y mynydde wedyn, y mynydde na fyddwch chi byth yn 'u cyrra'dd, sy'n hala chi i feddwl, Pam ddiawl ydw i'n trafferthu? Pam 'nes i ddechre? Na, os y'ch chi am bennu'r ras, rhaid i chi beido rhoi gormod o sylw i'r pethe pell. Cadw'ch llyged ar y llwybyr dan eich tra'd, dyna sy isie. Cadw'ch meddwl ar yr anal hon, dim ond yr anal hon, achos allwch chi byth â anadlu aer fory. Dyna shwt mae cadw i fynd.

Codes i'r llythyr o'r mat a'i agor e a gweld beth o'n i'n amau'n barod. O'dd 'da'r mochyn hwch. O'dd yr hwch yn meddwl y byd o'r mochyn hefyd. Ddim bod hi'n gweud hynny, ddim mewn cymint o eirie, ond o'dd y peth yn amlwg, achos pwy hwch fydde'n gweud bod 'da mochyn 'wên annwyl' a 'llyged caredig' heblaw bod hi'n meddwl y byd ohono fe? Es i â'r llythyr gartre 'da fi wedyn a'i ddarllen e eto. Ac eto. Ei ddarllen e ganwaith. A meddwl, O's, mae 'da hon ddigon o feddwl ohono fe, sdim dowt ambwyti 'ny. Ac eto, do's dim byd fan hyn ond gwefuse a llyged. Cariad yr wyneb. Bues i'n pendroni wedyn tybed o'dd y llyged a'r gwefuse 'ma'n sefyll am rywbeth arall, ond bod y ferch ifanc, ddiniwed 'ma'n ffaelu'i weud e, yn ofan 'i weud e falle, am fod y llythyr yn mynd i dŷ 'i fam, a bydde'r fam 'i hunan, o bosib, yn 'i godi fe o'r mat a mynd ag e at 'i mab, a gofyn, 'Pwy halodd hwn, te, Raymond? O's 'da ti wejen dwi ddim yn gwbod amdani? Mm? Agor e, te. Agor y llythyr i dy fam, iddi ga'l gweld beth sy 'da hi i weud!'

Sgrifennes i gyfeiriad Beti lawr yn 'y nyddiadur. Dodes i'r llythyr mewn amlen arall wedyn a sgrifennu enw a chyfeiriad Raymond arni ddi. 'Nes i 'y ngore i gopïo'i sgrifen hi hefyd, a o'n i'n teimlo bach yn chwithig wrth neud 'ny, achos mae copïo sgrifen rhywun yn hala chi i feddwl bo' chi'n dwgyd rhywbeth, bo' chi'n gwisgo dillad rhywun heb ganiatâd, a dyw hwnna ddim yn beth dymunol, yn enwedig gyda menyw. Ond o'dd hi'n sgrifen go rwydd i'w chopïo, achos sgrifen menyw ifanc o'dd heb ga'l lot o addysg o'dd hi, menyw o'dd yn trial 'i gore glas i blesio, i ga'l y cwbwl mor lân â galle hi.

O'n i'n gwbod wedyn taw dim hwch o'dd Beti. Serch bod hi'n mynd mas 'da mochyn, o'n i'n gwbod o'i sgrifen hi taw dim 'i bai hi o'dd hynny. Gallen i deimlo'r peth yn 'n llaw, wrth bo' fi'n copïo'r 'C' mawr crwn 'na yn 'CARDIFF'. Ac eto wrth weitho'r 'M' yn 'GLAMORGAN', a honna bach yn rhy fawr, achos mae peder llinell i ga'l yn y llythyren 'M' a o'dd Beti wedi hala amser i ga'l pob un yn iawn a dyna beth sy'n digwydd pan y'ch chi'n rhoi gormod o sylw i rywbeth, mae'n tyfu'n fawr yn y pen ac yn fawr ar y papur wedyn. A dyna'r 'GAN', yn mynd ar i lawr tua'r diwedd, oherwydd mae hwnna'n digwydd hefyd, pan y'ch chi'n sgrifennu'n *rhy* araf, yn *rhy* ofalus. O'dd y plant yr un peth. 'Sgrifen strêt, dim sgrifen gam!' A'u hala nhw i ddefnyddio pren mesur, i ga'l dysgu beth o'dd 'sgrifen strêt' yn feddwl. Sgrifen gam o'dd 'da Beti. A dyna shwt o'n i'n gwbod taw dim hwch o'dd hi. Achos o'dd hi'n trial yn rhy galed a o'dd neb wedi dangos iddi shwt i ddefnyddio pren mesur i ga'l 'i llinelle'n syth. Sgrifennes i 'i chyfeiriad yn y dyddiadur a mynd i'r dre i bosto'r llythyr yr eilwaith, fel na fydde Raymond yn gwbod. Ond cadwes i'r amlen achos bod stamp yr Empire Games arni ddi, a dyna pam o'dd e'n dal 'na, yn y bocs, gyda'r toriade i gyd, gyda Herb Elliott.

'Pum deg wyth,' wedes i wrth Sam. 'Blwyddyn fawr i redwyr yng Nghymru.' A mae pawb yn haeddu blwyddyn fawr bob nawr ac yn y man.

40

Dydd Gwener, 21 Mai 2011, 8 o'r gloch yr hwyr

Stwcyn bochgoch yw Raymond, brawd Harri. Er gwaethaf ei ddeng mlynedd a thrigain mae ganddo gnwd o wallt ar ei gorun, yn gwrls bach brith, ac mae wedi cadw'r *sideburns* a dyfodd gyntaf yn y chwedegau. 'O barch i'r hen Sonny Rollins.' Dyna bydd Raymond yn ei ddwued pan fydd pobl yn tynnu sylw atynt. Rhaid iddo egluro wedyn pwy oedd Sonny Rollins, a bod hwnnw wedi tyfu barf yn ddiweddarach. 'Dim ond *sideburns* o'dd 'da fe pan weles i fe, cofiwch.' A dyna gyfle iddo hel atgofion am un o'i arwyr ar y sacs.

Wrth edrych ar y ddau frawd yn eistedd o bobtu'r ford byddai'n anodd dirnad, ar y dechrau, unrhyw debygrwydd rhyngddynt. Dim ond trwy fynd yn nes, ac yna astudio'r hen luniau du a gwyn ar y seld, y byddai rhywun yn dyfalu, efallai, bod y ddau wedi etifeddu gwefusau llawn eu mam. Byddai rhywun oedd wedi nabod y fam hefyd, o bosibl, yn sylwi ar y ffordd y maen nhw'n gwyro'r pen ychydig tua'r chwith wrth siarad; ar y ffordd mae'r naill a'r llall wedi rhoi ei napcyn yn ei goler, ac yn gadael ei fforc a'i gyllell ar y plât wrth gnoi pob cegaid, am mai dyna sut y cawsant eu magu. Fyddai neb yn cofio'r tad. Hyd yn oed o edrych ar y seld, fyddai neb ddim callach, oherwydd dyn yn lifrai'r fyddin a welir yno, ac mae dyn wedi'i wisgo felly yn debyg i bawb.

'Pysgod yn ffein.'

Mae Harri'n siglo ei ben. 'Bach yn sych . . . Bydde . . .' Mae am ddweud, 'Bydde Beti wedi neud sos,' a gweld sut y byddai Raymond yn ymateb. Ond dyw e ddim yn dymuno crybwyll enw ei wraig, ddim o dan yr amgylchiadau presennol, a hithau'n cysgu'n sownd uwch eu pennau. Yn lle hynny, mae'n dweud, 'Bydden i wedi ca'l bach o bersli i fynd gydag e, ond o'dd dim ar ôl.' Mae Raymond yn gwneud ystum â'i law i ddangos nad yw'n hidio dim am y diffyg persli, ac yn edrych allan trwy'r ffenest.

'*Dahlias* yn dod yn o lew 'da ti.'

Mae Harri'n edrych trwy'r ffenest hefyd a nodio'i ben. 'Y malwod yn bla eleni, 'da'r glaw i gyd.' Mae'n cymryd tafell o fara o'r plât ar ganol y ford a thaenu menyn arno. 'Bara tene ar y diawl.'

'Mm?'

'Y bara 'ma . . . Yn mynd yn dwlle i gyd.'

'Isie twymo'r menyn.'

Mae Harri'n cnoi cornel y bara a siglo ei ben. 'Ddim yn para wedyn.'

'Ddim yn para?'

'Smo'r menyn yn para cystal. Ddim os wyt ti'n 'i dwymo fe.'

Mae Raymond yn torri taten, yn rhoi ei hanner yn ei geg, ac yn llio'r menyn oddi ar ei wefusau. 'Ddim y cwbwl.'

'Beth?'

'Sdim isie twymo'r cwbwl. Tamed bach, 'na i gyd. Gymint â sy isie.'

Mae Harri'n ystyried hyn. Daw llun i'w feddwl o'i fam yn rhoi clap o fenyn ar blât o flaen y *range* yn y gegin slawer dydd. Mae'n cofio sut roedd y menyn yn chwysu, yn cofio gweld y diferion bach ar yr ochr a gwybod ei bod hi'n bryd ei droi'r ffordd arall. A byddai'n well ganddi 'i roi ar y pentan, lle roedd llai o wres ond byddai'r gwres hwnnw'n mynd trwy'r menyn i gyd, nid dim ond un ochr. Ond doedd hynny'n dda i ddim os oeddech chi ar hast i ddala'r bws i'r ysgol ac yn ceisio gwneud eich brechdanau.

'Gas 'da fi *marj*.'

Mae Raymond yn nodio ei ben. 'Mae'n rhwyddach, cofia.'

'Iachach hefyd. Ond sa i'n lico fe. Sa i'n lico'r blas.'

'Mae'n well nag o'dd e.'

Mae Harri'n taflu golwg amheus ar ei frawd. 'Pryd?'

'Beth?'

'Ti'n gweud bo' fe'n well nag o'dd e. Yn well nag o'dd e pryd?'

'Stork. Dyna un i ti. Hwnna o'dd y cynta.'

'Stork?'

'Stork Margarine.'

'Mae Stork i ga'l o hyd, achan. Ti'n gallu prynu Stork heddi. Maen nhw'n gwerthu Stork yn Tesco's.'

'Dyw e ddim yr un peth. Dyw e ddim yr un peth â Stork slawer dydd.'

Ac mae hyn yn well na siarad am Beti, na meddwl am Beti, na meddwl pryd ar y ddaear aeth hi i'r gwely, a beth wnaeth hi cyn hynny, a beth wnaeth hi ar ôl dod yn ôl o gael ei gwallt wedi'i dorri, a pham yn y byd na fyddai hi wedi sgrifennu neges fach cyn iddi fynd i'r gwely, fel byddai Harri'n deall ei bod hi'n dost?

'Ti sy wedi newid, achan. Ti sy'n tasto pethe'n wahanol. Dyna beth sy'n digwydd pan ti'n mynd yn hen. Mae pethe'n tasto'n wahanol.'

41

Harri Selwyn v. Raymond Selwyn

'Brian James o Benrhiwceiber,' wedes i wrth Sam a phwyntio at y llun.

'Ie, ie. Brian James,' medde fe, yn esgus gwbod pethe.

1959 y tro hwn. Maendy eto. Dim ond llun, achos o'n i ddim yn rhedeg, dim ond gwylio, a o'n i moyn ca'l llun o'r bechgyn i gyd cyn bod Brian yn mynd i Ganada. O'dd Brian a fi yn sefyll yn y rhes fla'n, gyda Clive Phillips a Dave Pugh. Ron Jones o'dd yn y cefen 'da rhywun arall, sa i'n cofio'i enw fe nawr – Steve rhywbeth neu'i gilydd – a Chris

Suddaby ar y pen, a gwên fel gât 'da fe, achos o'dd rhywun wedi gweud gele fe gusan 'da'r ffotograffydd se fe'n gwenu'n deidi.

'Beti dynnodd hwn,' wedes i wrth Sam. 'O'dd dim lot o ferched yn tynnu llunie yr adeg 'ny.' Tries i gofio a o'dd Beti'n wherthin hefyd, tu ôl i'r camera. A meddwl, na, ddim o fla'n y dynion i gyd. Fydde Beti ddim wedi wherthin ar jôc fel 'na o fla'n y dynion, a hithe newydd ddechre mynd mas i weitho wrth 'i hunan.

'O'ch chi gyda'ch gilydd erbyn hynny, Harri?' medde Sam. 'Ti a Beti . . . O'ch chi'n briod erbyn 'ny?' O'n i'n difaru gweud dim wedyn, ac yn meddwl, Pam ddiawl mae hwn isie gwbod am Beti?

'Dyna beth o'dd 'i gwaith hi,' wedes i. 'Tynnu llunie. 'Yr un peth â'i thad.' A throi'r llun wedyn, i Sam ga'l gweld yr enw.

H. R. LISTER PHOTOGRAPHER
17 CHURCH ROAD, RHIWBINA, CARDIFF
Weddings, Portraits, Schools, Commercial

Peth dwl i neud hefyd, troi'r llun fel 'na, ond dyna fe, wedi neud e, o'dd rhaid i fi siarad am dad Beti am sbel wedyn. 'H. R. Lister. Harri o'dd hwnnw hefyd . . . Harri Lister . . . Digon o Harris i ga'l ambwyti'r lle'r adeg 'ny. Peth dwl i neud. A'th e mla'n i ofyn o'dd 'da fi lunie o bawb 'da'i gilydd. Beti a fi a mamis a dadis pawb. A gorffod i fi fynd i whilo rheina wedyn, i gadw fe'n hapus.

A dyna pam rwy am roi'r ffeithie i chi, rhag ofan bod Sam yn ca'l gafel ar hanner y stori a neud cawlach ohoni. Achos o'dd e siŵr o fod yn meddwl, Pam bod hwn yn cwato llythyr 'i frawd? Pwy hawl sy 'da fe i neud 'ny?' Felly dyma weud yn blwmp ac yn blaen wrthoch chi *na 'nes i ddim byd 'da'r cyfeiriad 'na.* 'Nes i ddim byd 'da'r amlen chwaith, dim ond 'i rhoid hi i gadw mewn lle saff, achos y stamp.

Bydd hynny'n siom i rai ohonoch chi, rwy'n siŵr, ond beth arall o'ch chi'n ddishgwl? O'ch chi'n meddwl o ddifri bydden i'n dala'r bỳs lan i 17 Church Road a chnoco ar y drws a gofyn i Mrs Lister, 'Alla i weld eich merch chi, os gwelwch chi'n dda, achos mae gen i bethe mawr i weud wrthi am 'i sboner newydd? Gyda llaw, o'ch chi'n gwbod taw mochyn yw e?' A mynd at Beti wedyn a chydio yn 'i llaw hi a gweud, 'Ti'n haeddu gwell na hwnnw, Beti. Dere mas 'da fi. Sda fi ddim cwrls bach mochyn ar 'y mhen, ond myn yffarn i, mae 'da fi lai o floneg ar 'y mola.' Achos os taw fel 'na y'ch chi'n meddwl, y'ch chi ddim tamed gwell na Sam Appleby, yn whilo stori arall idd'i bapur e.

Na, rwy'n siŵr bo' chi'n fwy call na 'ny. Fel arall, fyddech chi ddim wedi trafferthu darllen mor bell â hyn, na fyddech chi? Byddech chi wedi troi at y *Sun* a'r *Mail* a'r *Gazette*. Bwyd llwy yn lle pryd maethlon. *Fizz* bach ar y tafod yn lle bola llawn.

Es i ddim i Church Road, Rhiwbeina. Ond fe ddele Beti i dŷ Mam yn ddigon aml. Wrth gwrs 'ny. Dyna le o'dd 'i mochyn bach yn byw. A phob hyn a hyn bydden ni'n gweld ein gilydd f'yna, Beti a fi, dim ond am ryw bum munud bach, pan o'n nhw'n ca'l 'u hunen yn barod i fynd mas. Bydde Raymond yn mynd â Beti i glywed 'i fand e'n whare, neu i weld rhyw ffilm neu'i gilydd. *Ben-Hur* neu *North West Frontier* neu *Some Like It Hot.* Ydw, rwy'n 'u cofio nhw, rhai o' nhw, achos bydde Raymond wastad yn gweud wrth Mam beth o'dd mla'n cyn iddyn nhw fynd trwy'r drws.

A gweud digon ar ôl dod gartre wedi 'ny hefyd, fel se fe'n gorffod profi ble o'n nhw wedi bod. O'n i'n amau wedyn a fuon nhw'n agos i sinema trwy'r misoedd hynny i gyd. Mae rhai pobol yn gor-wneud pethe weithie.

Ta waeth, dim ond gweud 'Helô' wrth fynd heibo fydde Beti a fi'r adeg 'ny. Finne'n dod miwn a hithe'n mynd mas. Neu Beti'n dod miwn a finne'n mynd sha thre, ar ôl gwrando ar beth o'dd Katherine Hepburn neu Elizabeth Taylor neu Montgomery Clift wedi bod yn neud. Achos o'dd Beti'n dotio ar Montgomery Clift. A dyna un arall i chi. *From Here to Eternity*. I ddangos bo' fi'n cofio pethe, bo' chi'n ca'l y ffeithie. Raymond o'dd yn neud y siarad i gyd, cofiwch, achos o'dd gormod o swildod ar Beti. O'dd hynny'n neud i fi amau hefyd – y ffordd bydde hi'n sefyll 'na yn 'i chot law, yn gwenu, yn llygadu'r patrwm ar y carped, yn whare 'da'i bysedd, tra bo Raymond yn brygowthan. Yn rhy swil o'r hanner.

A'th whech mis heibo fel hyn, yn llawn ffilmie a whare 'da bysedd. Yna a'th Raymond bant i neud 'i wasanaeth milwrol. Tipyn o syndod o'dd hynny, bod y fyddin wedi'i dderbyn e, o gofio'i fola mawr a'i dra'd fflat. O'n i'n becso hefyd bydden nhw'n ca'l gwared â *National Service* yn gyfan gwbwl, cyn i Raymond ga'l 'i dro. A'th lot o bobol yn uchel 'u cloch ambwyti'r peth yr adeg 'ny. Y'ch chi'n cofio Barbara Castle? Dyna un i chi. Ond da'th trwbwl yn Aden wedyn, a Iraq a Libya a Cyprus a chwpwl o lefydd erill, a o'n nhw siŵr o fod yn meddwl, Wel, well i ni ga'l cwpwl o soldiwrs wrth gefen, jyst rhag ofan. Tynnwn ni'r hen Raymond Selwyn 'na miwn. Dysgith hwnna wers iddyn nhw!

Halodd e lun o'i hunan mewn iwnifform hefyd, fe a'i blatŵn draw yn Pirbright. I Pirbright a'th e, dim i Aberhonddu. Sa i'n gwbod pam. O'dd dim dal ble o'dd pobol yn ca'l 'u hala. O'dd Mam ddim yn lico 'ny achos o'dd hi'n fwy anodd iddo fe ddod gartre o f'yna, a o'dd hi moyn sgrifennu llythyr at yr MOD i gwyno. O'dd Beti yn 'i dagre. Na, mae'n flin 'da fi. Roedd 'i llyged hi'n goch. O'dd Beti'n llawer rhy swil i lefen o fla'n pobol erill.

Nawr te, se Sam Appleby yn gweud y stori 'ma bydde fe moyn gwasgu'r cwbwl i gyd i ddou gant o eirie. Paragraff bach mewn print bras ar y dechre yn gweud shwt bâr dedwydd o'dd y Milwr a'i Ddyweddi a chymint o sioc mae pawb wedi'i cha'l o'u gweld nhw'n gwahanu. Cwpwl o sylwade 'da'r Milwr 'i hunan wedyn: 'Sa i'n gwbod shwt galle fe . . . Fy mrawd fy hunan . . .' Rhyw glaps am fywyd carwriaethol y brawd hwnnw wedyn. *'Not a stranger to scandal . . .'* A bennu 'da tro bach smala yn y gynffon, am bwy mor whit-what yw cariadon ifanc. 'Pwy a ŵyr hynt y galon?' Rhywbeth fel 'na. A dyddiad y briodas. Achos mae pawb yn lico priodas.

Ond celwydd fydde hwnna. 'Nes i ddim byd. Dim byd o gwbwl. Es i ddim i Church Road. Wedes i'r un gair wrth Mr a Mrs Lister. A pan a'th Raymond bant, wedes i ddim bw na ba wrth Beti chwaith. 'Nes i ddim byd. A fe 'nes i fe drosodd a throsodd. Beth mae hynny'n feddwl, y'ch chi'n gofyn. Shwt mae dyn yn gallu neud dim byd drosodd a throsodd? Dim yw dim, nage fe? Allwch byth â cha'l mwy o ddim. Mae'r Harri Selwyn 'ma yn malu cachu 'to.

Malu cachu? Rwy wedi gweud wrthoch chi o'r bla'n bod sawl math o ddim i ga'l. Wel, dyma enghraifft i chi.

Da'th Beti draw i dŷ Mam ryw wthnos ar ôl i Raymond fynd i Pirbright, i ga'l clonc, i gymharu'r llythyron o'n nhw wedi 'u ca'l 'da fe.

'Wedodd e fod disgwyl iddo fe godi am whech . . .'

'A neud dril trwy'r bore . . .'

'A gorffod iddo fe dorri'i wallt . . .'

'Ei gwrls e! Ei gwrls i gyd wedi mynd!'

A wherthin, achos o'dd Raymond wedi hala llun ohono fe a dou o'i fêts newydd yn lifrai'r fyddin a o'dd Mam a Beti'n meddwl bo' fe'n edrych mor *cute* a mor *handsome*, er gwaetha colli'i gwrls. Dda'th Beti ddim â'i llythyr hi. O'dd hi ddim isie i Mam weld y pethe preifat, siŵr o fod, a'r SWALK ar yr amlen. Ond darllenodd hi'r pishys gweddus mas, achos o'dd y cwbwl ar gof 'da hi. Darllenodd Mam bob dot a choma o'i llythyr hi, wrth gwrs, a stopo bob hyn a hyn pan o'dd hi ddim yn deall rhywbeth. 'Beth yw *jankers*, Harri?' A throi ata i am eglurhad, achos o'n i wedi bod trwyddo fe 'n hunan, a wedi egluro o'r bla'n hefyd, ond o'dd hi wedi anghofio achos o'dd cymint o flynydde wedi mynd heibo.

'Gobeitho bydd e'n iawn,' wedodd Beti. Cydies yn y llun a gwenu. 'Bydd e'n iawn, Beti . . . Gelli di weld wrth 'i wyneb e . . . Mae e wedi setlo miwn yn burion.' Dyna i gyd. A mynd i neud dishgled i bawb.

Dyma enghraifft arall i chi. Fis yn ddiweddarach da'th Beti draw i'r ysgol 'da'i thad i dynnu llunie – pob dosbarth yn 'i dro, o *Standard I* i *Standard IV*, a'r portreade unigol wedyn. Y Prifathro ddewisodd y Listers i dynnu'r llunie, cofiwch: o'dd 'da fi ddim byd i neud â'r peth, heblaw crybwyll wrth Mam faint o'dd y rhai dwetha wedi'i godi, a bod hwnna'n grocbris, a mofyn prisie 'da ffotograffwyr erill wedyn. A wedodd Mam rywbeth wrth Beti? A wedodd Beti wrth 'i thad? O'dd hynny ddim o 'musnes i. Mr Lister gath y *job*. Hales i dipyn o amser 'da Beti y diwrnod hwnnw, diwrnod tynnu'r llunie, ond fuon ni ddim yn siarad llawer, achos o'dd pawb mor fisi. Rwy'n cofio gweiddi ar un o'r bechgyn yn y rhes gefen achos o'dd e'n lapan 'da'i ffrind yn lle edrych ar y camera. Helpes i groten fach i glymu'i gwallt hi'n ôl wedyn, cyn i Beti dynnu llun ohoni. A mofyn dŵr i un arall, achos o'dd hi'n dwym. Rhoi llaw ar 'i thalcen a gofyn iddi o'dd hi'n teimlo'n dost. 'Nes i beth o'dd disgwyl i fi neud, dim mwy, dim llai.

Neu falle, erbyn y diwedd, byddech chi'n barnu bo' fi wedi neud bach yn llai na'r disgwyl. Ie, a bach yn fwy hefyd. Ar ôl cwpla tynnu'r llunie, rodes i help llaw i Beti a'i thad i gario'u pethach 'nôl i'r y car. Triumph Herald newydd o'dd hwn, un gwyn a gwyrdd. Smart, hefyd. Trawiadol. 'Duotone,' meddai Mr Lister, wrth sylwi bo' fi'n llygadu'r modur. 'Achos y ddau liw, chwel. Duotone.' Nodies i 'y mhen. Cadwes i wyneb strêt. Dangoses i barch i Mr Lister. A pipo draw ar Beti, a gweld bod hi'n gwenu. 'Duotone,' wedes i. 'Smart iawn.' A pipo arni ddi 'to.

Bach yn llai felly, a bach yn fwy. Ond dim gormod un ffordd na'r llall.

Y tro nesa da'th Beti i dŷ Mam wedodd hi bod hi ddim wedi clywed gair 'da Raymond ers wthnos. Wedes i wrthi am beido becso, o'dd Mam ddim wedi ca'l dim byd chwaith. Ond o'dd hi ddim yn bles. Mae 'da Beti 'i ffordd 'i hunan o edrych arnoch chi pan bod hi ddim yn bles 'da rhywbeth. Bydd hi'n troi'i hwyneb lawr ychydig bach a pipo lan arnoch chi. Dyw hi ddim yn grac, dyw hi ddim yn pwdu, ond mae hi moyn dangos i chi bod hi wedi ca'l bach o siom. Sa i'n gwbod le gath hi'r wep 'na. O'r ffilms, falle. O'dd Marilyn Monroe yn neud e yn *Some Like It Hot.* Hwnna o'dd e, siŵr o fod. Ond gan taw Beti o'dd yn tynnu'r wep, a ddim Marilyn Monroe, o'dd hi'n edrych yn fwy tebyg i Bernadette. Y'ch chi'n cofio *The Song of Bernadette*? Es i i weld honno 'da Mam. Sa i'n cofio pwy o'dd yn whare Bernadette. Jennifer rhywbeth neu'i gilydd. Pipo lan ar Dduw o'dd Bernadette, wrth gwrs, ond o'dd rhywbeth eitha duwiol ambwyti Beti hefyd yr adeg 'ny.

Dyna beth o'dd wedi dala Raymond, sdim dowt 'da fi, y llyged 'na yn pipo lan arno fe. Bernadette yn dala'i Duw bach hi. Achos peth hawdd i ddala yw dyn, hyd yn o'd i groten fach ddiniwed fel Beti. A o'n i'n falch o ga'l gweld y peth hwnnw drost 'n hunan, yr olwg 'na yn y llyged, achos o'n i'n gwbod wedyn beth o'dd yn clymu'r ddou 'da'i gilydd. O'n i'n gwbod bod rhywbeth 'na, rhywbeth cadarn, rhywbeth bydde Raymond yn gweld 'i isie fe se fe'n 'i golli. Achos se hwnna ddim 'na, i beth o'n i'n bradu 'n amser?

O'dd dim ots 'da fi wedyn pan o'dd pobol erill yn gweud, 'Nag yw honna bach yn swil i Raymond? Beth mae e'n 'i weld ynddi hi, gwed?' Achos cofio Bernadette o'n nhwthe hefyd ac yn meddwl, 'Ie, 'na pwy yw Beti. Bernadette arall. Mor wyn â'r eira.' O'dd dim ots pan o'dd Mam yn gweud, 'Ydy, mae hi'n groten neis, sbo . . .' A throi at rywbeth arall wedyn, achos o'dd 'na 'ond' mawr i ddilyn. O'dd dim ots achos o'dd dim un o' nhw wedi gweld y peth arall 'na, yr olwg yn y llyged, yr olwg sy'n gweud wrthoch chi nag o'dd cymint â hynny o wahanieth i ga'l weithie rhwng eich Marilyn Monroes a'ch Bernadettes. Pethe bach fel 'na sy'n dala dyn, ar y dechre. Sy'n 'i dynnu fe miwn. A rwy'n gweud wrthoch chi nawr, se 'da fi ryw awydd, rhyw *inclination* i gwmpo mewn cariad 'da menyw y nosweth 'ny, bydde'r olwg 'na wedi clinsho'r peth.

'Ers faint mae e bant?' wedes i. 'Mis, ife?'

'Whech wthnos,' wedodd Beti.

'O . . . 'Na fe, te . . . A pryd mae e'n mynd i'r Almaen?' Achos i'r Almaen gath e 'i bosto wedyn, ar ôl bod yn Pirbright.

'Ddiwedd y mis,' wedodd hi. Da'th yr olwg 'na wedyn. Yr wyneb yn edrych lawr, y llyged yn pipo lan.

'Wel dyna fe te,' wedes i. 'Mae 'da fe lot fawr ar 'i feddwl e . . . Deith rhywbeth 'to, cei di weld . . . Fory, falle . . . Neu drennydd.' Pipo'n ôl arni ddi wedyn. Oedi am eiliad. Cynnig gwên fach. 'Dyw e ddim . . . Fuodd e rio'd yn . . . Sdim drwg yn y dyn, ti'n deall, ond . . .'

Un enghraifft arall i gloi. Da'th Raymond 'nôl gartre am wthnos o wylie cyn mynd i'r Almaen. Elon ni lawr i'r Royal am bryd o fwyd: Mam, Beti, Raymond, fi a Yvonne, y groten o'n i'n mynd mas 'da hi ar y pryd. Mynd i'r Royal achos llefydd fel 'na o'dd pobol yn arfer mynd iddyn nhw slawer dydd, cyn bod *Indians* a *Chinese* a'r rheiny i ga'l. Pawb yn barod i joio hefyd, achos ddim yn aml fyddech chi'n ca'l mynd mas am bryd, ddim yr adeg 'ny.

'Stecen i fi,' medde Raymond, a gwasgu'i fola. 'Rwy'n starfo.' O'dd e wedi colli pwyse yn Pirbright, a o'dd golwg eitha trwsiadus arno fe hefyd, yn 'i lifrai a'i *crew cut*. O'dd y *Basic Training* wedi neud lles. Dim ond hwb bach o'dd isie wedyn. 'Der â bach o dy hanes i ni, Raymond,' wedes i. A da'th y storis yn llif.

Wedodd Raymond, 'Caewch eich llyged.' A dyna le fuon ni i gyd rownd y ford, yn cau 'n llyged ni, a phob un arall yn y stafell yn wotsho hefyd, yn meddwl, Beth mae rheina'n neud? Beth sy ar dro'd fan hyn? 'Dim pipo!' wedodd Raymond. A dyma fe'n neud pob math o syne wedyn 'da'i ddwylo a'i fforc a'i gyllell a rhyw focs bach o'dd 'da fe yn 'i boced, a sa i'n gwbod beth arall, a gofyn i ni wedyn beth o'dd yn neud y sŵn.

'Beth yw hwn, te . . .? A hwn . . .?'

A phawb yn drysu, achos o'n nhw ddim wedi clywed dyn yn bwrw botyme 'i siaced 'da llwy o'r bla'n, a o'dd hi'n anodd clywed syne bach fel 'na ynghanol y syne erill i gyd, sŵn y *waiters* yn dod trwyddo o'r gegin, sŵn y llestri'n ca'l 'u dodi lawr ar y bordydd. A ta beth, pethe tywyll yw synne heb bo' chi'n defnyddio'ch llyged chi hefyd.

'*Enemy reloading*,' medde Raymond. '*SVT 40, three feet to the left, sir!*' A wedyn, mewn llais Sarjant Major, 'Shwd y'ch chi'n gwbod 'ny, Private Selwyn? Shwd y'ch chi'n gwbod taw'r *SVT 40* yw e?' 'Achos bo' fe'n swno'r un peth â dyn yn bwrw botyme'i siaced 'da llwy, syr!'

A'th pawb i wherthin. '*Night training*,' wedodd Raymond. Mynd mas berfedd nos i ganol coedwig a chau llyged a gwrando. Clywed smic bach, dim ond y smic bach lleia, a gwbod taw cliced dryll o'dd e . . . Neu ife dim ond clawr *mess tin*? Achos mae'r ddou mor debyg. A dyna'r tric i chi. Dysgu gwbod y gwahanieth 'da'ch clustie, dim ond eich clustie. A finne'n porthi'n dawel fach, yn rhoi ambell i broc i'r tân, achos nag o'n i wedi mynd trwy'r un peth 'n hunan? 'A fuest ti . . . ?' 'Ydyn nhw'n dal i . . . ?' Rhyw gwestiyne bach fel 'na, i ga'l Raymond i weud 'i hanes wrthon ni.

A fe glywon ni am y *jazz band* o'dd e wedi dechre whare

ynddo fe. A'r *inventories* di-ben-draw o'dd rhaid iddo fe'u cadw. A'r ffordd o'dd e'n gorffod rhwto *Number 3 Green Blanco* miwn idd'i *kit* i gyd. A shwt bydde dynon yn dod ato fe a gofyn iddo fe sgrifennu llythyron drostyn nhw achos bod nhw'n ffaelu sgrifennu 'u hunen. Llythyron at 'u mame a'u cariadon, ond at 'u cariadon yn bennaf. Ha! A'r pethe o'dd e'n gorffod 'u sgrifennu wedyn! Gredech chi fyth! Y pethe o'dd e'n gorffod 'u sgrifennu at 'u cariadon!

Na'th Beti ddim wherthin ar hwnna.

Ond na, erbyn meddwl, mae'r stori honno'n rhy swnllyd i gloi. Ystyriwch hyn. A'th pythefnos arall heibo. O'dd Raymond wedi mynd i'r Almaen erbyn hynny. Galwodd Beti heibo brynhawn dydd Sul pan o'dd Mam draw 'da Anti Dot, achos bod Wncwl Tom yn dost. Agores i'r drws a'i gweld hi'n sefyll 'na, a golwg ofidus ar 'i hwyneb hi.

'Smo dy fam miwn, ody ddi?'

'Nag yw, Beti.'

Istedd lawr wedyn a gweud bod Raymond wedi gofyn iddi briodi fe. A tawelwch.

'A beth wedest *ti*, Beti?'

'Falle.'

'Falle?'

'Gwnaf, siŵr o fod. 'Na beth wedes i.'

A rhagor o dawelwch.

'Gele fe saith swllt yr wthnos yn fwy se fe'n briod. 'Na beth wedodd e . . . Sen ni'n priodi nawr . . .'

'Mae'n meddwl y byd . . .'

'Saith swllt . . . A wherthin . . . Meddwl taw jôc o'dd y cwbwl.'

Ac eto. Sulgwyn. Flwyddyn yn ddiweddarach. Mam

draw 'da Anti Dot ar ôl i Wncwl Tom farw. Beti wedi dod â phot bach o bersli iddi, i blannu yn yr ardd. 'Rhywbeth bach i godi'i chalon.' Finne'n sefyll yn y gegin, yn aros i'r tegil ferwi, yn edrych trwy'r ffenest. Beti'n istedd wrth y ford, yn darllen y papur. Finne'n ca'l y cwpane lawr o'r silff, yn tynnu'r lla'th o'r ffrij. Beti'n codi wedyn, yn dod draw a rhoi'i llaw dde ar 'n ysgwydd a phwyso'i hwyneb yn erbyn 'y mraich. Finne'n troi. Ei llaw whith yn mynd at yr ysgwydd arall.

'Dala fi, Harri.'

A'r geirie'n dod yn syndod o glir, fel se hi wedi bod yn 'u practeiso. Wedi'u clywed nhw mewn ffilm, falle. Elizabeth Taylor yn gofyn i Montgomery Clift roi cysur iddi. Rhywbeth fel 'na. Fel byddech chi'n dishgwl 'da croten swil fel Beti. O'dd hi wedi torri'i chalon. Pa ots bod hi'n ca'l benthyg y geirie i weud shwt o'dd hi'n teimlo? Mae geirie'n gorffod dod o rywle. Rodes i 'n freichie amdani ddi a 'na le fuon ni'n sefyll am bum munud.

Wedes i ddim gair.

*

O'dd plant yr ysgol yn cadw penbylied slawer dydd. Eu cadw nhw mewn tanc. Bydde dou yn ca'l y job o roi bwyd iddyn nhw, dou arall yn newid y dŵr, a dou arall 'to yn sgrifennu lawr shwt o'n nhw'n newid o ddydd i ddydd. Dim yr un ddou, cofiwch – bydde pawb yn ca'l tro. Cyffro mawr wedyn pan wele rhywun y coese cynta.

'Mae 'da fe goese, syr! Mae 'da fe goese!'

Bydden i'n gofyn iddyn nhw wedyn, 'Ife broga yw hwnna nawr, te?' A phwyntio at y penbwl bach o'dd newydd ga'l 'i goese ôl. Bydde'r plant yn sefyll am sbel a edrych ar y coese bach, a siglo'u penne, a'r siom yn gwmwl dros 'u hwynebe nhw, achos pethe diamynedd yw plant.

Dod 'nôl dranno'th. 'Mae'r gynffon wedi mynd yn llai, syr! Ody e'n froga 'to?'

Ond do's 'da broga ddim cynffon o gwbwl, o's e, blantos? Na, ddim hyd yn o'd un fach. Drennydd, o'dd y coese bla'n yn dechre pipo trwy'r cro'n, yn smotie bach du. Dradwy, o'dd y plant yn gweiddi, 'Mae'r pen wedi newid siâp, syr! A'r llyged! Drychwch ar y llyged, syr.' Wthnos arall, a dyma fi'n gofyn eto: 'Beth sy 'da ni fan hyn, te?' A phawb yn ca'l siom arall, achos 'na le o'dd y broga yn sefyll ar 'i garreg fach, a dim cof o'r hen benbwl yn agos ato fe.

'Pryd?' wedes i. 'Pryd digwyddodd hyn?'

O'dd golwg blanc ar bob un. Ond o'n nhw i gyd yn gwbod bod nhw wedi colli'r eiliad. O'dd yr eiliad wedi digwydd pan o'n nhw gartre, yn cysgu. Neu falle bo' fe wedi digwydd pan o'n nhw yma, yn dysgu sgrifennu sownd, ond o'n nhw'n ffaelu meddwl am ddim byd heblaw clymu'r *w* wrth y *p* a cha'l y llinelle'n syth.

A ta beth, pwy sy â llyged mor graff bo' fe'n gallu gweld co's yn tyfu? Pwy sy â chlust mor fain bo' fe'n gallu clywed yr anal gynta 'na sy'n gweud wrth y byd, Dyma fi, mae 'da fi ysgyfaint nawr, dwi ddim yn benbwl ragor, wy'n froga? Shwt mae clywed y bybl bach o aer yn mynd miwn a dod mas, mynd miwn a dod mas? Clust wrth y geg, pawb yn dawel, cau llyged, a gwrando . . . Ond myn yffarn i, mae isie amynedd sant i ga'l sboto'r anal gynta 'na.

Mae 'na benbylied i ga'l sy'n cymeryd wyth mis i droi'n frogaod. O'n i'n meddwl bo' fi wedi neud yn o lew, a finne wedi bachu Beti mewn blwyddyn a hanner. A 'na'r cwbwl 'nes i o'dd sefyll yn y lle bach hwnnw rhwng bod yn benbwl a bod yn froga, a disgwyl yr eiliad iawn, yr anal gynta. A fe dda'th hi ata i. Ddwy flynedd ynghynt a bydden i wedi meddwl, Wel, mae Duw wedi ateb 'y ngweddi o'r diwedd. Ond cymeriad o'r hen ffilms du a gwyn o'dd Duw a o'dd 'da fi ddim byd i weud wrth hwnnw ragor. Jennifer Jones. 'Na pwy o'dd Bernadette.

Fel rwy'n gweud, se Sam Appleby yn sgrifennu'r stori 'ma bydde fe moyn gwasgu'r cwbwl i ddou gant o eirie – bach o gyffro fan hyn, cwpwl o ddagre fan draw, a galw enwe ar y brawd mawr, yr hen gachgi digywilydd, am ddwgyd cariad 'i frawd bach o filwr. Ond shwt alle fe? Achos do's dim stori i ga'l. Do's dim tystioleth. A pa ddyn papur newydd sy'n mynd i istedd am flwyddyn a hanner, yn troi'i fysedd, yn disgwyl am yr anal gynta 'na?

42

Dydd Gwener, 21 Mai 2011, 8.40 yr hwyr

'Tasto'n wahanol?'

'Ie, tasto'n wahanol.'

'Colli tast, ti'n feddwl?'

'Ei golli fe?'

'T'mod . . . Gorffod ca'l mwy o halen, mwy o bupur, mwy o *ketchup*, mwy o bopeth, achos bo' ti'n ffaelu tasto dy fwyd, achos bo' ti'n ffaelu tasto'r gwahanieth rhwng un peth a'r llall.'

'Fel beth?'

'Mm?'

'Ti'n gweud bo' ti'n ffaelu tasto'r gwahanieth rhwng un peth a'r llall . . . Fel beth? Ffaelu tasto'r gwahanieth rhwng beth a beth?'

'Fel . . . Fel . . .'

Mae Harri a Raymond yn rhannu potelaid o Badger Golden Glory. Edrycha Raymond ar y botel a darllen y geiriau ar y label.

'Fel cwrw.'

'Beth?'

'Gwranda. *An award-winning premium ale, well balanced with distinctive bitterness and a delicate floral peach and melon aroma* . . . Wyt ti'n gallu tasto hwnna? Wyt ti'n gallu tasto'r *floral peach and melon*?'

Mae Harri'n codi ei wydryn a chymryd llymaid, yn troi'r cwrw yn ei geg a llyncu. Mae'n cymryd llymaid arall a siglo ei ben. 'Mae 'na rywbeth . . .' Ac mae'n siarad yn fwy pwyllog na'i frawd, yn fwy tawel, rhag dihuno Beti, oherwydd does wybod beth a ddwedai petai ei wraig yn dod i lawr stâr y funud hon a gofyn iddo, 'Pam na wedest ti rywbeth, Harri? Duw, chi ddim wedi byta'n barod, y'ch chi?' Ond ddim yn rhy dawel chwaith, achos byddai hynny'n swnio'n annaturiol, byddai'n tynnu mwy o sylw. A beth bynnag, mae'r alcohol yn dechrau rhyddhau ei dafod.

'Mae rhywbeth . . . Mae rhywbeth gwahanol ambwyti fe . . . *Peach* wedest ti?'

43

Harri Selwyn v. Raymond Selwyn (2)

Raymond. Raymond sy wedi bod yn siarad â Sam. Yn rhoi syniade yn 'i ben. Sdim esboniad arall.

Mae'n od bo' fe wedi dewis neud e nawr, cofiwch, bo' fe wedi'i adel e i fynd cyhyd, ond dyna fe, sdim dal, o's e? Aros 'i gyfle mae e wedi'i neud ar hyd y blynydde, glei, nes bo' fe'n ffindo rhywun o'dd yn barod i roi clust idd'i glaps a'i sbeng.

Nawr te, gallech chi weud, dyna ddyn bodlon 'i fyd yw'r hen Raymond Selwyn 'na, yn neud swne pert ar 'i sacsoffon, yn gwenu'n serchog ar bawb. Fel 'na fuodd e erio'd, meddan nhw. Babi bach jacôs. A mae 'na rywbeth i weud dros feddwl fel 'ny hefyd, rwy'n siŵr: gweld y gore mewn pobol, maddau'u pechode. Sa i'n gweud llai. 'Na i gyd rwy'n gweud yw hyn – fyddwch chi ddim yn nabod y dyn wedyn. Ddim ond 'i wyneb e fyddwch chi'n 'i nabod. A ddysgwch chi ddim lot am ddyn wrth 'i wyneb e.

Dda'th Raymond ddim 'nôl o'r Almaen. Gath e wbod bod Beti a fi yn eitem a dda'th e ddim 'nôl. Wel, do, fe dda'th e'n ôl o'r Almaen ond dda'th e ddim gartre. A'th e i Loeger i weitho, i Halifax, achos hwnna o'dd y lle mawr ar gyfer concrit, a dyna o'dd 'i waith e, testo concrit. Mynd mor bell â galle fe, fel na fydde raid iddo fe wynebu beth o'dd wedi digwydd, bo' fe wedi colli Beti. Gwynt teg ar 'i ôl e hefyd. Dyna beth wedes i. Achos o'n i'n meddwl bod y mochyn wedi ffindo'i dwlc 'i hunan a bydde fe'n gadel llonydd i ni o'r diwedd.

A dyna beth rhyfedd wedyn bod Raymond wedi dod i'r briodas. Gallwch chi weud, wrth gwrs, taw'r peth rhyfedd o'dd bod ni wedi hala gwahoddiad iddo fe yn y lle cynta, taw Beti a fi o'dd y rhai od, nage Raymond. Ond shwt allen i beido? Beth fydde Mam wedi'i weud? A ta beth, o'n i'n eitha lico neud llun yn 'y meddwl i o Raymond, draw yn Halifax, yn agor yr amlen a gweld y peth yn ddu a gwyn, a gwbod bo' fe wedi colli a bydde Beti yn fwy o Selwyn na buodd hwnnw erio'd. A'i fysedd yn gadel smwjys o ddwst concrit ar y papur. Plentynnaidd? Digon posib, ond rwy wedi addo gweud y gwir wrthoch chi. Na fuoch chi'n blentynnaidd erio'd?

Hwnna o'dd y peth rhyfedda. Cadw draw am ddwy flynedd a dod i'r briodas wedyn, yn llond 'i gro'n, yn uchel 'i gloch. Dod â'i wejen newydd 'da fe hefyd. Margaret druan – 'Call me Mags' – a'i chŵn Labrador hi, llond Jaguar ohonyn nhw, a finne ddim wedi ystyried bod shwt fynd ar goncrit, nes bod y byd yn troi'n goncrit i gyd. A gafel yn 'n llaw i wedyn, a rhoi sws ar foch Beti, a rhoi bob o swllt i'r morynion bach, a strytan ambwyti'r lle fel taw fe o'dd yn priodi, nage fi.

Delon nhw draw i'r tŷ wedyn, fe a Mags. Gwallt cwb gwenyn o'dd 'da hi, yr un peth â phob menyw arall yr adeg 'ny, a o'dd hi'n gwisgo bŵts mawr du hyd at ei thin. 'Wyt ti'n gweitho mewn concrit hefyd?' gofynnes i iddi. Ces i sioc pan wedodd hi bod hi am fod yn *vet*. A'th hi bant i ga'l clonc 'da Beti wedyn achos o'dd Beti'n hoff o'i chŵn a'r peth nesa o'dd y ddwy ohonyn nhw'n pwyso ar Raymond i whare'i sacs yn y parti. Wedodd Mam, "Na neis bod e ddim yn dal dig, yndefe, Harri?' Achos o'dd Mam yn un o'r bobol 'na, rheina sy wastad yn gweld y gore mewn pobol. A dechreues i feddwl, Iesu, ydy hwn wedi ennill eto? Ydy e wedi maeddu fi eto?

Falle taw fi o'dd ar fai. Wedi mynd yn sofft, yr un peth â Mam, a tynnu'n llygad i o' ar y bêl. Ond o'n i ddim yn ystyried bod mochyn yn gallu bod mor gyfrwys, bo' fe'n gallu claddu'i chwerwedd cyhyd. Achos pwy sy'n anadlu miwn heb anadlu mas wedyn? Falle bo' chi'n dda am ddala'ch anal, sa i'n gwbod – wedes i wrthoch chi bo' fi wedi dala'n anal am ddwy funud unwaith? – ond mae pob anal yn dod i stop rywbryd. Dyna pam rwy'n gweud bod Raymond wedi bod yn lapan wrth Sam, achos o'dd e'n ffaelu cadw'r hen aer budur 'na yn 'i fegin ddim mwy, o'dd e bwyti marw isie 'i adel e mas a cha'l bach o awyr iach yn 'i lle. O'dd Sam wrth law, dyna i gyd, i roid y budreddi yn 'i lyfr bach. O's angen gweud mwy?

O's. Dim ond hyn. O'dd rhaid i fi weld y chwerwedd hwnnw dros 'n hunan. Y genfigen. Y golled. Y sicrwydd na fydde Mags Cwb Gwenyn byth yn gallu cymeryd lle Beti, achos cariad cynta o'dd Beti, a do's dim byd cryfach na chariad cynta. A o'dd e wedi'i cholli ddi. Ei cholli ddi am byth. O'dd rhaid i fi weld hwnna i gyd, y golled, y chwerwedd. Ei weld e'n dod mas yn drwch ar 'i anal, yn pardduo'r awyr, yn hala pob man i ddrewi o'i ddrygioni. Fel arall, shwt allen i fod yn siŵr? Achos o'dd e'n fochyn cyfrwys i ryfeddu.

Wedodd e, 'Iawn, sen i wrth fy modd. Ti moyn i fi ddod â'r band hefyd?' Daethon nhw i whare yn y parti wedyn, fe a'i fand, y piano a'r bas a'r dryms a'r cwbwl. A Raymond yn sefyll ar y bla'n gyda'i sacs, a'i anal e ddim yn drewi o gwbwl, yn dod mas yn gwafers i gyd, yn alawon pert, achos 'na beth mae offeryn yn neud 'da'ch anal chi, mae'n dodi gwisg bert amdani, mae'n hala pobol i feddwl taw chi maen nhw'n 'i glywed, ddim yr offeryn. A ninne'n gorffod mynd mas am y ddawns gynta, dim ond ni'n dou, Beti a fi, a neud sioe o'n hunen o fla'n pawb. Dawnsio i gwafers y mochyn.

Ato fe a'th pawb ar y diwedd, i weud diolch, a gadel yr hotel dan hymian 'In the Still of the Night'. Wedodd rhywun, 'Duw, smo'r Harri 'na ddim byd tebyg i ti, Raymond. Ti'n siŵr bo' fe'n perthyn i ti?' A phawb yn credu taw fi o'dd y gwcw yn y nyth. Celwydd o'dd y sacsoffon a'r hen alawon a'r cwbwl. Y melys yn cwato'r chwerw. I sbeito fi.

A'th dwy flynedd heibo, a ffindodd y mochyn a'r cwb gwenyn damed o goncrit Cymreig i blannu'u tra'd ynddo fe. 'Gweld isie gartre,' medde fe. 'Mwy o le i'r cŵn,' medde hithe. '*Roller Compacted Concrete*,' medde fe. 'A *Plasticizers*. Dyna'r dyfodol i chi.' A wedodd Mam, ''Na neis bod y teulu'n ôl 'da'i gilydd 'to, yndefe, Harri?'

I *sbeito* fi.

44

Dydd Gwener, 21 Mai 2011, 8.55 yr hwyr

'Buodd Sam Appleby draw gynne fach.'

'Pwy?'

'Sam Appleby . . . Galwodd e heibo'r prynhawn 'ma . . . I holi am y ras fory.'

'Sam Appleby?'

'O'r *Gazette.*' Mae Harri'n agor potel arall o'r Badger Golden Glory ac arllwys ychydig i wydryn ei frawd. 'Mae'n meddwl bo' fi'n rhy hen.'

'Rhy hen?'

'Yn meddwl bo' fi'n mynd i neud dolur i'n hunan.' Mae Harri'n aros i'r ewyn setlo, yna'n mae'n llenwi gwydryn Raymond ac arllwys y gweddill i'w wydryn ei hun. 'Nag wyt ti'n ofan ca'l dolur? wedodd e. Nag wyt ti'n becso bo' ti'n mynd i neud niwed i dy hunan? Niwed? wedes i. Pwy niwed? Fi wedi bod yn pisho gwa'd ers pan o'n i'n ugen o'd, wedes i. Pisho gwa'd ers cyn i ti ga'l dy eni, achan, a rwy'n dal 'ma i weud yr hanes wrtho ti.'

'Sam Appleby wedest ti?'

'Mm?'

'Y dyn 'ma o'dd yn gweud bo' ti'n rhy hen. Appleby wedest ti?'

'Ie. Sam Appleby. O'r *Gazette.* Pam?'

'Hwnna o'dd yn arfer mynd mas 'da merch Jim Bentley? Y gochen 'na. Beth o'dd 'i henw hi 'to. . . ? *Ffi* . . . *Ffi* rhywbeth.'

'Stephanie, ti'n feddwl?'

'Nage, nage. Dim Stephanie o'dd hi. *Ffi* rhywbeth neu'i gilydd . . . *Ffi* . . .'

'O'dd 'da Stephanie wallt coch.'

'Nage, dim Stephanie. *Ffi* rhywbeth o'dd hi.'

Mae Harri'n defnyddio cyllell i sgrapo'r tameidiau o groen pysgod oddi ar blât ei frawd i'w blât ei hun. Yna, wrth roi un plât ar ben y llall a chodi ar ei draed, mae'n gofyn, mewn llais ffwrdd-â-hi, fel petai'n gwestiwn cwbl ddibwys, 'Ti wedi siarad ag e'n ddiweddar?'

'Siarad ag e? Siarad â pwy?'

'Sam Appleby, achan. Wyt ti wedi'i weld e'n ddiweddar? Wyt ti wedi siarad ag e? Ydy e wedi ffono?'

Mae Raymond yn siglo'i ben. 'I beth fydden i moyn siarad â Sam Appleby?'

45

21 Medi 1962 Cwm Aman 10m

    1 Bob Crabb Glos AC SM 53.02
    2 F. Aspen AH SM 53.13
    3 H. Selwyn Taff Harriers SM 53.26
    4 Tom Jenkins Swansea AC M40 53.28

Rwy wedi pisho gwa'd, wedes i wrth Sam, ond dwi ddim wedi peswch gwa'd. Dim erio'd. Dim diferyn. Achos o'dd e'n holi am 'n iechyd i a'r anafiade o'n i wedi'u ca'l. O'n i wedi gorffod stopo ar ganol ras i ga'l triniaeth? O'dd rhedeg yn mynd yn fwy dansierus wrth bo' fi'n tynnu mla'n? Rhyw ddwli fel 'na. Codes i 'nhro'd a gweud bo' fi'n ca'l bach o ddolur yn yr Achiles bob hyn a hyn, yr un peth â phobun arall, ond bo' fi'n gwbod shwt i reoli fe, bod 'da fi ymarferiade pwrpasol, achos dyna beth o'dd hanner y gwaith gyda rhedeg, gwneud yr ymarferiade. Mwy na hanner y gwaith, os y'ch chi'n ystyried y peth, os ych chi'n meddwl am beth fydde'n digwydd sech chi *ddim* yn 'u gwneud nhw. Ond o'dd 'da fe ddim diddordeb yn hwnna. 'A'r trwyn,' wedes i wedyn. '*Sinusitis.*' O'dd hwnna'n beth digon annymunol hefyd. Ond o'dd 'da fe ddim diddordeb yn y trwyn chwaith. A meddylies i, Wel, fe roda i bach o wa'd i ti, Sam. Bydd dy ddarllenwyr yn lico bach o wa'd.

'Pisho gwa'd,' wedes i wrtho fe. 'Rhedeg mor galed nes bo' fi'n sychu mas a chro'n y bledren yn gwaedu.' Cododd 'i aelie pan glywodd e 'ny, fel sen i'n neud e lan. Wedes i 'Haematuria'. A'i weud e 'to. 'Haematuria'. Sgrifennodd e hwnna lawr yn 'i lyfr e wedyn, achos o'dd e'n lico ca'l enw Lladin i'r peth. O'dd Lladin yn rhoid bach o swanc idd'i stori fe.

'Ddest ti drosto fe wedyn?' wedodd e.

'Naddo, Sam,' wedes i. 'Rwy'n gorwedd f'yna o hyd, mewn clawdd lan ar bwys Gwaun Cae Gurwen. Well i ti siapo, cyn bod y brain yn ca'l gafel arna i.'

Ond 'na beth sy'n digwydd pan mae'r tywydd yn bo'th a chi'n whysu a whysu a ddim yn ca'l digon i yfed. Mae syched y diawl arnoch chi ond y'ch chi'n ffaelu stopyd achos byddech chi'n colli'r ras wedyn. A bydde hynny'n drueni, achos mae'r dyn ar y bla'n yn dechre blino, gallwch chi glywed 'i anal e, a y'ch chi'n meddwl, Iesu, dyma 'y nghyfle i, galla i faeddu hwn. A lan f'yna, ar dop Banc Cwmhelen, a chithe o fewn decllath i'r dyn ar y bla'n, dyna i gyd sy ar eich meddwl chi. Dala lan 'da'r dyn yn y crys melyn. Mae popeth arall yn cilio. Y po'n yn yr Achiles. Y syched. Popeth. Yfed peint yn y Mount Pleasant ar y diwedd wedyn, a peint arall, achos mae dod yn drydydd yn rhywbeth i ddathlu, hyd yn o'd pan o'ch chi'n gobeitho ennill, a mynd i bisho, a'r *urinal* yn goch i gyd, a'r dynon erill yn ca'l haint o weld y gwa'd yn llifo heibo'u tra'd nhw.

Gair o gyngor i chi, os y'ch chi'n meddwl mynd i redeg. Yfwch ddigon o ddŵr. A peidwch pisho cyn dechre. Dyna'r gyfrinach. Y'ch chi'n meddwl bo' fe'n neud lles, bo' chi'n ca'l gwared â bach o falast, ond dim fel 'na mae'n gweitho. Cadw dŵr yn eich pledren sy isie, achos sychu mas neith hi fel arall, unwaith mae'r haul yn llyncu'r whys i gyd. Fel hen ddeilen. Fel broga sy'n ffaelu ffindo'i ffordd 'nôl at yr afon. Sychu mas nes bod cro'n yn rwto'n erbyn cro'n, a'r gwa'd yn llifo.

'Ddest ti drosto fe?' wedodd Sam. Wel wrth gwrs 'ny. Yr hen fwlsyn. Rhoid 'y nhra'd lan am ddiwrnod neu ddou a o'n i mas yn rhedeg 'to, cystal ag erio'd. Ond sa i wedi peswch gwa'd. Na dw. Peth gwahanol yw peswch gwa'd. Peth mawr hefyd, achos smo chi byth yn gwbod ife dim ond peswch annwyd yw e neu beswch rhywbeth gwa'th, a rhaid i chi ga'l 'i wared e, jyst rhag ofan. Fel 'na o'dd hi slawer dydd. Peswch am ddiwrnod yn iawn. Peswch am ddou a bydde Mam yn saco un o socs Dad mewn camffor oel a'i dodi ddi am 'y ngwddwg i a hala fi bant i'r gwely, serch bo' fi ddim yn gallu cysgu fel 'na, ddim yn iawn, achos o'n i'n becso gymint am y *safety pin*, am beth fydde'n digwydd se fe'n agor. Peswch am wthnos a bydde Mam yn gweud, 'Garglo 'da pisho Mam-gu nesa! Garglo 'da pisho Mam-gu!' O'dd hwnna'n ddigon i gadw'r hen beswch draw wedyn, dim ond meddwl am y peth.

Mae Beti wedi peswch gwa'd, cofiwch. Sawl gwaith. Achos ei *asthma* hi. Mae'r peswch yn sgrapo'r gwddwg, a streics bach o wa'd i'w gweld yn y poer wedi 'ny. O'dd e 'na reit o'r dechre. O'dd e 'na ar y noson gynta, ar ôl i'r sacsoffon dewi, ar ôl i bawb fynd sha thre, a Beti a fi yn gorwedd yn y gwely mawr o'n nhw'n 'i gadw i'r parau priod. O'dd Beti ar 'i hochor, â'i chefen ata i, yn trial mygu'r sŵn. Yn tynnu ar 'i *inhaler* wedyn, bob hyn a hyn, i ga'l pum munud o lonydd. A dechre 'to. A finne'n esgus cysgu, yn gorwedd â 'nghefen ati hithe a meddwl, Iesu, rwy wedi ennill hon. Beth yffarn ydw i'n mynd i neud 'da hi nawr?

Dydd Gwener, 21 Mai 2011, 9.10 yr hwyr

'Sori, Raymond, sdim pwdin heno ... Ddim wedi ca'l cyfle ...'

Mae Raymond yn ysgwyd ei ben. 'Sdim isie ...'

'Bananas ... Mae digon o fananas 'da ni.'

'Sdim isie, Harri. Rwy'n llawn.'

'Ti'n siŵr?'

'Hollol siŵr, Harri, diolch yn fawr iawn i ti.'

Ar ôl clirio'r llestri mae Harri'n mynd at y seld a thynnu pac o gardiau allan o'r drâr canol, yn dod â hwn yn ôl at y bwrdd a'i roi i'w frawd. Dyna'r drefn ar y nosweithiau hyn: y gwestai sy'n shyfflo a delio'r cardiau'n gyntaf. Daw'r siarad i ben ac am bum munud mae'r ddau frawd yn canolbwyntio ar ennill *tricks*. Er hynny, mae'n amlwg eu bod nhw'n ymwybodol o'r bwlch wrth eu hochr oherwydd, unwaith neu ddwy, wrth daro carden i lawr, mae'r naill neu'r llall yn oedi er mwyn rhoi cyfle i Beti gymryd ei thro.

'Fydd hi moyn bwyd pan ddeith hi'n ôl?'

'Bwyd?'

'Beti. Pan ddeith hi'n ôl gartre. Ti wedi cadw bwyd iddi?'

Mae Harri'n codi carden o'r pac, yn rhoi tri brenin i lawr ar y ford o'i flaen, yn cymoni'r pum carden sydd ar ôl yn ei ddwrn, yn ysgwyd ei ben. 'Na fydd. Bydd Emma wedi neud bwyd iddi.'

Aiff pum munud arall heibio. Erbyn hyn mae Harri'n ceisio gweithio allan pryd aeth Beti i'r gwely, am faint fuodd hi yno, oherwydd mae Raymond yn llygad 'i le. Bydd angen bwyd arni. Pryd cafodd hi fwyd ddiwetha? A gafodd hi frecwast? A phryd aeth hi'n dost wedyn? Ond mae'r rhain yn gwestiynau rhy annelwig, a'r dystiolaeth yn rhy denau. Oherwydd hynny, mae Harri'n cyfeirio ei feddwl yn hytrach at bethau mwy cadarn, pethau y gall eu hamseru gyda rhyw faint o hyder. Aeth Harri i'r dre am ddeg o'r gloch. Oedd Beti yn y gwely bryd hynny? Oedd. Ffaith. A phan ddaeth e'n ôl wedyn? Ble roedd hi bryd hynny?

'Sawl carden?'

'Mm?'

'Sawl carden tro hyn? Pump, ife?'

Pan ddaeth e'n ôl roedd Beti eisoes wedi mynd mas i gael ei gwallt wedi'i wneud. Oedd. Bownd o fod. Ffaith arall.

'Ti sy'n dewis.'

'Mm?'

'Ti sy'n dewis trymps, Harri.'

Ac wedyn aeth e mas am *jog*. Do. Dyna'r ateb. Rhaid bod Beti wedi dychwelyd pan oedd e mas yn rhedeg. Cyd-ddigwyddiad anffodus, ond dyna ddigwyddodd, does dim dwywaith. Daeth Beti'n ôl o'r dre, wedi blino'n shwps, yn gwybod ei bod hi'n dechrau meigryn, yn gweld y goleuadau 'na tu ôl i'r llygaid, yn cymryd Panadol a mynd yn syth i'r gwely. Faint o'r gloch oedd hynny? Deuddeg? Hanner awr wedi deuddeg? Cyn un o'r gloch, yn bendant, oherwydd roedd e'n eistedd yn y gegin gyda Sam erbyn un. Beth ddigwyddodd wedyn? Cafodd fanana. Daeth Sam Appleby. Dyna i gyd mae'n ei gofio. Banana. Sam. Dyna'r ffeithiau.

'*Diamonds.*'

5 Hydref 1967 Ras y Frenni 8m

1 Phil Marks Pemb AC SM 46.08

2 C. Philpott Milford Harr. M40 46.13

3 H. Selwyn Taff Harriers SM 46.26

4 P. J. Roberts Bridgend AC SM 46.27

Wedodd Beti, 'Ti ddim yn 'y ngharu fi ddim mwy, Harri, wyt ti?'

Fel arfer mae ennill yn ddigon. Ti'n mynd lan i dderbyn dy gwpan, mae rhywun yn tynnu dy lun, mae pwt bach yn y papur wedi 'ny, os wyt ti'n lwcus, a dyna fe. Ti'n ca'l dy hunan yn barod i'r ras nesa. Ond ddim tro hyn. Ddim 'da Beti. O'n i wedi ennill Beti ond o'dd 'da fi ddim syniad beth i neud 'da hi. Tynnu llun, pwt yn y papur, dodi'r cwpan ar y mamplis, a cha'l 'n hunan yn barod i'r ras nesa. Dyna'r drefen. Fel 'na mae hi i fod. Ond o'dd y cwpan hyn yn pallu iste'n llonydd. A o'dd dim ras arall i ga'l.

Draw yn Sir Benfro o'n ni. Crymych. Ras y Frenni. Tywydd uffernol hefyd, y cwrs yn stecs. O'dd hwnna'n eitha siwto fi, cofiwch, achos bo' fi'n ysgafn, achos bo' fi'n dda am sefyll ar 'y nhra'd pan mae pawb arall yn sgido ambwyti'r lle fel . . . fel sa i'n gwbod beth . . . Fel hwyed ar iâ. O'n i wedi rhoi *duct tape* am 'n sgidie i hefyd, achos dyna'r peth gwaetha am redeg yn y mwd, gallwch chi golli'ch sgidie. A beth nelech chi wedyn, sech chi'n colli'ch sgidie? Iawn i'r rhai sy wedi arfer â'r peth, ond dim i fi. Fuodd dim chwant arna i redeg heb sgidie, ddim erio'd, serch bo' fi wedi rhedeg 'da'r Kalenjin. *Duct tape* am fysedd 'y nhra'd i hefyd, i beido ca'l pothelli. Mae'n syndod beth gallwch chi neud 'da bach o *duct tape*. Enilles i ddim cwpan chwaith, ond ges i fedal am ddod yn drydydd.

Wedodd Beti, 'Ti ddim yn 'y ngharu fi ddim mwy, Harri, nag wyt ti?' A finne'n meddwl, Iesu, shwt mae hi'n gwbod hynny? Beth sy wedi newid?

'Pam wyt ti'n gweud 'ny, Beti?'

Siglodd 'i phen. O'dd hi ddim yn gwbod. O'dd hi ddim yn siŵr. 'O'n i jyst yn teimlo . . . O'n i'n teimlo bo' ti wedi . . .'

Drychodd hi lan arna i wedyn yn y ffordd 'na o'dd 'da hi. Gyda'r olwg 'na o'dd yn gallu cyffwrdd â rhywbeth ynoch chi, os o'dd 'da chi ryw *inclination*, a fydde dim ots 'da chi wedyn os nag o'dd hi'n gallu ca'l hyd i'r geirie, achos o'dd yr olwg 'na'n ddigon. O'dd e wedi bod yn ddigon am bum mlynedd hefyd, gallech chi weud, achos os nag o'dd dim *inclination* 'da fi i gwmpo mewn cariad 'da hi, o'dd 'da fi ddigon o reswm dros fynd trwy'r moshwns. Na, allwch chi byth â galw hwnna'n gariad, rwy'n gwbod, ond o'dd e'n neud y tro.

'Yn teimlo bo' fi wedi . . . Beth, Beti? Teimlo bo' fi wedi *beth*?'

Maen nhw'n gweud bod yr awydd i garu yn eitha tebyg i'r peth 'i hunan. Bod lot o bobol yn ffaelu teimlo'r gwahanieth. Mae arnyn nhw gymint o awydd bod mewn cariad nes bo'r awydd yn troi'n ffaith. Maen nhw'n twyllo pawb. Maen nhw'n twyllo'u hunen. A o'n i'n gobeitho taw rhywbeth fel 'na fydde fe rhwng Beti a fi. Ddim bod 'na awydd i garu. Na, *gorffod* caru o'dd hi gyda fi. Gorffod caru, a esgus caru wedyn. Ydy hwnna'n gallu bod yn debyg i'r peth 'i hunan hefyd? Ydych chi'n gallu mynd trwy'r moshwns gymint o weithie, ddydd ar ôl dydd, flwyddyn ar ôl blwyddyn, nes bo' chi'n ffaelu teimlo'r gwahanieth?

Fel sgrifennu sownd. O'dd rhaid i fi bracteiso hwnna'n galed ar y dechre, pan ges i 'n *job* gynta, achos mae sialc a bwrdd du'n wahanol iawn i ffownten pen a phapur. A neud e drosodd a throsodd nes bo' fe'n dod yn ail natur. Achos os nag yw'r athro'n gallu neud e, faint o obaith sy 'da'r plant?

bywoliaeth

Dyna un da i chi. Mae naw llythyren ynddo fe, a mae hynny'n lot mewn un gair. Digon o lan a lawr hefyd. A bues i'n 'u dysgu nhw shwt i ga'l y *b* a'r *y* i gydio'n sownd yn 'i gilydd, a dim gwyn i'w weld yn unman, ddim rhwng y llythyrenne, ddim rhwng dolen a llinell, dim torri mas, a dim cywiro chwaith, achos dyw'r llaw ddim fod codi o'r papur. A sech chi'n agor e mas wedyn, bydde'r tipyn gair hwnnw'n un llinell hir, a fe synnech chi pwy mor hir hefyd,ond mae troedfedd gyfan o inc yn y *bywoliaeth* hwnnw. O's. Troedfedd. Fel hyn.

_____

_____

_____

_____

Ond bydde'n well bo' chi'n neud e eich hunan, ar bapur mawr, i ga'l un llinell hir, achos smo'r papur hyn yn ddigon o led i neud cyfiawnder â'r peth.

Da'th e'n ail natur ar ôl sbel, nes bo' fi ddim yn gorffod paratoi dim, gallen i sgrifennu ar y bwrdd du lawn cystal ag ar bapur. Fel 'na mae caru, o'n i'n meddwl. Fel esgus caru. Gorffod caru. Gweitho'r peth mas ar y dechre a dyfal donc wedyn. Mynd trwy'r moshwns gymint o weithie, ddydd ar ôl dydd, flwyddyn ar ôl blwyddyn, nes bo' fi'n ffaelu gweld y gwahanieth.

Ond a'th pum mlynedd heibo a wedodd hi, 'Ti ddim yn 'y ngharu fi ddim mwy, nag wyt ti, Harri?' Draw yn sir Benfro, ar ôl Ras y Frenni, yn y mwd a'r glaw, a finne'n tynnu'r *duct tape* yn rhydd, yn ca'l 'n hunan yn barod i hôl y fedal, a gwelodd Beti nad o'dd ots 'da fi ddim mwy. Bo' fi hyd yn o'd wedi stopo mynd trwy'r moshwns. Drychodd hi lan arna i gyda'r olwg 'na. Ond o'dd honna'n golygu dim byd chwaith.

'Ddim yn dy garu di?'

'Ddim fel . . .'

'Ddim fel beth, Beti?' Buodd hi'n dawel am sbel wedyn. 'Fel beth?' wedes i eto. A'i weud e braidd yn gwta, falle, ond o'dd disgwyl i fi fynd draw i'r *marquee* i hôl y fedal, o'dd y ffotograffydd yn aros amdanon ni, a mae'n rhaid i chi barchu *etiquette* y pethe 'ma. Da'th yr ateb 'nôl yr un mor gwta.

'Ti ddim yn 'y ngharu fi fel o'dd Raymond yn 'y ngharu fi, Harri. Ti ddim yn 'y ngharu fi *fel 'na*.'

'Fel 'na?'

'Ti wedi mynd yn oer iawn, Harri . . . Fel set ti ddim yn teimlo dim byd.'

Ges i eitha siglad pan glywes i hyn, achos smo dyn yn dishgwl clywed peth fel 'na ynghanol y mwd a'r glaw a'r *marshals* a'r rhedwyr i gyd. Siarad gwely o'dd hyn, i fod. Siarad am garu a theimlo a phethach fel 'ny. Neu siarad dros y ford amser cino, pan y'ch chi'n rhedeg mas o bethe i weud, a mae'r ddou ohonoch chi'n pipo ar yr ardd wedyn i whilo rhywbeth i lanw'r bwlch, rhyw aderyn falle, rhyw flodyn, ond do's gyda chi ddim byd i weud ambwyti adar, na blode chwaith. Dyna pryd mae peth fel 'na'n ca'l 'i weud, pan bod y geire erill yn rhedeg mas a'r tawelwch yn cymryd drosodd. Ges i siglad hefyd achos o'dd y cwbwl mor annisgwyl. Fel se'r broga wedi penderfynu troi'n ôl yn benbwl heb roi gwbod i neb. Wedi colli'i goese a'r cwbwl, wedi tyfu cynffon eto, a finne fel un o'r cryts bach slawer dydd, yn rhy fisi i sylwi.

Mae'n rhaid bo' fi wedi mynd i hôl y fedal wedyn. Sa i'n cofio. Sa i'n cofio dim, heblaw meddwl, Wel, dwi ddim wedi clywed y llais yna o'r blaen. O le da'th hwnna? A trial gweitho mas beth o'dd y caru *fel 'na* o'dd Beti'n sôn amdano. Achos ta beth o'dd e, o'dd isie i fi ga'l gafel arno fe, i neud y *job* yn iawn. Pan ddes i'n ôl wedes i, 'Wrth gwrs bo' fi'n dy garu di, Beti. Rwy'n dy garu di'n fwy na dim.' A dyna beth od. O'n i moyn credu'r peth 'n hunan. Achos os nag o'n i'n caru Beti, shwt allen i weud bo' fi wedi maeddu Raymond? O'dd isie dwgyd Beti yn y galon, nage dim ond yn y gwely.

'Wyt ti, Harri?'

'Ca'l trafferth dangos 'y nheimlade, 'na i gyd. Fel 'na fues i erio'd, Beti . . . Ers i Dad fynd . . .' A siarad yn dawel. Yn herciog.

'Dy dad?'

A tewi wedyn. Dim geirie. Dim dagre chwaith. Dim ond nodio 'y mhen. Achos mae'n well bod yn dawel weithie na siarad yn eich cyfer a neud sioe o bethe. A da'th hwnna'n rhan o'r sgrifennu sownd hefyd. Y tawelwch. Y diffyg geirie. Yr ymatal. Yr oerni. Yr oerni o'dd ddim yn oerni, achos cuddio rhywbeth arall o'dd e, rhywbeth na alle neb ond Beti fynd ato fe a'i dynnu i'r wyneb a theimlo'i wres. Fel 'na mae edrych ar y peth. A o'dd isie i fi gadw'r *nib* ar y papur, fel bod hi'n ffaelu gweld y bwlch rhwng un llythyren a'r llall. Fel se'r cwbwl yn un llinell hir.

O'dd Beti moyn credu hefyd. Wrth gwrs bod hi. A mae moyn credu rhywbeth yn debyg i gredu, am wn i, yr un peth â charu. Rhododd hi'i breichie amdana i a chofleidio'r gwendid ynddo i. A falle bod hi'n caru'r gwendid hwnnw'n fwy na dim byd arall, achos y'ch chi'n gwbod le y'ch chi'n sefyll gyda gwendid, dyw e ddim yn codi'ch gobeithion, dyw e ddim yn eich siomi chi wedyn. Dyna beth yw natur gwendid. Triodd hi garu'n ddigon i ddou ar ôl 'ny. Gweud wrth 'i hunan bo' fi'n ffaelu dod i ben hebddi. Fel un o'i *dahlias* hi. Dodi cansen yn y ddaear i'r planhigyn ga'l tyfu'n syth. Ei glymu fe wedyn, fel na fydde'r pen yn pwyso lawr gormod pan ddele'r blode. A finne'n cyd-fynd, yn gweud, Ie, dyna fuodd 'y ngwendid i erio'd, Beti fach. Ffaelu dangos 'y nheimlade. Derbyn y gansen wedyn, a'r cwlwm a'r trin a'r dwrhau a'r ffwdan i gyd, a thyfu mor syth â gallen i, a chynnig blodyn bach bob hyn a hyn i weud diolch. A hynny i gyd yn rhan o'r sgrifen sownd hefyd.

O'dd hwnna'n rhyw fath o garu wedyn? Dim caru *fel 'na* o'dd e, yn bendant, ta beth o'dd *fel 'na*. Shwt alle fe fod? Ond o'dd e cystal? Yn 'i ffordd 'i hunan, o'dd e cystal â beth o'dd wedi bod rhwng Beti a Raymond? A fydde fe cystal maes o law, o ddal ati'n ddigon hir?

Achos o'dd e'n dda i ddim byd fel arall.

48

Dydd Gwener, 21 Mai 2011, 9.15 yr hwyr

'Well i fi fynd i . . .' Mae Harri'n pwyntio'i fawd at y llestri ar y fainc. 'I ga'l gwared o'r sgraps . . .'

Er mai Harri sy'n siarad, Beti piau'r geiriau hyn oherwydd dyna'r drefn ar nos Wener: ar ôl clirio'r llestri bydd un ai Beti neu Harri'n rhoi'r sbarion yn y bag ailgylchu a'i glymu'n dynn. 'Gwynt pysgod yn mynd trwy'r tŷ fel arall.' Ac wrth fod y naill yn golchi'r llestri budron bydd y llall yn tynnu'r salad ffrwythau o'r oergell neu'r darten afalau o'r ffwrn a'i roi ar y bwrdd. A bydd Raymond yn dweud, 'Mm . . . Dishgwl yn ffein, Beti.' Ond does dim pwdin i'w gael heno a dyna'r rheswm, efallai, pam mae Harri braidd yn hwyr wrth gofio am y llestri a'r sbarion a'r aroglau. Dyna pam mae'n symud mor chwim hefyd, oherwydd mae'n gwybod y bydd Beti'n dod i lawr stâr unrhyw funud ac yn rhyfeddu at yr annibendod ar y fainc. 'A pysgod, Harri. Pysgod!'

Mae Harri'n codi clawr y blwch ailgylchu a defnyddio ochr cyllell i sgrapo gweddillion y pysgod a'r llysiau oddi ar y platiau. Yna mae'n tynnu'r bag allan o'r blwch a'i glymu'n dynn. Nid yw'r bag yn hanner llawn eto, ond does dim help am hynny: dyw dyn ddim gwell o roi sbarion mewn bag ailgylchu a'i adael yn agored wedyn, i'r drewdod ddod allan. Rhaid ei glymu'n dynn, felly, ac yna ei roi mewn bag arall, oherwydd rhyw fagiau bach shimpil sydd i'w cael gan y Cyngor erbyn hyn ar gyfer gwastraff o'r fath.

'Deg mlwydd o'd.'

'Mm?'

'Kenny G . . . Whare'r sacs yn ddeg mlwydd o'd . . .
Dechre whare'r sacs pan o'dd e'n dal yn yr ysgol fach.'
'Mm.'

Ac mae Harri'n golchi'r llestri.

49

10 Mai 1973 Wenallt Round 12m

```
 9 H. Selwyn Taff Harriers V40 1.39.38
10 A. Cronin NAC S 1.39.45
11 W. Williams Rhondda AC S 1.39.47
12 S. Pierce Swansea AC V40 1.40.05
```

'A pryd wyt ti'n meddwl riteiro, Harri?' wedodd Sam ar
y diwedd, a'i feiro yn 'i law, yn barod i sgrifennu'r rhif
yn 'i *notebook*, yn meddwl taw dyna fydde'r ateb. Rhif.
Blwyddyn. 'Wyt ti'n meddwl dathlu dy wyth deg gynta,
cyn i ti roi'r gore iddi?' Fel se 'na ystyr mewn rhif, mewn
oedran. Fel sen ni i gyd yn whare rhyw gêm bingo fawr,
mae'r dyn yn y siaced wen a'r dici bo coch yn tynnu'ch rhif
chi mas o'r *tumbler*, y'ch chi'n gweiddi '*House!*' a dyna fe.
Mae'r fwyell yn dod lawr. Mae'r gêm drosodd.

'A beth nei di wedyn, Harri?' medde fe. 'Beth nei di ar
ôl rhoi'r gore iddi?' Sy'n profi'r peth. O'dd e ddim wedi bod
yn gwrando. Dwy awr o holi ac ateb, o fynd trwy'r llunie, o
edrych ar y canlyniade, a gwrando dim.

'Ti'n edrych mla'n at riteiro, Sam?' wedes i wedyn, achos
ambell waith dyna'r unig ffordd i ateb cwestiwn, trwy dwlu
cwestiwn arall yn ôl. Edrychodd e mas ar y *dahlias* a neud
'O' bach 'da'i wefuse. Fel twll tin cath.

'Ydw, glei.'

'A pryd fyddi di'n ymddeol, Sam? Chwe deg pump, ife?'

'Ie, chwe deg pump,' medde fe. 'Os byw ac iach.' Dyna beth wedodd e. Os byw ac iach. A wherthin wedyn. Wherthin trwy'i floneg. Fel se hwnna'n rhywbeth i wherthin amdano.

'Pam chwe deg pump?' gofynnes i. 'Pam chwe deg pump yn hytrach na chwe deg pedwar? Os nag wyt ti'n rhy hen yn chwe deg pedwar, pam mae popeth yn mynd yn ffliwt erbyn bo' ti'n croesi'r chwe deg pump? Neu'r chwe deg chwech. Neu'r saith deg chwech o ran 'ny.'

'Rhaid stopo'n rhywle,' medde fe.

'Pam?' medde fi.

'Achos . . . Achos . . . '

'Ydyn ni'n stopo plant?'

'Plant?'

'Ie, plant. Ddylen ni fynd mas i'r strydoedd, i'r caeau, i'r tra'th a gweiddi ar y plant am sefyll yn llonydd, bod ni wedi ca'l hen ddigon o'u rhedeg dwl?'

Edrychodd e'n hurt arna i. A o'dd hynny'n ddigon teg, mae'n debyg. Bydden inne wedi edrych yn hurt se rhywun wedi gofyn cwestiwn fel 'na i fi. Stopo plant? Beth ddiawl mae hwn yn lapan ambwyti? Ond o'n i'n cadw'r peth gore lan 'n llawes i. 'Dwi ddim yn saith deg naw, Sam,' wedes i. 'Rwy'n bymtheg a hanner. Dyna beth wy moyn i ti roid yn dy bapur di. Bod Harri Selwyn yn rhedeg 'da'r *Juniors* fory achos bo' fe'n bymtheg a hanner eto. '

'Pymtheg a hanner?' medde fe. A wedyn, '*Fifteen and a half?*' Achos o'dd e siŵr o fod yn meddwl bo' fi'n ffaelu cyfri yn Gymra'g, bo' fi wedi ffwndro a neud camgymeriad. A finne wedi dysgu cyfri i blant bach mwy stwbwrn na fe am ddeugen mlynedd a mwy.

'Pymtheg a hanner,' wedes i. 'A mae bach o wahanieth rhwng pymtheg a hanner a pheder ar bymtheg a thrigen, nag o's e?' I brofi bo' fi'n gwbod y rhife caled. A dangoses i iddo fe wedyn shwt mae mesur oedran yn iawn, shwt mae pawb yn mynd yn iau wrth fynd yn hŷn.

'Pryd o't ti ar dy ore, Sam?'

'Ar 'y ngore?' wedodd e, fel se'r syniad erio'd wedi croesi'i feddwl e.

'T'mod, pan wyt ti'n edrych 'nôl ar dy fywyd, ar flynydde'r addewid, a blynydde'r cyflawni wedyn, a'r blynydde erill hefyd, pan o't ti ddim yn becso am addewid na chyflawni. Beth sy'n sefyll mas? O's 'na ryw atgof sy'n hala ti i weud, Duw, o'dd hwnna'n dda, fuodd hi erio'd cystal â hwnna, ar i lawr a'th pethe wedyn?'

Ond falle bod e ddim yn gwestiwn teg i ofyn i greadur fel Sam Appleby, achos rwy'n amau a fuodd e ar 'i ore erio'd. Neu falle, a bod yn garedig, nag o'dd rhyw lawer o wahanieth, yn achos Sam, rhwng bod ar 'i ore a bod ar 'i waetha. Taw byw ar ryw wastadedd mae pobol fel Sam, heb fynydde ond heb lawer o ddyffrynnoedd chwaith. Gwyn 'u byd. Gân nhw ddim o'u siomi. A ta beth, beth yw ystyr 'bod ar eich gore' i newyddiadurwr? Bo' fe'n sgrifennu mwy o eirie nag erio'd o'r bla'n? Bo' fe'n 'u sgrifennu nhw'n gynt? Bod mwy o bobol yn 'u darllen nhw? O'dd Sam ddim yn gwbod. O'n inne ddim yn gwbod.

'OK, Sam,' wedes i. 'Dyma gwestiwn arall i ti.' Ac o'n i'n fwy carcus y tro hyn. Gofynnes i gwestiwn o'n i'n gwbod yr ateb iddo fe'n barod. Achos o'dd ystadege i ga'l i brofi'r peth. 'Pryd mae *rhedwr* ar 'i ore?' wedes i. 'Gwed bod dyn yn rhedeg y Wenallt Round bob blwyddyn . . .' Achos dyna'r llunie o'n i'n 'u dangos iddo fe ar y pryd: y Wenallt Round, y ras gynta i fi redeg fel *Veteran*. 'Gwed bod dyn yn rhedeg y Wenallt Round bob blwyddyn,' wedes i. 'Pwy oedran fydd e wrth godi ryw fore a gweud wrth 'i wraig, Wel, dyma ni, dyma'r cyfle gore gaf i. Rwy ar y brig. Dringo'r tyle o'n i llynedd. Mynd 'nôl ar y goriwaered fydda i'r flwyddyn nesa. Ond eleni, y bore 'ma, rwy ar y brig. Fydda i byth cystal â hyn eto. Os na enilla i heddi, enilla i byth!'

A'th e i feddwl am sbel wedyn.

'Pryd mae e ar 'i ore?' medde fe.

'Ie, Sam,' medde fi. 'Pryd mae dyn ar 'i ore?'

'Mm,' medde fe, a chroesi'i freichie a drychyd lan ar y nenfwd, fel se'r ateb wedi ca'l 'i sgriblan ar ochor y lampshêd. 'Pump ar hugen!' medde fe'n sydyn. '*Twenty-five!*' A'i weud e'n eitha pendant hefyd. Mor bendant nes bo' fi'n dechre meddwl, Wel, tybed beth na'th hwn pan o'dd e'n bump ar hugen, iddo fe fod mor sicr?

O'dd e'n ddigon agos, digwydd bod. 'Go dda, Sam!' wedes i. A o'n i'n falch o weld yr olwg 'na ar 'i wyneb e pan wedes i taw saith ar hugen o'dd yr ateb. Y wên. Y nod bach. Achos o'dd e'n atgoffa fi o wynebe'r plant slawer dydd, pan o'n nhw'n ateb yn gywir. Mae pob athro'n lico'r wyneb 'na. Mae'n dangos bo' fe'n neud 'i waith e'n iawn. Mae'n dangos hefyd bod hi'n bryd symud mla'n at y cwestiwn nesa, a hwnna'n gwestiwn â bach mwy o awch iddo fe.

'Dyma gwestiwn arall i ti, Sam. Un mwy anodd tro hyn.' O'n i'n gwbod yr ateb i hwnnw hefyd, wrth gwrs, serch bo' fe'n gwestiwn lot mwy cymhleth ac yn mynd yn gro's i bob synnwyr cyffredin, achos mae'n rhaid i athro neud 'i waith cartre cyn bo' fe'n mentro brygowthan, hyd yn o'd o fla'n plant. Dyw e ddim isie ca'l 'i ddala mas gan ryw gryts bach di-wardd. A dyw e ddim isie ca'l 'i ddala mas gan Sam Appleby a'i sort chwaith. Mae hwnna wedi digwydd o'r bla'n a dyw e ddim yn mynd i ddigwydd eto.

'Mae dyn ar 'i ore yn saith ar hugen oed,' wedes i. 'Os nag yw e'n ennill y Wenallt Round yn saith yr ugen, enillith e byth. Ar 'i lawr eith e wedyn. Ond . . . *Ond* . . .' A fe godes i fys i ddangos iddo fe bod y cwestiwn mawr yn dod. '*Ond* . . . Faint o 'ar i lawr' sy isie cyn bo' fe'n rhedeg eto fel o'dd e'n rhedeg yn ddeunaw? Pwy oedran fydd e pan neith e'r Wenallt Round mewn awr a hanner, fel na'th e naw mlynedd yn ôl, pan o'dd e'n gadel yr ysgol a mynd mla'n i'r coleg i whare bod yn ddyn?'

O'dd, o'dd hwnnw'n gwestiwn mwy anodd. A buodd Sam yn crychu'i dalcen am ddwy funud wedyn yn trial gweitho fe mas. O'n i'n gwbod beth fydde fe'n gweud, wrth gwrs, achos o'n i'n deall yn gwmws shwt o'dd 'i feddwl e'n gweitho. O'dd e fel y cryts bach yn yr ysgol, yn meddwl taw dim ond neud syms o'n nhw, bach o adio a thynnu. Os yw dyn ar 'i ore yn 27, pryd fydd e'n 18 eto? Wel, mae'n cymryd naw mlynedd i fynd o 18 i 27. Rhaid bo' fe'n cymryd naw mlynedd i fynd 'nôl 'to. Fel 'na mae plant yn meddwl. A dyna chi. 27 + 9 = 36. Dim ond bod Sam wedi mynd bach yn rhwdlyd 'da'i syms, ac yn gorffod sugno'i feiro a edrych mas ar y *dahlias* a sgriblan ar 'i bishyn o bapur.

'Tri deg chwech, ife, Harri?' wedodd e yn y diwedd, yn ôl y disgwyl.

'*Thirty-six*, Sam? Sy'n meddwl bod dyn yn mynd ar i lawr ar yr un rât â mae e'n mynd lan. Dyna be ti'n feddwl, ife?' Ond o'dd Sam ddim yn gwbod beth o'dd e'n feddwl. Neud syms o'dd Sam, dim byd ond syms. Cododd 'i ysgwyddau. Siglodd 'i ben.

'Chwe deg pump,' wedes i. 'Dy oedran riteiro di. Dyna

pryd mae rhedwr yn mynd 'nôl i fel o'dd e pan o'dd e'n ddeunaw. Chwe deg pump.'

A sen nhw'n gallu rhedeg yn erbyn 'i gilydd, y crwt ifanc a'r hen bensiynwr, ca'l-a-cha'l fydde hi reit tan y diwedd, a'r ddou falle'n bwrw'r tâp yr un pryd. 'Nes i ddeiagram bach, iddo fe ga'l gweld shwt mae amser dyn yn arafu wrth bo' fe'n dod lawr y tyle.

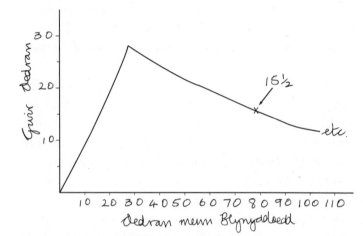

'Y tyle?' wedodd Sam.

'Tyle'i fywyd,' wedes i. 'Tyle amser. Mae tyle amser yn mynd yn llai serth wrth bod y blynydde'n cronni.' O'n i'n lico hwnna hefyd. Bod y blynydde'n cronni. Gair bach neis yw cronni. Llawer gwell na heneiddio. 'Sy'n golygu bo' fi'n bymtheg a hanner eto eleni,' wedes i, a phwyntio at y deiagram, i brofi'r peth. O'dd whant arna i weud bod pymtheg a hanner yn oedran bach go lew i fod i rywun sy'n tynnu am 'i bedwar ugen. Ond wedes i ddim byd, achos sa i'n gwbod ydy'r fformiwla'n altro ar ôl i chi fynd heibo'r chwe deg pump, a sa i wedi ca'l y ffigure 'to, yr ystadege.

Rwy wedi hala bant amdanyn nhw. Rwy wedi sgrifennu llythyr at y Dr Bramble 'na yn Iowa ond sdim ateb wedi dod, a dwi ddim moyn siarad yn 'y nghyfer, ddim nes bo' fi'n gwbod y ffeithie. Falle bydd isie newid y deiagram wedi 'ny.

'Rhaid i ti stopo'n rhywle,' wedodd Sam eto.

'Pam?' wedes i. Achos ble mae rhywle? Allith rhywun 'i ddangos e i fi ar y map? Na, do's dim sens yn y peth. Os y'ch chi'n gorffod stopo ar y ffordd lawr, pam ddiawl nag y'ch chi'n gorffod stopo ar y ffordd lan hefyd? Os y'ch chi'n gweud wrth ddyn fel fi – dyn sy'n cael 'i bymtheg a hanner am yr eildro – bod rhaid iddo fe riteiro, pam nag ych chi'n gweud yr un peth wrth y boi sy'n ca'l 'i bymtheg a hanner am y tro cynta? Mm? Pam bod pymtheg a hanner y boi ifanc yn well na phymtheg a hanner yr hen ddyn? Na, Sam, sda fi ddim syniad ble mae dy 'rywle' di, ond dwi ddim wedi dod ato fe 'to.

Wedes i wrtho fe wedyn, 'Smo ti'n stopo rhedeg achos bo' ti'n mynd yn hen. Ti'n mynd yn hen achos bo' ti'n stopo rhedeg. Dyna'r drwg. Stopo.' Ond sgrifennodd e ddim o hwnna lawr. Rhif o'dd e moyn. Blwyddyn. Oedran. 'Gwed wrthyn nhw bod Harri Selwyn yn bymtheg a hanner os wyt ti moyn dodi rhif lawr.' Dyna beth wedes i wrtho fe. 'Gwed bo' fi'n bymtheg a hanner eto, fel o'n i yn 1948, pan o'n i'n rhedeg dros yr ysgol, pan gelet ti Sherbert Dip am ddime. Pymtheg a hanner a ddim yn meddwl riteiro am sbel 'to!'

50

Harri Selwyn v. Y Mau Mau

Pymtheg a hanner. O'n i'n gwbod bo' fi'n cofio hwnna o rywle. A dyna le o'dd e. Yn y llyfr bach llwyd. *Infantry Platoon Weapons*. Rhwng y *Drill* a'r *Recreational Training*. Achos mae popeth 'da fi yn nhrefen yr wyddor f'yna, yn y stydi.

> *.22 rifle firing is a useful introduction to shooting, in that a recruit can concentrate on aiming and trigger pressing without noise and kick to worry him. But, when he goes on to fire .303, it is important to see that he has not got into bad holding habits, for the kick may make him gun-shy. Boys may not fire .303 until they are 15 ½ years old.*

Peth dwl yw e, rwy'n gwybod, ond o'n i'n gweld hynny'n ofnadw o drist, a finne'n bymtheg a hanner eto, na fydden i'n ca'l saethu'r .303 ddim mwy a bydde'n rhaid mynd 'nôl at ddefnyddio drylle'r cryts bach. Peth dwl, achos saethes i'r un dryll erio'd, heblaw mewn *target practice*. Gwarchod y *compound* o'n i. Cerdded rownd y ffens. Cadw llygad ar bethe. Gadel pobol miwn a mas.

O'n i'n meddwl bydde Sam yn holi am hwnna wedyn. Dechre 'da'r Kalenjin, ca'l y tafod i symud, a holi am bethe erill wedi 'ny. Ti'n gweud taw gwarchod y ffens o't ti, Harri. Wel, shwt ffens o'dd hi, te? Beth o'dd 'i liw hi? Pwy mor uchel o'dd hi? O'dd hi'n bigog? Rhyw hollti blew fel 'na. 'Na'th e ddim. Ond falle neith e 'to, a dyna pam rwy'n gweud wrthoch chi nawr, rhag ofan bod Sam yn saco'i big miwn a thynnu pethe mas o siâp. Achos hen fochyn cyfrwys yw Sam Appleby, yr un peth â Raymond, a sdim dal beth wedith yr un ohonyn nhw.

Gwarchod y ffens o'n i. Dyna i gyd. Dim mwy, dim llai. Tsheco *passes* y *COs* a'r doctoried a'r *padres* a'r dynon o'dd yn dod â'r bwyd o'r dre, a'r lorris wedyn, yn dreifo lan o Mombasa. Tsheco'r cwbwl lot hefyd, serch bo' fi'n gweld rhai bob dydd, yn ca'l peint 'da ambell un wedyn, achos dyna o'dd y drefen f'yna. Trefen y fyddin. A'r patrôls, wrth gwrs. O'dd isie tsheco rheiny hefyd. A dwi ddim yn hiliol na dim byd fel 'ny, ond o'dd rhaid i fi edrych ddwywaith le o'dd y dyn du yn y cwestiwn, achos y'ch chi ddim mor gyfarwydd, ydych chi, a chithe'n dod o ganol yr wynebe gwyn i gyd? Na. A o'ch chi ddim yn gwbod ar bwy ochor o'dd y dyn du'n sefyll chwaith, ddim yr adeg 'ny. O'n nhw'n dwgyd *passes* pobol erill weithie ac o'ch chi ddim callach. Dwgyd *passes* pobol o'n nhw wedi'u lladd.

Kipandes. Dyna beth o'n nhw'n galw'r *passes.* *Kipandes.* Pob un yn gorffod gwisgo un am 'i wddwg. A bydden i'n edrych ar y *Kipande* a meddwl, Iesu, ife hwn yw e? Ife'r un llyged? Yr un geg? Yr un gwallt? A dwi ddim yn hiliol na dim, ond dyna shwt o'dd hi f'yna. O'dd hi'n well pan o'dd y dynon du yn tsheco'i gilydd. O'n nhw'n gallu gweld y gwahanieth. Gadel y patrôls miwn o'dd y peth rhwydda, achos o'n i'n nabod nhw i gyd. A o'n i'n falch bo' fi ddim yn gorffod mynd ar sgowt 'n hunan achos o'n nhw'n fwd hyd 'u tine ar ôl bod bant yn Naivasha neu'r Aberdares neu'r Badlands. Naivasha o'dd y lle gwaetha. Dim ond corsydd o'dd f'yna. Ond lle da am hela'r Micks, medden nhw. Dyna beth o'n nhw'n galw'r Mau Mau. Micks. O'dd hipos i ga'l yn Naivasha, glei. Y lle yn siwto hipos yn well na phobol, weden i. Ond dim eliffantod. Lan yn y gogledd o'dd rheiny, ar y *savannah*. Weles i ddim un eliffant tra o'n i 'na. Na llew.

Dim ond am ddwy awr ar y tro o'n i'n neud e, cofiwch. O'dd hi'n rhy dwym i neud mwy na 'ny. Rhy dwym yn y dydd a rhy oer yn y nos. A dyna fe. Do's dim byd arall i weud.

'O's llun i ga'l?' wedodd e. 'O's llun o beth?' wedes i. 'O's 'na lun ohonoch chi'n rhedeg yn erbyn y bobol Kalenjin 'ma?'

'Rhedeg *gyda*'r Kalenjin fues i, Sam,' wedes i. '*Gyda* nhw, ddim yn 'u herbyn nhw.'

A bydde hwnna wedi bod yn beth da, se llun fel 'na i ga'l. Llun ohono i a rhai o'r Kalenjin yn un o'u pentrefi, yn Eldoret neu Kisumu neu Kapsabet, a phawb yn gwenu ar y camera a'r haul yn sgleinio ar ein hwynebe ni. Jyst i brofi'r peth. Ond o'dd dim byd yn y bocs. Ac erbyn meddwl, sa i'n cofio gweld dim byd chwaith. Falle bod nhw ddim yn ca'l tynnu llunie, ddim o'r fyddin, ddim yr adeg 'ny. Ffindes i lun o Henry Rono wedyn, a o'dd hynny'n well na dim. 'Un o Kapsabet o'dd Rono,' wedes i. A mynd i sôn am Bernard Lagat a Augustine Choge, achos pobol Kapsabet o'dd rheiny hefyd. A sawl un arall. Fel se rhedwyr gore'r byd i gyd yn dod o Cross Hands. 'Mae pawb yn rhedeg f'yna,' wedes i. 'Yn Kapsabet. Yng ngwlad y Kalenjin.'

Ond o'dd Sam ddim callach.

51

Dydd Gwener, 21 Mai 2011, 9.30 yr hwyr

'*Hearts*, wedest ti?'

'*Hearts.*'

'*Hearts* yn iawn 'da fi.'

Mae Harri'n ceisio cofio eto. Cafodd fanana am un. A faint o'r gloch yw hi nawr? Edrycha ar ei watsh. Hanner awr wedi naw. Naw tynnu un. Wyth. Wyth awr a hanner, felly. Wyth awr a hanner yn y gwely. Sy'n amser hir iawn. Afresymol o hir. Hyd yn oed i Beti.

'Becso am yr amser wyt ti, Harri?'

'Na dw, na dw, jyst . . .'

Oni bai ei bod hi wedi codi yn y cyfamser, wrth gwrs. Codi er mwyn cael tamaid i'w fwyta, neu rywbeth i'w yfed, a mynd yn ôl i'r gwely wedyn. Ydy, mae hynny'n bosibl. O'i wneud e ar yr adeg iawn, wrth gwrs. Pan aeth Harri'n ôl i'r dre, er enghraifft. A byddai hynny'n gyd-ddigwyddiad anffodus. Ond sut mae deall y peth fel arall?

'Jyst . . . ?'

'Mm?'

Mae Harri'n ceisio cofio wedyn a aeth e i'r stafell wely ar ôl ei *jog*, oherwydd byddai hynny'n profi'r peth unwaith ac am byth. Mynd i'r stafell wely i hôl dillad glân – sanau, macyn, rhywbeth – agor y drws a'i gweld hi'n gorwedd yno. Ond ei gweld hi *heb* ei gweld hi, wrth gwrs. Ydy hynny'n bosibl? Bod ei lygaid yn gweithio fel camera: mae'r llun wedi'i dynnu ond all neb ei weld nes iddo gael ei ddatblygu? Mae Harri'n ceisio datblygu'r llun hwnnw yn ei feddwl. Mae'n gweld y llenni coch a'r *dressing table*. Mae'n

gweld y wardrob a'r gwely. A yw'r gwely'n wag? Nac yw.
Mae Beti yno. Mae hi yno o hyd yng ngwely'r dychymyg
oherwydd, erbyn hyn, dyw Harri ddim yn gallu meddwl
am y gwely heb fod Beti ynddo, ei gwallt ar y gobennydd,
ei llaw ar y cwrlid.

'Sdim *clubs* 'da ti?'

'Nag o's.'

'Ti'n siŵr?'

'Tair carden sy ar ôl 'da fi, achan.'

52

'Get going you nigs and catch me half a dozen of
those fish.'

The Wizard, 25 May 1946

'Dwy awr bob dydd,' wedes i. 'A dwy awr bob nos.'

A wedodd Sam, 'Peder awr, Harri? Dim ond peder awr?
Wel, mae'n fyd braf ar rai! A beth o't ti'n neud 'da dy hunan
wedi 'ny? Beth o't ti'n neud ar ôl cwpla dy beder awr o lafur
caled?'

O'dd hwnna'n gwestiwn bach digon anodd 'i ateb hefyd,
achos o'n i ddim wedi meddwl amdano fe o'r bla'n. Mae 'na
bethe y'ch chi'n 'u cofio'n rhwydd, y pethe sy'n sefyll mas, y
pethe pwysig, a mae 'na bethe erill wedyn, y manion bethe,
sy'n mynd yn gymysg i gyd. A mae'n syndod faint o'ch
bywyd chi sy'n ca'l 'i lyncu 'da rheina, 'da'r manion bethe.

'Cadw *inventories*,' wedes i wrtho fe. 'Cadw *lists* o'r
pethe o'dd yn dod miwn i'r *compound*.' O'dd hwnna cystal
â dim, i roi ateb i Sam. O'dd *inventories* yn air bach da

hefyd, yn gwynto o'r fyddin. A digwydd bod, o'dd e ddim yn bell ohoni chwaith, achos cadw *inventories* o'n i'n neud am sbel, tua'r diwedd, achos bod 'da fi fwy o addysg na'r lleill. Mwy o drefen hefyd. Mwy o sglein ar y *kit*. Gwell siâp ar 'n sgrifen.

'*Inventories?*' wedodd e. 'Mynd lawr i'r *depot*,' wedes i. 'Tsheco pethe wrth bo' nhw'n dod miwn. Y dillad gwely, y llestri, y powdwr golchi. Pethach fel 'ny. Tico nhw bant wedyn yn yr *Order Book*.' O'dd hwnna'n ddigon tebyg i tsheco *passes*, erbyn meddwl. Neud yn siŵr bod trefen i ga'l. Trefen ar y bobol. Trefen ar y pethe hefyd.

A dyna rywbeth arall o'dd yn debyg rhwng y pethe a'r bobol, o'dd y cwbwl yn ca'l 'i sgrifennu o whith. O'dd Harri Selwyn ddim yn bod, ddim ar bapur. *Selwyn, Harri* gelech chi bob tro. A *Dixon, Arthur*. A *Williams, Byron*. A'r un peth 'da'r nwydde.

    8 *Blankets, grey*
    6 *Overalls, denim, medium*
    10 *Overalls, denim, large*

'Cadw *inventories*,' wedes i wrth Sam. 'A sgrifennu popeth o whith.' O'dd e ddim yn gwbod 'ny, taw fel 'na maen nhw'n sgrifennu pethe lawr yn y fyddin.

Ond dyna beth o'dd fwya od, o'dd gofyn bod ni'n cadw *Inventory of Deficiencies* hefyd. Hwnna o'dd y gair ar dop y papur. *Deficiencies*. O'dd rhaid i ni gadw rhestr o'r pethe o'dd 'na, ond o'dd isie rhestr o'r pethe o'dd *ddim* 'na hefyd. Y pethe o'dd wedi torri, wedi mynd am wâc, wedi ca'l 'u dwgyd. A o'dd hwnna'n fwy anodd, achos o'dd dim byd i weld. O'ch chi'n gorffod gweitho yn ôl beth o'dd pobol yn 'i weud wrthoch chi, beth o'n nhw'n 'i gofio, beth o'dd ar y *list* geloch chi 'da'r dyn dwetha, a dim dal bod honna'n gywir, bod rhywun ddim yn achub mantais, yn tynnu co's.

Mae 'da fi stori fach ambwyti'r *Inventory of Deficiencies*. Nage 'n stori i yw hi, a gweud y gwir, ond stori bachan o'dd yn yr Aberdares 'da fi. Sa i'n cofio'i enw fe. Dewey. Dowey. Rhywbeth fel 'na. Bachan o ochre Pont-y-pŵl. I Portsmouth neu Devonport neu un o'r llefydd glan-môr a'th hwnnw i neud 'i *Basic Training*, a dyna un o'r *jobs* gath e f'yna o'dd cadw'r *Inventory of Deficiencies*. Dyma'i ddiwrnod cynta'n cyrra'dd a'r bachan yn edrych ar y *list* o'dd y *Platoon Sergeant* wedi'i roid iddo fe. 'Cer i whilo rheina, nei di?' Achos o'dd disgwyl i chi fynd ar ôl pethe, os o'n nhw wedi mynd ar goll. Eu cwrso nhw cyn bo' chi'n rhoid ordor miwn am rai newydd. A 'na sioc gath e pan welodd e 'i *Inventory* cynta.

> 1 *ashtray, glass*
> 2 *beakers, plastic*
> 1 *boat, gravy*
> 1 *boat, tug*

Dyna beth wedodd e. *1 boat, tug.* Ond falle bod rhywun yn tynnu'i go's e. Falle taw pethe fel 'na o'n nhw'n rhoid i'r bois newydd i gyd, o ran diawledigrwydd. Alla i ddim gweud. Ond shwt mae colli *tug boat*? A shwt mae 'i whilo fe wedyn?

Erbyn meddwl, rwy'n credu taw dyna'r rheswm ges i aros f'yna, yn y *compound,* yn lle mynd mas ar batrôl 'da'r lleill. Achos o'n i'n dda am gadw *inventories*. O'n nhw'n gallu dibynnu arna i. Dwylo saff, dyna shwt o'n nhw'n meddwl am Harri Selwyn. Dyn o'dd yn neud 'i waith a ddim yn achwyn. Achos bydde neud *lists* trwy'r dydd yn drech na sawl un, sdim dwywaith. Dim pawb sy â'r amynedd i neud *job* fel 'na, ddim trwy'r amser, ddim yn y gwres 'na, a'r pryfed yn pigo dy wyneb, dy goese, dy ddwylo, popeth gallen nhw bigo. 'Gwneud y pethe bychain,' medde'r hen Ddewi. Ond Iesu, mae pethe bychain yn gallu troi'n bethe mawr weithie, hyd yn o'd blancedi a oferôls. Bydde rhai'n danto, garantîd i chi.

A sôn am bethe bychain yn troi'n bethe mawr, dyna fusnes y dwylo i chi. A rwy'n gweud hyn jyst i chi ga'l gwbod, i chi ga'l deall nag o'dd dim ofan sialens arna i nawr ac yn y man, bo' fi'n gallu troi 'n llaw at ryw jobsys bach o'dd yn ots i beth o'dd e'n arfer 'i neud. Ie, a'u gwneud nhw heb achwyn. Da'th platŵn yn ôl o'r Aberdares un tro. O'dd syched rhyfedda arnyn nhw ar ôl bod yn y gwres cyhyd a elon nhw'n syth i'r *mess*. Dodi sach ar y ford wedyn, a photel o Tusker. 'Jobyn bach *extra* i ti, Harri,' wedodd y Sarjant, a dechre ar 'i Tusker 'i hunan. Tusker o'dd y cwrw yn Kenya, a llun eliffant ar y botel. Tusker. Achos y *tusks*. 'Mae deuddeg o'r ffycyrs f'yna,' wedodd y Sarjant. '*Initials* ar bob un. I ti ga'l neud *inventory*.'

Fe 'nes i'r *inventory* hefyd, yr un peth â phob *inventory* arall, achos do's dim gwahanieth yn y bôn, *list* yw *list* ar ddiwedd y dydd. Ond o'dd e'n bwysig bo' fe'n ca'l 'i neud yn gywir, achos o'dd y bois yn ca'l pum swllt am bob un. 5/-. Fel 'na o'dd e'n ca'l 'i sgrifennu lawr slawer dydd. Sy ddim yn lot pan y'ch chi'n ystyried y peth. Y peryglon. O'dd pawb yn gwbod bo' fi'n dda am gadw *lists*, na fydden i byth yn twyllo neb. Sa i'n gweud nag o'dd e'n beth chwithig i neud, cofiwch, i fynd 'nôl i'r *depot* a'u tynnu nhw i gyd mas o'r sach, ond o'ch chi'n gwbod bod 'da chi *job* i neud a cystal i chi glatsho bant achos dyw pethe fel 'na ddim yn para'n hir, ddim yn y gwres.

Eu codi nhw wrth y bys bawd hefyd, 'na beth fydden i'n neud ran fynychaf. O'dd hi ddim yn teimlo mor wael wedyn. Achos dyna'r temtasiwn pan welwch chi law, y'ch chi moyn cydio ynddi hi a gweud rhyw *howdy-do* bach wrth ei pherchennog. Fel 'na gelon ni ein magu, yndefe? I fod yn gwrtais, yn enwedig wrth bobol ddierth. Dyna beth 'nes i 'da'r un gynta hefyd, cydio yn y llaw fel sen i'n mynd i dynnu'r dyn 'i hunan mas o'r sach, 'i godi fe o farw'n fyw, a cha'l sioc y diawl wedyn wrth deimlo pwy mor ysgafn o'dd y creadur, bo' fe'n dod mas mor rhwydd. Achos ddim yn aml bydd dyn yn cydio mewn llaw heb fod pwyse corff tu ôl iddi.

Dyna pam rwy'n gweud taw codi llaw wrth y bys bawd sy ore. Fel codi cwpan wrth 'i glust. Rodes i nhw mas ar y fainc wedyn, yn rhes fach gymen. Darllen AD ar gefen yr un gynta a sgrifennu lawr fel hyn:

Dixon, Arthur, 1 Hand, right.

Darllen BW wedyn a sgrifennu:

Williams, Byron, 2 Hands, right.

Ac yn y bla'n. Llaw dde o'dd pob un, cofiwch. Dyna o'dd y drefen. Sa i'n siŵr pam. Sgrifennu pob un lawr hefyd, a'u ado nhw lan ar y diwedd, i bawb ga'l 'u talu'n deg.

Ddim bod y bois yn *sgrifennu*'u *initials*. Na, ddim fel 'ny. Dim *sgrifennu*. Peth anodd yw ca'l *nib* i weitho ar gro'n. Gorffod iddyn nhw dorri'u *initials* 'da cyllell. Torri cefen y llaw fel bod y cro'n yn pilo'n ôl a'r cig pinc yn dangos o dano fe. *AD*. Na, o'dd hwnna ddim yn beth dymunol i weld, y llythrenne pinc 'na, ddim ar y dechre. Ond o'ch chi'n gwbod bod y bachan wedi marw cyn bod Arthur yn 'u torri nhw. A o'dd e'n haws na dod â'r corff cyfan yn ôl. Se hwnna wedi bod yn wa'th, yn llawer gwa'th. O'dd llaw yn tynnu digon o bryfed, heb sôn am gorff cyfan. O'dd. A ble fydden i wedi'u rhoid nhw i gyd, i neud yr *inventory*?

Es i â nhw draw at yr heddlu wedyn, iddyn nhw ga'l tynnu'r olion bysedd. Twlu'r sach dros 'n ysgwydd a cherdded draw i gwt yr heddlu, yn gywir fel Santa Clos, yn cario'i sached o *doys* i'r plant. Sa i'n gwbod shwt o'n nhw'n tynnu'r olion bysedd, cofiwch, achos o'dd y dwylo i gyd wedi cyffio. Wedi cyffio wrth droi miwn hefyd, fel se pob un yn dala ffon. Sefyll nes bod nhw'n llacio'u gafel, falle. Neu dorri'r bysedd bant. Alla i ddim gweud. O'dd 'da nhw 'u ffordd 'u hunen o neud pethe, siŵr o fod. Dim ond paso pethe draw o'n i'n neud. A chadw cownt.

Dyer. Dyer o'dd 'i enw fe. Y bachan o Bont-y-pŵl. Jim Dyer. Gath e afel yn yr *Inventory of Deficiencies* pan o'n i mas yn gwarchod y ffens a sgrifennu

12 Bastards, no hands, black

Y *Deficiencies*, cofiwch. Achos bod dim o'r cyrff i ga'l, dim ond y dwylo. Rheina o'dd y *Deficiencies*. Y cyrff. O'n i'n falch bo' fi wedi sboto hwnna hefyd, achos fydde'r CSM ddim wedi'i lico fe. Mae 'na dynnu co's, a mae 'na dynnu co's. A fi fydde wedi ca'l y bai.

Pum swllt gelon nhw. Am law. I ddangos bod nhw wedi lladd un o'r Mau Mau. A rwy'n gweud hyn wrthoch chi nawr, i chi ga'l sgrifennu fe lawr ar eich pishyn o bapur, rhag ofan bod Sam Appleby yn ca'l gafel ar y boi Dyer 'na, bod hwnna'n trial gweud yn wahanol. Achos 'na i gyd sy isie ar Sam yw stori. Stori am Harri Selwyn yn sefyll 'co, y gyllell yn 'i law, yn barod i dorri'r llaw bant.

53

Dydd Gwener, 21 Mai 2011, 9.35 yr hwyr

'Ble a'th y *clubs* i gyd, te?'

'Mae'n wahanol.'

'Mm?'

''Da dou yn whare. Mae'n wahanol 'da dim ond dou yn whare.'

'Ddim wedi shyfflo nhw'n iawn. 'Na beth yw e. Mae isie shyfflo nhw'n well.'

Wrth feddwl am law Beti ar y cwrlid mae Harri'n sylweddoli, gydag ysgytwad, nad yw'r ddelwedd honno wedi newid dim ers chwarter wedi naw y bore 'ma. Y bysedd yn cydio yn y defnydd, yn ei dynnu tuag ati. Y gwallt ar y gobennydd, yn gylch tywyll, aneglur. Y tawelwch. Am y tro cyntaf, er ei fod bellach yn y gegin gyda'i frawd ac nid yn y stafell wely, mae Harri'n dod yn ymwybodol o dawelwch llethol ei wraig, o'r gwacter yn y tŷ.

'Gorffod mynd i'r tŷ bach.'

'Ti ar ganol *hand* achan.'

'Gorffod mynd.'

Aiff Harri lan lofft. Ond yn lle mynd i'r tŷ bach mae'n troi'n syth am y stafell wely. Ac er gwaethaf yr ofnau newydd, annelwig sy'n cyniwair yn ei gylla, y mae'n hanner disgwyl o hyd y bydd yn agor y drws a gweld Beti'n sefyll yno, yn ei *slippers* a'i gŵn nos, yn paratoi i ddod i lawr stâr, a bydd angen dweud wrth Raymond wedyn, 'Roedd hi yma trwy'r amser, achan . . . Dim ond wedi mynd i gael nap fach. . . Shwt allen i . . . Shwt allen i fod . . . '

Er gwybod na wnaiff y stori honno mo'r tro erbyn hyn, dyna'r geiriau mae wedi bod yn eu hymarfer yn ei feddwl ers dwy awr ac maen nhw wedi bwrw gwreiddiau. Bydd Beti'n sefyll yno. Bydd hi'n troi ac edrych arno. Ac efallai mai'r peth callaf yw dweud wrthi am fod yn dawel a gofyn iddi esgus nad yw hi yno o gwbl. Bydd Harri'n gallu dychwelyd at ei stori wreiddiol wedyn. 'Wedes i wrth Raymond bo' ti wedi mynd at Emma . . . Ti'n ffaelu dod lawr nawr!' Dim ond am awr fach. Hanner awr, efallai. Nes bod Raymond yn mynd.

Wrth agor y drws, felly, mae Harri eisoes yn codi bys i'w wefusau ac yn sibrwd, 'Hisht nawr, Beti fach, paid â . . .' Mae'n falch wedyn, ar ganol y frawddeg, o weld ei bod hi'n dal i gysgu, a chysgu'n dawel hefyd. Does dim rhaid iddo boeni am sŵn ei llais na'i pheswch. Hyd yn oed wedyn, wrth roi cledr ei law ar dalcen oer ei wraig a gweld glesni'r gwefusau, dyw e ddim yn rhoi'r gorau i'w gynllun.

'Beti . . . ? Wyt ti'n iawn, Beti . . . ?'

Dim ond wrth gydio yn ei llaw a theimlo, nid bysedd ond brigau, pegiau dillad, y mae'n deall nad yw Beti yno ddim mwy.

'Beti?'

Ac os nad yw hi yma, ble mae hi? Mae'n troi ei ben tuag at y drws.

'Beti!'

Mae Harri'n sibrwd wrth y Beti sydd ddim yno, sydd wedi mynd i rywle arall, achos mae'n rhaid iddo ddweud wrth Beti bod Beti wedi marw, bod Raymond lawr stâr yn y gegin, yn disgwyl amdano, achos mae e ar ganol *hand*, a beth mae dyn i fod i'w wneud pan mae'n darganfod ei wraig yn gelain yn ei gwely? Dim ond Beti sy'n gwybod yr ateb i gwestiwn fel 'na.

54

Dydd Gwener, 21 Mai 2011, 10.10 yr hwyr

'Pethe od i roid mewn cwrw, cofia.'

'Beth?'

'*Peaches.* Pethe od i roid mewn cwrw.'

Mae Harri'n codi ei wydryn a gwynto ei gynnwys. 'Maen nhw'n neud seidr mas o afale.'

'Ond cwrw, achan, cwrw. Smo cwrw'r un peth.'

'A *perry* . . . Maen nhw'n neud *perry* mas o bêrs.'

'Cwrw, Harri. Mae cwrw'n wahanol.'

Edrycha Raymond ar ei watsh. 'Beti'n hwyr.' Edrycha eto, gan geisio penderfynu a yw'n werth agor potel arall. Edrycha Harri ar ei watsh yntau a nodio ei ben.

'Mae cwrw siocled i ga'l erbyn hyn, cofia.'

'Cer o 'ma.'

'Wir i ti. Cwrw siocled.'

'Mewn potel?'

'Sa i'n gwbod . . . Ie, siŵr o fod.'

'Siŵr o fod?'

'Siŵr o fod.'

'Ond ti ddim wedi'i weld e, naddo, y cwrw siocled 'ma?'

'Wedi clywed sôn . . . Draw yn y Barri maen nhw'n neud e.'

Mae Harri'n delio'r cardiau, yn codi ei gardiau ei hun a'u rhoi nhw mewn trefn. Dau bedwar. Dau frenin. *Six of diamonds. Seven of diamonds. Ten of spades.* Gwna Raymond yr un peth.

''Na fe, te. Ti ddim wedi'i weld e. 'Na i gyd rwy'n gweud. Ti ddim wedi'i weld e 'da dy lyged dy hunan.'

'Sa i wedi'i weld e 'da llyged neb arall, weda i gymint â hynny.'

Edrycha Raymond ar ei watsh eto. 'Ti moyn un arall?'

'Falle fydd hi'n sefyll 'co, cofia.'

'Mm?'

'Heno . . . Falle bydd Beti'n sefyll 'da Emma heno.'

Mae Raymond yn synnu at y tinc diamynedd yn llais ei frawd ac yn meddwl, Maen nhw wedi cwmpo mas. Dyna pam bod hi ddim yma heno. Mae Harri a Beti wedi cael *row.* Edrycha ar wyneb ei frawd a chwilio am gadarnhad o'i ddamcaniaeth, rhyw arwydd bach nad yw pethau fel y dylen nhw fod. Ond canolbwyntio ar ei gardiau mae Harri. Ac os yw'r gwefusau braidd yn dynn, os yw'r aeliau'n crychu ychydig, dyna fydd dyn yn ei wneud wrth ganolbwyntio ar ei gardiau.

Mae Raymond yn agor y botel olaf ac arllwys y cwrw i'r ddau wydryn. 'Mae isie i ti ffono ddi te.' Mae'n oedi nes bod yr ewyn yn setlo cyn arllwys y gweddill. 'Mae isie i ti ffono ddi, i ga'l gwbod.'

Nodia Harri ei ben. Cymer lymaid o'r cwrw a cheisio penderfynu beth sydd orau, p'un ai codi'r *four of diamonds* o'r pentwr agored ynte mentro ei lwc a gobeithio am rywbeth gwell o'r pentwr dirgel. Dewisa'r *four of diamonds.* Efallai daw'r pump wedyn.

''Na i ffono ddi os ti moyn.'

'Sdim isie, Raymond, sdim isie.'

'Dyw e ddim trafferth.'

'Dim amser hyn o'r nos. Bydd Cati'n cysgu. Byddi di'n dihuno ddi.'

Dyw Harri ddim yn dymuno siarad yn swta â'i frawd. Mae'n gwybod bod angen ei drin yn dyner, oherwydd bydd yn derbyn newyddion drwg yn y man, newyddion a fydd yn siglo ei fyd hyd ei seiliau. Yn fwy penodol, Harri fydd yn cyflwyno'r newyddion hyn iddo, a rhaid paratoi'r tir yn ofalus ar gyfer y weithred honno. Yn sicr, does dim eisiau dechrau cynnen: bydd y dasg gymaint yn anoddach wedyn. Dyna pam mae Harri'n dweud, 'Ffonith hi yn y man. 'Na beth wedodd hi. Bydd hi'n ffono, i roi gwbod.' A'i ddweud e mewn llais serchog, cymodlon. 'Sdim isie becso.' Oherwydd cyfrifoldeb Harri yw Beti. Cyfrifoldeb y gŵr yw gofalu am ei wraig.

A rhwng y cardiau, rhwng llymeidiau o gwrw, mae Harri'n ceisio rhoi trefn ar bethau. Mae'n sicr erbyn hyn y bydd yn rhaid aros tan yfory er mwyn rhoi gwybod i Raymond, oherwydd sut mae dweud wrtho heno bod Beti, ei gariad cyntaf, yn gorwedd yn farw yn y gwely uwch ei ben? Mae Harri'n codi carden o'r pac a phendroni am ychydig cyn taro *trick* ar y bwrdd.

'Tri brenin.'

'Tri brenin.' Mae Raymond yn ailadrodd y geiriau mewn llais myfyrgar. Mae'n crafu ei ên, yn cyfri'r cardiau sydd ar ôl yn llaw ei frawd, yn codi carden arall o'r pac.

Yfory amdani felly. Ac Emma hefyd, wrth gwrs. Na, dim Emma hefyd. Emma'n gyntaf. Bydd rhaid dweud wrth Emma o flaen pawb arall. Mae Harri'n meddwl, Iesu, fues i bron â neud cawlach o bethe f'yna. Emma'n gyntaf. Wrth gwrs 'ny. Pwy sy'n agosach at fenyw na'i merch ei hun? Mae 'na drefn i'w dilyn fan hyn, teimladau i'w hystyried. Ond dweud beth? Achos beth bynnag yw'r anffawd sydd i ddigwydd i Beti, yn y stori y mae Harri'n gorfod ei dyfeisio er bodloni'r byd, dyw e ddim wedi digwydd eto. Dyw Beti ddim wedi cael cyfle i farw. Heno, mae hi'n dal yn fyw. 'Wedi marw, ti'n gweud? A tithe heb sylwi?' Na, mae'r peth yn amhosibl. Yn gwbl amhosibl.

55

Harri Selwyn v. Vertical Displacement

Wedes i wrth Sam Appleby wedyn, 'Olwynion. Dyna'r gyfrinach i ti.'

'Olwynion?'

'Whîls, achan. Mae'n rhaid i ti redeg fel whîl os wyt ti moyn rhedeg yn iawn. Fel olwyn pram. Neu olwyn car. Ti'n deall beth sy 'da fi?'

Tries i ddangos iddo fe beth o'n i'n feddwl, achos mae gweld unwaith yn well na chlywed ganwaith. A symud y cadeirie o'r ffordd, i fi ga'l rhedeg o un pen y gegin i'r llall. 'Cadw'r pen yn llonydd,' wedes i. 'A'r tra'd yn isel.'

Ond o'dd dim digon o le, serch bod hi'n gegin hir. Pum cam a o'n i'n bwrw lan yn erbyn y drws, a dyw pum cam ddim yn ddigon i ddangos shwt mae corff dyn yn gallu troi'n olwyn. Mas â ni trwy'r bac wedyn, i'r lôn gefen, a rhedeg 'nôl a mla'n cwpwl o weithie, unwaith fel olwyn a'r eilwaith fel . . . fel sa i'n gwbod beth, ond fel mae lot o bobol yn rhedeg, yn bownso lan a lawr, fel sen nhw'n trial palu twll yn y ddaear. A trial egluro wrtho fe bod isie ca'l gwared â'r *vertical displacement*. Achos os yw dyn yn bownso lan a lawr o hyd mae 'da fe lai o nerth i symud mla'n.

'Dyna'r gyfrinach i ti,' wedes i wrth Sam Appleby. 'Smo whîl yn bownso lan a lawr. Symud mla'n mae whîl. Dyna beth wyt ti'n gorffod neud os wyt ti moyn rhedeg yn iawn, os wyt ti moyn cadw i fynd. Troi fel whîl.'

56

Dydd Gwener, 21 Mai 2011, 10.30 yr hwyr

Am hanner awr wedi deg mae Raymond yn yfed diferion olaf ei gwrw. Ymhen dwy funud arall mae'n rhoi'r naw, y deg a'r Jac o galonnau ar y ford a dyna ddiwedd y gêm. Mae'n casglu'r cardiau at ei gilydd a'u cymhennu. Am eiliad mae Harri'n ofni bod ei frawd am ddechrau gêm arall. Dyna pam mae'n edrych ar ei watsh a dweud, 'Gwely cynnar i fi heno . . . Rhedeg fory.' Mae Raymond yn nodio'i ben.

Cyn iddo ymadael mae Raymond yn mynd i'r tŷ bach. O'r gegin mae Harri'n clywed ei symudiadau: y drws yn agor a chau, camau traed ar y llawr pren, y dŵr yn disgyn i'r basn, y *flush* yn boddi pob sŵn arall am hanner munud. A thawelwch wedyn, tra bo Raymond yn sychu ei ddwylo ar y tywel. Mae'r tawelwch hwnnw ychydig yn hwy nag arfer hefyd, efallai am fod Raymond yn edrych yn y drych, yn tynnu crib trwy ei wallt. Ond i Harri, ystyr y tawelwch hwnnw yw bod ei frawd wedi synhwyro nad yw popeth fel y dylai fod, oherwydd sut gall dyn sefyll yno, yn y stafell ymolchi, heb sylweddoli bod menyw yn gorwedd yn gelain yn y stafell drws nesaf? Sut gall Raymond, o bawb, sefyll yno heb deimlo bod rhywbeth ofnadwy wedi digwydd?

Mae Harri'n clywed drws y stafell ymolchi yn agor eto. Mae'n gwybod nad oes gan Raymond reswm i fynd i'r stafell wely. Mae'n gwybod hefyd na wnaeth hynny erioed o'r blaen, yn y munudau olaf hyn, wrth ddod o'r tŷ bach a pharatoi i fynd adref ar nos Wener. Er hynny, mae'n hoelio ei lygaid ar y nenfwd, oherwydd dyw heno ddim yn debyg i unrhyw nos Wener arall ac mae'n methu credu nad yw'r wybodaeth sy'n pwyso mor drwm ar ei feddwl wedi treiddio rywsut i synhwyrau ei frawd. Dyna pam mae'n parhau i sefyll yno, ar lawr y gegin, yn moeli ei glustiau, yn barod i glywed y trawstiau'n gwichian uwch ei ben.

Pan ddaw Raymond i lawr stâr mae Harri'n aros amdano yn y pasej. Ac efallai fod ei bryderon yn ei fradychu wedi'r cyfan oherwydd, wrth estyn am ei got, mae Raymond yn dweud, 'Iesu, Harri, mae golwg shimpil arnat ti. Ti'n siŵr bo' ti'n ffit i redeg fory?'

Ond os nad yw e wedi digwydd eto, pryd *fydd* e'n digwydd? Dyna'r cwestiwn sy'n cynhyrfu Harri wrth iddo droi a throsi yn y gwely sbâr. Mae'r *duvet* yn rhy drwm ar gyfer noson mor fwyn, ac mae'r fatres yn rhy feddal: bydd ganddo gefn tost erbyn y bore. Gallai fynd i hôl dillad o'i wely ei hun, wrth gwrs, ond ni fyddai hynny'n bosibl heb weld Beti a dyw e ddim yn dymuno gweld Beti eto heno. Gorwedda yn ei unfan, felly, gan dynnu'r *duvet* y ffordd hyn a'r ffordd arall a meddwl, Os nad yw e wedi digwydd eto, pryd *fydd* e'n digwydd?

Mae Harri'n dihuno am bedwar o'r gloch wrth deimlo'r cwrw'n pwyso ar ei bledren. Nid yw'n codi: byddai codi a mynd i'r tŷ bach yn golygu wynebu drws ei stafell wely. Yn lle hynny, mae'n parhau i orwedd a cheisio rhoi trefn ar ei feddyliau. 'Buodd hi mas 'da ffrindie.' 'Ffrindie? Pwy ffrindie, Harri?' Funud yn ddiweddarach mae'n clywed seiren ambiwlans y tu allan ac yn penderfynu mai honno, ac nid y bledren, sydd wedi'i ddihuno. 'Diawl peth.' Rhaid mynd yn ôl i'r dechrau wedyn. 'Pa ffrindie? Rhyw ffrindie. Sa i'n cofio nawr. Da'th hi'n ôl o'r dre marce pump . . . Mynd am nap fach wedyn achos bod y meigryn arni.'

Mae Harri'n troi ar ei ochr, yn tynnu'r *duvet* dros ei ysgwydd a cheisio mynd yn ôl i gysgu. 'A'th hi am nap fach . . . O'n i ddim isie gweud wrth Raymond . . .' 'Pam 'ny, te? Pam o't ti ddim isie gweud wrth Raymond?' 'Achos . . . Achos . . .' Ond wrth orwedd fel hyn, ar ei ochr, mae pwysau'r dŵr yn ei bledren yn cynyddu, yn troi'n ddolur. Mae Harri'n clywed y gwylanod yn sgrechian y tu allan, yn ôl eu harfer, ac yn meddwl, Ha! Yr amser yna 'to. Fel petai'r gwylanod a'i bledren yn gysylltiedig rywsut. Ac os taw'r un peth yw'r bledren, ai'r un gwylanod yw'r rhain? Ai'r un gwylanod sy'n pasio heibio bob bore?

Rhaid codi a mynd i'r tŷ bach.

Wrth roi ei ddwylo dan y tap mae Harri'n dod yn ymwybodol o'r gwaed yn cwrso trwy'r gwythiennau yn ei ben, o'r galon yn carlamu yn ei frest. Ar y dechrau mae'n priodoli'r teimladau hynny i'r alcohol. Mae ganddo ychydig o ben tost: dyw e ddim yn gyfarwydd ag yfed cwrw cryf, a hwnnw'n gwrw anghyffredin hefyd, cwrw *peaches*. Dyw e ddim yn gwbl sefydlog ar ei draed chwaith: ar ôl sychu ei ddwylo, rhaid iddo bwyso ar ymyl y sinc er mwyn ei sadio ei hun. Cymer anadl hir. *Un . . . dau . . . tri . . .* Ac un arall. *Un . . . dau . . . tri . . .* Edrycha ar ei wyneb yn y drych a chlywed llais Raymond yn ei ben. 'Iesu, Harri, mae golwg shimpil arnat ti.'

Yna, wrth daflu dŵr oer dros ei dalcen a'i fochau a theimlo'r gwaed yn cwrso eto, mae Harri'n penderfynu nad yr alcohol sy'n gyfrifol am ei benchwibandod wedi'r cyfan. Yn hytrach, ac er syndod iddo, y mae'n dod i'r casgliad bod ei gyflwr presennol yn debycach i'r cyffro y bydd yn ei deimlo ar ganol ras, wrth gael ei ail wynt. Daw cysur o'r syniad hwnnw. Effaith cemegau yw penchwibandod yr ail wynt – adrenalin a chortisol a phethau o'r fath. Yn wir, prin ei fod yn haeddu cael ei alw'n 'deimlad', ddim teimlad o'r iawn ryw. Adwaith i amgylchiadau: dyna beth yw'r penchwibandod hwn. Fel anifail. Daw cysur, am sbel, o deimlo fel anifail, a'r cemegau'n drech na'r meddyliau.

'Ac os nad yw e wedi digwydd eto, pryd?'

Dim ond ar ôl dychwelyd i'r gwely y daw Harri i sylweddoli nad oes a wnelo'r adrenalin chwaith ddim oll â'i gyflwr. Rhyw sylweddoli araf a herciog yw hynny hefyd, am nad yw wedi teimlo fel hyn o'r blaen. Ond does dim dwywaith. Yr hyn sy'n cwrso trwy wythiennau Harri Selwyn am bump o'r gloch y bore hwn o Fai yw amser ei hun. Mae'n gyndyn o dderbyn y ddealltwriaeth newydd yma. Aiff ati i anadlu eto, yn ddwfn ac yn hir. *Un . . . dau . . . tri . . .* Ond dal i garlamu mae'r galon, oherwydd nid *unrhyw* amser sy'n rhedeg trwy wythiennau Harri y bore 'ma ond amser Beti, ac mae amser y newydd farw yn symud yn chwim i'w ryfeddu.

Os nad yw e wedi digwydd eto, pryd?

Mae Harri'n gwybod nad yw'r stori'n dal dŵr. Yn ôl y stori, mae Beti'n gorfod marw nawr, yn ei gwely. Mae Harri'n gorfod codi'r ffôn a dweud wrth y byd, 'Mae hi wedi mynd . . . Ie, yn ei chwsg . . . Gyda'r wawr . . . ' Yna, fel consuriwr yn tynnu cwningen o het, bydd yn cyflwyno'r corff. 'Dyma hi.' Byddan nhw'n dod i alaru wedyn, i dalu teyrnged, i gydymdeimlo. Pwy fydd yn dod? Wel, dyna gwestiwn. Cyfrifoldeb pwy fydd bod yn gyntaf? Hawl pwy? Ond bydd rhywun yn dod, mae hynny'n bendant, ac ar fyrder hefyd.

'Y bore 'ma, wedest ti . . . ? Gyda'r wawr . . . ? Mm . . . Wyt ti'n siŵr, Harri?'

'Ydw i'n siŵr? Beth wyt ti'n feddwl, ydw i'n siŵr? Wrth gwrs bo' fi'n siŵr. Pa ddyn sy'n neud camgymeriad am rywbeth fel 'na?'

Na, mae'n amhosibl. Ac mae'n amhosibl am un rheswm syml. Dim ond mewn stori mae dyn yn cael rhewi corff. Yn y byd iawn mae'r corff yn mynd rhagddo heb falio dim am y rhai sydd ar ôl. A does neb gwell na chorff am gadw amser.

'Y bore 'ma? Ond beth am y . . . ?'

Wrth orwedd yn y gwely sbâr, mae Harri'n gwneud ei orau i ddychmygu sut olwg sydd ar ei wraig erbyn hyn, a hithau wedi dechrau ail ddiwrnod ei thragwyddoldeb. Mae'n astudio'r llun yn ei feddwl, y llaw ar y cwrlid, y gwallt ar y gobennydd, y gwallt na chafodd ei dorri. Ie, mae hynny'n amlwg nawr, dim ond o ystyried y llun yn y meddwl. Nid aeth hi'n agos at yr un siop trin gwallt.

'A beth am y . . . ?'

A methu mynd ymhellach. Oherwydd does gan Harri

ddim gafael ar amser y meirw, amser y cyffio a'r dadgyffio, y duo a'r pydru a'r dadfeilio.

'Y bore 'ma ddwedsoch chi, Mr Selwyn? Ydych chi'n siŵr?'

'Ie, y bore 'ma. Ond dwi ddim yn gwbod pryd . . . Ddim yn union.'

Bydd rhywun arall yn gorffod cwblhau'r stori wedyn. Bydd y rhywun hwnnw'n dweud, 'Peidiwch â gofidio, Mr Selwyn bach. Ŷn ni'n gallu mesur pethe fel 'na ein hunen erbyn hyn. Ie, hyd at yr anal ola. Cewch chi wbod yr amser yn iawn cyn diwedd yr wthnos. Pam y'ch chi'n becso gymint? Does gyda chi ddim byd i'w guddio, o's e?'

Achos cloc yw corff marw hefyd, a'i fysedd yn troi'n gynt o lawer na chlociau cyffredin.

Wrth glywed clegar y gwylanod eto mae Harri'n codi a mynd i lawr stâr. Aiff ar flaenau ei draed, fel petai arno ofn dihuno rhywun, oherwydd mae'n llawer rhy gynnar i neb godi yn y tŷ hwn. Ar ôl cau drws y gegin, yn dyner ofalus, mae'n arllwys dŵr i'r tegil, gan agor y tap dim ond y mymryn lleiaf, fel na fydd y pibau'n cadw sŵn. Yna, wedi gwneud cwpanaid iddo'i hun, mae'n torri darn o bapur oddi ar y pad ar bwys y ffôn a mynd ag ef at y bwrdd. Ar ôl eistedd yno am funud daw i'r casgliad bod y papur hwn yn rhy fach. Aiff i'r stydi i mofyn papur mwy o faint. Daw yn ôl â phad cyfan o bapur A4. Eistedda i lawr eto a'i dynnu ei hun yn nes at y bwrdd, gan ofalu nad yw coesau ei gadair yn cadw sŵn ar deils y llawr. Cydia yn ei feiro a dechrau sgrifennu.

Amser marw Beti   Gwener, 4a.m.(?)

Amser dweud wrth (?)

    Sadwrn, 6 a.m.

Gwahaniaeth 26 awr

Esboniad Heb ystyried bod Beti'n dal yn y gwely.

Edrycha Harri ar ei watsh a meddwl, Pwy fydd ar ddi-hun am chwech o'r gloch fore dydd Sadwrn? Mae'n newid y 6am i 7am, y 26 awr i 27 awr. Saith awr ar hugain yn ôl. Dyna pryd bu farw ei wraig. Ffaith. Nid stori. Ffaith. Neu mor agos at ffaith ag sy'n bosibl i Harri y funud yma. Heblaw am y 4 o'r gloch, efallai. Oherwydd pwy sydd i ddweud nad oedd Beti wedi marw'n syth ar ôl mynd i'r gwely? Peth rhesymol fyddai hynny: cwympo i drwmgwsg, cwympo mor bell fel na allai ddringo'n ôl. Dau o'r gloch, felly. Mae Harri'n ceisio cofio dod adref o'r tafarn nos Iau. A glywodd Beti'n anadlu wrth iddo fynd i'r gwely? Mae'n eistedd yn ôl a chau ei lygaid a cheisio gwneud llun yn ei feddwl. Ond llun neithiwr sydd yno o hyd, y llun o'r llaw ar y cwrlid, o'r gwallt ar y gobennydd, ac mae'n methu symud hwnnw naill ochr er mwyn gwneud lle i lun arall. Mae'n agor ei lygaid ac edrych trwy'r ffenest. Gwêl fwyalchen yn tyrchu am fwydod. Gwêl gynnwrf bach ym mrig yr onnen, am fod ychydig o awel wedi codi'r bore 'ma. Nid yw'n cofio dim. Er hynny, mae'n newid y 4am i 2am, dim ond rhag ofn. Mae 2am yn saffach na 4am. A newid y 27 awr i 29 awr hefyd, i gadw'r syms yn gywir. Naw awr ar hugain ers marw ei wraig. A sut mae esbonio hynny?

Edrycha Harri ar y papur o'i flaen a siglo'i ben a meddwl, Na, mae gormod o groesi allan, a dyw'r colofnau ddim yn syth. Pwy fydde'n deall y fath sgribls di-lun? Mae'n wa'th na'r cryts bach slawer dydd, a dim esgus i ga'l. Tra'd brain, Selwyn. Tra'd brain! Ac felly, wedi plygu'r papur yn ei hanner a'i roi o'r neilltu, mae'n rhwygo dalen arall o'r pad a dechrau o'r newydd.

Amser marw Beti — Gwener 2a.m.

Amser diwedd wrth (?) — Baldwin 7 a.m.

Gwahaniaeth — 29 awr

Esboniad — Heb sylwi'ed bod Beti'n dal yn y gwely.

Eistedda Harri'n ôl ac edrych trwy'r ffenest. Erbyn hyn mae'r haul yn goleuo'r wal wrth waelod yr ardd, a'r *dahlias* pinc a phorffor yn gwyro tuag ato. Mae'n argoeli'n braf. 'Oni bai am yr hen awel 'na.' Mae Harri'n dweud y geiriau hyn yn uchel, gan geisio dirnad, o'r cyffro ym mrig yr onnen, o ba gyfeiriad mae'r awel yn dod, ac yn meddwl, Ie, tipyn o niwsans fydd honno, ar y ffordd mas, rhedeg yn erbyn y gwynt. Edrycha ar y papur eto. Naw awr ar hugain. Yn fras. Tamaid yn llai, efallai. Neu damaid yn fwy.

Yna mae Harri'n sylweddoli, gyda fflach o ddeallt-wriaeth, nad yr esboniad sy'n bwysig, ddim fel y cyfryw. Nid yr hyn sy'n cael ei ddweud ond wrth *bwy* mae'n cael ei ddweud, dyna'r peth pwysica. Priodi'r gair a'r glust. Gwnaiff 29 awr y tro yn iawn wrth siarad â Dr Gibson a'r ymgymerwr a phwy bynnag arall sy'n delio â phethau fel hyn. A dyw hynny ddim ond yn briodol, bod y bobl swyddogol yma yn cael clywed y gwir. 'O'dd hi yn y gwely pan ddes i'n ôl gartre, chwel . . . Ie, 'na fe, echnos . . . A bues i mas trwy'r dydd wedyn, a'r hwyr hefyd . . . Do . . . Pryd a'th hi i'r gwely? Wel, yn weddol gynnar, mae'n rhaid.' Na, dyw ychydig bach o ansicrwydd ddim ond yn naturiol, o dan yr amgylchiadau. Gormod o sicrwydd – dyna sy'n amheus. Ac am y lleill – am Raymond ac Emma – cânt hwythau eu hesboniadau yn eu tro: rhai gwahanol i eiddo Dr Gibson, wrth reswm, rhai wedi'u teilwra at eu gofynion unigryw eu hunain. A does dim ots am hynny, oherwydd pwy fyddai mor hy, mor ddideimlad, ag amau gair gŵr gweddw yn nyfnder ei alar?

Gyda'r ddeallttwriaeth newydd hon yn gefn iddo, mae Harri'n plygu'r ail ddarn o bapur hefyd a'i roi o'r neilltu. Cymer dair dalen newydd o'r pad a rhoi teitl ar ben pob un.

Dr. Gibson

Amser marw Beti	Gwener 2a.m.
Amser dweud wrth Dr. G.	Sadwrn 8a.m.
Gwahaniaeth	30 awr

Esboniad: codais yn gynnar a mynd allan an y dydd. Meddwl bod Beti'n cysgu. Heb ystyried mai yn y gwely buodd hi trwy'r amser.

Emma

Amser marw Beti	Gwener 10pm.
Amser dweud wrth Emma	Sadwrn 8.30a.m.
Gwahaniaeth	10½ awr

Esboniad: daeth Beti
adref ar ôl cael ei gwallt
wedi'i dorri. Wedi bod yn
siopa hefyd, colli'r bws
wedyn a chyrraedd gartre'n
hwyr. (Jyst ar ôl i ti
a Cati fod yma.) Aeth
i'r gwely'n gynnar, wedi
blino'n lân. Marw yn
ei chwsg wedyn, mae'n
rhaid.

Raymond

Amser marw Beti	Sadurn 2 a.m.
Amser dweud wrth Raymond	Sadurn 9 a.m
Gwahaniaeth	7 awr

Esboniad! daeth Beti'n ôl am un ar ddeg jyst ar ôl i ti fynd. Ddim wedi bod gydag Emma wedi'r cyfan. Aeth i weld (?). Colli'r bws adref a gorfod cael tacsi. Mynd yn syth i'r gwely wedyn.

Wedi'i fodloni'i hun bod y prif bwyntiau i gyd ar glawr, mae Harri'n rhoi'r tair tudalen ochr yn ochr â'i gilydd, yn nhrefn amser, sef, yn y drefn y mae Harri'n bwriadu cysylltu â'r unigolion dan sylw, gan adael bwlch o ryw fodfedd rhyngddynt. Mae'n unioni un o'r papurau, yn chwythu blewyn bach oddi ar un arall, ac yn meddwl, Iawn, mae pethau'n dechrau dod i fwcwl. Yna mae'n cydio ymhob un yn ei dro a'i ddarllen yn uchel, gan arbrofi gyda gwahanol eiriau ac ymadroddion. 'Fues i mas trwy'r dydd, chwel . . . A 'na le o'dd hi wedyn, yn dal yn y gwely . . .' Mae'n cloffi ychydig wrth ymarfer ei neges i Raymond. 'A'th hi i weld ffrind . . . Nawr te, beth o'dd 'i henw hi . . . ?' Ond mae hynny'n iawn hefyd. Dyna a ddisgwylid heddiw: ychydig o ddryswch, o anghofusrwydd. Ac at ei gilydd mae e'n ddigon bodlon ar ei berfformiad.

Mae Harri'n cymhennu'r papurau eto, gan gadw'r neges i Dr Gibson o'i flaen, a symud y neges i Emma ymhellach draw tua'r chwith a'r neges i Raymond tua'r dde. A meddwl, Purion. Fydd Dr Gibson ddim yn gweld Emma, hyd yn oed petai hi'n mynd yn dost, oherwydd mae gan Emma feddyg gwahanol. Dyw e ddim yn debyg o weld Raymond chwaith. Mae'n gas gan Raymond ddoctoriaid ac ysbytai a byddai'n rhaid iddo fod yn sâl iawn cyn mynd yn agos at yr un ohonynt. Anaml, hefyd, y bydd llwybrau Raymond ac Emma yn croesi. Dim ond amser Nadolig, efallai. Ac mae'r Nadolig yn ddigon pell i ffwrdd. Purion. Ac mewn angladdau, wrth gwrs.

Purion.

Yna mae'n sylweddoli nad yw hynny'n iawn wedi'r cyfan. Na, wnaiff hynny ddim o'r tro, ddim o gwbl. Mae 'na angladd i fod. Wrth gwrs bod 'na. Sut mae peidio â chael angladd? A sut mae atal y tafodau wedyn? Peth hawdd yw cadw bwlch rhwng darnau o bapur ar fwrdd cegin. Safant yno hyd ddydd y Farn, o gael llonydd, bob un ar ei gilcyn bach o bren, heb ddweud bw na ba wrth neb. Ond mewn bywyd iawn, pan aiff y geiriau i gegau pobl – y geiriau llithrig, diafael – a chymysgu gyda'r poer a'r clecs a'r dyfalu? Sut mae eu cadw nhw ar wahân wedyn?

'Cyrra'dd gartre am un ar ddeg? Ond wedodd Dad . . .'

'O'n i 'na, Emma. Yn whare cardie 'da fe. O'dd dim golwg ohoni.'

'Wedi bod yn torri'i gwallt o'dd hi, dyna i gyd. Dim ond torri'i gwallt. Ble a'th hi wedyn, Raymond? Ble a'th hi wedyn?'

O fethu cael hyd i ateb i'r cwestiwn hwn, mae Harri'n dechrau llefain. Gwna hynny'n dawel i ddechrau. Yn wir, byddai rhywun o'r tu allan yn ei chael hi'n anodd dweud p'un ai llefain ynte chwerthin mae e. Yr ysgwyddau sy'n crynu'n gyntaf, yna'r pen, yna'r gwefusau. Daw griddfan isel o'r llwnc. Dim ond yn araf ac yn anfoddog y mae'r dagrau'n dilyn. Hyd yn oed wedyn, a'r dagrau'n gwlychu'r bwrdd, ni fyddai'r dieithryn yn gwybod i sicrwydd beth yw eu hachos, p'un ai rhyw golled ddirdynnol ynte, fel arall, dim ond y rhwystredigaeth o fethu cael trefn ar y darnau papur ar y bwrdd, oherwydd y rheiny sy'n hawlio ei sylw i gyd. Y cyntaf, yna'r ail, yna'r trydydd. Ac eto, y cyntaf, yr ail, y trydydd. A Harri'n siglo'i ben wrth ddarllen pob un.

57

Dydd Sadwrn, 22 Mai 2011, 7 o'r gloch y bore

Am saith o'r gloch, a'r haul eisoes yn gwneud patrymau dail a brigau ar y wal y tu ôl iddo, mae Harri'n codi'r ffôn a chlywed neges wedi'i recordio. Bydd y feddygfa yn agor am naw: dim ond galwadau brys sy'n cael sylw ar hyn o bryd. 'Daliwch y lein ac fe gewch eich trosglwyddo.' Mae Harri'n dodi'r ffôn yn ôl yn ei grud ac ystyried oblygiadau'r neges. Ai galwad frys yw hon? Ie a nage. Y mae'n alwad o bwys, yn bendant: ond go brin ei bod yn fater o frys, ddim yn yr ystyr feddygol. Pwy fydd ar ei golled o oedi am awr neu ddwy arall? Beth bynnag, dyw Harri ddim yn awyddus i drafod y mater gyda dieithryn. Ffonio eto am naw, felly, a siarad â Dr Gibson: dyna beth mae Harri'n penderfynu ei wneud.

Am chwarter i wyth mae Harri'n rhoi dwy dafell o fara dan y gril a thanio'r nwy. Yna mae'n codi banana o'r bowlen ffrwythau a mynd ag ef draw at y fainc. Wedi tynnu ei groen, mae'n torri'r banana yn gylchoedd bach cymen a'u rhoi nhw ar blât. Aiff i sefyll ar bwys y ffwrn wedyn, gan blygu i lawr bob hyn a hyn er mwyn cadw llygad ar y tost. Mae un cornel wedi duo'n barod, a chynffon fach o fwg yn codi ohono, am fod y dafell ar y chwith yn dewach na'r llall. 'Damo!' Does dim byd i'w wneud wedyn ond troi'r ddwy, gan roi'r cornel du ar y tu allan lle mae llai o wres. Mae'r gegin yn llawn aroglau tost a mwg. Mae Harri'n arllwys y dŵr i'w gwpan a defnyddio llwy i wasgu'r cwdyn te; yna rhydd hwnnw yn y bag ailgylchu. Diferyn o laeth wedyn, o'r oergell, ac mae'n amser mynd yn ôl at y gril.

Ar ôl sgrapo'r cornel llosgedig uwchben y sinc mae Harri'n rhoi'r cylchoedd banana ar ben y tost. Defnyddia ochr cyllell i wasgu'r rhain nes bod y cyfan yn feddal. Yna aiff â'r plât a'r cwpan at y bwrdd ac eistedd i lawr. 'Nawr te . . .' Mae'n tynnu'r darnau papur at ei gilydd eto. Yna, wrth gnoi ei dost a sipian ei de, mae'n ailystyried y negeseuon. Bydd angen newid yr amser ar y gyntaf. Hyd yn oed o gael gafael ar Dr Gibson am naw o'r gloch – a dyw hynny ddim yn sicr – bydd Cyfnod y Gwahaniaeth, fel mae Harri wedi dechrau galw'r amser rhwng marw ei wraig a hysbysu'r awdurdodau, yn ymestyn i 33 awr. Mae'n troi'r rhif ar ei dafod. 'Tri deg tri.' Yn ei bwyso a'i fesur. 'Tair awr ar ddeg ar hugain.'

O deimlo'n annifyr ynglŷn â'r rhif newydd hwn mae Harri'n ychwanegu brawddeg at yr esboniad.

Ceisio ffonio Dr. Gibson ond ddim yn agor tan 9 achos bore dydd Sadwrn.

Mae Harri'n darllen y frawddeg yn uchel, a'i darllen eto, gan ei hystumio rywfaint, iddi gael swnio'n fwy naturiol. 'Tries i ffono'r doctor . . .' Mae'n sylweddoli wedyn bod problem arall wedi codi yn sgil newid y rhif. Os na fydd Dr Gibson yn cael gwybod tan 9 o'r gloch, pryd fydd e'n ffonio Emma? Pryd fydd e'n rhoi gwybod i Raymond? Mae Harri'n codi ei feiro a newid eu hamserau hwythau hefyd, gan wybod bod rhaid cadw pawb yn y drefn gywir. Beth bynnag arall sy'n digwydd heddiw, does dim newid i fod ar y drefn honno. Dweud wrth Emma am hanner awr wedi naw, felly. Dweud wrth Raymond am . . . am . . . Ond sut mae gwneud hynny? Mae'r Bryn Coch Benefit Run yn dechrau am un ar ddeg. Bydd pawb ar eu ffordd i Fryn Coch erbyn hanner awr wedi naw. Bydd Harri yntau ar ei ffordd.

Mae Harri'n grac nad yw Beti'n eistedd wrth y bwrdd gyferbyn ag ef: dyma'r math o gwestiwn y byddai hi'n gallu ei ateb yn rhwydd. Mae'n grac hefyd nad yw Beti yno i wneud y tost yn iawn, i dynnu'r marmalêd o'r cwpwrdd, i ddweud wrtho am beidio â'i gor-wneud hi yn y ras heddiw achos mae cinio i ddilyn a cheith e ddim lot o gyfle i fwrw ei flinder rhwng y rhedeg a'r bwyta. A byddai Harri'n dweud wedyn, 'Ond dyna'r pwynt, Beti. Dyna pam rwy'n gorffod neud 'y ngore heddi. Mae pawb yn dishgwl . . .' Dyma'r geiriau mae arno angen eu llefaru. Ond does neb yma i'w clywed.

Am bum munud wedi naw mae Harri'n dychwelyd i'r stafell wely sbâr a gwisgo dillad ddoe: ei grys Adidas glas, ei shorts llwyd a'i dracsiwt du. Aiff trwy'r stydi i'r *lean-to,* a thynnu ei sgidiau New Balance RX Terrain i lawr o'r silff. Estynna ei fysedd i mewn i'r naill ac yna'r llall, er mwyn sicrhau nad oes cerrig mân na drain yno. Cydia yn y tafod ac archwilio hwnnw hefyd. Ar ôl rhoi ei droed dde i mewn i'r esgid a gwthio'r sawdl yn ôl gymaint ag y gall, mae'n tynnu'r lasyn a'i glymu, gan ofalu bod y dolenni i gyd yr un mor dynn, nad oes gorwasgu i'w deimlo yn unman, oherwydd dyna rywbeth arall all ddifetha ras, peth mor fach â chael y lasys yn rhy dynn neu'n rhy llac. Gwna'r un peth gyda'r droed chwith. Pwysa ymlaen ar flaenau ei draed ac yn ôl ar ei sodlau wedyn, ymlaen ac yn ôl. Mae popeth yn iawn, mae popeth fel y dylai fod.

Aiff Harri i'r gegin a llenwi cwpan o dan y tap dŵr.
Cymer ddracht a rhoi'r cwpan ar y fainc. Yna, gan bwyso
yn erbyn fframyn y drws, mae'n ymestyn ei goes dde yn
syth y tu ôl iddo a chyfri i ddeg. *Un . . . dau . . . tri . . .*
Yna'r goes arall. *Un . . . dau . . . tri . . .* Cymer lymaid arall
o ddŵr, dim ond un bach, a mynd yn ôl i ganol y llawr, lle
mae'n rhedeg yn ei unfan am ddwy funud: camau bach i
ddechrau, yna rhai breision, egnïol, gan godi ei benliniau'n
uchel ac anadlu'n galed. 'Wff, wff, wff . . . Hoe fach wedyn.
Rhagor o ddŵr. Dim ond dracht bach. A dechrau eto.

Mae Harri'n cyrraedd Bryn Coch am hanner awr wedi
deg a gadael ei gar yn y maes parcio y tu ôl i'r ganolfan
hamdden. Mae torf fechan wedi ymgasglu yma'n barod,
yn ymyl y fynedfa, i dalu eu ffioedd cofrestru a chasglu
eu rhifau. Gwêl Harri nifer o'r Harriers yn eu plith, yn
ogystal â wynebau cyfarwydd o glybiau eraill. Mae yma
hefyd lawer o'r bobl hynny y bydd Harri a'i ffrindiau'n eu
galw'n 'rhedwyr hamdden'. Ras elusen yw'r Bryn Coch
10k erbyn hyn a bydd cyfran deg o'r 'rhedwyr hamdden'
hyn yn rhedeg am ryw hanner milltir a cherdded y
gweddill. Codi arian a chael hwyl sy'n bwysig iddyn nhw.
Mae un yn gwisgo potel Lucozade amdano: un anferth,
â thyllau i'r breichiau a'r coesau a'r wyneb. Mae dau arall
yn ymarfer cydsymud mewn siwt camel. Aiff Harri i
ddiwedd y ciw. O'i flaen mae menyw mewn gwisg estrys
yn codi a gostwng ei hadenydd, yn gwneud sŵn sydd i
fod yn gân estrys ond sydd, i glustiau Harri, yn debycach
i sgrech gwylan. Mae dwy ferch wrth ei hochr. Wrth
gymryd llymaid o ddŵr o'i botel, mae Harri'n gofidio nad
yw'r bobl hyn, pobl y camelod a'r estrysiaid, a'u plant, yn

llawn werthfawrogi peryglon sýched. Mae'n heulog, ac er gwaetha'r awel bydd hyd yn oed y mwyaf heini o'r rhedwyr yn chwysu dau beint heddiw. Ffaith i chi, meddylia Harri. Ac mewn siwt estrys?

'Llun fan hyn, Harri?'

Mae Harri ar fin cael gair yng nghlust yr estrys ynglŷn â materion syched ac yfed pan ddaw ffotograffydd y *Gazette* ato. 'Tynnu llun fan hyn, Harri? Llun ohonoch chi a'r wraig?' Gan feddwl bod y ffotograffydd yn cyfeirio at yr estrys mae Harri'n siglo ei ben a dweud, 'Na, na . . .' A ffwndro wedyn, oherwydd dyw e ddim wedi meddwl am ei wraig ers rhai munudau. Mae'r ffotograffydd yntau'n drysu, yn methu deall pam mae Harri'n gwrthod cydweithredu. Mae'r estrys a'i phlant yn edrych arnynt. 'Sefwch f'yna,' medd Harri. 'Nes bo' fi'n ca'l 'n rhif.'

Mae Harri'n talu ei ddecpunt a chodi'r rhif 50 a gadwyd yn arbennig ar ei gyfer, i nodi ei gamp arbennig. Cerdda'n ôl i gyfeiriad y ffotograffydd, dan ysgwyd ei ben. 'O'dd y wraig ddim yn teimlo'n sbeshal y bore 'ma . . .' Mae'n taro'i frest â'i law. 'Pwl bach o asthma . . . Ca'l gwaith anadlu . . .' Mae am ddweud rhagor hefyd oherwydd dyma'r tro cyntaf iddo roi adroddiad ar gyflwr ei wraig ers iddi farw ac mae'n teimlo dan ddyletswydd i wneud cyfiawnder â hi. 'Falle deith hi nes ml'an . . . Os bydd hi'n teimlo'n well.' Ond rhaid ymatal: mae'r esboniad hwn yn wahanol iawn i'r esboniadau mae wedi'u gadael ar fwrdd y gegin a dyw e ddim wedi cael cyfle i'w hymarfer. Peth peryglus yw mentro ar stori heb wybod ei diwedd. Beth bynnag fydd byrdwn y stori newydd, y stori sy'n disodli'r lleill i gyd, bydd angen ei llunio'n ofalus.

'Peth cas,' medd y ffotograffydd, sy'n gwybod o brofiad

bod angen trin y dyn yma gyda gofal. 'Peth cas. Gorffod wmladd am eich anal . . .'

'Ie, peth cas.' Hoffai Harri ddweud mwy, er mwyn profi i'r ffotograffydd, ac i unrhyw un arall sy'n digwydd bod yn gwrando, ei fod yn ŵr ystyriol a chariadus. Ond yr un cwestiwn sy'n troi yn ei feddwl. Os yw Beti'n fyw, *pryd* bydd hi'n marw?

Gan ddilyn cyfarwyddiadau'r ffotograffydd, mae Harri'n cydio yn ei rif 50 â'i ddwy law a'i ddal i fyny o'i flaen. Tu ôl iddo mae'r estrys yn tywys ei phlant i gyfeiriad y tŷ bach, mae un o'r trefnyddion yn pwyntio bys at rywbeth draw yn y pellter, mae ciw yn sefyll wrth y stondin byrgyrs ac mae dau fws yn dadlwytho rhagor o redwyr yn y maes parcio. Bydd y pethau hyn i gyd yn ymddangos yn y llun. Daw un o'r Harriers heibio a gweiddi, '*Fifty not out,* ife, Harri?' Gwaedda Harri'n ôl, 'Sa i wedi rhedeg eto, achan! Sa i wedi rhedeg eto!' Mae'r ffotograffydd yn meddwl, Ie, *caption* da fyddai hwnna. *Fifty not out.*

Yn sefyll wrth ochr Harri erbyn hyn mae ei ferch, Emma, a'i wyres, Cati. Byddant hwythau yn y llun hefyd. Mae'r ffotograffydd yn gofyn, 'Wyt ti'n rhedeg, Cati? Wyt ti'n cymryd ar ôl Tad-cu?' Er bod *Fifty not out* yn *caption* da, byddai'n drueni colli'r cyfle i gyfeirio at y tair cenhedlaeth. *Harri passes on the baton . . .* Neu *Following in Grandpa's footsteps.* Rhywbeth fel 'na. Ond siglo ei phen wna Cati. 'A'ch mam chi . . . ?' Mae Emma'n siglo ei phen hithau. 'Na, dim ond Dad. Mae Dad yn neud digon o redeg i'r teulu i gyd.' A chwerthin. Mae'r ffotograffydd yn siomedig, ond mae'n tynnu'r llun beth bynnag: efallai daw syniad arall ato maes o law.

Ar ôl pinio'r 50 i'w grys, mae Harri'n loncian draw at

wal y ganolfan a gwneud ei ymarferiadau olaf. Yna, wrth blygu i lawr a lapio ei ddwylo am ei droed dde a theimlo gewynnau ei goes yn tynhau, gwna lun yn ei feddwl o'r pedwerydd esboniad, yr esboniad newydd a fydd yn disodli'r lleill.

Amser marw   Sadwrn
     Beti   11 a.m.

Amser dweud   Sadwrn
wrth Emma   3 p.m.

Gwahaniaeth   4 awr

Esboniad: cafodd bwl cas y bore'ma a methu dod i Fryn Coch. Rhaid ei bod hi wedi mynd yn ôl i'r gwely wedyn. Dyna lle roedd hi pan gyrhaeddais gartre. Sioc ofnadwy.

Wrth blygu i lawr eto a chydio yn ei droed chwith mae Harri'n cofio wedyn mai disodli Esboniad Emma ac Esboniad Raymond yn unig yw diben y stori hon. Bydd yr esboniad cyntaf, Esboniad y Meddyg, yr esboniad swyddogol, ffeithiol, yn sefyll fel y mae. Does dim newid i fod ar hwnnw, achos maen nhw'n gallu mesur pethau fel 'na erbyn hyn. Ydyn, hyd at yr anadl olaf.

Mae Harri'n rhedeg yn ei unfan am funud. Daw menyw heibio â chamera fideo wrth ei hysgwydd. Cwyd Harri ei law a chynnig gwên, ond dilyn rhywun arall mae hi. Mae'r Bryn Coch Benefit Run yn denu sêr o sawl maes erbyn hyn: cymerodd Katherine Jenkins ran un tro, a Rob Brydon hefyd. Dilyn un o'r rheiny mae hi, siŵr o fod. Edrycha Harri draw i ben pella'r maes parcio, lle mae'r fenyw â'r camera'n sefyll bellach, ond ni wêl yr un wyneb cyfarwydd. Dechreua redeg yn ei unfan eto a meddwl, Na, bydd angen rhyw faint o dwtio ar hwnna hefyd, ar yr esboniad swyddogol, achos dyw amser ddim yn sefyll yn ei unfan. Mae Cyfnod y Gwahaniaeth wedi ymestyn eto. Faint mae e wedi ymestyn? Mae Harri'n adio'r ffigurau yn ei ben, a gwneud hynny o'r dechrau hefyd, i wneud yn siŵr bod y syms yn iawn. Marw am ddau fore ddoe . . . Iawn. Rhoi gwybod i Dr Gibson am . . . Pryd gaiff e gyfle i wneud hynny nawr? Bydd angen ei wneud yn weddol ddisymwth hefyd, cyn i'r feddygfa gau. Ond ddim yn rhy ddisymwth chwaith. Wiw iddo ffonio o'r ganolfan a gorfod dweud peth fel 'na'n gyhoeddus, o flaen Emma a Cati a'r estrys a'r botel Lucozade. Na, bydd rhaid mynd adre gynta. Am dri? Iawn. Am dri. A faint fydd hwnna wedyn? Dau ddeg pedwar adio un deg un. Sy'n gwneud cyfanswm o dri deg pump. Bydd Cyfnod y Gwahaniaeth yn cynyddu i dri deg pump awr.

'Tri deg pump awr, Mr Selwyn?'

A bydd angen egluro wrth Dr Gibson wedyn pam mae e wedi gadael ei wraig yn y gwely am yr ail fore'n olynol. 'Mm . . . Ydych chi wedi bod yn teimlo'n anhwylus yn ddiweddar, Mr Selwyn? Ychydig yn ddryslyd, falle?'

'Wel, erbyn meddwl, dwi ddim wedi bod cant y cant, na dw, ddim yn ddiweddar . . .'

A wnaiff hynny'r tro? Ymddangos yn ddryslyd? Esgus nad yw'n cofio pryd aeth e i'r dre, pryd daeth e'n ôl, pryd welodd e Beti ddiwetha, pa ddiwrnod yw hi? A allai fod mor ddryslyd â hynny?

'Ac eto, Mr Selwyn, roedd 'da chi ddigon o afel ar bethau i fynd i'r ras, a'i chwpla hi hefyd . . .'

'Ie, Doctor, ond roedd hi'n ras arbennig, allwn i ddim colli honno.'

Mae Harri'n gorfod sefyll am chwarter awr cyn dechrau rhedeg. Er iddo gystadlu yn y Bryn Coch 10k (7 milltir gynt) yn amlach na neb arall mewn hanes ac er y bydd ei stori a'i lun yn y papur fore dydd Llun, nid estynnir iddo unrhyw freintiau arbennig. Ar sail ei amser y flwyddyn gynt caiff ei roi yn y bumed reng o redwyr, sef yr olaf o'r carfanau neilltuedig. *Veterans* yw aelodau'r grŵp hwn, yn bennaf, gan gynnwys dau arall sydd dros eu deg a thrigain, ond mae yma nifer o fechgyn a merched ysgol hefyd, a'r rheiny'n ceisio closio at ei gilydd am nad ydyn nhw'n teimlo'n gyfforddus yng nghwmni'r pennau moel a'r coesau cnotiog.

Wrth sefyll yma a gweld y garfan gyntaf yn dechrau, yna'r ail, a symud yn nes wedyn, bob yn dipyn, at y llinell gychwyn, mae Harri'n gwrando ar fas dwfn Bill Seymour yn traethu am fanteision y Mizuno Ascend 4 rhagor y New Balance RX Terrain ar gyfer tir sych caregog, ac yn synnu bod Harri wedi dewis yr olaf o'r rhain ac yntau mor gyfarwydd â'r cwrs. Ysgrifennydd yr Harriers yw Bill ac mae'n uchel ei gloch heddiw am ei fod yn rhedeg ei ras gyntaf fel V70. Aiff draw at y bechgyn a'r merched yn y grŵp a'u cynghori ynglŷn â phwysigrwydd cynnal cyflymder a chadw'r breichiau i fynd a sawl peth arall hefyd, nes bod Harri'n dweud wrtho, 'Iesu, Bill, byddi di mas o wynt cyn dechre, 'da dy lapan i gyd.' Mae pawb yn ddigon jacôs wedyn, wrth gyrraedd y llinell, yn falch eu bod nhw'n cael bod gyda'i gilydd y bore heulog hwn, yn rhan o dyrfa lon, yn falch hefyd o gael cyfle i ddangos eu bod nhw'n medru gwneud yr hyn a wnaethant y llynedd, a'i wneud e'n well hefyd, efallai, oherwydd dim ond blwyddyn sydd wedi mynd heibio ac mae bob amser yn bosibl rhagori ar y llynedd, ni waeth beth fo'ch oedran.

'*Three ... two ... one ...*'

Ar ôl cychwyn ar eu ffordd, mae carfan Harri'n chwalu'n gyflym. Aiff y rhai ifanc ymlaen i ymuno â'u ffrindiau yn y grwpiau eraill; sigla Harri ei ben wrth weld hyn yn digwydd, unwaith yn rhagor, gan wybod y byddan nhw'n difaru ymhell cyn diwedd y ras. Cymerir eu lle gan rai o'r rhedwyr hamdden, a'r rheiny hefyd yn rhedeg yn gynt nag sy'n ddoeth, oherwydd diffyg profiad a diffyg adnabyddiaeth o'r cwrs a diffyg meddwl ymlaen. Ymhen milltir bydd y rhain yn croesi'r afon a wynebu Allt y Big a dyna lle y byddant hwythau hefyd yn talu am eu diffyg amynedd, achos does dim byd gwaeth na llenwi'r coesau â *lactic acid* ar ddechrau ras. Gan bwyll bach, felly, a chadw digon o nerth wrth gefn. Dyna'r gyfrinach.

Yna, ar ôl rhyw ganllath, mae Harri'n hoelio'i sylw ar grys melyn Bill Seymour. A dyna gyfrinach arall. Bydd Harri bob amser yn hoelio'i sylw ar un o'r rhedwyr eraill, rhywun nad yw'n rhy bell nac eto'n rhy agos, yn rhy gyflym nac yn rhy araf. Gorau i gyd, hefyd, os yw hwn yn gwisgo crys llachar neu sgidiau anghyffredin, neu os oes ganddo glustiau mawr, oherwydd gall Harri ganolbwyntio ar y pethau hynny wedyn. Gwnaiff crys melyn Bill Seymour y tro yn iawn, am sbel o leiaf. Bill fydd *pacemaker* cyntaf Harri heddiw, neu ei 'gwningen', ys dywedir yn y cylchoedd hyn. Wrth ymgolli yn y crys hwnnw, gall yrru popeth arall i gefn ei feddwl: y gwasgu ar yr ysgyfaint, y nodwyddau bach poeth yn yr Achiles, protest y penliniau yn erbyn y taro cyson ar y ddaear galed.

Trwy graffu ar y crys melyn, hefyd, mae Harri'n cael ei draed i gydsymud gyda'i anadl, gan sefydlu'r rhythm sicr a fydd yn ei gynnal trwy'r ras. *Mas, mas, mas, miwn, miwn, mas, mas, mas . . .* Mae'n gwneud hynny heb gyfri erbyn hyn, heb greu lluniau yn y meddwl, heb hyd yn oed ddweud de a chwith dan yr anadl, am fod hyn i gyd yn ail natur iddo, mae fel petai'r traed a'r ysgyfaint yn rhan o'r un organ, y naill yn estyniad o'r llall. Ac yn y modd hwn, rhyw hanner ffordd i fyny Allt y Big, mae Harri'n rhedeg heibio Bill Seymour. Mae hyn, wrth gwrs, yn codi'r cwestiwn, ar bwy mae Bill Seymour wedi bod yn hoelio ei lygaid wrth ddringo Allt y Big? Siawns nad yw Bill yntau, ar ôl cymaint o flynyddoedd, ac yn ei ras gyntaf fel V70, yn gwneud ei orau i gydlynu anadl a thraed, yn llygadu crysau llachar a sgidiau rhedeg anghyffredin ac ymgolli ynddynt. Ac os yw'n gweithio i Harri, pam felly nad yw'n gweithio i Bill? Ond dyna fe, all pawb ddim bod ar y blaen.

Ar ôl rhedeg heibio crys melyn Bill Seymour, rhaid i Harri ddewis cwningen arall. Mae'n ystyried pawb o fewn hanner canllath. Dyw e ddim am ddewis un o'r rhedwyr ifainc, er bod y rhain yn fwy niferus na'r un garfan arall. Pethau diafael yw rhedwyr ifainc ym mhrofiad Harri a bydd llawer ohonynt yn blino ymhell cyn cyrraedd brig yr Allt. Mae Harri'n adnabod yr arwyddion – y pwyso ymlaen, yr anadlu trwblus – ac yn meddwl, Nag o's neb wedi dangos iddyn nhw shwt i neud e'n iawn? Mae'n gwybod y bydd rhai yn cymryd hoe yn y funud, wrth ddod at y cwar, lle mae'r rhiw yn mynd yn fwy serth. Bydd rhai yn cerdded am sbel. Bydd ambell un yn sefyll wrth ochr yr hewl i gael dracht o ddŵr, i wasgu'r pigyn yn ei ystlys. A beth yw gwerth peth fel 'na i hoelio'ch sylw arno?

Wrth weld arwydd 'Bryn Coch Limestone Company 100 metres on left', felly, mae Harri'n dewis canolbwyntio ar ddwy fenyw. Does gan y rhain ddim dillad llachar na sgidiau anghyffredin na nodweddion corfforol arbennig. Yr hyn sy'n drawiadol ynglŷn â'r ddwy fenyw yw'r ffaith bod eu traed yn cydsymud, gam wrth gam, a hynny'n golygu bod popeth arall – eu coesau, eu breichiau, hyd yn oed eu pennau – yn cydsymud hefyd, fel petai'r ddwy yn dawnsio mewn bale. Hyd yn oed ar ôl pasio'r cwar a dringo i frig yr Allt a mynd ar y goriwaered wedyn, lle mae'r coesau'n symud yn gynt, lle mae trefn a disgyblaeth a rhythm yn tueddu i fynd ar chwâl, mae'r ddwy fenyw'n cadw eu cydbwysedd, eu hundod. Chwith, de. Chwith, de. Sy'n ddigon i gynnal Harri am ddau gilometr. Erbyn hynny mae'r ail wynt yn saff yn ei ddwrn, does dim angen cwningen na dim byd arall arno, ac mae ar ei ffordd adref.

58

Harri Selwyn v. Y Llygoden (2)

Weles i'r llygoden 'na 'to. Yn y gegin. Amser te. A mynd i whilo trap. Ond o'dd dim byd 'na. Ddim yn y cwtsh dan stâr. Ddim yn y cwpwrdd. Ddim yn y seld. A sa i'n gwbod ble arall i whilo.

Peth afiach yw ca'l llygoden yn y gegin. Yn mynd ar ôl y bwyd. Yn gadael 'i baw ym mhob man. Caees i'r cypyrdde, jyst rhag ofan. A neud yn siŵr nag o'dd dim briwsion ar y fainc.

'Os gwelwch chi lygoden, mae 'na ddeg arall o'r golwg. Os gwelwch chi ddeg . . .' Dyna beth maen nhw'n gweud.

59

Dydd Sadwrn, 22 Mai 2011, 4.30 y prynhawn

Mae Harri'n sefyll wrth ford y gegin, yn cau ei lygad dde, yna ei lygad chwith, er mwyn darganfod ble mae'r llygoden yn llechu, yn symud ei lygaid i fyny ac i lawr i gael astudio'r creadur yn fanylach. Yn y llygad dde y mae'r llygoden, does dim dwywaith. Mae hithau'n symud hefyd, ond yn arafach na'r llygad ei hunan, fel petai'n nofio mewn olew. Wrth feddwl am nofio, mae Harri'n penderfynu bod y brycheuyn yn debycach i benbwl na llygoden. Gwna ei orau i'w symud i ganol y llygad er mwyn gweld ei gynffon fach, i ganfod a oes ganddo goesau eto. Ond llithro tua'r ymylon wna'r penbwl bob tro.

'Blydi *floaters*.'

Mae Harri'n cymryd banana o'r bowlen ffrwythau, yn ei dorri'n gylchoedd bach a rhoi'r rhain ar blât. Aiff at y cwpwrdd wedyn a thynnu allan baced o fisgedi ceirch. Arllwysa ddyrnaid o gnau cyll i fowlen. Mae chwant rhywbeth mwy sylweddol arno ond mae cinio'r Harriers yn dechrau am saith o'r gloch a byddai bwyta te mawr yn difetha ei archwaeth yn nes ymlaen. Mae'n teimlo'n annifyr wrth fwyta cymaint â hyn. Rhaid cael cawod hefyd. A siafio. A gwisgo dillad deche.

Mae Harri'n gwybod nad oes un ffordd y gall fynd i'r cinio heno. Greddf yn unig sy'n siarad, a llais ei fam, efallai, rywle yn nyfnderoedd ei gof, yn dweud, 'Paid snacan nawr te, Harri bach, 'na gw' boi, neu fyddi di'n ffaelu bwyta dy swper.' Na, peth cwbl amhosibl, cwbl annerbyniol, o dan yr amgylchiadau, fyddai mynd i'r cinio heno. Ar y llaw arall, nid yw Harri'n gwybod eto sut i beidio â mynd.

Edrycha ar ei watsh ac yna ar y neges i Dr Gibson. Mae wedi sgrifennu 1 ar ben honno erbyn hyn er mwyn ei gwahaniaethu oddi wrth y lleill a phwysleisio mai'r neges hon sydd i gael ei sylw'n gyntaf. Mae hefyd wedi torri allan 'Dr Gibson' a sgrifennu 'Y Meddyg' yn ei le. Mae Harri'n barod bellach i ildio corff ei wraig hyd yn oed i ddieithryn, cyhyd â bod y dieithryn hwnnw'n meddu ar yr awdurdod i gymryd y baich oddi arno. 'Mae peth ofnadw wedi digwydd, Doctor . . .' Wedi'r cyfan, mae meddygon yn gyfarwydd â phob math o bethau ofnadw, a phob math o ddwli hefyd. 'Wedi drysu, chwel . . . Ddim yn meddwl mor glir ag y byddwn i . . .'

Ac Emma wedyn. Erbyn hyn, gall roi gwybod iddi hithau hefyd. 'Mae hi wedi mynd, Emma fach . . .' Bydd yn rhyddhad cael pwyso arni hi, cael rhannu'r baich. 'Gath

hi bwl cas pan o'n i mas, siŵr o fod. Pan o'n i'n rhedeg . . .
Na, maen nhw wedi mynd â hi o 'ma, Emma. Ydyn.' Bydd
hwnna bach yn anodd, achos efallai bydd Emma eisiau
gweld ei mam unwaith eto, fel mae rhai yn hoffi ei wneud,
i ddweud ffarwél am y tro olaf. Bydd angen dweud rhyw
gelwydd bach wedyn: bod rhaid iddyn nhw fynd â hi'n
ddisymwth, cyn bod crowd nos Sadwrn yn dod mas, achos
mae'n ffair wedyn yn dre nos Sadwrn, a'r ambiwlansys i gyd
yn fisi. Rhywbeth fel 'na. 'Ond shwt fydda i'n cael gweld hi
nawr, Dad?' Bydd, bydd hwnna'n anodd. Ond siawns na
fydd hi'n fodlon ffonio'r Harriers drosto, i egluro ei fod e'n
methu dod i'r cinio heno. A dyna un peth arall na fydd
angen iddo boeni amdano. Bydd e'n gofyn iddi ffonio Amy
hefyd. 'Bydd rhaid i ni roi gwbod i Anti Amy . . .' Siawns na
fydd hi'n cynnig wedyn, heb fod angen gofyn iddi. 'Wyt ti
am i fi neud, Dad . . . ?'

Sy'n gadael Raymond. Ac erbyn hyn, o gael ysgubo'r
pryderon eraill o'i feddwl, dyw Harri ddim yn poeni am
roi gwybod i'w frawd. 'Mae'n wir flin gen i, Raymond, ond
buodd Beti farw'r prynhawn 'ma.' A'i gadael hi fel 'na. 'Alla
i ddim siarad nawr, Raymond . . . Ffona i 'to, pan fydd y
trefniade wedi'u gwneud . . .' Gwrando ar y tawelwch y pen
arall wedyn. A chloi'r sgwrs. Does arno ddim dyletswydd
i helaethu, i fanylu, ddim lle mae Raymond yn y cwestiwn.
Mae'r darn hwnnw o bapur eisoes wedi cael ei blygu'n
bedwar a'i roi yn y bin ailgylchu gyda'r hysbysebion *pizza*
a'r hen gopïau o'r *Gazette*.

60

Dydd Sadwrn, 22 Mai 2011, 6.20 yr hwyr

Ar ôl cael ei gawod a siafio, mae Harri'n sefyll o flaen y drych yn y stafell ymolchi ac archwilio'r blewyn caled sy'n tyfu o dan ei drwyn. Nid yw'n deall sut mae hwn wedi gwrthsefyll y rasel. Gwna ei orau i afael ynddo rhwng ei fawd a'i fys cyntaf, ond yn ofer. Mae'r ewinedd yn rhy fyr. Peth bach yw'r blewyn hefyd: dim ond ei galedwch anghydnaws sy'n gwneud iddo deimlo'n fawr. Mae Harri'n troi ac edrych ar fag ymolchi Beti, lle mae'r *tweezers* yn byw. Defnyddiodd *tweezers* y tro diwethaf, a llwyddo hefyd, ond gadawodd y tyrchu a'r pinsho glais mawr coch ar ei groen ac roedd hwnnw'n waeth na'r blewyn. 'Beth nest ti i dy wyneb di, Harri?' oedd hi ym mhob man. A pha fath o ddyn sy'n cyfaddef iddo gael damwain gyda *tweezers*? Mae'n troi'n ôl a rhoi cynnig arall arni, yn tynnu'r croen y ffordd hyn a'r ffordd arall er mwyn cael gwell gafael. A methu.

Mae Harri'n ystyried mynd am y *tweezers* eto pan glyw'r ffôn yn canu yn y gegin. Gan barhau i fyseddu'r blewyn, mae'n cyfri'r caniadau. *Tri... Pedwar... Pump...* Ar ôl y pumed caniad mae'r ffôn yn tewi. Yna, eiliadau'n ddiweddarach, mae'n dechrau canu eto. 'Emma.' Mae'r ffôn yn dal i ganu wrth i Harri ddod i lawr stâr a gweld, trwy'r ffenest yn y drws ffrynt, gar yr heddlu yn dod i stop y tu allan i'r tŷ. Mae'n canu o hyd pan ddaw'r plismon at y drws a chnocio. Ac er nad yw Harri'n gallu siarad ag Emma eto – rhaid ffonio'r meddyg yn gyntaf – y mae'n ddigon balch mai merch ystyfnig yw hi, sy'n barod i sefyll ar ben arall y ffôn am amser go hir, yn disgwyl llais ei thad neu ei mam. Mae hynny – y ffôn yn canu'n ddi-baid a diateb – yn arwydd sicr i'r plismon nad oes neb gartref. Daw cnoc arall ar y drws. Edrycha'r plismon trwy'r blwch llythyrau. Ond erbyn hyn mae Harri'n sefyll yn y stydi, ymhlith ei focsys a'i bapurau a'i lyfrau, yn anweladwy.

Am wyth o'r gloch mae Harri'n taflu cip sydyn trwy gil y drws. Mae'n dechrau tywyllu ond ni feiddia droi golau ymlaen, rhag ofn bod y plismon yn dychwelyd neu, fel arall – ac mae'r syniad yn codi ias arno – ei fod yn dal i ddisgwyl amdano y tu allan. Cymer gip arall. Ni wêl ddim byd trwy'r gwydr yn y drws ffrynt ond y pethau cyfarwydd: gwyrddni'r berth, y lamp stryd, a honno'n creu pwll bach o oleuni ar y llawr teils, brics coch y tai cyferbyn. Daw allan o'r stydi, gan gerdded yn ei gwman, a mynd am y stâr.

Wrth agor drws y stafell wely, mae Harri'n falch bod y llenni eisoes wedi'u cau, a'u bod nhw'n llenni trwm, trwchus, yn dda at ei ddiogelu rhag gwg y byd. Serch hynny, wrth godi'r trwser oddi ar gefn y gadair, mae'n dal ei law chwith i fyny wrth ochr ei wyneb. Erbyn hyn, byddai gweld hyd yn oed siâp annelwig ei briod trwy gil ei lygad yn drech nag ef.

Ar ôl rhoi'r trwser dros ei fraich chwith, mae Harri'n troi am y drws, gan ddefnyddio ei law dde y tro hwn i guddio ei wyneb. Mae'n cau'r drws yn dawel a gorfod oedi wedyn er mwyn cael ei wynt yn ôl: yn ddiarwybod iddo, mae wedi gwneud hyn i gyd heb dynnu anadl. Aiff yn syth i'r stafell wely sbâr ac yno, yn y tywyllwch, fe wisga ei ddillad rhedeg, yr union ddillad a dynnodd lai na dwy awr yn ôl er mwyn cael cawod. Gwna hynny yn erbyn pob greddf: mae ei goesau'n brifo ar ôl rhedeg yn y Bryn Coch Benefit Run, a pheth gwrthun gan Harri yw gwisgo dillad brwnt a chwyslyd. Ond mae'n gwybod mai mwy gwrthun o lawer fyddai dychwelyd i stafell Beti a thwrio trwy'r dreiriau er mwyn dod o hyd i rai glân. Yna, gan afael eto yn y trwser a chyda rhyw benderfyniad newydd, mae Harri'n disgyn y stâr a cherdded trwy'r stydi at y *lean-to*. Y tro hwn, yn lle'r New Balance RX Terrain, mae'n dewis yr Asics GT: mae'r rhain yn ddu, heblaw am gwpwl o streics llwyd ar yr ochrau, ac yn llai tebygol o ddenu sylw. Maen nhw hefyd yn lanach na'r lleill. Ni chafodd Harri gyfle eto i olchi'r baw oddi ar y New Balance RX Terrain ac mae'n gas ganddo fynd allan i redeg mewn sgidiau brwnt. Aiff i'r gegin a thynnu paced o Ibuprofen 400 o'r cwpwrdd, a llyncu dau o'r rhain gyda dracht o ddŵr.

Mae'n ugain munud wedi wyth ac yn dywyll y tu allan. Yma, yn y gegin, gwelir gwawl pŵl o'r tŷ drws nesaf, lle mae Bob a Brenda Isles yn paratoi swper. Mae Harri'n gweld Bob yn gwyro dros y ffwrn, yn rhoi bys yn ei geg i brofi blas y bwyd, ac mae'n oedi'n ddigon hir i fagu cenfigen o'r blas diniwed hwnnw. Aiff at y seld a thynnu cwdyn plastig David Lewis allan o'r drâr. Mae'n ystyried hwn am eiliad ac yna'n tynnu allan sawl cwdyn arall – rhai gwyn, rhai glas, rhai patrymog – cyn dewis un papur, brown, plaen a rhoi'r trwser yn hwnnw. Rhydd y bagiau eraill yn ôl a chau'r drâr. Cymer gip ar y gegin drws nesaf a gweld Bob yn dweud rhywbeth wrth ei wraig cyn troi at y ffwrn. Sigla hithau ei phen a chwerthin. Does ganddynt ddim diddordeb yn eu cymydog a'i symudiadau. Er hynny, wrth agor y drws i'r ardd, mae Harri'n cydio mewn bag sbwriel er mwyn profi i bwy bynnag a allai fod yn ei wylio y funud hon mai dyna yw ei wir berwyl. A pha ryfedd ei fod e'n gwisgo tracsiwt? Oni fu'n rhedeg draw ym Mryn Coch yn gynharach heddiw?

Wrth gamu i'r ardd a chloi drws y gegin y tu ôl iddo mae Harri'n clywed y ffôn yn canu. Mae'n hanner awr wedi wyth ac mae Harri'n meddwl, A! Mae rhywun yn gweld isie fi . . . Oherwydd mae cinio blynyddol y Taff Harriers wedi dechrau ers tri chwarter awr, mae pawb wedi cymryd eu seddau a dyma rywun yn gweld y ddau fwlch wrth y bwrdd a dweud, 'Ble mae Harri, te? Ble mae Harri a Beti?' Bill Seymour, siŵr o fod, am mai ef sy'n llywio'r noson. Ie, Bill sydd ar y ffôn, i gael gweld beth sydd wedi digwydd iddyn nhw, ac efallai'n diawlio'r hen Harri Selwyn 'na am fod mor ddi-ddal. Achos mae disgwyl iddo ddweud gair heno, cynnig tipyn o ddifyrrwch i'r aelodau. Dyna sy'n mynd trwy feddwl Harri. A phetai ganddo'r amser, efallai y byddai'n eistedd i lawr eto wrth ford y gegin a sgrifennu allan yr esboniad y bydd rhaid iddo'i gynnig i Bill Seymour maes o law, pan ddaw pethau'n glir. Ond does ganddo mo'r amser.

Daw sŵn y ffôn i stop ar ôl y pumed caniad. Erbyn hyn mae Harri'n sefyll wrth y drws pren ym mhen draw'r ardd, yn edrych ar y *dahlias* ac yna'r rhosynnod coch. Mae'r rhain wedi blodeuo'n gynnar eleni oherwydd y gwanwyn cynnes: mae'r coesau uchaf eisoes ryw ddwy droedfedd yn uwch na'r ffens ac mae pob un yn drwm dan flodau. Dyw Harri ddim wedi gweld y fath dyfiant o'r blaen. Mae'r *Virginia Creeper* yn drwch ar draws y wal gefn, a dail rhyw lwyn neu'i gilydd nad yw Harri'n cofio ei enw wedi goferu dros y border i'r llwybr. Oes angen gwneud rhywbeth gyda'r rhain? Eu clymu nhw'n ôl, efallai? Eu teneuo nhw? Oes angen dodi câns i lawr i ddala bysedd y cŵn? Achos mae'r rhain hefyd yn plygu dan bwysau eu blodau.

Cwestiynau yw'r rhain na fyddai Harri fel arfer yn

ymboeni yn eu cylch, oherwydd cyfrifoldeb Beti yw'r blodau a'r dail a'r bambŵs a'r ffensys dellt a'r weiars bach pigog hynny y bydd hi wastad yn eu defnyddio i glymu coesau'r planhigion. Ond dyw Beti ddim yma, a bydd rhaid holi rhywun arall, maes o law, i gael gwybod beth i'w wneud â'r pethau hyn. Holi pwy? Bob a Brenda drws nesaf. Emma. Amy. Raymond, hyd yn oed. Achos Raymond yw'r garddwr mawr. A sgrifennu'r atebion i lawr hefyd, fel na fydd angen holi fwy nag unwaith.

Mae Harri'n cau'r drws y tu ôl iddo a dodi'r bag sbwriel i lawr yn erbyn y wal yn y lôn gefn. Yna, gan ddal y cwdyn papur brown yn ei law dde, mae'n dechrau rhedeg.

Bu rhedeg dan olau'r sêr a'r lleuad yn arferiad cyson gan Harri pan oedd yn athro yn yr ysgol fach. Gefn gaeaf, a hithau'n tywyllu tua'r pedwar neu'r pump o'r gloch, dôi adref a mynd allan yn syth i berfeddion y nos. Cyfyngai'r tywyllwch rywfaint ar ei ryddid – bu'n rhaid cadw at y prif lwybrau gan fwyaf, rhag iddo faglu. Er hynny, câi wefr anghyffredin o'r anturiaethau hwyrol yma. Rywsut, gallai redeg yn gynt yn y nos. Rhedai mor glou, ar brydiau, ac mor ddiymdrech, fel mai prin yr oedd ei draed yn cyffwrdd â'r ddaear. Yn wir, pe rhedai'n gynt, roedd yn sicr y byddai'n codi i'r awyr a dechrau rhedeg gyda'r adar. Ni wyddai bryd hynny sut y gallai hynny fod. Ni faliai chwaith. Roedd y teimlad yn ddigon. Y wefr.

Wrth ymadael â'r stryd a mynd trwy glwydi gogleddol y parc, mae Harri'n ymgolli unwaith yn rhagor yn y wefr honno. Gŵyr erbyn hyn, ac yntau ar drothwy ei bedwar ugain mlwydd oed, mai'r tywyllwch ei hun sy'n gyfrifol amdani, mai twyll yw'r cyfan, a bod gan y twyll hwnnw enw: *motion parallax*. Yng ngolau dydd, pan fydd rhedwr yn gweld y pethau pell yn ogystal â'r pethau agos – copa'r Wenallt, er enghraifft, a tho'r eglwys, a'r tai newydd yr ochr draw i'r afon – araf a llafurus yw pob cam. Liw nos, a fawr ddim i'w weld ond y llwybr yn chwipio dan ei draed, gall symud fel seren wib. Twyll, felly. Ond yn ei feddwl yn unig y mae Harri'n cydnabod y twyll hwnnw. Yn ei feddwl yn unig y mae'n gwybod nad yw cyflymder yn golygu dim ond sut mae rhywun yn bod mewn perthynas â rhywbeth arall, mai'r cyd-destun yw popeth. Yn ei gorff, does dim byd wedi newid. Yr un yw'r wefr o hyd.

Pan ddaw Harri at y borderi blodau lle gwelodd y dynion yn gweithio ddoe, mae'n trosglwyddo'r cwdyn o'i law dde i'w law chwith. Wrth wneud hynny, a theimlo defnydd y trwser trwy'r papur, mae'n ceisio creu llun yn ei feddwl o ddrysau siop David Lewis ac yn fwy penodol o'r blwch llythyrau sydd i'w gael, mae'n rhaid, y naill ochr neu'r llall i'r drysau hynny. A methu. Gall weld, yn nrych y meddwl, y drws y daeth trwyddo brynhawn ddoe, ond golygfa o'r tu mewn yw honno. Doedd ganddo ddim diddordeb yn y tu allan, ddim ar y pryd. Mae'n ceisio creu llun o'r siopau eraill yn y Stryd Fawr ac o'u blychau llythyrau hwythau, ond yn ofer. Yn y diwedd, mae Harri'n ei fodloni ei hun gyda'r sicrwydd bod y fath flychau'n bod oherwydd, fel arall, sut y byddai'r siopau hyn yn derbyn eu post? Rhaid eu bod nhw'n flychau go fawr hefyd, er mwyn derbyn yr holl gatalogau a llyfrau a phethau eraill y bydd cwmnïau – fel y tybia Harri – yn eu hanfon at ei gilydd. A rhaid bod blwch llythyrau David Lewis yn neilltuol o fawr gan mai hi yw'r siop fwyaf yn y dref. Bydd, bydd yn hen ddigon o faint i dderbyn rhyw fag papur pitw. Mae Harri'n swmpo'r cwdyn yn ei law a meddwl, Duw, mae hwn yn ddigon bach i fynd trwy'r drws gartre. O'i agor mas, wrth gwrs. O gael y trwser i orwedd yn fflat.

Daw Harri at y bompren a meddwl, Dyna filltir wedi mynd. Milltir arall a bydda i ar gyrion y dref. Mae rhan ohono'n difaru ei fod wedi rhedeg *mor* gyflym, bod y pleser i ddod i ben mor fuan. Mae'n difaru hefyd na wisgodd ei watsh cyn gadael y tŷ oherwydd, er gwaethaf popeth mae e'n ei wybod am *motion parallax*, am effaith y pethau pell a'r pethau agos ar y llygaid, mae'n gwbl argyhoeddedig ei fod wedi rhedeg y filltir gyntaf honno rhwng y tŷ a'r bompren yn gynt na'r tro diwethaf. Pryd oedd y tro diwethaf? Mae'n ceisio cofio. Wel, ddoe. Wrth gwrs. Mynd am *jog* yn y parc a throi'n ôl wedyn. Ddoe. Mae wedi rhedeg yn gynt na ddoe.

Mae Harri'n ystyried hyn. *Jog* oedd hi ddoe, wrth gwrs, dim ras. Dim rhedeg o ddifri, hyd yn oed, dim ond cadw'r cyhyrau'n effro. Ond os mai *jog* oedd hi ddoe, pa fath o redeg yw hyn heno? Dim ras, yn bendant, oherwydd does neb arall yn rhedeg. A does dim brys. I'r gwrthwyneb. Gallai gymryd awr gyfan i redeg yr ail filltir a fyddai dim ots yn y byd: cyhyd â'i fod yn cyrraedd canol y dre cyn i'r tafarnau gau, achos daw'r heddlu mas wedyn a gallai postio pecyn trwy ddrws un o'r siopau mawr fod yn weithred amheus yn eu golwg nhw, yr amser yna o'r nos, yng nghanol y meddwon i gyd, ac yntau'n gwisgo ei dracsiwt.

Na, does dim brys. Er hynny, nid yw Harri'n arafu, ac nid yw'n dymuno arafu. Mae wedi rhedeg y filltir gyntaf yn gynt na ddoe a nawr mae'n gweld ei gyfle i wneud yr un peth gyda'r ail filltir. Ac efallai, erbyn hyn, nad yw'n gwybod sut i arafu, oherwydd dyna effaith rhedeg yn gyflym yn hwyr y nos: prin y mae'r traed yn cyffwrdd â'r llawr, a gwaith anodd yw arafu pan fo'r traed yn colli gafael ar y ddaear. Yn wir, nid yw Harri'n siŵr erbyn hyn ble mae ei draed: rhywle ar bwys ei ben, mae'n rhaid, achos gall weld yr *N* fawr ar ochr ei esgid New Balance RX Terrain. Ac mae'n beth rhyfedd, ym meddwl Harri, bod y penchwibandod wedi dod mor gynnar, cyn iddo gael ei ail wynt. Peth rhyfedd hefyd bod gan y penchwibandod hwn ryw flas digon annifyr, blas chwerw sy'n llenwi'r geg a'r gwddf a'r trwyn ac yn drysu'r meddwl wedyn. Am ychydig eiliadau mae Harri'n teimlo'n union fel petai wedi baglu a chwympo, a'r cwympo hwnnw'n parhau, heb ddim gwaelod iddo, dim clawdd na wal na daear na dim, a'r pen a'r traed a'r dwylo'n gymysg i gyd. Mae'n gwybod nad yw hynny'n debygol: un da fu Harri Selwyn erioed am gadw ei gydbwysedd, hyd yn oed yn y mwd a'r llaca. Byddai rhai yn dadlau mai dyna yw ei ddawn bennaf fel rhedwr: na fydd byth yn baglu, na fydd byth yn tynnu allan o ras ar ei chanol oherwydd anaf neu anhap. Mae gan Harri yntau ffydd lwyr yn y ddawn honno. Ac felly, pan ddaw'r ychydig eiliadau annifyr i ben, mae'n hapus i dderbyn y penchwibandod newydd, annisgwyl hwn fel amrywiad ar hen wefr y rhedeg hwyrol. Wedi'r cyfan, beth yw cwympo ond hedfan o chwith? Fel gwennol yn dal pryfed, yn cwympo a hedfan yr un pryd: dyna sut mae Harri'n ei weld ei hun.

Yna, wrth groesi'r bompren a chlywed llif y dŵr oddi tano, mae'n sylwi ar ffigwr yn rhedeg heibio yr ochr draw. Dyw hwn ddim wedi croesi'r bont, mae'n weddol siŵr o hynny: byddai wedi gweld y crys gwyn, byddai wedi clywed y traed yn taro'r pren. Na, daeth hwn o'r cyfeiriad arall, mae'n rhaid. O'r tai newydd, efallai. Neu o'r dre, hyd yn goleudy'n tynnu bad. Ac o ymgolli yng ngwynder y crys hwnnw, mae Harri'n anghofio, am ychydig eiliadau, am Beti a Raymond a'r meddyg. Mae'n anghofio hyd yn oed am y cwdyn yn ei law. Am yr eiliadau hynny, cilia ei ofidiau i gyd.

Yna, yn ddirybudd, y mae'r rhedwr ifanc yn cyflymu, ac mae Harri'n colli ei rythm. A phetai rhyw redwr arall wrth law – un llai chwim, un hŷn yn sicr – diau y byddai Harri'n dewis dilyn hwnnw, oherwydd i beth mae dyn yn dilyn cwningen os na all gadw'n agos at ei chwt hi? A Duw a ŵyr bod angen dogni'r anadl yr adeg yma o'r nos, oherwydd hyn a hyn o anadl sydd. Ond does neb arall yma. Rhaid i'r bwni hwn wneud y tro. A rhaid anadlu'n galetach.

Mae'r rhedwr ifanc wedi clywed Harri'n dod o'r tu ôl iddo. Cafodd sioc hefyd, efallai, yr un peth â Harri, o ganfod bod yna rywun arall sydd â'i fryd ar redeg liw nos. A dyna, siŵr o fod, pam y mae hwnnw nawr yn troi ei ben ac edrych dros ei ysgwydd: rhaid iddo weld sut greadur sydd yno, yn ei ddilyn. Dyw Harri ddim yn siŵr p'un ai sŵn ei draed sydd wedi denu sylw'r dyn, ynte sŵn ei anadl, a byddai hynny'n beth digon anarferol, petai wedi clywed ei anadl, oherwydd bydd Harri bob amser yn cadw ei anadl dan reolaeth. Ond mae'n bosibl. Wrth gyflymu, mae Harri wedi gorfod chwythu'n galetach. Os am lenwi'r fegin yn gynt, rhaid ei gwacáu yn gynt hefyd: mae mor syml â hynny. Ond un ffordd neu'r llall, mae'r dyn wedi clywed rhywbeth ac mae'n troi ei ben. Yna, mewn llais cellweirus ond serchog, mae'n dweud, 'Alli di byth â maeddu fi.' A throi'n ôl, cyn i Harri gael cyfle i astudio'r wyneb. Mae'r llais yn gyfarwydd a phetai'n cael gwell golwg ar y dyn mae Harri'n siŵr y byddai'n cofio'i enw. Un o'r Harriers, mae'n rhaid. Hyd yn oed yng ngwyll yr hwyr, a'r cysgodion yn cau amdanynt ar bob llaw, siawns na fyddai'n gweld digon i'w adnabod.

Rywsut, erbyn hyn, mae'r rhedwr ifanc wedi dod yn nes. Ai Harri sydd wedi cael ail wynt? Ynte ai'r rhedwr sydd wedi arafu? Mae'n anodd dweud. Ond mae o fewn ychydig lathenni iddo bellach, a'r llathenni'n troi'n fodfeddi wedyn nes bod Harri, bron yn ddiarwybod iddo, yn llithro heibio ei gydymaith newydd. Wrth iddo wneud hynny, mae'r dyn yn troi ato a gwenu. Ydy, mae'r wyneb yn gyfarwydd, fel roedd Harri wedi tybio. Mae'n adnabod y dyn hwn. Ond dyw e ddim yn siŵr o ble. Dyw e ddim yn un o'r Harriers, mae hynny'n sicr. Ydy e'n perthyn i ryw glwb arall? Mae hynny'n bosibl. 'Paid â syllu ar bobol, Harri bach! Paid â syllu!' Achos peth anghwrtais yw syllu ar bobol, hyd yn oed pobol y'ch chi'n 'u nabod nhw.

Mae Harri'n synnu wedyn wrth glywed y dyn yn dechrau chwibanu. Cryn gamp yw rhedeg a chwibanu'r un pryd. Mae angen cadw rheolaeth aruthrol ar yr anadl. Rhaid chwibanu wrth anadlu i mewn hefyd, yn ogystal ag anadlu allan. A sut mae gwneud hynny heb amharu ar y gân? Ond dyna mae'r dyn yn ei wneud, oherwydd does dim un nam ar y llinellau hir, soniarus. Fel pe na bai'n anadlu o gwbl. Mae Harri'n adnabod y gân. 'In the Still of the Night'. Ac mae'n gân ddigon addas, o ystyried tawelwch y parc heno, a dim sŵn i'w glywed o'r dref, er bod honno'n llai na hanner milltir i ffwrdd. Dyw Harri ddim yn deall sut mae'n gallu trechu rhywun sy'n rhedeg a chwibanu'r un pryd. Ond dyna sydd wedi digwydd, does dim amheuaeth, oherwydd mae'r dyn ifanc wedi cilio erbyn hyn. Edrycha Harri dros ei ysgwydd a dyna fe, yn smotyn bach gwyn ar y gorwel, a'r chwibanu y tu hwnt i glyw.

Peth da yw bod ar y blaen. Gall Harri arafu am sbel. Ac wrth arafu, does dim angen anadlu mor galed. Mae'n falch o hynny. Mae'n falch nad yw'n gallu clywed ei anadl ei hun, am fod honno'n beth gwael i'w glywed, liw nos a liw dydd fel ei gilydd. Beth bynnag arall wnewch chi, rhaid cadw'r anadl dan reolaeth neu mae hi ar ben arnoch chi. Arafu, felly. Ac wrth arafu, arafu'r anadl. Dyna mae Harri'n ei wneud. A'i gysuro ei hun bod popeth fel y dylai fod, bod ei dynged, yn llythrennol, yn ei ddwylo ei hun.

Gyda hynny, mae Harri'n cau ei fysedd yn dynnach am y cwdyn. Mae'n synnu wedyn, o wasgu'r papur rhwng bys a bawd, bod defnydd y trwser tu mewn wedi caledu, bod y cwdyn yn fwy o faint ac yn llawer, llawer trymach nag y bu ar ddechrau'r daith, mor drwm fel bod rhaid i Harri stopio rhedeg a'i roi ar y llawr. Ac mae hynny'n beth anghyffredin iawn, oherwydd fydd Harri byth yn cymryd hoe ar ganol ras, heb sôn am *jog* fach hamddenol trwy'r parc.

Edrycha dros ei ysgwydd eto. Does dim golwg o'r crys gwyn. Wedi dilyn llwybr arall mae e, siŵr o fod. Wedi mynd sha thre, falle. I'r tai newydd. Dyna mae Harri'n ei feddwl. Edrycha ar y cwdyn wrth ei draed a chofio, gydag ysgytwad, nad *jog* fach hamddenol yw hon, wedi'r cyfan, oherwydd pwy sy'n cario cymaint o faich wrth fynd am *jog*? Byddai'n haws petai ganddo *rucksack*: gallai roi honno ar ei gefn, fel roedd e'n arfer ei wneud yn y fyddin. Byddai'n rhedeg yn arafach wedyn, wrth reswm, ond yn rhedeg dan reolaeth, gan gadw ei draed yn agos at y ddaear a'i gefn yn syth, a'r ail wynt yn dod yr un peth. Fe ddaw'r ail wynt bob tro, o ddal ati.

'Hon rwyt ti isie, Harri?'

A dyna ddyn caredig yw'r rhedwr ifanc yn y crys gwyn.

Mae wedi mynd sha thre i mofyn *rucksack*, un fawr hefyd, yn gywir fel yr un o'dd 'da fe slawer dydd, â'r ddwy strapen a'r bwcle bach pres a dim o'r fflwcs a'r ffrils gewch chi heddi.

'Hwre. Rho dy bethe miwn fan hyn.'

A 'na i gyd o'dd rhaid i fi neud o'dd tynnu'r trwser mas o'r cwdyn a'i ddodi fe yn y *rucksack*. Bant â'r cart wedyn, achos o'dd hi ddim yn bell nawr. Dyna o'n i'n feddwl. A bydde hi lot rhwyddach ar y ffordd 'nôl nag ar y ffordd mas, achos fydde dim o'r pwyse 'ma ar 'y nghefen i. 'Na beth o'dd isie 'i gofio. Taw'r ffordd *mas* sy waetha bob amser, achos y'ch chi ddim wedi ca'l eich ail wynt. Deith hi'n haws wedyn, ar y ffordd 'nôl. Garantîd.

Ie, tynnu'r trwser mas o'r cwdyn a'i roid e yn y *rucksack*, 'na i gyd o'dd isie 'i neud a bant â'r cart. Dyna beth o'n i'n feddwl. Ond o'n i'n ffaelu deall wedyn pam bod cymint o bwyse i ga'l yn y cwdyn. Shwt alle trwser fod mor drwm? A mor galed? Ife dyna pam maen nhw'n 'i alw fe'n *herringbone*? Achos taw fel 'na mae e'n mynd ar ôl i chi wisgo fe? Fel esgyrn pysgod? Gas 'da fi esgyrn. Gas 'da fi'u teimlo nhw'n mynd yn sownd rhwng y dannedd. A Beti 'fyd. Sneb yn lico esgyrn yn tŷ ni.

Plyges i lawr ac agor y cwdyn. Ond o'n i'n ffaelu gweld y trwser yn unman. 'Na i gyd o'n i'n gallu'i weld o'dd y dyn 'ma yn estyn 'i law i fi, yn gywir fel se fe moyn gweud *Howdy-do*. A dyn arall wedyn, yr un peth, 'i fysedd e'n stico lan fel brige bach. A un arall. A un arall 'to. A dyna beth rhyfedd hefyd. Achos o'dd pob un yn wyn. Nage gwyn. Pinc. Ond gwyn ŷn ni'n gweud, yndefe? Ie, 'na beth o'dd yn od, achos o'n i'n meddwl taw rhai du fydden nhw. Ydy llaw ddu yn gallu troi'n wyn? Ife dyna beth sy'n digwydd pan mae llaw'n mynd yn hen, bod hi'n colli'i lliw? Dyna gwestiwn i chi. Mae isie meddwl ymhellach am hwnna. Bues i'n 'u tynnu nhw mas am sbel wedi 'ny, un ar ôl y llall, a difaru nag o'n i jyst wedi cydio yng ngwaelod y cwdyn a'u tipo nhw ar y llawr, y cwbwl i gyd 'da'i gilydd, yn un job lot. Bydde wedi bod yn rhwyddach. Bydde wedi arbed strach.

O'dd y *rucksack* yn llawn wedyn, a o'dd hynny'n ddiawl o beth, achos o'dd dal i fod dwylo ar ôl yn y cwdyn. Cwdyn bach, ond dim gwaelod iddo fe. Sy'n beth od. Peth od ar y diawl. Gorffod i fi iste lawr wrth ford y gegin a dishgwl i'r dyn ddod eto. Y'ch chi'n cofio hwnnw? Y dyn yn y crys gwn? Siawns nag yw e wedi bennu'i ras erbyn hyn. Deith e â *rucksack* fwy o seis y tro nesa, gobeitho.

A wedodd Sam Appleby, 'Ti'n meddwl deith e'n ôl, Harri?' Achos 'na le o'dd Sam yn istedd, wrth ford y gegin. Wedi neud disgled idd'i hunan tra o'n i mas yn rhedeg.

'Pwy?' wedes i.

'Wel, y dyn yn y crys gwyn, wrth gwrs. Yr un o'dd yn whislan.'

Ie, Sam Appleby o bawb. Wedi dod miwn i'r tŷ a neud dishgled idd'i hunan. A shwt da'th e miwn, sda fi ddim clem. Sdim hawl 'da fe. Dim o gwbwl. O'dd Raymond a Beti 'na hefyd, ar ben arall y ford. O'dd Sam wedi neud dishgled iddyn nhwthe hefyd. Peth od bo' fi ddim wedi sylwi ynghynt. Y llyged, mae'n debyg. Yn cymeryd amser i gyfarwyddo â'r tywyllwch. Ond o'n i'n falch bod Beti wedi codi, a golwg fach ddigon jacôs arni hefyd. O'dd hi'n edrych ar Raymond yn y ffordd 'na sy 'da hi, 'i llyged hi'n pipo lan. Gwên fach bert hefyd. Ond siglo'i ben na'th Raymond. Plethu'i freichie a siglo'i ben. Fel plentyn bach pwdlyd. A o'dd hynny'n od hefyd, achos crwt bach diddig fuodd Raymond erio'd.

'Deith,' wedes i wrth Sam. 'Deith e â *rucksack* fwy o seis tro nesa. Gei di weld.'

A 'na le fues i am sbel. Yn istedd wrth y ford. Yn cyfri'r curiade. Yn dishgwl yr ail wynt.

Nodyn gan yr Awdur

Diolch i Gyngor Llyfrau Cymru am y Grant Awdur; i Elinor Wyn Reynolds am ei chefnogaeth a'i chyngor doeth; i Gari Lloyd am ei amynedd a'i ddyfeisgarwch; i Islwyn (Gus) Jones a Peter Phillips am eu hatgofion lliwgar; i Huw Meirion Edwards am gymoni'r testun ac i Rebecca Harries am ei chymorth ieithyddol a'i choffi.

Dychmygol yw pob cymeriad
yn y nofel hon.

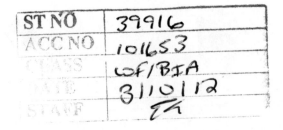